勉传 2

风云际会

耳东水寿◎著

SPM 南方传媒 | 广东人民出版社
·广州·

图书在版编目（CIP）数据

勉传. 风云际会. 2 / 耳东水寿著. — 广州：广东人民出版社，2022.8
ISBN 978-7-218-14425-2

Ⅰ. ①勉…　Ⅱ. ①耳…　Ⅲ. ①长篇小说—中国—当代　Ⅳ. ①I247.5

中国版本图书馆CIP数据核字（2020）第156208号

MIANZHUAN . FENGYUN JIHUI 2
勉传. 风云际会2
耳东水寿　著

出 版 人：肖风华

策　　划：李冠亚　李　敏
责任编辑：李　敏　温玲玲
装帧设计：刘焕文
责任技编：吴彦斌　周星奎

出版发行：广东人民出版社
地　　址：广州市大沙头四马路10号（邮政编码：510199）
电　　话：（020）85716809（总编室）
传　　真：（020）83289585
网　　址：http://www.gdpph.com
印　　刷：广州市豪威彩色印务有限公司
开　　本：787毫米 × 1092毫米　1/16
印　　张：21.5
字　　数：276千
版　　次：2022年8月第1版
印　　次：2022年8月第1次印刷
定　　价：59.80元

售书热线：（020）87716172

目录
CONTENTS

第一章　张松的算计

在归不归的授意下，百无求愣愣地对小睚眦说了一句：“跟着我们去吃香喝辣的，走吗？”

自从二愣子拒绝了睚眦的大舌头之后，这个小东西便一直郁郁寡欢，现在听到百无求的这一句，它的小眼睛便发出了亮光。它在张松的怀里上下蹿动，看样子是想要挣脱这个干瘦男人，去投奔百无求。

这时候张松也傻了眼，他没有想到睚眦认了主竟然还会跟别人跑，这样的事情闻所未闻。本来他以为有了睚眦后面的日子也算有了依靠，现在看起来这睚眦跟谁走还未可知。

当下，张松一边死死地抱住怀里的睚眦，一边对归不归苦笑了一声，说道：“好，我什么都说。归不归，劳驾你跟咱们儿子说，让他放了我们家睚眦。你想知道什么我都说……”

“呸！什么咱们家儿子？那是你兄弟，老人家我的爱子。”嘴上的便宜归不归不会轻易让张松占了。一句话排定了他们仨的关系之后，老家伙继续说道：“要说就快点，这天都快亮了，小心我老人家这大儿子不耐烦要过去生抢。”

张松冲着饕餮叹了口气，然后对着吴勉和归不归说道：“其实吧，这次我们真不是冲着你们来的，我追踪董峰和那只大个的梼杌不是一天两天了……”

上次从归不归的洞府中出来后不久，便遇到了顺着睚眦气息找上门来的饕餮。看到睚眦已经认了这个麻秆一样的男人，饕餮也很是头疼。张松凭着自己的三寸不烂之舌，三言两语便将饕餮说动，让这只龙种守在自己身边一起看着睚眦，说等到自己轮回的那一天，饕餮便可以带走他的老兄弟。

饕餮也是没有办法，只能咬牙认了。睚眦是靠吃掉其他的妖兽来加速自己成长的，它吃的妖兽越强大，自己生长的速度便越快。替睚眦寻找妖兽饵食的事情便落在了饕餮的身上。

差不多一个月之前，张松和饕餮途经六百里外的一处小村落时，正赶上这村落当中十二户人家三十九口人被流寇屠杀灭门。和货栈灭门一样，这些村民的肚子都被人剖开，里面的内脏流了出来。

一开始张松以为是流寇作案，看出问题来的是饕餮。这个矮胖子只看了一眼地上的死人，便自言自语："真以为人心和猪心分不出来吗？味道就不一样，好好的人心，混了一颗猪心，沾上了猪的臭气，可惜了……"

被饕餮点破之后，张松也发现这些死尸都被换了心。如果只是为了糊弄仵作，换心的手法并不高明。有几具尸体是直接将猪心塞进了腹腔当中，连血脉都没有接上。

发现了这个破绽之后，张松马上明白这是有人在摘取人心。要么是用人心修炼邪术和丹药，要么就是用人心饲养妖兽。天下嗜食人心的妖兽不少，不过这么挑嘴只吃人心不碰人肉的那就只有梼杌了。

现在睚眦正是长身体的时候，如果能喂上一只半只的梼杌，不用多久它便可以长成成年的龙种，到时候哪怕是饕餮翻脸，张松也不用担心了。当下，张松便撺掇饕餮一起去对付那个饲养梼杌的修士，弄一只梼杌来给睚眦做饵食。

听到张松要打自己的主意去对付梼杌，饕餮马上摇头。他虽然是龙种也不敢轻易招惹四凶之一的梼杌，天下还有那么多的美食，现在让饕餮冒险，他死不瞑目。

看到不能说服饕餮，张松又变了主意。他说动了饕餮，只要查到饲养梼杌修士的下落，他们不用自己出面，只要向其他例如广仁、席应真这样的大术士报信，他们一定会赶过来截杀修士和梼杌的，到时候他和饕餮只要坐收渔翁之利就好。

听到不需要自己动手，饕餮答应了。当下这位龙种施展本事，找到了董峰和梼杌的踪迹。当初张松和董峰也是有过一面之缘的，他一眼便认出了董峰。张松变得更加小心，生怕一个不留神被董峰发现。一个董峰加上可以幻化人形的梼杌，就算两只饕餮也未必会有胜算。

不过看到还有未成年的梼杌，张松和饕餮也是欣喜异常。之前还担心睚眦消化不了成年的梼杌，现在有未成年的那就没有问题了。当下，他们仨继续一路跟踪董峰和那几只梼杌，等待合适的机会去向广仁、席应真这样的大术士通风报信。

结果，还没有来得及去找广仁和席应真，张松已经发现了混在商队当中、他昔日的师尊姬牢和吴勉、归不归等人。当时他们两拨人的注意力都在对方的身上，完全没有察觉自己的行踪已经被张松和饕餮发现了。

本来张松还想暗中给姬牢和归不归他们一点暗示，没有想到他们两拨人已经发现了货栈尸体的问题，省了张松不少的麻烦。张松和饕餮便什么都不用做，就等着他们两拨人和董峰、梼杌开打，他们等着占便宜就好。

事情完全就在自己的意料当中，甚至顺利得不能再顺利了。唯一一个小插曲是睚眦见到大梼杌之后，竟然不受控制地扑了过去。严格来说这只上古四大凶兽之一的梼杌是死在龙种睚眦的手里。咬死了梼杌之后，睚眦便开始狂吃起来。

听完了张松的诉说，归不归的眼睛便眯缝了起来。顿了一下之后，老家伙笑眯眯的，对着这个麻秆一样的男人说道："这么说起来你们是一路跟着董峰和梼杌到了汉中，那样的话他们在这里的藏身之所，想必你们也是知道的了？后面的话还用老人家我继续说吗？"

"这个你不说，我也是要带你们去的。"张松笑了一下之后，继续说道，"不是我说，你们这次和董峰结下了死仇，现在不把他除了，再过几年他冒出来打你们一个冷不防，这事我懂。"

说话的时候，张松将睚眦放到了梼杌的尸体上，让这个小东西又吃了几口凶兽的皮肉，随后对归不归说道："咱们说好了，这次帮你们除了董峰，以后老家伙你不能再打我们家睚眦的主意……"

董峰的藏身之所在五十里外的一个山洞当中，那里原本是一个闲散修士的洞府。董峰发现洞府之后，他让几只小梼杌分食了这个倒霉的修士，然后占了洞府。

从汉中城落荒而逃，董峰便回到了这座洞府。这时他已经断定那只幻化了人形的梼杌已经死在了白发男人的手里，现在他只要藏在这里，等躲过了风声，便可以继续将其他几只梼杌饲养成年。

董峰掌握了可以促使妖兽幻化人形的手段，只要再费一些时日，便可以将手边的这些梼杌一并幻化成人形。董峰有可以续命的法门，虽然不是吴勉、归不归那样长生不老的能力，不过也不用担心寿命会在几百年内终结。

正在洞府当中打着如意算盘的董峰，突然看到警示洞府安全的符纸自燃起来，这是有人出现在洞府附近的征兆。正当董峰想用五行遁法离开的时候，发现有人在洞府下面下了禁制，他已经无法从洞府当中离开了。

第二章　一刀削首

就在董峰准备顺着洞府腹地打穿一条路逃生的时候，洞府外面传来了一阵敲门的声音。随后，一个有些闷钝的声音响起："董峰修士在洞府里面吗？先生饲养的是否凶兽梼杌？不知道可否让出一只？如果董峰先生还有顾虑的话，请看此物……"

说话的时候，一块洁白无瑕的动物鳞片顺着洞口慢慢地飞了进来，最后落在了洞府当中的桌子上。洞口说话这人的意图很明显，他有本事突破阵法进到里面来，只是给董峰修士一个面子，先礼后兵而已。

董峰犹豫了一下之后，还是走过去将白色鳞片拿了起来。只看了一眼他便认出了鳞片的出处——这是真龙龙鳞，只有龙种才会用这个做身份标志。能口出人言说明这龙种已经幻化成人形，比起死在白发男人手上的成年梼杌不会差到哪里去。

看到龙鳞之后，董峰不再怀疑。就算是龙种也有七分傲骨，决计不会和白发男人、归不归这样的人联手谋害自己的。董峰现在正愁身边没有靠山，有了龙种撑腰，就算是归不归也不敢再轻易招惹自己了。

当下，董峰急急忙忙关闭了洞口的阵法，双手托着鳞片走到洞口，说道："不知是龙子驾临，董峰无礼了，还请龙子殿下见谅……"

说话的时候，董峰已经看到了洞外不远处站着一个矮胖的男人。男人衣着华丽，看着的确有几分龙族的品位。男人的肩头还趴着一只红色的好像豹子一样的妖兽，这妖兽看着和传说中的龙种睚眦一模一样。两只龙种，其中一只还是打架不要命的睚眦，这次赚到了……

看到董峰亲自出来迎接，矮胖男人微微一笑，客气了几句便跟着董峰进了洞府。两人落座之后，矮胖男人说道：“先生客气了，在下饕餮，这是舍弟睚眦。我们兄弟二人听一个叫姬牢的人说，先生在饲养凶兽梼杌。舍弟刚刚出世不久，需要妖兽作为饵料。不知道董峰先生可否割爱？”

听到是姬牢告诉两位龙种自己饲养梼杌，董峰的眼睛转了一圈，随后赔着笑脸说道：“不知道那位问天楼楼主是怎么说起我的？实不相瞒，董峰和那姬牢有些过节，怕他一时小气坏了我的名声。”

“这个就要怪舍弟孟浪了。”说话的时候，饕餮将睚眦从肩头抱下来，笑了一下之后，说自己兄弟二人路过汉中城，睚眦闻到有妖兽的气息，赶过去的时候发现梼杌已死，自己和姬牢有过一面之缘，那位问天楼楼主为了巴结龙种，便将之前发生的事情说给了他们兄弟俩听。

听到董峰手中还有几只活着的梼杌，当下饕餮兄弟二人便马上离开汉中城，凭着死梼杌身上留下来的气味，才找到洞府的。

这瞎话听在董峰的耳朵里，没有丝毫的漏洞。姬牢也是活了千年的人物，认识个把龙种是极有可能的。最主要的就是从来没有听说过龙种有和人联手的，以它们高贵的身份，丢不起那个人。

董峰身边还有四只未成年的梼杌，除此之外还有九枚梼杌卵。就算送给这睚眦去打牙祭，对自己也没有什么大碍。如果只用一只梼杌便能得到龙种的庇护，自己真是占了极大的便宜。

当下，董峰也不再犹豫，直接唤过来几只小梼杌，对饕餮说道：“殿下，这几只便是我饲养的梼杌了，您请睚眦殿下选一只，算是我对殿下的一片敬仰之心。”睚眦看了一眼面前的几只梼杌，无精打采地打了个哈欠之后，又趴在了饕餮的怀里。

饕餮的眉头微微皱了起来，对董峰说道：“董峰先生，你还是不明白。我们兄弟是真龙之子，不是来你这里要饭的。怎么？那几只成了年的梼杌，不舍得拿出来吗？是不是仗着有凶兽撑腰，便不将我们龙种看在眼里了？”

说话的时候，饕餮已经没有了之前的客气，看着董峰继续说道：“姬牢身边那位姓归的老方士都和我们兄弟说了，你明明有十三只成年的可以幻化人形的梼杌，号称是董峰修士的十三太保。怎么？见到我们龙子过来，就带这几只不成气候的梼杌来应付我们兄弟吗？”

“龙子您误会了，别听那归不归胡说。他是有名的无赖，那个老家伙没有一句话是真的。”看到饕餮翻脸，董峰的头上已经冒出了冷汗。他已经得罪了问天楼楼主和归不归这些人，自己杀人取心饲养凶兽的事情八成已经都传开了。现在又得罪了龙种，就算这些梼杌都成年了，他也没有活路，当下只有拼了命地辩解。

不过饕餮完全没有心思去听董峰辩解，冷笑了一声，便抱着睚眦向着洞外走去。董峰还不死心，当下一边擦着冷汗一边跟在饕餮的身后解释。就在他跟着龙种走出洞口的一瞬间，突然感觉到脖子上一阵凉意。随后他眼前的世界发生了翻天覆地的改变，一阵天旋地转之后，董峰看到了一双熟悉的鞋子和上面的身体。随后他的意识快速地消失，转眼之后便什么都不知道了……

“怎么样，老人家我就说他舍不得龙种这个救命稻草吧？”说话的时候，手握贪狼的归不归从饕餮的头顶上跳了下来。刚才他一直守在洞府上面，就等着董峰出来这一瞬间，给他一下子了。

看到董峰那一脸不瞑目的死相之后，饕餮脸上出现了纠结的表情。他深深地吸了口气，对归不归说道：“你可要把话说清楚，不可以说是我将这人引出来，让你下的黑手。”

“放心吧，这么露脸的事情当然是老人家我自己做的。”说话的时候，归不归用早已经准备好的木盒将董峰的人头装了进去。随后他继续说道："这是我老人家为民除害，和这恶人大战三天三夜之后，使了绝招才取了他的项上人头……"

归不归一人之力，也在董峰之上。只是归不归担心董峰临死挣扎的时候伤到自己。老家伙虽然是长生不老的体质，不过真的出一身血也是麻烦；最后用睚眦要挟饕餮，这才将毫无防备的董峰引了出来。归不归还借了吴勉的贪狼，趁其不备，一刀砍下了董峰的首级。

回到汉中城，归不归将装着董峰头颅的盒子放在了姬牢的面前，笑嘻嘻地说道："现在不用担心你找的接班人会带着梼杌再去祸害百姓了。剩下的梼杌老人家我都牵了回来，留着给你们家张松的儿子晚上加个菜……"

这时候的姬牢正在查看邱芳的情况。他低头看了一眼董峰的人头，叹了口气，对归不归说道："劳烦归先生你一把火烧了他吧，我与他有旧日情分，这事情还要劳烦你。"

看姬牢再没有什么话说，归不归嘿嘿一笑，提着木盒从姬牢的房间里面走了出来。他走到自己房间附近的时候，远远地就听到张松那高一度的声音："不是说好了，这些梼杌都归我们家睚眦吗？归不归呢？老家伙你出来，别装死……"

走过去的时候，就见百无求站在马棚边上，那只睚眦不知道什么时候已经到了他的肩膀上，正在用小脑袋去拱二愣子的下巴……

百无求学着吴勉的样子，翻着白眼对张松说道："老子问这个小东西了，它说不吃了……"

第三章　张松的劫难

张松纠结的并不是那几只梼杌归谁的问题，他关心的是百无求肩头上的那只睚眦，好好的怎么又跑到这只妖物那里了。之前为了把戏份做足，饕餮带上了睚眦。张松并不怕饕餮将他们家的小东西带走，睚眦已经认了他，哪怕远隔千山万水也能找回来的。

不过就在饕餮跟着归不归回来，准备把睚眦交给张松的时候，百无求好死不死提着裤子从茅房的方向走了过来。一看到这个二愣子，小东西马上来了精神，瞬间从饕餮的怀里蹦到了百无求的身上，随后死皮赖脸地赖在了百无求的身上，扯都扯不走。最后，只剩下欲哭无泪的张松。

看到归不归笑眯眯地走过来，张松马上迎了上去，哭丧着脸指着在百无求肩头蹭来蹭去的睚眦，说道："老家伙你管管你们家儿子！不是我说，年纪轻轻的不学好，现在就拐别人家孩子，长大了还得了？快去，让他把我们家儿子还回来。"

归不归笑眯眯地看了一眼正在自己便宜儿子肩头上腻歪的睚眦，嘿嘿笑了一声，对张松说道："有本事把你们家儿子带走，老人家我有一个傻儿子已经够操心了，凭什么还要给你看儿子？天下的好事怎么都落在你张松的头上了？"

眼看这个老家伙丝毫不松口，张松却古怪地笑了一下，压低了声音对归不归说道："那行吧，这儿子就便宜老家伙你了。不过别怪我没有提醒你，我这辛辛苦苦养了这么多天的儿子一旦便宜了别人，说不得就要去喝两杯，喝多了就要胡说八道几句。到时候该说的不该说的多说了两句，给你惹了什么麻烦可别怪我。什么儿子是不是亲生的啦、那个孩子应该管谁叫爹啊……一旦传到他亲爹亲妈的耳朵里……我当年也是有头有脸的人物，谁还没仨俩大妖朋友……”

“百无求！傻小子快点把这个小家伙拿下来，还给他亲爹。”听了张松的话，归不归马上冲着自己的便宜儿子去了。然而不管二愣子怎么撕扯，睚眦都死死抓住他的脖子，死活就是不松手；加上这个小东西有仇必报的性格，谁也不敢动作太大弄疼了它。

老家伙回过身来，摊开了手，对着张松说道：“不是我们家傻小子不还这个小家伙，实在是你们家儿子赖着不肯走。要不这样，你和饕餮加上这个小家伙跟着我们一起走，你趁它不注意的时候，赶紧把它抱走。老人家我也只能出这个主意了，你要是有更好的主意就按你的办。不过说好了，得罪你们家儿子的事别连累我老人家。那个小东西什么脾气，你也不是不知道……”

眼下张松也没有更好的主意，当下便按照归不归说的，和矮胖子饕餮一起混在了这个商队当中。归不归一块马蹄金使了出去，商队头目拍着胸脯将他们几个人留在了商队当中。为了他们，归不归还从汉中城里购买了一辆马车。

在汉中城逗留了三日之后，泗水号本家派来的新的货栈主事和伙计到了。由于之前货栈里面的货物都被大火烧毁，商队再向洛阳城进发的时候，便是轻装简行，大大提升了前进的速度。那几只梼杌被混在了马队当中，由饕餮亲自看管。有这个龙种在，那些梼杌也不敢造次。

本来归不归当初是要全部了结它们的，不过饕餮觉得可惜，说要留着给睚眦补补。他说这些梼杌是要送到洛阳城贩卖的祥瑞异兽，商队也没人怀疑。

不过很快归不归便发现饕餮的动机不纯，四只梼杌第二天便少了一只，饕餮也跟着失踪了半天。随后归不归在城外发现了一堆熄灭的篝火和吃剩的动物骨头。从头骨的形状，能分辨出来正是梼杌无疑。当天晚上饕餮心满意足地打着饱嗝，归不归计算了一下，剩下的三只梼杌勉强能支持到洛阳城。

一路向着洛阳城行进的时候，姬牢好像什么事情都没有发生，始终守在邱芳的身边。而邱芳一直半死不活地昏迷着，没有任何起色，但也坏不到哪里去了。

张松和姬牢是有一段师徒之情的，虽然关系不算融洽，不过好歹有这个关系。可是张松混进商队之后，从来没有主动去看望姬牢的意思。就好像是故意计算过一样，张松和姬牢没有同一时间下车的时候。就算是投栈住店，他们也像提前商量好的一样，分别下车进入客栈。

眼看着还有一天就要到洛阳城，商队在离洛阳城七十里的一座镇中休息。这个时候只剩下了一只梼杌，其他的凶兽都失踪了。不知道睚眦是不是感觉到自己再不吃点的话，这梼杌就都要被饕餮吃光了，住到客栈当中之后，小东西终于从百无求的身上爬了下来。一阵红光掠过马棚当中，随后便听到了小梼杌的一声惨叫。

两个时辰之后，一整只梼杌便都进了小睚眦的肚子。而这个小东西还是原来的大小，身体没有一点变化。趁着小睚眦吃饱喝足正在犯懒的时候，张松急急忙忙将它抱回房间当中。

其实张松心里有些嫉妒归不归和百无求之间的关系（他真不知道二愣子心里惦记着要和他“亲生父亲”同归于尽）。他将小睚眦带回到房间，不知道哪根筋搭错了，竟然开始逗小家伙：“来，叫爸爸……叫一声……叫爸爸……”

张松的窗外，坐着嬉皮笑脸的归不归和小任叁。随后，矮胖子饕餮也出现在归不归的身边，他们几个都在盯着张松抱睚眦回来之后的举动：是要马上带着睚眦远遁，还是要继续留在这里？毕竟有吴勉、归不归在身边，他也吃不了亏。

这时候，饕餮的脸色开始变得难看起来。以前张松管睚眦叫儿子，饕餮也就忍了，大不了骂他一句臭不要脸。现在张松诱使龙种管自己叫爸爸，这就过分了。虽然睚眦年幼还不能口吐人言，不过一旦它记在了心里，以后真管张松叫了那个，自己回去后要怎么交代？

饕餮正在纠结时，突然听到房间里面传来牙牙学语的声音："叫爸爸……叫爸爸……"

饕餮也没有想到刚刚出世没有多久的睚眦竟然会说人话，听到它竟然真的被张松占了便宜，饕餮气得满脸通红，一下子站了起来，却被憋着笑的归不归拉了下去。老家伙在饕餮的耳边低声说道："你仔细听听，你没吃亏，吃亏的是张松……"

张松也没有想到小小的睚眦竟然能说人话，本来就是想趁百无求不在，自己能和这个小东西增进一下感情的，没有想到会有这样的惊喜。不过他马上察觉出来不对头，对睚眦说："你叫我爸爸……爸爸……你要叫我……"

"叫爸爸……叫爸爸……"不管张松怎样诱导，睚眦翻来覆去就这么三个字，最后还被张松弄得有些不耐烦，语气也有些烦躁起来："叫爸爸！叫爸爸！"

"爸爸……"

第四章　城门下

折腾了半夜也没能让睚眦管自己叫爸爸，张松还莫名其妙地被这个小东西占了便宜。不过被张松这么一折腾，睚眦和他亲近了许多，虽然还是在不停地巴结百无求，不过却不离张松左右了。

第二天早上下了一场大雨，雨停之后商队才上路。因为大雨耽误了一些时间，商队紧赶慢赶还是慢了一拍，在城门关闭后，才到了城门之下。

吴勉、姬牢等人都有穿墙而入的本事。不过楼主担心这样会给商队头目带来麻烦，毕竟将他和邱芳送到洛阳城中才算是完成任务。当下，在姬牢的要求之下，商队众伙计就在城门下搭起了帐篷。他们打算在这里凑合一宿，第二天早上开城门之后，再进城各自复命。

搭好帐篷之后，商队的伙计开始忙乎起吃喝的事情来。因为他们认为当天一定会赶到城中，故而并没有多准备干粮。现在只能将中午剩下的干粮紧着吴勉、归不归这些客人来吃。

别人倒还罢了，饕餮实在看不上眼前这些干巴巴的麦饼和咸菜。他想起来时的路上遇到过野猪，当下溜溜达达地回到了官道，也不知道用了什么手段，没过多久便扛回来一只嗷嗷直叫的野猪。这个矮胖子完全不用伙计帮手，自己宰杀了野猪之后，对着野猪吹了口气，猪身上的鬃毛便掉落得一干二净。

将内脏取出来用清水泡上另作他用后，饕餮把猪放在火堆上烧烤起来。不知道为什么，看着饕餮一丝不苟烤猪的样子，吴勉、归不归还有两只妖物想到的都是洞府里面的那条死龙。

就在野猪被烤得香味四溢，眼看着就要烤熟的时候，顺着官道远远地走过来一个人影，隔着几十丈远的位置便大声喊道：“给术士爷爷留一只前腿！猪头烤酥了没有？酥了就把猪头也拿过来，没酥就继续烤……”

这个声音响起来的时候，围着火堆的这几个人变了脸色。最高兴的就是小任叁了，这个小家伙听到席应真的声音之后，一下子蹿到了百无求的脖子上，对着远处的人影招手喊道：“老头儿！我们人参在这儿！过来，这里还有好酒。这么晚你不在城里，出来喝什么西北风？”

听到小任叁的声音，席应真也是哈哈大笑。不过他并没有使用法术，还是一步一步地慢慢走过来。张松听到席应真的声音，吓得一缩脖子，将趴在他脖子上呼呼大睡的睚眦藏进怀里。这个时候他还是后悔，不应该那么早就把这个小东西抱回来，小东西现在还在百无求身上的话，这个屎盆子就能扣在归不归头上了。

饕餮也变了脸，这个矮胖男子犹豫了一下之后，还是动手将烤猪的一只前腿和整个猪头都扯了下来，找了几张宽大的树叶包好，就等着席应真走过来享用了。自从饕餮混进商队之后，每顿饭都是自己动手，从不和他人同食，也不会将自己做好的食物分给其他的人。像这样分出自己手中食物的情形也是少有。

此时姬牢还在帐篷里面照顾邱芳，他应该已经知道老术士到了，不过也没有专程出来迎接。

走到了近前，席应真先是将小任叁抱了起来，随后旁若无人地大口吃着烤猪，不断称赞这猪烤得精妙，皮脆肉香，是一等的味道。最后又接过归不归递上来的酒坛子，喝了一大口，将嘴里的肉送了下去。

席应真开始吃肉喝酒的时候，张松已经站了起来。等到老术士吃喝了两口，他这才赔着笑脸、见缝插针地对这个往日的师尊说道：“应真先生，我正想找您去呢，您吩咐我去找归不归……”

“不用说了，术士爷爷我知道你去晚了。”席应真看了看张松怀里来回窜动的小睚眦，怪笑了一声，说道，“既然最后便宜了你，起码也没有落在外人的手里。这样也好，你夺舍之后的术法太弱，现在有个帮手，也不至于被人欺负，丢了术士爷爷我的脸。本来还想要给你一点惩戒的，先记在账上，以后再说吧。”

张松本来以为席应真会发雷霆之怒，毕竟自己将他也算计了进去。没有想到他这样轻描淡写几句，就算结束了？龙种睚眦从今往后便名正言顺地归了自己。席应真什么时候这么好说话了？连个嘴巴都没给，这有点不像是他老人家的做派。

看着张松唯唯诺诺的样子，席应真突然将吃了一半的猪头放下，随后叹了口气，洒了半碗酒水在地面上，这才继续说道：“术士爷爷我多年前收的一位弟子前些天亡故了，术士爷爷去送了他最后一程。回来的路上想了想，这些年收的弟子大半都已经亡故了，当年他们还都是翩翩少年，这么多年过去也走得七七八八了，好像一场梦境一样。唉，想到这里，那就什么都想开了。一只睚眦而已，在术士爷爷我这里其实也没有什么大用，还不如就给你拿去用吧。”

说到这里，老术士看了看正在撕着猪后腿肉往嘴里送的饕餮，笑了一下，说道：“早知道你来接睚眦走，术士爷爷我也不用花那么多心思了。你我是老交情，怎么也要给术士爷爷我几分面子的，是吧？”

席应真在这里，张松和饕餮有些放不开。看着他们有些尴尬的样子，老术士古怪地笑了一下，随后三两下将手里的猪腿和猪头吃完，这才将小任叁放下，抱着大酒坛让张松给他找个帐篷休息。看样子老术士将这里让给了张松他们。

席应真进到帐篷之后，他的呼噜声便响了起来。当下张松没有离开，而是到处给大术士找枕头等一应什物。看着张松忙里忙外的样子，归不归突然笑了一声，对着自己的便宜儿子说道：“傻小子，不觉得席应真爸爸哪里不对劲吗？”

听了自己“亲生父亲”的话，百无求这才将目光从饕餮手里的半只烤猪上转移到了归不归的脸上。想了半刻，二愣子说道：“那个老家伙开始讲理了。老子认识他怎么多年，还是第一次见到他这么讲理的。老家伙，你说席应真老头是不是得了什么绝症？”

“呸！二愣子你才有绝症，你们一家子都有不治之症！呸呸！我们人参不算，再呸……吴勉也不算……”听到百无求敢咒席应真老头儿，小任叁可不干了，指着百无求的脖子骂了一句之后，才发现把自己和吴勉也算了进去。

就在小任叁骂骂咧咧的时候，白发男人吴勉正看着席应真休息的帐篷，自言自语道：“讲理讲得过分，都不像是席应真了……”

第五章　好事

如果面前这老术士是假的话，那张松这个滑头应该早就看出来了。现在那个麻秆还在赔着笑脸伺候着席应真，中间还跑回来一趟，从饕餮的嘴里抢下来半条猪腿，送到大术士的手上。直到席应真的呼噜响起来，他才笑嘻嘻地离开。

看着张松坐回到火堆旁，小任叁蹦蹦跳跳地到了他的身边，说道："我们老头儿这是怎么了？我们人参看着可是反常，你看出什么来了？"

"反常？没有啊……应真先生不还是那个样子吗？"张松看了一眼席应真休息的帐篷，笑呵呵地说道，"人参兄弟，刚才你也听到了，咱们家应真先生不是刚刚去送了昔日弟子吗？他老人家这是看开了，什么睚眦啊、法器什么的没有什么大不了的。你不能因为他老人家大彻大悟了，就说他反常了吧？放心，过了这一阵就好了。不是我说，他老人家逛两次娼馆这股劲就过了……"

张松说话的时候，归不归一直在笑眯眯地看着他。等到他说完，老家伙马上接过话茬："这个可不好说，要是席应真爸爸这股劲就是过不去怎么办？正好我们要去白马寺，要不张松你去劝劝他老人家落发为僧怎么样？天下第一的大术士看破红尘落发为僧，也算是一段佳话。"

"拉倒吧，归不归你就缺德吧，应真先生什么地方长得像和尚？"张松白了归不归一眼，突然想到了什么，"扑哧"笑了一声，压低声音说道："现在有些女和尚建了庵堂修行，老家伙你要是能劝动娼馆里面的姑娘剃了头、到庵堂出家，或许咱们应真先生真能看破红尘……”

“谁说席应真不能出家为僧？”这时候，靠在城墙上的白发男人吴勉突然开了口。给火堆添了一块木柴之后，吴勉继续说道：“天下万事皆有可能，也许哪一天老术士真的看破了世事，找一家小庙出家也不一定。”

“不可能！”归不归和张松二人异口同声地说出这三个字。张松看了归不归一眼，随后笑眯眯地闭上了嘴巴。归不归继续说道：“庙里没有姑娘，没有酒肉，没有架打。老人家我可不信席应真爸爸会进去做和尚。”

吴勉用眼白看了看归不归和张松二人，喃喃道：“这世上没有什么不可能的……”

当下，这几个人就守在火堆旁边，一直等到天亮，等到城门开了，一起溜溜达达地进了城。这时候姬牢才看到席应真，主动过去跟大术士客气了几句。而席应真的脾气也是出奇的好，还跟着楼主去看了昏迷中的邱芳。看到邱芳的情况之后，老术士还劝慰了几句。

众人本来以为席应真进城之后，便会去娼馆找相熟的姑娘。虽然现在并不是娼馆开门做生意的时候，不过对席应真这种拿娼馆当家住的人来说，天底下就没有他进不去的娼馆。想不到的是，大术士进城之后还是跟着他们。他听说归不归等人是要去白马寺找广仁、火山师徒，当下便主动要求一同前往；一路上看到之前常去的娼馆，也目不斜视，好像没有看到一样。

众人先跟着商队，到了位于洛阳城中泗水号的商铺。向这里的主事之人销了运送货物的单据之后，众人才和商队头目告别。而那位头目回想起这一路上遇到的怪异事端，还是分不清自己是不是在做梦。他摸到了身边的马蹄金，确信自己没有在做梦，想着有这么多的金子，自己也不用跟着泗水号拼命了。头目这就辞了差事，打算回家置办几百亩良田，也过一下有钱人的日子。

辞别了商队之后，归不归等人分乘三辆马车向白马寺驶去。这么多年虽然数次往来洛阳城，不过却没有专程去过白马寺。司马氏统一天下之后，开始重新尊佛修庙。差一点毁于战火的白马寺，经过这些年不断修葺，规模更胜于从前。

众人到了庙前，看到这里熙熙攘攘的，有前来敬佛的香客，还有上百个身穿崭新袈裟的和尚，一打听才知道今天是白马寺中供奉佛祖舍利子的十三层佛塔的落成之日。寺庙的住持带着上百个大大小小的和尚已经守在庙门口，恭迎当今天子和满朝的文武大臣了。

不过在和尚当中，并没有看到广仁和火山，这让背着邱芳的姬牢神色有些紧张。老家伙问过庙中一个小和尚，这才知道那两位大方师并未离开寺庙，只是他们两位自恃方士身份，没有和众和尚一起出来迎接皇帝。

本来法会在早上辰时就应该结束的，为了等皇帝已经耽误到了午时。就在吴勉、归不归这些人打算混进去找广仁、火山的时候，突然听到远处传来一阵礼乐之声，随后远远看到圣驾缓缓向着寺庙行进过来。

维持秩序的御林军将所有看热闹的香客都赶到了一边。吴勉、归不归他们怕麻烦，便使用了隐身之法，反正也到了寺庙门口，那就先看会儿热闹再进去寻找广仁、火山也不迟。

当下，寺庙住持立马带着寺中和尚迎了上去，恭恭敬敬地将皇帝、皇后和满朝文武官员迎到了寺中。现在的天子正是当初去昆仑山方士一门的那位太子。他脸上还有巴掌大小一块烧伤的痕迹，比较当初，他又多了几分呆傻之气。皇帝一边走路一边流口水，有宫女在为他擦拭着。

皇帝身边有一位矮胖的妇人，看着比像缸一样的饕餮还要胖上几分，从打扮上看此人应该就是当今的皇后贾南风了。这皇后身穿华贵宫衣，头上身上满是黄灿灿的金饰，正午的阳光直射下来，晃得周围的人睁不开眼睛。几位年轻英俊的内侍陪伴在皇后身边，时不时还调笑几声，看样子对皇后并不怎么恭谨。眼神最好的百无求在自己“亲生父亲”的耳边小声嘀咕道：“老家伙，看见了吗？那几个内侍还留着胡楂……”

和上次在昆仑山方士一门的大典一样，皇帝、皇后两口子进到寺庙之后，皇帝司马衷吵着累了要休息，在禅房当中一觉睡到天色擦黑才醒来。当初他还是太子的时候，便没人敢叫他起来，更不要说现在他做了皇帝，谁还敢找那个麻烦。

在众人的侍奉之下，皇帝洗漱了一番，又吃了点心，这才下旨让住持开启佛塔落成的仪式。看着头顶上的大月亮，住持和尚哭的心都有了：这大半夜的，哪里还是什么佛塔落成的仪式，不知道的还以为这些和尚要给谁迁坟……

当初那位昆仑大方师广义都咬牙忍了，更别说这位白马寺的住持了。当下，住持将皇帝、皇后请到了佛塔前，趁着月色开始进行佛塔落成仪式。就在这个时候，百无求发现了混在百姓当中的广仁、火山两位大方师。

就在他们打算过去找广仁、火山的时候，一个皇后身边的内侍走到了吴勉身边，对着这个白头发的男人说道：“跟我走，有天大的好事要便宜你……”

第六章　求情

吴勉斜眼看着这个长着胡楂的内侍，并没有回答。内侍以为这个白头发的男人没有听清，当下凑近了一点，在吴勉的耳边低声重复了一遍刚才的话。听到那句话，白发男人竟然笑了一声，对内侍说道："你向后退一步……"

内侍愣了一下，不明白吴勉是什么意思，当下莫名其妙地说道："快点跟着我走啊，趁现在过去沐浴更衣。一会仪式完毕之后，就在佛堂当着佛祖的面侍奉娘娘，咱们娘娘就好这调调……"

"我让你后退一步。"吴勉硬生生地打断了他的话。这几个字出唇的同时，内侍的脑中恍惚了一下，随后不由自主地向后退了一步，随后呆愣愣地站在原地。

就在内侍后退一步、刚刚站稳的时候，身后突然传来一声巨响。他回头一看，被眼前的景象吓得差点一屁股坐到地上——那十三层的高塔正摇摇欲坠。内侍第一反应是撒腿就跑，不过他的双腿好像长在了地上，任凭他如何使劲，都无法动弹半分。

这时候，和尚和宫中的侍卫也都发现了高塔要倒。一个吓呆了的小和尚大喊了一声："塔要塌了，施主们快点跑啊……"

这一嗓子喊出来的同时，这十三层的佛塔已经"轰隆"一声，向着南边整体塌了下来。佛塔最顶部西瓜大小的石球不偏不倚正好砸在内侍的脑袋上，瞬间将这个人砸成了一团肉泥。

而距离内侍只有一步之遥的吴勉却跟没事人一样，继续站在原地，连一滴血珠都没有溅到。

这时候，周围的人已经乱成了一团，无数的护卫冲过来，护着皇帝和皇后离开。随后御林军也冲了过来，与和尚一起查看这场事故的伤亡人数。邪门的是那么大的一座高塔倒塌，竟然只是砸死了内侍一个人。虽然在场的人都被吓坏了，不过缓了一阵之后也都没事了。

如果不是那么多人亲眼看着这座佛塔是自然倒塌的，今晚这件事就要扒了白马寺一层皮。好在皇帝虽然昏庸，却异常信仰佛教，回到禅房休息之后，还下了圣旨来劝慰住持等和尚。皇帝已经发话，佛塔倒塌的事情这才不了了之。

有了这次的教训，白马寺再建佛塔的时候，都只建造七层佛塔，再没有不自量力建造十三层佛塔的事情了。

缓了一阵之后，皇帝不敢留在寺庙当中，当下带着护卫、百官匆匆忙忙离开。寺中的大小和尚一边赔罪，一边将皇帝等人送出了寺庙，广仁、火山混在相送的人群当中。等到皇帝的仪仗消失，姬牢背着邱芳凑了过来。

将邱芳放在两位大方师脚下之后，楼主赔着笑脸对广仁、火山两个人说道："两位大方师，故人邱芳得了恶疾。还望二位看在昔日同门的分上，救他一条性命吧。"

看到姬牢突然出现，两位大方师同时皱了皱眉。随后广仁蹲在地上，检查了邱芳的伤势，随后站起身来，叹了口气，对着姬牢说道："姬牢先生，你也是方士出身，应该知道邱芳身上的是什么。没有徐福大方师的话，谁敢去抹掉这孽缘？"

"大方师，当初徐福大方师能饶了邱芳的性命，自然不会让他继续受苦。"姬牢看到这两位大方师没有动手救人的心思，当下脸上的表情有些着急，对广仁继续说道，"邱芳为什么落得如此田地，你我心知肚明。方士一门的崩塌不是因他而起，更不应该由他来承担。这样，将邱芳身上的孽缘转到我的身上，总是可以的吧？”

面前的姬牢正是方士一门崩塌真正的始作俑者，不过他的性命不能由两位大方师了结。现在看他为一个除名的方士求情，当下火山已经忍不住怒气，对楼主说道：“你这是在和谁讨价还价？你是你，他是他。你的孽缘自然有到的那一天，回去慢慢等着吧，不要再在大方师面前聒噪……”

这时候，白马寺的住持看到周围看热闹的百姓没走，对着这几人高诵佛号，说道：“几位尊客，这里不是说话的地方。如果不嫌庙小简陋，还请到庙中说话。里面有辩经的禅堂，有争议到里面解决如何？”

其实现在住持的心里也很别扭，好好的一场法会弄成了这个样子，万幸没有伤到圣驾。现在庙中还有一大堆的事情等着自己处理，还要耐着性子过来规劝这些方士。如果不是看在方士一门瘦死的骆驼比马大的分上，他才懒得去搭理这几个方士，而是直接回到庙里处理塔塌之后的事情了。

白马寺住持的面子自然要给，方士一门崩塌之后，佛门已经填补上这个缺口，影响力甚至比起方士一门最昌盛的时候还要大。从广仁、火山这样的人物都过来凑佛门法会的热闹，便能看出来佛门现在的势力了。

当下姬牢背起邱芳，连同广仁、火山跟着小和尚进了庙中辩经的佛堂。广仁四个人路过塔塌现场的时候，正好看见吴勉、归不归和席应真那些人。老家伙正在和白发男人讲道理：“其实不用闹得这么大，你就跟着走一趟，该弄死谁就弄死谁。这好端端的一座高塔招谁惹谁了？都是钱来的，那些秃头和尚天天出去化缘也不容易。再赶上皇后那样的，还要再花另外一番力气，你以为他们容易吗？呀，这不是两位大方师吗？怎么，你们二位这是跟楼主和好了？走得这么亲近，不知道的还以为你们刚刚结拜了。”

广仁拉住了要发作的火山，微微一笑，并没有理会归不归，而是对他身后的席应真说道："多年未见应真先生了，几年前徐福大方师从海外寄来的书信中还提到了应真先生。"

席应真笑了一下，说道："徐福大方师客气了，我一个小小的术士，怎么敢让大方师这么挂怀？"

听到席应真的话，广仁愣了一下，然后又跟着客气了几句。这个老术士什么时候这么好说话了？他这次没有自称术士爷爷，还对徐福如此的尊敬，广仁也是第一次遇到。他不由得也怀疑这个席应真是不是真的……

看到广仁对席应真还是有些顾忌，当下姬牢便对归不归说道："归不归先生，几位有没有兴趣和我们一同前往禅堂？我与两位大方师有些争论。"

"我们也想找个清净的地方，这里人多太闹。"归不归嘿嘿笑了一下，和吴勉对了一下眼神，又对着席应真说道："术士爷爷，咱们换个地方去听和尚念经如何？"

席应真抬头看了一眼天上的月亮，犹豫了一下，还是点了点头，说道："也好，没有多少时间了，去哪里都一样。"

吴勉、张松和归不归三个人脸上的表情都变得有些古怪，三个人跟着席应真，同时抬头看了一眼月亮。广仁似乎也明白了过来，这时候有些后悔答应姬牢前往禅堂了。

第七章　古怪的大术士

进了禅堂，姬牢和广仁继续争论邱芳的事情。楼主之前作恶多端，现在看到他为了另外一个人的生死和两位大方师争得面红耳赤，吴勉、归不归这些人还是有些不大习惯。

楼主要把邱芳身上的孽缘转嫁到自己身上，被广仁一口回绝之后，姬牢来了个更绝的："两位大方师，还在怀疑姬牢吗？这样，一命换一命，你们来救邱芳，我把性命交出来。用姬牢的命来抵消邱芳的罪过，这样总可以了吧？方士一门是我处心积虑搞崩塌的，邱芳只是徐福顺天命的棋子而已……"

说话的时候，姬牢走到了法器架子边，从架子上拿了一把戒刀搭在脖子上。这些戒刀都没有开刃，说起来叫戒尺更加合适一点。这里是辩经的禅堂，偶尔会有辩经时太过忘我的和尚，为了防着他发狂伤害同门，这才准备了没有开刃的戒刀，用作震慑的法器。

虽然没有开刃，不过姬牢还是用它将他脖子割出一道血槽。看到这里，归不归的脸色少有的阴沉下来。他身边站着的百无求不以为然地说道："怎么了？老家伙你心疼了？忘了以前楼主追着你打，把你打得叫爸爸那时候了？"

"傻小子，你懂什么？楼主的大限就要到了……"归不归轻声说了一句，看到对面没人注意到自己，这才继续说道，"做恶事者恶事做绝，一念之间幡然悔悟一心向善，乃是大限将至之兆。当初徐福那个老家伙说这个的时候，老人家我还笑话他把恶人往死里逼，现在看起来他说对了。”

吴勉、归不归、张松和几只妖物只是看着姬牢和两位大方师的争执，都没有上去站队的意思。虽然张松和姬牢也有着师徒的情分，不过这个时候的张松对待席应真和姬牢完全不同。他看着楼主的眼神十分冷漠，就好像那个身穿破衣的男人和他没有丝毫关系一样。

这时候，看到姬牢要自杀，广仁和火山同时过来抢夺他手中的戒刀。这位问天楼主不是不可以死，而是不可以这样死。广仁在图谋另外一件大事，姬牢的生死关乎着这件大事，如果他就这样死了，他们两位大方师在方士一门还没有崩塌之前就谋划的大事便要前功尽弃。姬牢只能死在元昌手里，除此之外，姬牢任何的死法都会给那件大事带来无穷无尽的麻烦。

看着他们三个人这么热闹，当场辈分最大的席应真看了一眼窗外的月色。他低头沉思了片刻，深吸了口气，对着乱成一锅粥的三个人说道：“术士我还是第一次看到这么救人的，都给我一个面子吧。两位大方师你们退后一步，楼主你也把刀拿下来，我给你们做一个中间人，你们各让一步如何？”

看着三个人照做之后，席应真又继续说道：“这样，两位大方师你们先将邱芳身上的恶疾除掉，然后带着他去找徐福发落，这样你们也不用犯难了。”

“多谢大术士的好意，不过这样一来不是把难题扔给了徐福大方师吗？”广仁轻轻摇了摇头，继续说道，“将难题丢给师尊，不是为弟子之道。邱芳的劫难不是因为方士一门的崩塌，而是他残害同门，又嫁祸于人。他做恶之果，并非是方士崩塌之因……”

说话的时候，广仁趁着姬牢不注意，对着他手中的戒刀虚抓了一把，戒刀瞬间便飞到了广仁的手中。随后，大方师将戒刀交给了身边的火山，随后说道：“姬牢，你的果报未到，并不应该死在这里，还是找个清净所在等着报应到来吧。”

这时候，不知道是不是刚才三个人的乱斗惊扰了邱芳。这个昏迷多日的方士竟然醒了过来。他冲着姬牢惨笑了一下，开口说道：“姬牢先生不用麻烦了，算着我的大限就要到了，左右不过是轮回转世，索性现在就去了吧……累了你这么久，我身边也没有什么朋友了，帮个忙，最后送我一程吧……”

姬牢沉默了片刻，默默摇了摇头，随后说道：“还没到那一步，不到最后一刻，你怎么知道没有转机？这样，我们不去求广仁、火山两位大方师，我带着你直接去东海去找徐福大方师，索性去找源头。”

“那就连你一起拖累了……”邱芳虽然昏睡了多日，不过他的心智还没有混乱。摇了摇头之后，邱芳继续说道：“你的心脉连在我的身上，连到洛阳这么短的路程都要靠着商队，哪里还有能力远渡重洋？到时候只是再次害了你而已……这样，你了结我，我去轮回也算是解脱了，你也不用受累了……”

邱芳带着必死之心说了这几句话，说着，他从身上摸出一把短剑来，对着脖子就是一下。可惜邱芳大病当中使不出来气力，剑尖刚刚接触到皮肤便掉了下去。随后，短剑被姬牢远远地踢到了一边。

看到自己连自杀的力气都没有了，邱芳无可奈何地叹了口气。这时一直没有说话的吴勉走了过来，从地上捡起短剑，将短剑放在邱芳手上，随后握着邱芳的手，将剑尖对准了这将死之人的心口。

“剑尖的位置避开了肋骨，你不用如何用力就能刺穿心脏而死。”吴勉面无表情地说道，“你死之后，我去找徐福。就算你方士的名头不能恢复，其他当初跟随大方师渡海童男的身份还是能找回来的。”

听到吴勉最后一句话，邱芳流下了眼泪。他微微点了点头，说出来两个字：“多谢……”

就在邱芳打算给自己一下子、了结这一辈子的时候，突然传来席应真的声音：“邱芳你慢点动手，姬牢说得对，还不到最后一刻，你怎么知道自己的病症治不好？天下是天下人的天下，不是你们方士一家的天下，凭什么你的疾症只有方士能医好？”

听到这话，谁都以为脾气变好的席应真打算自己动手救治邱芳。没有想到说完这句话，大术士却走到了大门口，倚在门框上，看了一眼天上的月亮，对姬牢说道：“你把邱芳的病症说给术士我听听，慢慢地说，仔细地说，千万不要漏掉什么，省得一会儿我给他治病的时候下错了手段，再要了他的小命。就从邱芳生病之前说起，总会有前兆的吧？嗯，就从他患病之前三个月说起……”

这下子邱芳自己都受不了，他苦笑了一声，说道：“大术士你还是让我自己动手吧，别让我再受罪了……”

这时候，归不归苦笑了一声，随后对吴勉说道：“老人家我想起来一件关于大术士的事情，现在来看是真的了……”

归不归说话的同时，广仁对火山说道：“邱芳命不该绝……”

第八章　席应真的变化

这时候，已经处理完塔塌事情的住持在监寺的陪同下，也来到了禅堂。他安排小和尚端进来几盆新鲜的果子，笑吟吟地对着面前这些方士、术士们说道："刚才佛塔塌陷让几位受惊吓了，来来来，吃点水果就当压惊了。这可是陛下送来礼佛的供果，说句不恭敬的话，和尚我这是从佛爷的嘴里省下的果子，来招待几位修士……"

住持进来之后，姬牢和广仁也不好再说什么。毕竟在人家的地盘，总是要给主人家面子的。当下，几个人和住持客气了几句，象征性地从盘里取些果子，拿在手里把玩。除了那几只妖物之外，也没有人真去吃它。

看到这些修士当中的顶尖人物都给自己面子，住持脸上的笑意更盛了，高诵佛号之后，他说道："各位都是修士当中的翘楚，今天能到和尚这座小庙，也是给了和尚两分薄面。那就再给几分薄面，看在和尚老迈的面子上，有什么误会大家各退一步如何？"

老和尚看着年纪虽大，却是这些人当中最年轻的一个，众人把他当作孙辈都是高看了他。前几句话他说得还算得体，说到"和尚老迈"的时候，归不归捂着嘴笑了一下。跟在老方丈身后的监寺是个四十来岁的壮年和尚，当下便对归不归不爽，恶狠狠地瞪了老家伙一眼，他仗着自己是天下第一寺庙的监寺，瞧不起这些已经过时了的方士。

这时候，百无求正啃完了一个果子，伸手再去盆里抓果子的时候，才发现这些果子已经被饕餮倒进了怀里。二愣子不敢得罪龙种，心里正来气的时候看到这监寺在瞪自己的“亲生父亲”，当下便将这口气发作在了监寺的身上。

“秃子你瞪谁呢？怎么，昨晚小尼姑不让你上床，你就把气撒在我们家老家伙身上了？呸！瞎了你这狗眼，你爹妈在茅房里面把你拉出来，就是让你这么瞪给你钱花的施主吗？”百无求骂起人来，可是不管旁边都有谁。当下他一把拉开衣服，露出来黑乎乎的护心毛，继续骂道：“还敢瞪老子？秃子，老子这是为你好，现在不扳扳你的脾气，碰到脾气大的一巴掌打死了你……”

这监寺以前是外地的无赖，因为抢劫出了人命才逃到洛阳城。后来他花了大钱做了皇家佛堂的僧人，再后来走了皇后的路子，才被派到这白马寺中做监寺，只等老方丈圆寂，坐上住持的位子。平时就连住持也要给监寺几分面子，他什么时候被人这么辱骂过？加上不知道这些修士的底细，他怒气一上头，当下将刚才广仁扔到一边的戒刀抄了起来：“死杂种，佛爷现在就超度了你！”

说话的时候，监寺已经冲着百无求扑了过来。二愣子在这些人当中虽然最弱，不过对付这个和尚还是绰绰有余。在戒刀劈过来之前，百无求一脚踹在了监寺的肚子上，将这大和尚踢飞出去，撞倒了一面的佛像，身上鲜血溅出来半面墙。本来肃穆的禅堂显得凌乱不堪。

监寺倒地之后不断抽搐，眼见是活不成了。住持暗自后悔，自己明明是来劝和的，怎么闹成这样的光景？传说监寺是和皇后娘娘睡过觉的，娘娘怪罪下来，自己又该怎么应对？

眼看百无求一言不合就打死了人，广仁、火山都皱起了眉头。当下，末代大方师对百无求说道：“妖物，你竟然敢杀伤人命。真的当这里是你们妖山妖界了吗？归不归，你自认的妖物儿子杀了人，你说应该怎么处置吧！”

“杀得好！就算百无求不杀，术士爷爷也要给他一巴掌。归不归老家伙，你这儿子养得好，养得呱呱叫。哈哈哈哈……”没等归不归说话，一直站在门口看月亮的席应真突然一阵大笑，瞬间恢复了他以往张狂的样子。

现在的席应真和刚才完全就是两个人，广仁心里明白出了什么事情，当下叹了口气，拉了一把自己的弟子，赔着笑脸对席应真说道：“大术士这话也有道理，这监寺本来便不是什么好人。广仁在白马寺住了这几日，亲眼看到这和尚的所作所为，他淫乱佛堂，私下贪受庙产。此人之死实在是上天假借百无求之手行之，死得其所。”

“广仁小娃娃，这是你自己说的，日后可不许再赖上百无求……”席应真边哈哈大笑边走到小任叁身边，一把将这个小家伙抱了起来，在他的脸蛋上亲了一口之后，说道：“我的儿，你说爸爸我给你添个师弟好不好？刚才看着邱芳这娃娃不错，宁死不给别人添麻烦，这有点对术士爷爷我的脾胃。”

“老头儿，这个你说了算。”小任叁咯咯一笑，随后继续说道，“不过老头儿你这两天怎么了？昨天晚上我们人参还以为你是假的，是坏人假扮的你。这是受什么刺激了？娼馆哪个姑娘说要嫁给你，把你吓到了？”

“哈哈哈，坏小子，敢拿你爸爸我开玩笑。”席应真在小任叁的脑门上轻轻拍了一下，随后表情古怪地说道，“那是我一时没看开想要做好人，不过想想术士爷爷我这么多年都是这么过来的，还是这样过得舒服。没事学什么好，本来又不是什么好人……”

席应真说话的时候，归不归看了一眼窗外的大月亮，随后明白出了什么事情，笑眯眯地在吴勉的耳边嘀咕了一句：“已经过了子时，现在算另外一天了……”

吴勉脸上露出一丝古怪的笑容，看着那边恢复老样子的席应真，自言自语般地说了一句：“玩得真开心。”

这时候，老术士抱着小任叁再次走到邱芳的身边，对这个奄奄一息的方士说道：“刚才老人家我说的，你都听到了吧？现在你也磕不了头，这样，先喊一声师尊，术士爷爷先给你治了病，再起来磕头。你的运气好，术士爷爷上一个弟子刚死，正好把位置给你腾出来了。”

听到席应真说到上一个弟子刚死，姬牢的嘴巴动了一下，想要去打听离墨的下落。不过话到了嘴边，还是忍住没有开口，硬生生地把话又咽了回去。

“请恕我不能从命……”邱芳用力摇了摇头，说道，“邱芳有过师尊，虽然我已经被逐出了门墙……不过也没有打算学广孝再投他门。多谢席应真先生你的好意，邱芳犯错之后，已经做好了去轮回的准备……”

看着这个马上就要咽气的方士一口回绝了自己，席应真的眉头皱了起来。他收弟子的时候，除了那个瞎眼的董峰，剩下的人几乎都是抱着他的大腿哭求的。想不到这个邱芳会浪费自己的一线生机，宁死都不拜他席应真为师。

不过眼前的邱芳却甚是对自己的脾胃，比起自己其他死了和还没死的弟子来，邱芳是越来越顺眼。就在老术士犹豫不决的时候，小任叁玩笑似的说了一句：“老头儿，你真觉得这人好，反过来拜他为师不就得了？”说完，小家伙自己都被逗乐了，咯咯大笑了起来。

第九章　大方士席应真

“胡说八道，你爸爸我是什么身份，这个邱芳是什么身份？他以前的师尊是火山，今天你爸爸我拜了他，再看见火山不得灭了他的口？省得还被别人笑话。不行，太麻烦，灭了火山还有广仁。他们爷俩完了，徐福那个老家伙就要出来——那就省了术士爷爷我的事了……”

说到这里，席应真的眼前一亮。他这辈子最大的愿望就是能胜徐福一次，除了当年他一人打上方士宗门，和首次出世的徐福打了一个平手之外，其余几次都是败在徐福的手下。直到那位大方师出海，自己才得了“陆上术法第一人”的称号。而“天下第一”四个字还留在海上大方师的手中。

为了这个，席应真几次前往东海去找徐福比试。一连半年多，席应真天天在徐福的落脚之地骂大街，虽然他骂街水平比起百无求来相差甚远，但把徐福搅得不胜其烦，这才露了面。徐福和席应真二人就在海上大战一场，不过最后老术士还是挨了大方师一个嘴巴，输了那一场比试。

那次比试令席应真耿耿于怀。五行当中徐福主水，他主火，比试的地点偏偏就在汪洋大海当中，让徐福占了地利。如果老术士主场选在火势之地，那胜负或许就是另外一番景象了。前提是，徐福那个老家伙必须要离开大海，到陆地上来找席应真。广仁、火山如果折于自己之手，徐福应该就会回来了吧……

想到这里，席应真觉得拜这个小方士为师似乎也不是不可以。大不了打败了徐福之后，自己再脱离师门就好。他们方士反出门墙的也不止一两个了。

想到这里，席应真哈哈一笑，先将小任叁放了下来，随后单膝跪在邱芳的身前，对着这个小方士说道："弟子席应真愿拜在师尊门下学法修道，终生侍奉在师尊左右。还请师尊您老人家成全……"

席应真这两句话吓了在场众人一大跳，谁也没有想到辈分最大的大术士，竟然会拜在身份最低的邱芳门下。就连小任叁也变了脸色，小家伙知道自己说错话了，当下拽着大术士的衣角，怯生生地说道："老头儿，我们人参开玩笑呢。你别当真，快起来，别吓唬我们人参了……我们人参再也不敢了……"

"我的儿，别担心你爸爸我认了邱芳为师，你就要跟着叫他什么。咱们单论，这事和你无关……"席应真冲着小任叁笑了一笑，随后对着已经吓呆了的邱芳说道："师尊，受了席应真的跪拜，你我师徒的名分就算定了。从今以后，谁再敢欺负你，就报弟子席应真的名字。"

邱芳本来身体就弱，看到席应真对着自己行拜师之礼，吓得差点昏死过去。当下他使出全身的力气，想要对这个老疯子说自己是将死之人，无意收徒，没有想到话出口，却变成了："今日起你我师徒名分已定，望你能光大门……"

说出来的话根本不是自己要说的，邱芳惊恐地捂住了嘴巴。他知道这是席应真施展的手段，不过自己从来没有听说过还有这种可以变化出口之言的术法……

"应真先生您拜了名师，真是可喜可贺……"这时候，张松嬉皮笑脸地走了过来，对着自己昔日的师尊说道，"大术士席应真拜师，这也算是天大的事情了，怎么也要找家娼馆去庆贺一下。"

"胡说！"席应真眼睛一瞪，随后对着自己这过气弟子说道，"术……方士爷爷我拜在师尊的门下，哪里还有什么'大术士'？记得以后称我方士爷爷。还有，你这睚眦玩够了吗？玩够了就还给方士爷爷。没看见我这刚刚拜师吗？我家师尊法术太弱，身边不带点龙种妖兽什么的，被别人欺负了怎么办？归不归，你把你儿子交给方士爷爷我吧。人参我舍不得，就把你儿子送给我家师尊。有事防身，没事听他骂街也解闷……”

“老子不去！”听到席应真要把自己送人，百无求的浑劲上来了，瞪着眼睛说道，“老子又不是你生的，凭什么要你来做人情？老家伙，你敢把老子送人，老子现在就死给你看！”

“傻小子，方士爷爷在和你开玩笑呢。你吃得那么多，一般人家怎么养得起？”归不归嘿嘿一笑，转过身去，背着席应真从怀里面摸出来一个小小的瓷瓶。从里面倒出来一颗丹药之后，归不归转回身来笑眯眯地走到了老方士的面前，说道：“您老人家拜师这么大的事情，晚辈我也没有什么好表示的。这一颗长生不老的丹药您收好，算是晚辈对令师尊的一番孝心……”

席应真皱着眉头接过了丹药，放在鼻子下面闻了一下之后，翻着白眼对归不归说道：“老家伙，方士爷爷我拜师尊，你给了一个单数，什么意思？在暗示我们这一门祸不单行吗？儿子不要你的了，还那么小气吗？”

“这个怨我了……”归不归赔着笑脸在怀里摸索半天，硬生生从怀里又倒出来一颗丹药放在了席应真的手心里。老方士看了一眼手里的两颗丹药，这才挥了挥手，说道：“就这样吧，以后记得三节两寿的时候，来看看方士爷爷我这老师尊，别空着手。张松，你还不把睚眦还来吗？”

“这小东西还小，认生得很，容我替您再养两年……”张松嘿嘿一笑之后，凑在老方士的耳边说道，“不是我说，左右您都是要个龙种充门面。您看看那边的饕餮怎么样？龙种大排行他可是行二，带出去吃饭、逛娼馆也有面子。”

“呸！饕餮吃的是什么？你让我这老师尊拿什么去养？”席应真看了

一眼墙角有些发蒙的饕餮，继续说道，“别说方士爷爷不讲道理，睚眦还是你来养。不过你要跟随我们师徒，门中的一切用度都是你来负责。”

“这个本来就应该是我来孝敬的，钱什么的老人家您不要担心，归不归那个老家伙也不会看着不管的。”张松嘿嘿一笑，不管怎么说，睚眦是保住了，而且跟着席应真也是天大的好事。

看了一眼张松，席应真将目光对准了广仁和火山这两位大方师。一旦他俩敢对自己摆大方师的谱，他就马上发作。倒是不用一下子把他们师徒二人灭口，而是把他们俩拘走，找个地方关起来，让他们受点罪，再把消息透露给海上的徐福，就等着他回来找席应真报仇。

席应真身边有张松这个坏事精，他俩一起给徐福下个套，到时候就可以一雪前耻。想到自己一巴掌扇在徐福的脸上，席应真便差点笑出声来。

当下，席应真回头看着广仁、火山两位大方师，说道：“方士爷爷我拜师，你们两位不打算表示表示吗？你们二位都是大方师，是不是也要方士爷爷对你们俩行个礼？”

“方士一门早已经崩塌，哪里还有什么大方师？”广仁微微一笑，继续说道，“应真先生拜在名师之下，自然是可喜可贺。虽然方士一门崩塌，方士一脉却没有完结。他日定能在应真先生的经营之下，再次中兴。到时候应真先生便是天下方士的第一人……”

看到广仁躲了过去，席应真并不意外，他笑了一声之后，将目光对准了火山，说道：“方士爷爷我突然想起来，我这师尊曾经拜在火山你的门下，那么方士爷爷应该怎么称呼你？”

第十章 胆大脸皮厚

火山的目光从席应真转到了还躺在地上的邱芳身上，他怎么说也是做过最后一任大方师的人，心里明白老术士想要做什么。不过火山是宁折不弯的性子，想让他趋炎附势、奉承席应真是不可能的。

一边的广仁明白自己弟子的性格，并没有上前劝说的意思，而是做好了火山发作之后，和他一起面对的准备。虽然广仁已经提升了术法，不过他并不认为自己的术法已经强大到可以和席应真一争高下的地步。火山是接自己道统的人，这孩子就算惹了天大的祸，自然也有他这个师尊顶着。

看着广仁沉默不语，席应真脸上的笑意更盛——他几乎已经看到了火山翻脸。席应真盘算着，稍后自己用两个嘴巴将这俩大方师打倒，然后一手拖着一个大方师的腿，把他们俩找个地方关起来。再随便找一个方士，让他去海上找徐福，让那位大方师赶快回来，把自己的弟子救走。听说极北之地有会喷火的高山，在那里教训徐福真是再合适不过了。

席应真搓了搓手，再次对着眼睛已经冒火的火山说道："没有听到方士爷爷的话吗？小娃娃你不会那么没有规矩，还想在方士爷爷我这里占什么便宜吧？说，从邱芳这里论，我们应该怎么称呼？"

席应真说话的时候，心里已经盘算好了。这时候哪怕是火山已经低头，自己也要找他话里的错漏，比如说，谁让你叫应真先生的？方士爷爷和你有那个交情吗？为什么不叫我应真先生？看不起方士爷爷吗？

就在这个时候，禅堂外突然传来敲门的声音。随后一个还算熟悉的声音在门外响起："两位大方师和席应真大术士在里面吗？在下公孙屠，奉了徐福大方师的法旨归陆。在下身上带着徐福大方师给几位的信函，在下可否方便进去说话？"

听到外面这人是那位靠着厚脸皮蹭了吴勉一颗长生不老药，才变成长生不老之身的公孙屠，禅堂当中所有的人、妖都是一脸诧异的表情。谁也想不明白，徐福的人是怎么知道席应真和两位大方师在白马寺的？

现在的广仁已经顾不得什么了，身边随便有一根救命的稻草都要抓住。当下他对着门外的人说道："公孙屠你进来吧，大……方士在此，你要小心点，不可以放肆。"

"是，公孙屠明白……"话音落时，禅堂大门已经打开，满脸倦容的公孙屠走了进来。看到禅房里面的这么多人，这位徐福特使愣了一下，随后站在原地行了四方礼，随后恭恭敬敬地走到了席应真的面前。他从怀里掏出一封信函来，双手交给了皱着眉头的大术士，清了下嗓子，对席应真说道："徐福大方师恭喜席应真先生拜名师，此后先生必定为方士一门立下不世之功勋……"

"你说什么？徐福怎么可能知道我要拜在邱芳门下！怎么可能……"这时候的席应真已经惊愕得连嘴巴都无法合拢，如果说远在东海的徐福能算到今日自己和广仁、火山在这禅堂当中，那还倒罢了。但是他竟然算到自己会拜在邱芳的门下，这么有违礼法的事情徐福是怎么算到的？如果徐福有那样的占卜术，自己还有可能赢得了他吗？

"晚辈只是转述徐福大方师所言，席应真先生不妨看看信函，里面或许会有答案……"公孙屠被席应真突如其来的变化吓得冒出了冷汗，缓了一下之后，这才怯生生地指着席应真手中的信函继续说道，"晚辈就是一个送信的……"

这时候，席应真急急忙忙撕开了信函，将里面的信纸倒出来，从上到下仔细看了一遍。看完，老术士有些颓废地后退了一步，手指一松，信纸掉落到地上。缓了半天，席应真才深深地吸了口气，眨巴眨巴眼睛看着公孙屠，说道：“你刚才说徐福还有信函要交给他们两位大方师，是吗？给我，我来替你转交。”

两位大方师近在咫尺，公孙屠不明白“转交”是什么意思，就在他不知所措的时候，广仁开口道：“就按应真先生说的，请他来转交徐福大方师的信函。”

“是，晚辈明白了。”向广仁行礼之后，公孙屠又从怀里拿出来两封信函。没等他将信函交出去，席应真已经迫不及待一把将两封信函抢了过去。看完了信函的内容后，大术士脸色苍白，好像有什么事情想不明白。他低着头想了半天，这才抬头对公孙屠说道：“你们徐福大方师还有什么要对我说的？”

“徐福大方师交代，要说的都在信函当中，席应真先生您一看便知。”公孙屠奓着胆子说了一句，之后满脸怯意地看了大术士一眼，随后继续说道，“老人家您是否可以将信函转交两位大方师？如果他们二位没有回话，我回去不好交代。”

席应真哼了一声，手腕一甩，两封信纸便向着两位大方师飞了过去。信纸离手的一瞬间，这位大术士将躺在地上的邱芳扛在肩上，转身走了出去，瞬间消失在大门外。

这突如其来的变化让旁人摸不到头脑。当下，反应最快的是张松。这个麻秆一样的男人眼珠转了一圈，急急忙忙地追了出去：“应真先生您叫我是吧？您老人家稍等，我这就出去……”

向外跑的时候，张松咳嗽了一声，向角落里面的饕餮使了个眼色。那位只知道吃的龙种明白了过来，急急忙忙地跟着张松一起离开了禅堂。

这时候，吴勉走到了刚才席应真所在的位置，将地上的信纸捡了起来。看了一眼，白发男人脸上的表情也开始古怪起来。他将信里的内容看完之后，这才转手将信函递给了凑过来的归不归。老家伙嘿嘿一笑，没有伸手去接吴勉递过来的信纸，说道：“老人家我猜一下，信上写的是徐福大方师恭喜席应真拜名师的贺词；后面应该还写着以后大家都是方士一脉，应该多多亲近；我的弟子就是你的弟子，他们不好你只管打骂之类的话吧？”

归不归的话让吴勉也有些动容，虽然老家伙说得并不是那么准确，不过基本上和徐福写的是一个意思。归不归看出来吴勉的心思，嘿嘿一笑之后，说道：“老人家我不是神仙，徐福那个老家伙也不是神仙。能算准今晚这里事情的，是一个胆子大过天、脸皮赛过城墙的人。后生可畏啊，公孙屠，你自己说呢？还是老人家我替你说？”

本来广仁和火山已经打开信纸，准备要看徐福交代了他们什么事情。现在听到了归不归说的话，两位也没了再去看信的心思，都在等着神色惶恐的公孙屠。火山说道：“公孙屠，这里还有什么广仁大方师和我不知道的事情吗？”

公孙屠听到之后，扑通一下跪在两位大方师面前。说话之前，先从衣服里面掏出来十三封信函，说道：“这才是徐福大方师亲笔信函，晚辈这也是没有办法……”

第十一章　一定要想开

公孙屠面前的十三封信函都是大方师徐福写的。和席应真想的一样，那位远在海外的大方师的确算到了能救邱芳的人只有大术士席应真；也算到了大术士今晚会在白马寺，与广仁、火山两位大方师，以及其他人见面。

徐福算到席应真救邱芳还会有些波折，当下便派了公孙屠前来。徐福预测了白马寺里可能会发生的情景，便写了十三封信函，吩咐公孙屠按照实际的情况，拿出来相应的信函。徐福盘算着，不管禅堂里面发生了什么样的困境，只要将其中的一封信函拿出来交给席应真，自然能化解危机。

公孙屠已经在门外听了一阵子，他身上带着法器，就算席应真、广仁这样的大人物都没有发现他。刚才席应真靠在门口看月亮的时候，归不归陪着他看了一阵子。大术士一心看着天上的月亮计算时间，并没有注意到躲在门外暗处的公孙屠，不过却被老家伙看了个满眼。归不归并没有马上揭穿公孙屠，只是冷眼旁观这个方士要做什么。

听到禅堂当中，席应真要拜邱芳为师的时候，门外的公孙屠傻了眼。他带的十三封信函当中，并没有针对关于大术士反拜邱芳的情况。徐福想到了席应真会收邱芳为弟子、义子，甚至连他们俩结拜兄弟都想到了，唯独没有想到席应真会拜邱芳为师。

当下公孙屠进去也不是，不进去又不行，看着面前的十三封信函不知所措。眼看自己再不进去，里面就要打起来的时候，公孙屠突然有了一个大胆的想法：为什么不能假借大方师的名号，写一封恭祝大术士拜名师的贺信？反正徐福这些信函都是蒙着写的，大方师没有蒙对，还不许别人补救一下吗？公孙屠当年学法的时候，着实是临摹过大方师字迹的。公孙屠有信心，就算是徐福本人亲自看信，也看不出来什么问题。

公孙屠身上是带着笔墨和信纸的，当下他便蹲在门口，以徐福的口吻写了三封信函。除了给席应真的之外，还有给广仁、火山的信函。现在已经过了深夜，加上住持叮嘱过庙里的和尚，不让他们去禅堂附近惊扰贵客，故而没有和尚发现禅堂门口还蹲着个人。只是这一切都被归不归从门缝当中看到了。以老家伙的心智，他猜到了这个白头发的男人要干什么。

听了公孙屠诉说经过，广仁后悔自己有些孟浪了。徐福对他来说就是神一样的人物，神怎么可以有算错的时候。而且还是当着归不归、姬牢这些外人，更不要说还有一个教外之人的大和尚。

“公孙屠，徐福大方师的心思岂是你可以妄猜的？你这样改变了大方师的谋划，回去之后，自然有徐福大方师的责罚。”广仁无奈之下，只能说几句场面话应急，“以后记住，徐福大方师自然有他老人家的谋划，你这样的人一时之间是看不明白的。不可妄猜，不可篡改，不可菲薄。明白了吗？”

能有这样的结果，公孙屠也是满意的。当下他跪在地上对两位大方师行礼，说道：“晚辈知错了，回去之后一定向徐福大方师领罪……”

这时候，姬牢长长地出了口气，随后将扣在胸口的铜片取了下来，对广仁、火山行礼道：“既然邱芳有了救他之人，那么这件事也算是告一段落了。如果两位大方师没有什么训示，姬牢这就离开，找一个没人的所在应劫去了。”

“楼主，你我之间泾渭分明，不会因为你的一善之缘会有什么变化。”广仁看着姬牢，说道，“劫难之前，还望你能再做善举。按照此地佛家的话说，你还是可以修来生的。”

“姬牢记下了，劫难以前一定多做善事。”说完，这位昔日的楼主对着禅堂中的所有人行礼，随后转身离开了。

看着姬牢离开，归不归与吴勉对了一下眼神，随后老家伙笑嘻嘻地对着两位大方师说道：“既然没什么人了，那我们几个也不凑这个热闹了。没什么事的话，我们也走了。那什么，公孙屠，你领了责罚之后，记得来找老人家我，有好事情要便宜你。今天的事可不是十件八件法器就能打发我们的，回去再说……”

看着他们几个人要走，广仁犹豫了一下之后，还是开口说道：“归师兄，姬牢的事情你们还是不要管了。日后的一切都是他的果报，你们如果插手的话，对你们几位也没有任何的好处。”

“果报……这是你们方士说的话吗？”没等归不归接话，一边冷冰冰的吴勉突然说道，“方士一门没有了，方士都要去做和尚了吗？广仁，修来世和你有什么关系吗？还是说你活得久了，打算去来世看看……”

“大胆！吴勉你放肆过头了！”火山当下怒目圆睁，如果不是自己的师尊就在身边，他已经去和这个白发男人拼命了。和广仁敬徐福为神一样，自己的师尊也是神明一样的存在，容不得外人有一个字的亵渎。

不过现在吴勉已经完全不将火山放在眼里了。这时候，归不归出来打了圆场：“修来世也好，果报也好，说得都没错。不过老人家我这辈子尽做好事了，又没有什么来世好修，真是可惜我老人家那一大堆的福报了。算了，还是早点回去，回去想想怎么继续修福报吧。哎，这福报太厚了，天上的神仙会不会眼红了？这可怎么办……”

归不归胡说八道的同时，他已经和吴勉带着两只妖物离开了禅房，留下了两位大方师、公孙屠和搞不清状况的住持。

从禅堂出来之后，百无求便缠着自己的“亲生父亲”打听：凭什么公孙屠拿着自己写的假信就能惊走席应真，还有这个大术士到底怎么回事？上半夜还那么好说话，过了子时说翻脸就翻脸。不是说他想开了吗？这到底是想没想开？

直到出了白马寺，归不归这才和自己的便宜儿子解释起席应真的事情：“傻小子，一件一件来说。不是席应真那个爸爸想开了，他是不能不想开。早年间我听过他们术士有自己长生不老的法门，当时也没当回事。不过这些年来老术士的弟子一个接一个地亡故，和百里熙同时代的术士几乎没有了，就剩下席应真自己。他们术士真有什么长生不老的法门吗，怎么一个一个都惦记方士一门的长生不老的丹药？

“以前就听说过席应真是托了首任大方师燕哀侯的福，这才有了现在的成就。长生不老药的丹方最早是姬牢找到，后来徐福改良的。你猜猜看，弟子弄到了长生不老药，会不会给师尊显摆一下？燕哀侯的体质消化不了，便宜一个看得顺眼的术士，也没有什么大不了的吧？方士长生不老，却有衰弱期，你爸爸我衰弱期到了，该想开的要想开，不想开不行……”

第十二章　故人相见

说完了席应真莫名其妙的变化之后，归不归嘿嘿一笑，继续说道：“不过这么多年，谁也没有想到席应真爸爸会有衰弱期。如果不是这次他自己站出来，你爸爸我也不会往那里想的。”

百无求的反应要慢一点，想明白之后他问道：“那么徐福的信呢？老家伙，他怎么写俩字就能把席应真糊弄过去？”

“那里有公孙屠一半的功劳。”想起刚才自己看到那个小方士撅着屁股模仿着徐福的笔迹写信，归不归便乐得哈哈一笑，顿了一下，他继续说道：“徐福那个老家伙算到了席应真爸爸会借着邱芳来难为广仁和火山，这才派了公孙屠带着十三封信函前来救人。不过他千算万算还是没有想到席应真爸爸会那么随意，竟然拜了邱芳为师，哈哈哈……”

一阵大笑过后，归不归继续说道：“如果不是公孙屠那孩子机智，冒充徐福的笔迹写了给席应真的信函，今晚这件事就算是砸在他的手上了。席应真爸爸看到信函后被吓到了，他怎么也想不到徐福会算到这一步，竟然连今晚自己拜在邱芳的门下都能算到。这样一来，今晚最尴尬的就是他了。平白无故多了一个师尊不算，还不能对广仁、火山爷俩下手了。徐福既然能算到他拜师，就能算到大术士后面要做的事情。就算是你爸爸我，那个时候除了遁走之外，也没有第二条路了。”

百无求听明白之后，突然想到了另外一个问题：“你们说，要是席应真老头知道了徐福就是蒙的，他会怎么样？”

“该怎么样，还怎么样。”归不归古怪地笑了一下之后，继续说道，“师尊是自己磕头认的，怎么样也要继续认下去。师尊的伤要想办法治了，还要好好侍奉着，哈哈哈……”

想起席应真在邱芳面前的样子，归不归便又是一阵大笑。不过他还没有笑完，便看见旁边的小任叁从怀里掏出来一个小本子，正在用小小的墨块在上面写着什么。老家伙有一股不祥的预感，问小家伙道：“人参，写什么呢？”

小任叁一边低头写着一边回答道：“某年某月某日，老不死的你在白马寺外说我们家老头儿的坏话。一会儿你给按个手印，省得到时候不认账。”

就算知道席应真有衰弱期，归不归也得罪不起这位大术士，当下急急忙忙和小任叁讨价还价要把他写的东西赎回来。就在这一人一妖谈好了价钱的时候，天色已经开始放亮。他们在白马寺熬了一天一宿，当下归不归提议找一家吃早饭的铺子，他虽然不用吃喝，但吴勉和两只妖物却是一顿饭都落不下。几人准备吃喝完之后在洛阳城逛一圈，商议下一步的计划。老家伙没有将洞府里面的天材地宝转移走，还不敢提议回去。

就在这二人二妖守在一家刚刚开门的小饭铺门口，等着老板生火做饭的时候，看到从城门口的方向驶过来二十多辆马车。这些马车都异常华贵，看来是城门刚开之后，第一波进来的官家队伍。

马车队伍从小饭铺门口经过时，走在最前面的马车突然停下，整个车队都跟着一起停了下来。随后第一辆马车从马队当中脱离，绕了个弯，停在了小饭铺的门口。

马车刚刚停下，便从车厢里面传出来一个有些油滑的声音：“我就说是他们这老几位吧？怎么样，佩服小川我这眼神吧？不是小川我吹，在城门口我就感觉到今天要遇到熟人，看看，还有更熟的人吗？”

男人说话的时候，一个管家模样的人从车夫身边跳了下来，从车厢下面抽出来一个铜制的台阶，放在车门外的地上，然后恭恭敬敬地挑开了车帘，说道："两位东家请下车，一会儿我让人把餐食拿过来，粥和肉羹一直都在火上热着，肉脯什么的也是现成的。只是鸡汤还不到时候，要再等一下。"

管家说话的时候，车厢里面的两个男人已经走了下来，正是多年不见、已经成了泗水号东家的刘禧和孙小川二人。只不过两个人都是满头的黑发，想必是嫌白发扎眼，染黑了头发。

"几位老神仙，这么多年不见，你们还是老样子。"孙小川自来熟的性格，和当初没有一点变化。他直接坐在了归不归的身边，说道："汉中城出事的时候，我就知道帮手的一定是你们几位老神仙。正好小川我和殿下要到洛阳城办事，便想着提前几天在城中恭候几位老神仙的。不过路上出了一点岔子，耽误了几天，紧赶慢赶还是晚了一天。听说您几位在白马寺，正想去庙里找几位的，想不到路上遇到了……"

孙小川说话的时候，刘禧也到了几个人的面前。他毕竟是做过诸侯的人，虽然过了几百年，还是有当年淮王的气派。对着吴勉、归不归几个人施礼之后，刘禧这才坐在了管家送过来的坐垫上。

"淮王还是当初的淮王，孙小川也还是那位孙小川。"归不归哈哈一笑，继续说道，"你们不到洛阳来，我们几个人还要到泗水号去找你们俩。现在都是天下第一的有钱人了，怎么也要接济一下我们这些穷亲戚吧？"

"您四位要肯来，泗水号小川我和殿下双手奉上。"孙小川嬉皮笑脸地说了一句，看了一眼身边笑而不语的刘禧，随后继续说道，"没有你们几位老神仙，别说小小的泗水号了，我们俩早就转世投胎了。更别说现在赚点辛苦钱，过点小日子了。"

"小日子？你这日子过得可是不小啊。"吴勉冷笑了一声，看着大街上的车队，继续说道，"能有修士给你们做保镖，谁敢说你们过的是小日子？”

看到吴勉瞬间便看出来藏在车队当中的修士，刘禧微微一笑，说道：“沿途劳顿，请来几位修士路上壮胆而已。现在虽然天下一统，可路上还是不太平。没有这几位修士的话，我们可都要死在路上了。”

“死在路上？刘禧你这话里有话啊。是不是有人打你们的主意？你们泗水号的势力那么大，还有人找死？”这时候，百无求听出来刘禧的话外之音。这妖物不会装假，加上都是认识了几百年的老熟人，当下直截了当地说道：“趁着今天人齐，刘禧你说出来谁胆子那么大，我们给你做主。”

“对，我们人参给你做主。”刘禧少年之时便和小任叁是玩伴，现在听到了当年的好朋友被人欺负，小家伙的眼睛便瞪了起来。

没有想到刘禧只是叹了口气，苦笑了一声，说道：“泗水号的事情还是泗水号自己来办吧，和几位相见已经是难得之喜，怎么还敢劳烦几位？如果这件事我与小川当真处置不了，到那时一定劳烦几位相助。”

就在这个时候，从远处飞奔过来几匹快马。现在虽然刚刚天亮不久，大街上也多多少少有了一些早起讨生活的百姓。这几匹马好像看不到街上有人一样，横冲直撞地到了马队前。

为首的一个官员打扮的男人对着车队恶声恶气地说道：“泗水号孙小川人呢？贾大人在府中恭候多时了！”

看着刘禧皱起来的眉头，归不归嘿嘿一笑，说道：“这个应该就是你们俩的烦恼了……”

第十三章　皇后娘娘

刘禧与孙小川进洛阳城，就是为了见这位当朝贾皇后的侄子、散骑常侍贾谧贾大人。刘、孙二人的泗水号商队不久之前和贾氏外戚、主政益州的官商发生了小小的摩擦，本来只是极小的一件事情，没有想到贾氏外戚借着这起事端，开始全面封杀泗水号。

全国所有郡县的泗水商号、货栈全被查封，所有商队在路上被堵截，随后货物全部充公。泗水号所有的人全部被关在各地的大牢里，只要稍有反抗便流放三千里。虽然这些日子刘禧和孙小川花钱如流水，上下打点关系，但也只能保住自己伙计们的性命，想要彻底了结还要亲自走一趟洛阳，向贾氏外戚行重贿，才能赎回泗水号的生意。

当下孙小川托关系找了和贾氏外戚交好的大司农石崇，许以重礼之后，又请石崇牵线，向贾氏外戚当中的佼佼者贾谧行贿。这贾谧在朝中只是一个散骑常侍的三品官员，虽然不是太傅、太尉这样位极人臣的大官，却是皇帝、皇后的身边人。加上现在朝中局面由贾皇后独揽，他这位散骑常侍隐隐已经成了位列太傅、太尉之上的要职。

于是刘禧、孙小川二人便备下了万金之礼，千里迢迢来了洛阳城。本来计算着前天便可以进城，没有想到在路过雍州的时候，突然遇到土匪前来打劫。

好在刘禧事先做好了准备，除了自己这二十四辆大车带着的二百护卫之外，东西南北五里之外各有五百护卫。主队被攻击之后，护卫们一边拼死抵挡，一边放出狼烟示警。周围的大队护卫见到之后，这才救了刘禧、孙小川的车队。

就算是周围有援兵，也多亏了刘禧、孙小川暗藏在车队里面的修士，这才保全了车队。因为遇劫，刘禧、孙小川被带到了当地的衙门问话，又耽误了一天多，所以来到洛阳的时间比预计的整整晚了两天。

刘禧、孙小川二人现在刚刚进到洛阳城，便被贾谧派来的官员好像训斥囚犯一样训斥着。他们二人做生意这么多年，见过各色人等，当下也没有在意。两个人对了一下眼神之后，孙小川站了起来，笑嘻嘻地走到官员的马前，说道："在下正是泗水号孙小川，我们这车队刚刚进城，在这里歇歇脚，马上就前往贾大人的府上。车上物资众多，耽误了一些时间，还请大人见谅。"

孙小川说话的时候，管家已经凑到了官员的马前，不动声色地往马鞍上的皮囊里大把大把地塞着马蹄金，官员脸上这才有了笑意。官员不动声色地摸了一下鼓起来的皮囊，笑着对孙小川说道："孙东家不必在意，只是贾大人等得有些着急，这才派我来相迎。既然车上都是货物，那么行走起来一定缓慢，这个我们大人是理解的……你们慢些走。我们这就回去禀告，也让贾大人不用再为孙东家担心。"

说完，那官员带人调转马头，向着来时的方向奔驰。看热闹的归不归明白他这是要提前回去藏好马蹄金，担心现场人多眼杂的，马蹄金被别人偷走。

官员纵马离开，孙小川回到吴勉、归不归的身边，苦笑一声，说道："本来还想着陪几位老神仙多叙谈叙谈的，不过你们看到了，阎王还没有见到，小鬼已经过来催了。这样，几位老神仙先去我们包下来的客栈。处理完事情，小川我和殿下再和几位老神仙叙旧……"

归不归笑道："不用那么麻烦了，今天老神仙给你们一个面子，就陪你们哥俩去一趟那个什么贾大人的府上。你们两个娃娃都是聪明人，不用绕弯子了。路上谁劫的你们大家心知肚明，知道你们有修士保护，他们必定也有了对策。你们二人的长生不老都和我们有关，总不能看着当初给你们俩的丹药再浪费了。”

他们这四个人要跟过去，刘禧和孙小川自然是巴不得。和归不归说的一样，他们两位东家已经怀疑路上打劫他们的土匪是贾谧派士兵假扮的。这样的话，洛阳城和龙潭虎穴无异，花钱雇来的修士对付假扮土匪的士兵还可以，却未必是贾谧府中修士的对手。

当下，孙小川忙让出他和刘禧的马车来，请吴勉、归不归带着两只妖物坐了上去。他们俩上了后面的马车，一直行驶到了散骑常侍贾谧的府前。贾谧仗着自己外戚的身份，调了一队御林军把守府门。平常官员想也不敢想的事情，这位贾谧竟然已经做到了。

御林军的头目看到远处行驶过来的马车，刚刚想要通知府内管家的时候，从府里走出来一个身穿华服的官人，对着御林军头目摆了摆手，说道：“大人不用多疑，这些人都是前来拜望散骑常侍大人的地方客商。贾大人派我出来迎接……”

说话这人正是贾谧大人朝中的挚友，也是大术士席应真挂名的弟子——大司农石崇。远远看到车队，石崇微微笑了一下，随后对身边的小厮耳语了几句，将这小厮打发进去。小厮入府禀告贾谧，泗水号两位大财主已经到了，早已经磨好的快刀可以宰肥猪了。

不过让石崇想不到的是，车队停好之后，从马车上走下来的竟然是和他有过一面之缘的吴勉、归不归四个人。当初他们几个人从石崇处拿走锦盒，便没再出现，就连大术士席应真也失踪了。想不到现在在贾府遇到了他们，自己还要向这几个人打听那位挂名师尊的下落。

还没等和吴勉、归不归他们寒暄，后面马车上的刘禧和孙小川也走了下来，这二人主动过来向石崇行礼问安。石崇还礼的时候，那位散骑常侍贾谧已经带人迎了出来。本来他和石崇商量好，自己在中堂等着泗水号东家过来问安，不过刚刚听说派过去催人的官员得了整整一皮囊的黄金，这位外戚当中的佼佼者也有些按捺不住了。一个跑腿的小官就给这么多，给自己的一定是百倍、千倍的好处。担心石崇在暗中耍什么花样，贾谧决定亲自出来迎接。

寒暄了几句以后，贾谧将泗水号众人一起让到了中堂。客气了几句之后，贾谧直接说到了正题："本官知道你们几位大财东的来意，近些时日，你们泗水号和地方有一些摩擦。不过王法就是王法，不能因为你们……"

贾谧的话还没有说完，就见一名皇宫当中的内侍未经通禀，快步走到了贾谧身前。此内侍施礼的同时说道："大人，皇后娘娘马上便要过府省亲。您快快准备，娘娘随后便到……"

贾谧吓了一跳，听说姑姑昨晚在白马寺受到了惊吓，自己还打算讹下整个泗水号之后，去宫中探望姑姑的。现在她老人家怎么纡尊降贵，到了自己这个做侄子的府上？

就在贾谧吩咐下人们准备迎接娘娘的时候，中堂外面已经响起了礼乐之声。随后，那位矮胖的皇后娘娘在众内侍的簇拥下进了中堂，她说道："贾谧，听说你给姑母物色了几个年轻俊美的可人儿，正好姑母昨晚受了惊吓，来你这里压压惊……"

说话的时候，这位贾皇后已经看到了站在中堂里的那个白头发的年轻男人。这世界真小……

第十四章　会翻白眼的小白脸

昨天晚上，贾谧的这位姑姑亲眼见到自己派去拉皮条的面首被佛塔砸成了肉泥。她一直在做噩梦，闭上眼就是那个可人儿被砸成肉泥的场面。不知道为什么，每每这时候，她还都能“看见”那个白头发的小白脸。虽然受到了惊吓，不过对白头发小白脸，她却越来越挂在心上。

天色微亮的时候，贾皇后便待不住了，当下借口要去白马寺礼佛，想着能不能再在庙中遇到那个白头发的小白脸，到时候能把小白脸带进宫就带进宫来，不行的话他俩就在白马寺成就一段露水情缘也好。

皇后到了白马寺，才得知白发男人已经跟着同伴离开了寺庙。失望至极的贾皇后也没了继续在庙里看小和尚的兴致，又不想回到皇宫对着那个白痴皇帝。她突然想到侄子贾谧前一阵说物色了一批小白脸，正在府上教授宫里的规矩，当下便想过去看看。

这贾谧什么都好，就是太看中那些繁文缛节了，把人调教得那么老实做什么？什么性子都没有了，一百个小白脸还不是一个样。还是昨晚的白发小白脸好，好像谁都欠他钱一样，那个小白眼翻得，就是那么讨人喜欢。

想不到能在自己侄子府里再次见到这个小白脸，贾皇后欣喜得把昨晚的惊吓都忘到了脑后。她不由想起贾谧说的那些小白脸，莫非这个白头发的小白脸也是当中的一个？自己这些亲戚当中，就是这个贾谧最懂她的心思。一会儿快活完了，回去就给他升官。

当下她一把推开了过来给自己请安的侄子贾谧，随后冲着吴勉招手说道："那边的年轻人，到本宫这里来。本宫最喜欢和你这样的年轻人聊天了，快点过来，脸都红了，还会害臊吗？"

这时候，贾谧急忙走到贾皇后的耳边，低声说了几句。贾皇后听了之后眉头就皱了起来，又看了一眼吴勉身边那几个人，这才在贾谧耳边说了几句。说完，贾皇后冲着吴勉抛了个媚眼，带着内侍去了府中专门为她准备的寝室。

送走了贾皇后之后，在和刘禧、孙小川他们说话的时候，贾谧已经不像刚才那样打着官腔了。他吩咐下人端上来茶汤和点心，客气了几句之后，冲着身边的石崇使了一个眼色。那位大司农马上心领神会，声称要回自己的衙门办公去。

送走了石崇之后，贾谧笑嘻嘻地看了吴勉一眼，随后向刘禧和孙小川打听这位白发人的底细。孙小川给吴勉编了一个和波斯贸易的海外大财主身份。贾谧看着这白发男人虽然身穿修士服饰，不过气质绝对不是普通人，晋初又兴起穿修士服饰的风潮，贾谧也没有多想。

当下贾谧屏退了下人，随后对着这些泗水号的人说道："实不相瞒，刚才你们也亲眼看到了我姑母、当今的皇后娘娘驾临。皇后娘娘是最喜欢听年轻人讲述海外奇闻的，不过深宫当中那些故事都是胡说八道。难得今天有一位往来海外的贵客，稍后请这位贵客去觐见皇后娘娘，为皇后讲解海外的新奇故事可好？"

刚才吴勉被水缸一样的贾皇后的几句话，气得涨红了脸，归不归一阵劝说，好不容易才压住了他的怒气，没有当场让贾皇后血溅自己侄子家。现在贾谧让吴勉去觐见贾皇后，瞎子都知道觐见之后，会发生什么事情。

贾谧的话音刚落，便听到吴勉冷哼了一声，随后对他说道："你向后退一步……"

“什么？”贾谧没有听明白吴勉说的是什么，正要再问的时候，冷不丁听到头顶上一阵怪响，随后就见天棚顶上整根房梁正对着自己的脑袋砸了下来，发出“轰隆”一声巨响。

贾谧已经被吓蒙了，连躲避的意识都没有，眼看着房梁不偏不倚正砸在自己的脚面上。这一下疼得贾谧哇哇大叫，捂着自己被砸得稀烂的脚在地上来回打滚。

这时候，吴勉回头面无表情地看了归不归一眼，说道：“老家伙你什么意思？我拆你们家房子了？还是说你要去侍候那位皇后娘娘，舍不得你们这大侄子？”

“消消气，死一个贾谧没什么要紧的，不过这样一来，刘禧、孙小川他们哥俩就为难了。他们都是做买卖的，经营那么多年的泗水号因为一个贾谧关张，不大值得吧？”归不归嘿嘿一笑，看着吴勉的火气收敛了几分之后，老家伙又继续说道，“弄死一个贾谧和贾皇后，也就是抬抬手指头的事。不过因为这事牵连了别人，那就不大好了。近的是刘禧、孙小川哥俩，远的是这街上的老百姓都要遭殃……”

“吴勉先生，你稍微压压火气，这件事因我和小川的泗水号而起。也不会让您受委屈，贾氏一族会被连根拔起，一个都不会留在人世的。”这时候，刘禧也过来劝了几句。他们几个人虽然没有使用术法传音，贾谧这时候也听不到什么了，他疼得已经晕了过去。

这时候，中堂外面有下人冲了进来，被眼前的景象吓了一跳，以为是房梁坍塌砸到了自家的主人。下人急忙将晕倒的贾谧背了出去，吴勉、刘禧这些人也跟着出了中堂。他们走出来的一瞬间，没有了房梁的房子再也支撑不住，“轰隆”一声，整个坍塌了下来。

这时候，中堂倒塌砸伤了贾谧的事情已经传到了贾皇后的耳朵里。贾皇后这时候也顾不上那个会翻白眼的小白脸了，当下急急忙忙地派人去叫宫中的御医来为自己的侄子诊治，忙完才想起来那个白头发的小白脸。

这时候贾皇后才被告知那个白头发的小白脸和泗水号的东家已经离开了贾谧的府上。听说那些人也都被吓坏了，尤其是那个白头发的男人。房梁倒塌的时候，他距离贾谧最近，好像也被房梁扫到了肩膀，这个时候正在客栈修养，伤筋动骨的，没有仨俩月是下不了床了。当下贾皇后心里直叫可惜。反正这些人都在城里，就等他养好了病，再叫进皇宫也不迟。

贾府出事的第二天深夜，一队身穿重甲的官兵出现在泗水号众人居住的客栈外面。随后，远处不停有官兵集结。没过多久，客栈大门前已经集结了三千左右的士兵。

由于礼物已经留在了贾府，客栈里面只是居住了一部分跟随刘禧、孙小川进京的护卫。时间转眼到了子时，客栈的大门被打开。刘禧、孙小川的管家从里面走了出来，手里拿着一张绢帛，亲自交到了带兵将军的手中，说道："看守皇城的御林军已经打开了皇城大门，这里是开城门的圣旨，去请赵王进城吧……"

将军接过圣旨之后，将士兵分作两队，其中一队拿着圣旨去开城门，将城外的大军引进城中，自己则带着另外一队人马向着皇城的方向冲了过去。

客栈里，当初的淮王听到外面的声音，叹了口气说道："又开始了……"

第十五章　贾氏族灭

孙小川递给刘禧一杯酒，说道：“做生意你不如我，谋划这样的大场面我不如你。一了百了也好，省得姓贾的那些人惦记着泗水号，真以为我们进京是来给他们送礼的吗？”

孙小川的话音刚刚落下，空气当中便传来了一个低沉的声音：“管家回来了。”这个话音刚落，便听到了敲门的声音，随后管家的声音在门外响了起来：“两位主公，南门已经空了出来，现在走的话，还来得及。”

“计划有变，我们暂时留在这里，事情平定之后再离开。”说话的时候，刘禧已经写了些什么。他将信纸吹干，这才说道：“进来，你亲手将这封信交给赵王殿下。我要说的都在信纸之上。”

管家规规矩矩地接过信纸，转身离开。孙小川笑了一下，随后看着跟自己搭伙了几百年的同伴说道：“现在是复汉最好的机会，你真的不想学光武皇帝再兴汉室江山吗？这样的机会以后或许再也遇不到了。”

“复汉？这个梦我早就醒了。”叹了口气之后，刘禧说道，“汉室江山的气数已尽，已经不可能挽回了。现在我只想安安稳稳地经营好泗水号，觊觎泗水号的人，贾氏一族就是他们的下场。贾氏一族自皇后贾南风起一个不留，也算是我们给司马氏皇帝清君侧了。”

孙小川认识刘禧这么多年，也知道他早已经没了夺天下的心思，当下他笑了一声，对刘禧说道：“当初在路上劫我们的人是大司农石崇派去的，这人和贾氏一族过从甚密。不过他怎么说也跟大术士席应真有关系，这个人要怎么处置，你想好了没有？假设石崇死在你我手里，惹得那位大术士翻脸，院里那几位都不是他对手。”

“不用我们动手，他那万贯家财已经令自己送命了。”刘禧走到窗边，抬头看了看天空当中的月亮，继续说道，“没有了贾氏一族的庇护，谁都会打他家产的主意，更别说他和赵王已经势同水火了。当初那么拼命地敛财，想不到最后死在自己的万贯家财上。”

听刘禧说到这里，孙小川想起什么来。他也写了一封信，随后叫来另外一个管家。信中计划明早天亮之后派人重新接管洛阳城中泗水号的产业，随后马上开仓放粮，替杀进城中的赵王司马伦归拢人心。

就在刘禧和孙小川已经定了贾氏一族和石崇命运的同时，客栈的另外一处院子里，归不归正背着手，看着头顶上的月亮。他正看得入神的时候，身后响起百无求那破锣一样的声音：“老家伙你还有心思看月亮？外面这么多当兵的来回乱窜，眼看着就要改朝换代了，你还有这个心思？这么好的机会，就不知道趁乱再给你儿子奔个前程什么的？你去混个诸侯当当，干两年再让给你儿子我……”

百无求虽然是妖物出身，却对人世间的功名利禄特别在意。平时没有机会也倒罢了，现在看到有改朝换代的机会，说什么也要去奔奔前程。当初那位更始帝刘玄封过他们父子诸侯王，现在这妖物喝多了，还拍着胸脯，让小任叁管他叫殿下。

“傻小子你找错人了，想要奔个功名要去前院找刘禧和孙小川他们俩。”老家伙嘿嘿一笑，继续说道，“不过你可要想好了，当了诸侯王可就不能骂街。你见过哪个诸侯王脱得一丝不挂，堵在人家门口骂大街的？”

听到归不归的话，二愣子的眼睛便瞪了起来：“都诸侯王了，凭什么还不让骂街？那当诸侯王还有个屁用？不是说当了王爵就可以抢男霸女，胡作非为了吗？连骂街都不让，光抢男霸女不腻得慌吗？”

归不归听了自己便宜儿子的话，失声笑了一下，说道："傻小子你也跟着爸爸我这么多年了，还信这个吗？谁告诉你诸侯王可以抢男霸女？"

"还能有谁？你们家任老三呗！"归不归理直气壮地回答道，"你们家任老三说的，他要是做了诸侯王，天天带着老子出去抢男霸女，让抢回来的小丫头天天给他洗澡。老子也觉得这不是人话，不过你们家任老三说得有鼻子有眼，老子也就信了。"

"我就知道，归不归和小任叁守着谁，谁就学不了好。"这个时候，吴勉溜达了出来。这位白头发的男人懒洋洋地坐在台阶上，对着正转头冲自己笑的归不归说道："我猜到了刘禧、孙小川不会这样被贾谧摆布，轻易地进洛阳城。不过没有想到，他们下手会这么重，不留任何余地，还是当年淮王的行事风格。长生不老——这日子过得真是快……"

归不归被吴勉说得叹了口气，顿了一下之后，说道："是啊，日子过得快。当初那个把我们请进招贤馆的淮王小刘禧再也回不来了……"

吴勉说话的时候，大街上已经乱了起来。城外赵王的大军进了城，他们在泗水号伙计的引领下，一路向着贾氏族人的府邸杀了过去，路上遇到巡街的兵丁直接格杀。顿时惨叫声不绝于耳。

天亮之前，洛阳城中所有贾氏族人都被从被窝里面拖了出来，关在了大牢里面，就连那个脚面被砸烂的贾谧也没有幸免。平时作威作福惯了的贾谧还想组织府兵反抗，被当场剁成了肉泥，扔在天牢里面，吓破了其他贾氏子弟的胆，再没人敢反抗……

处理贾氏子弟的同时，赵王司马伦的大军直奔皇宫。此时的御林军统帅是被泗水号喂饱的齐王司马炯。齐王虽然身为司马皇族，不过这些年被贾氏外戚压得透不过气来，还是用了泗水号的好处向贾谧行贿，才保住了齐王的爵位。他负责带一支御林军看守皇宫。

当下，齐王下令打开皇宫大门，放了赵王的数万大军进皇宫。赵王大军在皇宫里面搜了半天，直到天亮之时，才找到了假扮成内侍的皇后贾南风。昨夜贾皇后与数名假内侍淫乱，听到有人杀进皇宫，急急忙忙地换了内侍的衣服，想要混出皇宫逃命，没有想到还是落入了赵王的手中。

抓到贾皇后之后，赵王司马伦也没有客气，直接命人灌了皇后金屑毒酒。毒发之时贾皇后还在破口大骂，气尽之时，她心里所想的还是那个会翻白眼的小白脸，死了也不甘心……

天亮之后，赵王假借白痴皇帝司马衷之手，写下了诛贾氏外戚九族的圣旨。也不用选好日子了，早上下的旨，中午将关了一晚上的贾氏族人连同九族亲友砍了脑袋。

之后三天，整个洛阳城关闭，赵王人马开始在城中搜捕和贾氏外戚串联的当朝官员。因石崇和贾谧走得太近，当下也送了性命。这个当口，吴勉、刘禧所住的客栈却是风平浪静。进城之后，赵王便派了亲兵过来把守，不让官兵前来骚扰。

三天之后的夜晚，赵王亲自到客栈来见刘禧、孙小川二人。也不知道他们谈了什么，等到赵王从客栈离开之后，刘禧他们也上了早已经准备好的马车，从洛阳城东门离开了。

从赵王进城以来，泗水号的车队是第一批从洛阳城出来的。

第十六章　势大的泗水号

泗水号的车队当中，其中一辆马车里面坐着吴勉、归不归和两只妖物。本来邱芳的事情告一段落后，他们就应该回到洞府，或者继续前往东莱。只是归不归还没有来得及将洞府里面的天材地宝转移出来，说什么也不肯现在就回去。

正巧赶上刘禧、孙小川要回泗水号的总号，邀请他们四个一同前往总号做客。本来吴勉已经有了回到洞府继续炼制法器的心思，不过刘、孙二人的邀请太过热情，又加上归不归带着两只妖物一起在旁边鼓动，他这才点头同意前往泗水号总号。怎么说也是天下第一有钱人的商号，去见识一下也好。

泗水号的总号分为东西两号，西号位于波斯国大城伊斯法罕城中，东号则位于南海的一座孤岛上。防着晋国和波斯两国打泗水号财富的主意，泗水号大半的财物都囤积在海岛上。故而就算贾氏外戚封了陆地上泗水号的货栈和商铺，也伤不了刘禧和孙小川的筋骨。他们只要换个商号的名字，一样能将货物送到内陆做买卖。只不过知道泗水号东号所在地的人员少之又少。当初孙小川故意放出风去，说泗水号总号位于匈奴的一座沙漠城堡中。

众人一路向着南海行进，越往南走便越能看出来泗水号在当地的势力。到了始安郡和南海郡，泗水号比当地官府都有势力。一些地方的人已经请泗水号在当地的主事和掌柜的断案了；一些商号发生纠纷不会去找官府的人，而是请泗水号的主事、掌柜来裁决。

到了始安郡，刘禧、孙小川的车队便换乘了马车：本来两匹马的商车都换成了四匹塞外骏马、诸侯规格的马车，赶车的也从泗水号的伙计，变成了皮肤黝黑的昆仑奴。当然还有年轻貌美的波斯女奴。一路送到车上的美酒佳肴不断，只有吴勉、归不归他们没想到的，绝对没有送不到车上的美食。

当下，小任叁每天躺在波斯女奴的大腿上，让女奴喂他吃喝，整天醉醺醺的，也是惬意得很。就连见多识广、正经吃过见过的归不归，看着这么大的场面也啧啧称奇："老人家我在皇宫当中，也没有见过这样的阵势。看看这马车，皇帝坐的也不过如此吧？皇帝的马车可找不到昆仑奴赶车，还有这些波斯小奴长得也水灵……"

"只是一些身外物而已，长途跋涉还是尽量舒服一点好。"刘禧说话的时候，波斯女奴已经将洗净切好的水果和美酒端了过来。看着老家伙取了一颗胡桃放进嘴里，一边的孙小川说道："这些胡桃都是从大宛带来的种子，不过是在南海郡种植的。我们殿下亲自试了三年，才在汉地中培育出了胡桃。您老人家再尝尝蜜瓜，阿一古拉，你喂老爷爷一口蜜瓜，让他老人家尝尝鲜。"

"小娘们儿你把瓜给老子，离我们家老家伙远点。笑什么？看看你露着半拉奶脯子又露大腿的，还想给老子我当后妈吗？"百无求一把抢过了波斯女奴手里的蜜瓜，连皮带瓤地吞了下去。

归不归只是笑了一笑，并没有和自己这便宜儿子计较，当下继续对刘禧、孙小川说道："买卖能做到你们这份儿上，也算是第一等了。长生不老加上花不完的钱，给个大方师的头衔也不换。别说做买卖了，你们连皇后一族都不放在眼里。要不这样，让老人家我去你们那里养老。不用多，天天找这样的波斯小妞来侍候我老人家就好……"

"老家伙你死了这条心吧，别打算人老心不老，过几年再给老子弄出来个弟弟。”百无求瞪了自己这“亲生父亲”一眼，对刘禧、孙小川说道：“别说老子没有提醒你们，再让这些狐狸精靠近老家伙，老子一个一个把她们都掐死！老家伙你瞪老子做什么？老子是为了你好。”

百无求说到这里，马车的轱辘正好压在一块小石头上。马车剧烈地颠簸了一下，原本还在服侍几个人的波斯女奴顺势向身边的刘禧倒了下去。其中一位波斯女奴倒在刘禧身上的一瞬间，一边的孙小川突然抬脚，猛地踹在她的胸口上，一下子将她从车上踹了下去。

波斯女奴掉下去的一瞬间，百无求清楚地看到她手里拿着一把闪着蓝光的短剑。女奴在地上滚了几下之后，马上从地面上跳了起来，兔子一样地冲进路边的树林。

“能把你抓出来，还能让你跑了？”孙小川冷笑一声，随后将两根手指扣在嘴里，打出来一个极响的口哨。口哨响起来的同时，正在狂奔的波斯女奴突然摔倒。这时，从后面几辆车中跑下来几名护卫，将波斯女奴绑至刘禧、孙小川跟前。

“搜身！”这时候，管家也跑了过来。护卫们也顾不上男女有别了，当着两位东家的面，将这个叫作阿一古拉的波斯女奴上下搜了一遍。波斯女奴穿得本来就少，片刻之后便被搜完了。管家确定女奴身上已没有凶器，这才将她押到了车上。

“这么多年不见，小家伙你也有出息了，看着像大人的样子了。”归不归嘿嘿笑了一声，继续说道，“该审该问你们只管来，老人家我就管看热闹，不会打扰你们的。”

没有面前的归不归便没有刘禧、孙小川的今天，当下二人也没有当老家伙是外人。刘禧靠在车厢没有说话，审问这样的粗活还是孙小川来：“阿一古拉，你是三年前我在大食买过来的，那个时候你十八岁，今年才刚满二十一。看你刚才的手段，应该练习杀人有几年了。那么说的话，你被我买来，本来就是安排好的。你在我身边三年一直没有动手，为什么刚才突然动手，是要杀刘大东家吗？你只要说出来，我便不会难为你。小川我给你一千两黄金，再送你回大食，回到你父母的身边，如何？”

不过无论孙小川如何威逼、利诱，这个波斯女奴始终没有开口说话。这个时候，刘禧对管家说道：“我记得那次不止买了阿一古拉一个女奴吧？”

“东家您说的是，除了阿一古拉，还有四个女奴。”管家马上接话，随后继续说道，“其中一个年前死于海难，还有两个在东号岛上。”

“飞鸽传书给岛上的人，让他们将那两名女奴关押起来。如果她们想逃，或者有人来救，他们只管杀了就是。”刘禧说话的时候，已经有护卫将女奴掉落的短剑呈上。

“别动那把短剑，上面可不是毒，那蓝光是疫症！”这时候，归不归突然开口说道，“就算是你们俩这样长生不老的身体，被这短剑伤到之后，疫症也会从体内向外溃烂。你们死又死不了，只能活受罪。到时候你们就会后悔，当初不该变成长生不老的身体……”

听了归不归的话，孙小川急忙将伸出去的手又缩了回来，对低头不语的阿一古拉说道：“还不说吗？说出是谁派你来的，我便饶了你。”

第十七章　谋划许久的刺杀

女奴低头不语，没有要说话的意思。看热闹的归不归嘿嘿一笑之后，抓了一颗胡桃在手里把玩着，笑眯眯地对着孙小川说道："看来你们哥俩这泗水号也不太平啊，要不要老人家我帮个忙？你们要是过意不去的话，就分点泗水号的干股。三成五成不嫌少，八成九成不怕多。"

"其实小川我和殿下早就想把泗水号送给您老人家了，又怕您嫌小不要。"孙小川笑了笑。看了一眼微笑不语的刘禧，他又继续说道："不过这点小事情还是不要麻烦您老人家了，如果这点小事都处理不了的话，那我们哥俩早就不知道投胎多少次了。"

之后，孙小川把管家叫过来，说道："现在开始让护卫们把所有的马车都围上，除了我们和吴勉先生这两辆马车之外，其余的人吃喝拉撒都在车上。一句话，就算死人也要挺在车上……"

说完，孙小川将目光转到了依旧低头不语的女奴身上。他怪笑了一下，突然将脑袋探到了女奴的嘴边，随后说道："我就知道他还在惦记着泗水号，你早这样说不就完了吗？长安城泗水号的货栈和商铺归你了。回去之后你找个相好的去接手，嫌麻烦每年收干股也行……"

孙小川说话的时候，一只手已经捂住了阿一古拉的嘴巴。他也是练过几天术法的，一个波斯女奴还不能从他的手里面挣脱出来。这位泗水号二掌柜说话的同时，管家已经将车厢的布帘放下。外面谁也看不到车厢里面发生了什么事情。

一直等到马车开动，孙小川才将手松开。就在他松手的一刹那，阿一古拉尖着声音大喊道："我什么都没有说！我说了全家老小都会死的……我不会害他们的……我什么都不会说……"

"不用喊了，车里面已经下了禁制，你就算喊死在车里，外面也不会有人知道的。接应你的人只会听到刚才我说的话，稍后我就会派人将长安的货栈和商铺空出来，坐实你出卖他们的罪证。"看着有些疯癫的女奴，孙小川笑嘻嘻地继续说道，"原来你的全家都被人挟持了，早点说嘛，我这个人最喜欢帮助那些孤苦伶仃的小姑娘了。不过现在说还不晚，你知道泗水号有多大的势力，你把事情原原本本地说出来，我救你全家。"

"主人……您先派人救我的家人。刚才你说的话他们都听到了。晚了，就来不及了……"阿一古拉跪在孙小川的脚下，哭得梨花带雨，看得一旁的百无求直皱眉头，如果不是身边的归不归一直拉着他，现在二愣子已经指着孙小川的鼻子骂街了。

"现在才想起来叫我主人，刚才捅刀子的时候，你怎么那么见外？"孙小川笑嘻嘻伸手在阿一古拉的脸蛋上摸了一把。随后他从座位旁边拿出笔墨纸张，放在了阿一古拉的身前，说道："你是识字的，自己写地址和你家人的姓名。别写错了，要不他们出事可就赖在你的头上了。"

这时候的拉一古拉没有丝毫犹豫，在纸上飞快地写了一个地址和一连串的人名。要交给孙小川之前，她迟疑了一下，随后补充了波斯文，确认无误后，这才将纸交到了孙小川的手里。

"人都关在在波斯的设拉子，你的运气好，我让伊斯法罕的人去救。"说完，孙小川喊停了马车，随后叫过来管家，让他以最快的速度将字条送到位于伊斯法罕的泗水号当中，无论如何也要将字条上面的人都救出来。

亲眼看着管家放飞了信鸽之后，阿一古拉这才缓了过来。孙小川对着这个波斯女奴笑了一下，说道："我说到的已经做到了，你是不是也该把我想知道的，说给我听呢？先说这车队当中，除了你之外还有谁？"

"后面车里的阿四，是来监视我的，如果失手他会灭我的口。应该还有其他的人，不过这个就要去问阿四了。"阿一古拉擦了一把眼泪，看着孙小川吩咐管家去抓获阿四之后，这才继续说道，"当初我在人市上被两位主人买走，都是事前算计好的……"

阿一古拉本来是波斯周边小国的官吏之女，她所在的国家被波斯打败之后，连同父母、家人都沦落为波斯富商的奴隶。因为阿一古拉是美人胚子，便被从小培养，准备成年以后卖一个大价钱。

在阿一古拉十五岁的时候，她被一个专门向汉地出售波斯奴隶的人贩子看中。人贩子花了大价钱将她买了过去，同时教授她一些讨好男人的技巧，准备把她作为礼物送给晋国大臣。后来机缘巧合之下，一个神秘的汉人看中了她，从人贩子手中将她买了过去。

这名汉人从阿一古拉的嘴里打听出来，她家里的亲人还在做奴隶，便将这些人都买了下来，还了他们自由身。不过快活的日子过了没有多久，她的汉人主人便开始派人教授阿一古拉一些杀人的方法。

开始阿一古拉并不明白主人想要做什么，不过自己家人的性命都在这个人的手上，她不敢反抗，只得硬着头皮去学这些技巧。一直等到她十八岁的那一年，那个汉人说出了实情：要她去晋国，在两个有权有势的男人身边为奴，一旦时机成熟便将二人杀死。就算不能一次杀了二人，也要将其中一个叫作刘禧的男人杀死。

阿一古拉哪敢杀人，但那名汉人用她的家人要挟，说只要她能杀死那二人，便会有接应的人将她带回到波斯，到时候她全家会得到一大笔钱过生活。当然，如果阿一古拉不干，或者刺杀失败，她会死，刚刚过上好日子的全家老少都会死。

无奈之下，阿一古拉只得接受主人的命令，当下她被送到了波斯的伊斯法罕。没有多久孙小川便到了这里的泗水号西号，在人市当中一眼便看中了这个美貌的波斯女奴，把她和其他的一些奴隶一起买了下来，漂洋过海带她们回到了汉地。

一开始阿一古拉一直提心吊胆的，担心随时随地出现刺杀令。没想到一晃三年，之前的主人好像忘了她一样，慢慢地阿一古拉自己都快忘了她来杀人这件事情。

不过美梦始终是要醒的。昨天晚上车队当中的阿四突然找到了她，拿出一封波斯文写的信，上面写着今天必须要杀死刘禧和孙小川二人。只要她得手，阿四便会接应她离开，回到波斯之后和家人团聚。如果刺杀失败，她就得马上自杀，这样还可以保全波斯亲人的性命。但是如果阿一古拉舍不得性命，没有自杀，还向刘禧、孙小川泄密的话，那她的家人便一个都活不成了。

刺杀失败后，阿一古拉是想过自杀的。不过还是狠不下心对自己下手，最后才落到了这个局面。

阿一古拉说完，管家已经再次走了过来，对着车厢里面的两位东家说道："晚了一步，阿四已经死了，刀入心口，无力回天。我已经将和他亲近的几个人都控制起来。"

孙小川笑了一下，冲着阿一古拉做了个鬼脸，说道："看到了吗？就算事情成了，你也是阿四的下场。那个人没打算让你们活……"

第十八章　第二次

孙小川说话的时候，管家已经让人将心口中刀的阿四抬了过来，故意让阿一古拉看到。孙小川对这个波斯女奴说道："现在你只有一条路了，在那些人杀掉我和殿下之前，先帮着我们干掉那些人，这样的话你才会有活路。试想一下，我死了，还有谁能这么上赶着保护你的家人？"

"我知道的都说了……"阿一古拉怯生生地低下了头，继续说道，"跟着主人这几年，除了阿四再没有其他的人找过我。如果说谎话的话，天神会惩罚我的。"

"没人说你撒谎，我只是告诉你，我死了你全家都会很麻烦。"孙小川古怪地笑了一声，说道，"现在你要做的，是先保住我的性命。我活着，你的爸爸妈妈、哥哥嫂子、弟弟妹妹们才能过来和你团聚。明白了吗？"

说话的时候，孙小川从袖子里面掏出来一把细长的短剑，反手递了过去。和阿一古拉那把短剑不同，孙小川这把短剑的剑身上刻着——"鱼肠剑"三个字，他护身用的竟然是那件传说中的神兵利器。

"明白了，主人您如果死了，那就是我已经死在您前面了。"说完，阿一古拉已经接过了鱼肠剑，将它藏在袖子里。随后她继续自己波斯女奴的身份，在车厢里面侍奉孙小川几个人。

刘禧看了孙小川一眼，当着归不归和阿一古拉的面，直接对着孙小川说道："你真的打算把性命搭在这个女人的身上吗？她刚刚还想要你我的性命。”

“现在还有比她更忠心的护卫吗？”孙小川笑了一下，伸手在阿一古拉的脸蛋上又摸了一下，对刘禧说道，“这个世界上除了殿下你之外，就数她最不想我死了。”

“娃娃，你真的不用老人家我帮忙吗？让死人说话我老人家最拿手了。”这时候，归不归看着倒在车外的阿四的尸体，嘿嘿一笑，说道，“给你们打个折扣，打听出来幕后指使的人，每年给个四成干股就好。怎么样？”

“这么点小事，就不劳烦您老人家了。”刘禧微微一笑后，继续说道，“其实幕后那人是谁，我与小川二人都知道。本想解决了贾氏外戚之后，再去对付他的。既然他等不及了，那就早点做个了断吧。”

听到这里，老家伙有些兴味索然，当下看了自己的便宜儿子一眼，说道：“傻小子，回去看看你小爷叔去。你记得啊，等你有钱之后，千万别抠搜。钱算什么？”

当下，百无求跟着归不归下了车，向吴勉、小任叁那辆马车走了过去。百无求边走边说：“老子也想有钱花，不过老家伙你不死，老子哪有钱花……”

听着这一对父子俩斗嘴的声音，孙小川笑了一声，对坐在一边的刘禧说道：“希望用不到他们两个人……”

当天下午，车队行进到了南海郡。当地泗水号的势力更大，车队刚刚过了地界便看到郡守老爷带着一群衙门的官吏在候着。一顿寒暄以后，这位郡守老爷直接将刘禧他们带到了郡守衙门当中。

晚上，郡守就在官衙当中摆下酒宴招待泗水号的众人。趁着吃喝的工夫，管家将整个车队的伙计，除了几个一直守在刘禧、孙小川身边的老人之外，全部换掉了，甚至还向郡守老爷借了两千官兵，负责路上的安全。

因为有白天阿一古拉这一幕，晚上这顿饭两位东家都没有什么心思吃。他们俩更像是陪席的人，吃了两口之后，便陪着归不归和郡守说话，看着两只妖物狼吞虎咽地吃喝着。只有不大合群的吴勉吃完之后，便回到自己的房间休息去了。

整个晚上，阿一古拉都在孙小川的身边侍候。不管什么东西都要这个波斯女奴吃过了之后，孙小川才动筷。谁也不敢相信，这个忠心耿耿的女奴不久之前还想要刘禧和孙小川的性命。

晚饭之后，郡守大人也没有再耽误他们休息，亲自送几人去了各自的寝室。寝室是管家提前安排好的，刘禧、孙小川二人各自的寝室正好被吴勉、归不归这几个人分隔开。晚上有什么突发事情的话，只要有人大喊一声，就会惊动吴勉、归不归这些大人物。

刘禧没有和别人共用一个房间的习惯，不过孙小川今天刚刚得了一个死忠的护卫，没等这位泗水号的二当家发话，阿一古拉便主动去了孙小川的房间。这一幕看得小任叁骂了半宿，凭什么那个说书的有人暖床，自己这样的人参娃娃没人管？

到了后半夜的时候，几个黑影突然翻过了衙门的高墙到了院内。这几个人影查看了一番，便分作两拨向刘禧和孙小川的寝室冲了过去。他们奔跑起来没有一点声音，就算在这悄无声息的深夜，连院子里面的狗都没有听到。

这几个人虽然没有发出一点声音，不过还是惊动了旁边寝室的百无求。那几个人影翻墙进来的时候，本来还在打着呼噜的百无求突然睁开了眼睛。就在他准备出去看看的时候，突然听到了他“亲生父亲”的声音：“傻小子，别急，出不了大事的，刘禧他们哥俩早就有了准备。”

归不归说话之前，已经给这里下了禁制。他们爷俩说的话，外面的几个人影没有一丝察觉。他们已经到了两间寝室门口，正准备踹门冲进去的时候，空气当中突然传来了一人冷笑的声音。随后漆黑的夜色当中突然闪现出来一道火光，冲到最前面的几个黑影身上突然着起了大火。

这些黑影也是豪横，身上着了大火竟然没有一点要自救的意识，当下继续向寝室里面冲了过去。随后一道血光闪过，冲在最前面的两个人脑袋齐刷刷地掉了下来。后面的几个人影好像没有看到一样，继续往里面冲。突然他们的身体四分五裂，眨眼之间便成了一地的碎肉散落在地面上。

片刻后，几个泗水号的伙计从院外走了进来，这些人手里拿着麻袋、水盆之类的东西，将地面上的碎尸装在麻袋里面，用水擦拭满是血污的地面。半晌，现场被打扫得好像什么事情都没有发生过一样，伙计们才带着手里的东西离开了院子。

又过了半晌，孙小川寝室的大门打开，握着短剑的阿一古拉从门缝当中露出来半个脑袋。确定了再没有什么人影之后，这位波斯女奴才深深吸了口气，随后关上了房门。从阿一古拉打开房门开始，寝室里面便一直传出孙小川的呼噜声，似乎这位泗水号二当家完全不知道外面发生了什么事情。

天色微亮之时，前院突然传来了一阵侍女惨叫的声音："杀人了！郡守大人被人杀死了……快来人啊……"随后前院便乱了起来，不久有官吏过来向两位当家禀告这件事情。没有想到的是，刘禧和孙小川听到之后并不吃惊，随随便便说了几句不疼不痒的话便将人打发了。

官吏正在感慨世态炎凉的时候，泗水号的管家找到了他，拿出五个金元宝，说道："我们两位东家有一百两黄金的谊金，请郡守大人的家人收下。不过你们郡守大人的尸体不能入土为安，先挂在城门前暴晒百天。"

第十九章　化外之地

官吏不明白管家什么意思，就在他发呆的时候，管家叹了口气，随后从怀里拿出一张纸递给了官吏。只看了两眼，官吏的身体便开始不由自主地颤抖起来。

“看明白了吗？”管家叹了口气之后，继续说道，“不用我多说，你应该知道如何处理吧？”

“知道，下官知道。请尊管放心，这个不会泄露的……”说话的时候，官吏已经将手里的纸撕得粉碎。犹豫了一下，他直接将手里的一把纸屑塞进了嘴里，当着管家的面仰脖咽了下去，随后还不忘张开嘴巴让管家检查有没有残留。

管家嫌弃官吏嘴里的味道，皱着眉头摆了摆手，说道：“好了，不用看了，你我也不是第一次共事，还信不过你吗？我们两位东家有意提拔你为这南海郡的郡守，你要万分小心，再不可以有半点差错。”

“多谢两位东家栽培，多谢尊管栽培……”听到泗水号要提拔自己成为郡守，官吏的脸上笑开了花。这时候他也感觉那位郡守大人死得其所，正好把位置让了出来。

就在官吏、管家商议如何确保泗水号两位东家安全的时候，距离二人几十丈远的寝室当中，百无求正扒着窗户在偷听二人说话。能在如此远的距离听到说话声，除了会使用术法的修士之外，也只有百无求这样的妖物了。

寝室被归不归下了禁制，百无求说话的时候也是肆无忌惮：“老家伙，这个什么郡守这么死了，刘禧哥俩也不打算给他报仇？老子就不明白了，不是说郡守是他们俩养出来的吗？”

“这是郡守自己作的，傻小子你以为昨晚那些人翻墙之后直接奔着刘禧哥俩的寝室去，是谁卖的？”归不归也听到了二人的谈话，嘿嘿一笑，继续说道，“郡守是被那些人灭了口，孙小川能出一百两黄金已经算是不错了。给钱是因为郡守之前给泗水号卖过命，暴尸是他串通外人、谋害主家的报应。想不到当初那个说书的孙小川，现在已经有了这样的心智。活得久就是好……”

百无求终于明白了为什么刘禧、孙小川二人对郡守的死那么冷淡，二愣子少有地叹了口气，说道：“这又给金子又暴尸的，你们人的心眼太多。还是我们妖好，没有那么多心眼。不服就干，干到你服为止。”

“大侄子你这话说得，就好像这里就你一只妖似的。”这时候，小任叁从床榻上爬了起来，对百无求说道，“没心眼的妖也就你这一只了，看看妖王那几个儿子，那心眼一个赛一个，不比刘禧、孙小川差到哪里去。老不死的，现在越来越乱了，咱们还跟着继续往下走吗？”

“已经跟到这里了，不跟到底，老家伙会甘心吗？”这时候，吴勉怪异地冲着归不归笑了一下，随后继续用他那特有的语调说道，“我也想看看是什么人在打刘禧、孙小川的主意。这事应该没有那么简单，幕后那人不简单，刘禧、孙小川他们俩也不简单。我说得对吗？老家伙……”

“对的。老人家我都找不到补充的话了。”归不归嘿嘿一笑，继续说道，“我老人家也想去见识一下他们泗水号的东号。能在海岛上建立那么一个所在，也算是一件了不起的事情了。”当初饵岛是因为有成仙的修士渡劫，才建造的那座海岛。他们泗水号可完全是靠人力一点一点在孤岛上建造出来的化外之地，归不归都想象不到那会是一个什么样的所在。

郡守的家人收拾了家中的细软，带着泗水号给的一百两黄金，当天便离开了南海郡。而郡守的尸体被换上了一身麻衣，挂在了城门口，没有官府的告示，也没有任何说明。而南来北往的百姓也没有任何的不适，就好像进城的时候没有看到这具尸体一样。

刘禧、孙小川当天就搬到了城中泗水号自己的客栈当中。因为郡守的突然死亡，车队在南海郡停留了几天，直到上司衙门的钧令下来，由郡守衙门的官吏暂代郡守，等待陛下钦定的接任郡守接任为止。不过这个时候，朝廷已经乱成一团，根本没有闲心理会这小小南海郡的事务。拖到最后也只是让这名官吏名正言顺地继任南海郡郡守的职位。

等到了这个结果，泗水号的车队才继续向南海郡海边的码头行进。三日之后，车队便到了南海郡海边的码头。想不到这一处名不见经传的小小码头繁华异常，简直比南海等诸郡还要繁华，比起洛阳、长安这样的大城市，也只是小了一点而已。

这座码头是泗水号前往海外的主要停靠之地。码头上人来人往的，有各种各样的人，如色目人、天竺人，还有一些说不上名字的金发碧眼的外国人，其中也能看到皮肤黝黑的昆仑奴。如果不是一路走来，谁也不信这里会是汉地。这里的主事之人介绍，这座小小的码头竟然常年有五万人居住。管理这一片化外之地的是泗水号中刘禧、孙小川的心腹，码头上的买卖当中都有泗水号的护兵。曾经有一队海匪误打误撞进了码头，开始还以为能劫掠一笔大财，没有想到最后一个不剩，都死在了码头护兵的手上。

就是因为来来往往的各国客商，才促成这小小码头的繁华。而泗水号保密的功夫也是到家，这样的地方在内陆竟然没人知道。后来归不归在码头中转了一圈之后，才明白其中的缘故。

别看这里的外国客商不少，却都是和泗水号做生意的。除了泗水号，没有其他的中原客商会来到这里。泗水号收下货物之后，会有专门的商队将这些货物送到南海郡的货栈当中。负责运送货物的伙计，不是哑巴就是聋子。他们被专人领着送货到了南海郡之后，马上回来，不和其他人有任何的接触。故而这么多年，泗水号哪里来的这么多国外货物，对其他的商户来说，始终是个谜。

因为晋国延续了汉朝时期轻商的政策，故而法令并不允许外国客商来晋国贸易。泗水号这里的码头虽繁华得离谱，说白了就是一个走私的集散地而已，只不过在刘禧、孙小川的庇护之下，没有人敢来滋事。这也是他们兄弟二人设计拔除皇后一族，不能让泗水号落入他人之手的原因。

“你们二人好手段，能在这里建造这样的一个所在。”转了一圈，归不归这样见过世面的老家伙也忍不住赞叹，“老人家我自恃也有一点小聪明，不过我老人家无论如何也打造不出来这样一个所在。”

“小川我和殿下也是被逼的，开始做买卖的时候被官府逼、被土匪逼，连长得凶一点的老百姓都敢过来给俩嘴巴。”想起以前的艰难，孙小川苦笑了一声，继续说道，“后来也是被逼得没有办法，我们俩才躲到这里偷偷地贸易。这一步一步下来，才有现在这点起色。”

说完，孙小川又笑了一下，对吴勉、归不归和两只妖物说道：“既然来了，玩两天之后，我们再出海前往东号。不是小川我自吹，全天下也只有这一个所在才有这样的光景。”

“没有那个心思了，还是直接去你们的东号吧……”吴勉看着一望无际的大海，自言自语道，“海风怎么带着血腥味……”

第二十章　走私船的走私船

刘禧、孙小川两位当家专用的大海船就停靠在码头，吴勉这些人也出海多次了，私船、官船也乘坐过多次，不过登上泗水号两位当家的私船之后，还是对船上的设施啧啧称奇。

泗水号两位东家的大海船长约五十丈，分为上中下三层，船体大得可以跑马。在刘禧、孙小川二人陪同下，众人在船上转了一圈就花了小半个时辰。三层船体当中，最顶上的一层是刘禧、孙小川二人的船舱，不过为了招待吴勉、归不归等人，刘禧让出了自己的船舱，住在了孙小川那里。

如果不是船身有轻微的摇晃，谁也想不到这是在海上。船上早已经备好食水等物资，在孙小川一声令下之后，大船向着一望无尽的大海中心行驶了过去。除了他们这艘大船之外，还有七八艘大小各异的海船也跟着同时航行，这些海船远远地护卫在大海船周围。

吴勉、刘禧等人坐在最上层的甲板上，这里已经搭好了凉棚，并摆好了酒宴。这一层一般的船员不能上来，服侍众人的还是刘禧、孙小川手下的一众昆仑奴和波斯女奴。那名叫阿一古拉的女奴自从那次行刺未遂之后，身份却抬了上去。现在她和孙小川形影不离，看得其他女奴艳羡不已。

“这条船大了些，速度便提不上来。一般的快船五日可到东号，我们这艘船需要七日。”刘禧解释了几句，有些无奈地笑了一下之后，对着归不归说道："如果大家嫌慢，还可以换乘快船，不过那样要颠簸一些。几位如果看厌了海中美景，我们便换快船继续航行。"

"有这么好的大海船，傻子才想去换什么快船。"小任叁咯咯一笑，抢过阿一古拉为孙小川剥好的胡桃，塞进自己嘴里。随后他咯咯笑着说道："你们谁爱去换快船谁去，反正我们人参就在这艘大船上了。不过咱们提前说好，这几个波斯小姐姐你们要给人参留着。"

"任老三，老子怀疑你才是龙种。要不你怎么成天就想着这点破事儿？"百无求啐了一口，看着身边笑呵呵的归不归，"反正我们家老家伙在哪儿，老子就守在哪儿。省得他哪一步没走好，把自己绊倒投胎了，老子还不知道。"

"只听你前半句话，你爸爸我还以为傻小子你转了性。"归不归纠结地笑了一下，又对着刘禧和孙小川两个人说道："现在就是请老人家我去当皇帝，我老人家也不去。在这里享福要比当皇帝还快活，是吧？"

最后两个字是对着吴勉说的，不过这个白头发的男人只是看了老家伙一眼，便慢悠悠地说道："还做什么皇帝？现在你不就是皇帝吗？一会儿和你们家太子说一声，他该洗澡了……"

泗水号的船队一路向着东号海岛行驶，顺风顺水地过了三天。这三天当中最快活的就是百无求、任叁两只妖物了。他们睡醒便在海里泡着，直到吃饭的时候才会回到船上。小人叁还借口怕溺水，拉上了刘禧、孙小川身边的波斯女奴们，陪着他俩一起在海上疯闹。

到了第三天傍晚，天色擦黑的时候，就见外围一艘海船突然传出了一阵敲鼓的声音，随后外围这几艘海船都开始敲起了鼓。就在大海船上几个人诧异的时候，只见两艘快船驶离了航道，向着远处的一个小黑点拦截了过去。剩下几艘海船也分成了两队，其中一队向刘禧、孙小川的大海船靠拢，另外一队也开始聚拢，挡在大海船身前。

这时候，眼神最好的百无求指着远处的黑点说道："刘禧你们的胆子也太小了，这么多条船还怕这一条船吗？好像那边有千军万马似的。让你的人把胆子放进肚子里，有老子的爸爸和他叔叔在，谁动得了你们一根头发？”

没等刘禧说话，管家已经凑了过来，他也不避讳吴勉等人，直接对着两位东家说道：“白蛇和芒砀去查问，让我们停船等候。如果是海匪，他们会直接动手。两位船主请两位东家放心，就算是海匪，也不是他们两船子弟的对手。”

听到管家好像能听到那两艘船上的人说话一样，百无求愣了一下，正要发问的时候，归不归看出了自己便宜儿子的心思，当下笑嘻嘻地解释道：“傻小子，那个叫作鼓语。不过话说回来，两位当家的，这也有些小心得过头了吧？”

“当初有假扮官船的海匪大模大样地冲过来打劫，如果不是早有准备，泗水号一百多年前便消亡了。”刘禧微微笑了一下，对孙小川使了一个眼神。就见那位泗水号的二当家带着阿一古拉去了下面一层的船舱，不知道做什么去了。

过了半晌，冲过去的两艘快船已经停到了对面海船的附近。随后隐隐约约又传来一阵鼓声，紧接着其他的海船也跟着响起来一模一样的鼓声。这时候，正赶上孙小川从下面的船舱当中上来，他皱了皱眉头，转头看着远处的海面，随后叫过来管家，说道：“不是这几天让暂停海运了吗？为什么还会有我们泗水号的货船在这里？”

管家也没有想到，正在犹豫怎么回答的时候，刘禧说道：“去问那艘海船，是谁名下的？船主是谁？装的什么货物？六条航线为什么偏偏选了这一条？”

管家答应了一声，匆匆忙忙地下到船舱。片刻后，大海船也响起了“轰隆轰隆”的鼓声。鼓声停下之后，远处护卫的海船上也跟着重复了一遍刚才的鼓点，将刚才刘禧问的话传了过去。

片刻后，远处的海船上回复了鼓语。说的是，该货船在泗水号一个叫作孔龙的主事名下，现在的船主是孔龙的远房侄子孔信。船虽然是泗水号的货船，不过里面却是孔家叔侄自己的私货，他们不知道两位东家的大船要从这里路过。鼓语当中还有孔信求饶的字眼。

“我们走私船的走私船，说得真是绕嘴。”孙小川苦笑了一声，对刘禧说道，“这巴掌打到自己脸上了，带上这艘船，回到东号再一起处置孔家叔侄吧。”孔龙是泗水号的老人，听到这个人在挖自己墙脚，孙小川便有些纠结起来。孔龙平时对他很是巴结，不过按照泗水号的规矩，用商号给自己办私活的，到了一定数量是要打死勿论的。不管怎么样回去再说，也许还有救孔龙一条性命的办法。

刘禧看了一眼身边的吴勉和归不归，见到这二人都是一副看戏的样子，他摇了摇头，说道：“这么处置的话，旁人看到说不过去。再有人走私，便难以处置了。”

随后刘禧对着管家说道：“让对面货船上的人都上白蛇船，货船凿沉，货物不留。让孔信乘坐小艇前来，我要问话。你吩咐船主下锚停船，给其他的海船让出航道。”

刘禧、孙小川二人意见相左的时候，都是以刘禧的话为准。当下管家吩咐下去，孙小川也没有什么好说的，拉着阿一古拉坐在甲板上，等着那个叫作孔信的船主过来回话。

这个时候，归不归不动声色地看了吴勉一眼。两个人对了一下眼神之后，脸上都是一副古怪的表情。

第二十一章　反杀

鼓语传到之后，归不归、吴勉二人使用术法看过去。他们看到干私活的货船已经和那艘名为“白蛇”的海船搭上跳板，那货船上不停地有人踩着跳板到了白蛇海船上。等到所有的水手都到了白蛇海船上之后，早已潜到海里的水手便将货船凿沉。

就在船主几个人乘坐的小艇到了白蛇海船附近的时候，远处的货船已经沉入大海。随后几个已经被冷汗湿透了衣服的男人被带到了刘禧、孙小川的身边，见到这两位当家的之后，其中一个胖一点的男人直接对着刘禧、孙小川跪了下去。

“你就是孔信，孔龙是你的叔叔？”刘禧看了这个男人一眼，问道。随后他又对其他几个人说道：“今天这是第几次出来跑生意？货船里面是什么？”

“小的是孔龙的侄子孔信，当家的请饶命……”这个时候的孔信已经被吓蒙了，不停地向刘禧、孙小川二人磕头。刘禧见状皱起了眉头。管家见状呵斥道：“你在东家面前哭哭啼啼的成何体统？当家的问话，你只管回答。你是死有余辜的人，东家法外施恩便是你的造化。按家法行事你也没有什么好埋怨的！东家还在等你回话，还不快说！你是死了吗？”

这个叫作孔信的船主这才好像被雷击中了一样，哆哆嗦嗦地对刘禧说：“小的不敢蒙骗东家，五年前小的开始挣这个昧心钱。不过小的不敢太放肆，一年只有两三次，算起来加上这次一共有十三次。买卖双方都是小的叔叔孔龙安排好的，小的只管海运。这次是从波斯国哈坦上的货，运到千纱码头，买家直接在码头卸货……”

见这个孔信还算老实，没怎么问便都说了出来，刘禧还算满意。他点了点头，说道：“回到东号之后，你和孔龙当面对质。不用怕，你的命是保住了。孔龙的罪过自然由他自己来承担。”

“多谢东家……”孔信爬起来的时候，双膝的位置已经多了两道水痕。就这么一会儿的工夫，他身上的冷汗已经到了这种程度。

看着孔信身后还跪着两个儒生打扮的男人，管家问道：“你们又是做什么的？看你们的打扮不像是泗水号的人。”

“他们二人是卖家派来押货的，并不是我们泗水号的人。”孔信替他们两个人介绍身份之后，回头对这二人说道：“你们不要怕，你们是客商不是我们泗水号的人，家规不会用到你们身上。以后还是老老实实和泗水号做交易吧，为了那一点点钱得罪泗水号，不值啊。”

见孔信刚刚免于责罚便为泗水号招揽生意，刘禧微微笑了一下，正想要说几句就看到那个押货客商的面容，当下到了嘴边的话又变了：“你们二位眼生得很，不知二位怎么称呼，在哪家宝号发财？”

其中一个年纪稍大一点的男人说道：“刘东家您客气了，我们兄弟二人在波斯贩货，只是赚一点辛苦钱。平时往来押货的另有其人，只是这次押货的人得了急病，没有办法，我们才亲自走一趟。想不到因祸得福，还见到了刘东家您。这次我们哥俩知道错了，回去就在泗水号备档，以后的货就靠泗水号运了。”

“这个好说。”刘禧微微一笑，继续说道，“既然这位老兄常年在波斯国做生意，那么听说今年争夺肉桂的事情了吗？听说现在有三家在争香料，我们泗水号押宝在阿琉斯身上，不知道现在怎么样了？”

押货的客商脸上满是欣喜之色，说：“那真要恭喜刘东家了，我们起程的时候已经得到了消息。肉桂香料已经归了阿琉斯专营，而我们错押了吐鲁旺斯，正不知道如何是好。如果刘东家能让一点肉桂出来的话……”

“难得你还知道吐鲁旺斯。”刘禧说完冷笑了一声。此时，他身后的管家一声吆喝，几个昆仑奴便跑过来，挡在了刘禧、孙小川的身前。随后从下面的船舱里跑上来七八名手持兵刃的大汉，将目瞪口呆的几个人团团围住。

看到三个人满脸惊诧的样子，在刘禧的示意之下，管家说道：“肉桂是波斯数量最多的香料，也最不值钱。除了波斯，天竺和塞外也大量种植，就连中土也有人种植肉桂。又不是龙涎香、红花，谁会专卖那个？”

“原来还是我这个来往波斯贩货的客商没有演好……知道刘东家你会出题考我，我连波斯国历代君主、贵族和现在一些繁华所在都背了下来，没有想到你会考我肉桂。”说话的时候，两个自称客商的人顺手在各自的头发上摸了一把。

这时，站在孙小川身边的阿一古拉突然大叫了一声：“小心！他是刺客！”

话音未落，两个人摸头发的手突然对着刘禧、孙小川二人挥了过去。就见从两个人的手指缝里闪过了数十道寒光，向刘禧、孙小川二人直奔过去，阿一古拉想都没想直接扑倒了孙小川……

就在这个时候，刘禧、孙小川二人身前好像出现了一道看不见的高墙，那数十道寒光变作细针钉在了昆仑奴身前半尺左右的空气当中。随着一阵“噼里啪啦”的声音，细针同时爆炸，并没有给在场的人造成一点伤害。

动手的两个人愣了一下，随即明白这里有修士在保护刘禧、孙小川两个人。不过两个人并没有一丝慌张，一直没有说话的男人回身大吼了一声：“都出来吧！今天不能放过泗水号的人……”

这人的话音未落，就见从这艘大海船下的海水中浮出数十个光着身子、嘴里咬着兵刃的“水鬼”。这些人手里都绑着钉板一样的东西，他们靠着这些小小的钉板顺着船身爬了上来。

这个时候，附近海船就算想增援，一时半会儿也过不来。刘禧喜好安静，大海船上并没有多少护卫。本来以为周围的护卫船上人多，想不到最后问题就出在这里。

而这个时候孔信已经吓蒙了，等他反应过来自己被人设计了之后，便冲身后两个人扑了过去：“你们两个混账！这都是你们算计好的，我和你们拼……”一句话还没有说完，刚才第一个说话的男人已经掐住了孔信的脖子，单手便将他的颈骨给掐断了。随后这两个人背靠背地站在一起，一副要和刘禧的人厮杀的架势。只要等下面的水鬼杀上来，刘禧、孙小川二人便必死无疑（至少这两个人是这么以为的）。

这时，坐在刘禧身边的归不归嘿嘿一笑，开口说道：“淮王，用不用老人家我帮帮忙，这次给你打个折扣，抵你们泗水号一半的干股。救你们这么多人，值了……”

“老人家您再等等。”这个时候，被阿一古拉压在身子下面的孙小川探出脑袋，笑嘻嘻地说道，“这几条小鱼还不至于麻烦您老人家，再等等，那些人既然上来了，就走不了了……”

孙小川说话的时候，从下一层的船舱当中上来一个仆人模样的中年男人。这人恭恭敬敬地对着刘禧、孙小川鞠了个躬，随后说道：“东家，要留几个活口？”

孙小川看了刘禧一眼没有说话，那位昔日的淮王深吸了口气之后，说道：“一个不留……”

第二十二章　第三号人物

中年男人出现的同时，吴勉和归不归便感觉到这个人身上有一股熟悉的气息。只不过这人应该是用了某种古怪的易容之法改变了相貌，就连归不归这样的老狐狸也看不透这人的真实身份。

听完刘禧的话，中年男人微微欠了欠身子，随后转过身来对周围的护卫说道："你们护住两位东家，别的事情不用做。一会儿这里不管发生什么事情都不要怕，伤不到你们的……"

说完，中年男人只是直勾勾地看着对面两个化装成走私客商的刺客，既没做出什么动作，也没有一点要过去了结他们的意思。就在这样的僵持之下，不断有水鬼爬了上来。

而中年男人也不着急，一直等到水鬼全爬上船之后，才木着脸发出一阵笑声，说道："东家说了，一个不留……"

"对！你们一个不留！"看到自己的人数占优势之后，带头的假客商大吼了一声，随后带着身边的水鬼向刘禧等人冲了过来。冲过来的同时，为首的那个假客商再次从头发当中抓了一把细针，朝中年男人的方向挥了出去。也没见中年男人做什么，那些飞出去的细针却在转瞬之间化作铁水溅落在甲板上。

就在他们冲过来的同时，中年男人冷笑了一声。他的笑声还没有停止，面前这些水鬼突然痛苦地倒在地上，身体剧烈地扭曲着。片刻之后，这些人的眼耳口鼻里开始冒出一阵黑色的浓烟，随后又有火光从他们的七窍当中冒了出来。只是几个呼吸的工夫，他们的身体便从里到外燃起了大火。

这瞬间燃起的冲天大火，并没有烧着木质的甲板，甚至连一点痕迹都没有留下来。片刻之后，这些人便一动不动地躺在甲板上了。看着面前这些被大火灼烧的尸体，中年男人冷笑了一声，说道："这里不是你们应该待的地方，去你们应该去的地方吧。"

这句话刚刚说完，这些燃烧着的尸体突然直挺挺地站了起来。随后，这些尸体摇摇晃晃地走到船舷的位置，一个接一个地跳到了海里。其他光着身子爬上来的水鬼，见到这个场面都被吓呆了，还没反应过来，便被已经烧死的同伴抱住一起落入了海中。片刻之后，海面上已经漂起几十具尸体。

确定这些人都被烧死之后，中年男人这才回头对刘禧、孙小川说道："两位东家，没有留下一个活口。还有什么吩咐吗？没事的话，我想回到下面休息……"

"回去吧，有事我会再唤你的。"刘禧微微一笑说道。看着这个中年男人离开之后，刘禧又对吴勉和归不归说道："惊扰到几位了，本来还想请几位一起欣赏海上美景的，想不到会有这个意外。"

"这哪里是什么意外？淮王你不说的话，老人家我还以为都是殿下你算计好的。"归不归嘿嘿一笑，继续说道，"不过刚才那位修士看着眼熟，我老人家忘了在哪里见过了。殿下你能不能介绍一下？虽然人走了，但说出来，老人家我才知道走的是谁。"

"说起来我还想请教老人家您的。"听了归不归的话之后，刘禧看了身边的孙小川一眼，随后苦笑着对老家伙说道，"这人是三十年前投奔到泗水号的，自称李甲，名字一听就是随意编的。他当时还只是一个押送货物的伙计。后来有一次商队遇到了大股的山贼，眼看全队就要覆没的时候，李甲一个人杀退了几百号山贼。这个时候，我才知道这个叫李甲的伙计是个了不得的修士，于是将他留在身边。靠着这个连真实姓名都不知道的修士，这几十年当中，泗水号度过了数次危机。”

看着归不归不大相信的样子，孙小川接着说道：“老人家，我们家殿下说的绝对是真的。若有一句是他自己编的，我们这泗水号就不要了，就当作当年长生不老药的回礼。”

“话说得这么重，老人家我信你们了。”归不归笑了一声之后，刚刚想要再说点什么的时候，冷不防听到一边的吴勉说道：“李甲李乙的先放一下，刚才那几个人这样便想上船要了你俩的性命，未免有些太儿戏了吧？看着倒好像在试探你们两位泗水号掌柜手里的底牌，李甲之外你们再无底牌可用的话，那就要早做打算了。”

听到这个白发男人这么和自己说话，刘禧微微一笑，说道：“有劳吴勉先生挂怀了。不过这么多年了，这样的事情泗水号来来回回也经历了几次，我与小川自有应对之法。”

听到泗水号两位东家没有请他们帮忙的意思，吴勉也没有继续往下说。当下，船队继续航行。

四天之后的一个早上，吴勉、归不归等人正在船舱里面吃早饭，突然听到外面有水手喊道：“到了，看到财神岛了。快去禀告东家，到了我们泗水号东号了……”

这时，吴勉等人才知道这泗水号东号海岛，还有一个名字叫财神岛。当下，吴勉和归不归走出船舱，向着水手手指的方向看过去。只见远处有一座郁郁葱葱的大海岛，目测方圆有几百里。和它比起来，当初那座饵岛显得可怜得很。

“两位先生，那里就是我们的目的地——泗水号东号的所在地，也是整个泗水号的根本所在——财神岛。”刘禧指着海岛讲解道，“这座岛负责波斯诸国货物的中转和存放，现在上面居住了一万多人。别看海岛不大，上面设施一应俱全。如果不是这次贾氏外戚闹得太凶，我们可能还待在岛上，不会轻易上岸。”

刘禧说话的时候，吴勉已经看到海岛的一个码头上有十几艘各色各样的大船。这些船风格各异，看来除了波斯之外还有不少国家在和泗水号做买卖。这些大船上面不停地有人在搬运货物，看上去比南海郡码头还要忙碌几分。

就在船队继续前行的时候，突然听到海岛上传来一阵鼓声。随后，一艘不大不小的海船从码头驶离，向着白蛇海船行驶过来。随着距离越来越近，船上的鼓声越发密集起来。

“这么心急做什么？马上就要见面了，又不是见不到。这么多年，这兄弟的脾气还是一点没改。”刘禧看着对面的海船，回头冲吴勉和归不归两个人说道，“稍后我还有个朋友要介绍给你们二位，算起来，当今的泗水号也有三成要算在这个人的头上。”

随着对面海船越来越近，吴勉不用术法，也能看到来船的甲板上站着一个浑身黑漆漆，大约百无求那样身高的大个子。黑大个子站在甲板上，不停地向着这边挥手喊道：“两位兄长！你们再不回来的话，这泗水号我便不要了，带人上岸找你们去……”

第二十三章　泗水号东号

大个子的身材、相貌都和百无求有几分相似，不过行事作风却有天壤之别。大个子说话做事面面俱到，八面玲珑的样子。百无求心里酸溜溜的，冷眼看着这人，嘀咕道：“可惜这么好的架子了，不去骂街。嘴里都是拜年话，早上用蜂蜜漱的口吗？”

看着二愣子冒酸水的样子，归不归呵呵一笑，对自己的便宜儿子说道：“傻小子，这有什么好羡慕的？百无求就是百无求，百无求不去骂街那就不值钱了。”

就在这父子俩说话的时候，对面的海船已经到了旁边，随后搭过来带着护栏的跳板。在几个护卫的簇拥之下，对面船上的大个子顺着跳板上了大海船，在甲板上站定后，“扑通”一声跪在地上，对着刘禧、孙小川二人行了大礼。

看样子刘禧、孙小川二人早就适应了大个子的做派，两个人都没有阻拦的意思。直到大个子礼毕站起来，孙小川这才招手将他叫到身边，指着吴勉、归不归几个人说道：“兄弟，小川哥哥给你介绍几位老神仙。你以后出来行走见到这几位老神仙，千万不能怠慢了……这位白头发的大哥——你得叫叔叔，姓吴单字勉，是位了不得的神仙。当年的大方师徐福出海的时候，把满身的能耐都传授给你吴叔叔了。那位老爷爷——从他儿子那边论，你得管他叫大哥。你这位大哥姓归，字不归。这可是活了一千多年的老神仙。听说过当年的四大方士吗？就是广字辈的那四位，都要喊你归大哥一声师兄……”

介绍完吴勉、归不归之后，孙小川又介绍了百无求和小任叁。只不过担心吓到自己这位弟弟，他只是含糊地说了几句。他说完之后，归不归古怪地笑了一下。老家伙倒是没有去挑叔叔、大哥的礼，只是找到了孙小川话里的破绽：“知道老人家我的来历，还能打听出你吴叔叔得益于徐福。孙小川，这几年你们泗水号为了打听我们的底细，也花费了不少工夫吧？”

“这就是巧了，老人家您也知道泗水号的商队就是走南闯北的，这都是他们在各处听来的您二位的传说。小川我也只是知道一个大概。”孙小川也知道自己说多了，解释了几句之后，继续对归不归说道，“老人家，我给您介绍一下我这兄弟，他叫黄一郎。当年我和殿下，还有这孩子的爸爸黄臣一起创立了泗水号。我俩出钱，他爸爸出商队。就这么一点一点地干出了现在这么大的局面。来，兄弟，给几位老神仙见个礼，以后少不了你的好处。”

孙小川说话的时候，大个子黄一郎便要给吴勉、归不归磕头行礼，却被一边的百无求看出了问题：“等一下，别着急磕头。先把辈分搞清楚，老子怎么就成他侄子了？你们从老子的小爷叔那里论，老子也就忍了。不过你们自己的辈分还没有搞清楚吧？说书的，老子不信你们能拉下脸，管这小子他爹叫叔叔。”

“我和小川与黄臣是以平辈论的，不过我们俩这相貌麻烦，为了省些麻烦，和黄一郎也是按平辈论的。”这个时候，刘禧替孙小川解释了几句。顿了一下之后，这位昔日的淮王继续说道：“活得久了，什么都看淡了……”

看到和自己身高差不多的百无求不再说话，黄一郎对着吴勉、归不归行了个大礼。虽然孙小川开玩笑一样让他管归不归叫大哥，不过这个大个子可没有那么大的胆子，一口一个老神仙地叫着，就算对百无求和小任叁，也是加上了对长辈才用的尊称。

随后，海船驶进了海岛的码头。下船之后，众人分别上了两辆马车。黄一郎为了表示亲近，上了吴勉他们的马车，向他们介绍岛上的风土人情。马车向着海岛中心行进。上岛之后吴勉等人更加感觉这海岛大得有些吓人，陆地上的各色商铺在这里几乎都能看到。岛上除了中土的汉人之外，有一半是色目人，岛上俨然海外异域之国。

而岛上的人看到刘禧、孙小川的马车之后，都纷纷停下了手里的活，对着马车行了波斯国流行的鞠躬礼，之后才继续手里的活计。见百无求一脸疑惑，那个和他差不多身量的黄一郎讨好地说："这都是波斯人教的，开始还只是那些波斯人讨好两位东家的方式，后来岛上的人都学会了。每次乘坐两位东家的马车，都会这样麻烦。"

有人顺着自己说话，百无求也拉不下脸。当下二愣子点了点头，随后却从黄一郎的嘴里听出了破绽："两位东家？你怎么那么客气？小子你不也是这泗水号的东家吗？肉烂在锅里，都是自己人。"

"您有所不知，从我爹开始，泗水号就是两位东家。我爹是拿东家的钱，负责货运的大管事。两位东家体恤，一直对外抬举我爹。"黄一郎赔着笑脸看了吴勉、归不归一眼之后，继续说道，"我们这一大家子也是托了两位东家的福，要不然的话，现在最多也就是在陆地上给人贩货。"

虽然黄一郎在海上对刘禧、孙小川二位以平辈相称，不过在外人面前，还是放下了自己的身段，说话完全是一个管家在评说自己的东家一样。归不归笑嘻嘻地问了问岛上的风土人情，而吴勉连看都没看这个黄一郎一眼，眼睛只是盯着车外的风景。这位泗水号排行第三的年轻人感觉到来自白发男人的威严，不敢轻易和这人搭话。

上岛之后走了两个多时辰，马车停到了一座高大的房屋前。本来以为这就是刘禧、孙小川二人的大宅子，进去之后才知道这里只是泗水号的一处公房。他们在这里歇脚，吃喝之后再继续前行，傍晚之前差不多可以赶到位于海岛中心的刘禧、孙小川的私邸。

“这海岛这么大，难怪陆地上那些人怎么找都找不到你们在哪里。”落座之后，归不归笑嘻嘻地说道，“东号已经这么吓人了，你们藏在波斯的西号也一定小不了。什么时候带着老人家我去见识一下？”

说话的时候，仆人不停地将热气腾腾的美食端上来。只因有了这几天的事端，门口安排了刘禧信得过的昆仑奴，挨个搜查这些上菜的仆人，确定没有问题之后，才让他们进来。当下，刘禧微微一笑，端起酒杯对归不归说道：“只要老人家您一句话，天下自然没有您去不了的地方。稍后不嫌弃的话，我们前往波斯游玩……”

他的话还没有说完，就见表情木讷的李甲走了过来，一把抓住送烤肉的小厮，随后从烤肉里抓出一把闪烁着蓝光的短剑。小厮刚想要逃走，便被李甲一指定住。随后，李甲回头对面无表情的刘禧说：“东家，如何处置？”

上菜的仆人很面生，且没有一点惧意，脸上已经有了认命等死的表情。刘禧微微叹了口气，说道：“这个人不用留活口了，这里其他的人全部关押起来，搞清楚之后再处置。”

刘禧话音落时，也没见李甲动手，小厮的身上突然冒出了火焰，当着在场所有人的面，被活活烧死了。见小厮被烧死，孙小川轻轻地推开了挡在自己身前的阿一古拉，说道：“还以为回家就太平了，看来哪里都不安生。”

第二十四章　交换

说话的时候，孙小川的目光转到了归不归身上。他本来想从这个老家伙的脸上看出点什么的，不过看到归不归冲自己摊开了手掌，伸出五个手指头示意五成干股之后，孙小川苦笑了一声，装作没有看到，将头扭到了一边。

在船上的时候，黄一郎已经听说这些日子刘禧和孙小川遇到了几次刺杀。他本来以为回到财神岛，刺客就无法进来了。没有想到刺客竟然比他们先到了一步，刘禧、孙小川都是活了几百年的人精，他们可不相信岛上只有这一个刺客。

当下，黄一郎开始调查刺客的身份。当着两位东家的面，他调来了入岛人员的名册。刺客名叫项忠，是岛上主事孔龙带过来的，也是孔龙做的保人。海上出事之后，已经有快船提前过来禀告了黄一郎。但搜遍了全岛也没有找到孔龙，最后有前来运货的波斯商船说见到孔龙一大家子乘坐一艘快船往波斯方向去了。这位主事走得匆忙，连最起码的食水都没有带足，还是向波斯商船借的食水。

既然线索到孔龙这里就断了，黄一郎便只能使用笨办法，将当初和项忠同船上岛的人都关押起来，等到谋害东家这件事彻底结束之后再把这些人放出来。听到这里，孙小川笑了一下，随后替他补充了几句："把十年之内上岛的人全部从内岛撤出来。服侍我和殿下的人，必须是我们能叫得上名字的老人。我们身边的昆仑奴不用动，不过这些波斯女奴除了阿一古拉之外，都搬到外岛居住。不要难为这些人，不是怀疑他们，只是给我与殿下买个安心而已。”

看着黄一郎开始办事，刘禧有些歉意地对吴勉、归不归他们几个说道：“本来还想请几位尝尝这岛上的风味，现在被这件事败了胃口。几位大概也没有留在这里的兴致，我们还是继续走吧，到了内岛之后我和小川再向几位赔罪……”

吴勉和归不归没有说什么，只是小任叁舍不得酒，百无求则可惜这一桌子的大鱼大肉。最后还是黄一郎吩咐仆人们将酒菜端到马车上，请这几位老神仙边赶路边在马车上享用。

众人向着刘禧、孙小川居住的内岛行进，一直到了天擦黑的时候，才看到一片规模惊人的庄园。看这规模，比起洛阳城的皇宫，也只是小了一号而已。而且当中还有一大半正在施工，看这个架势是要和外岛连成一片。反正刘禧、孙小川都是长生不老的体质，再过个一二百年，早晚能看到那一天。

走进庄园的大门，便听到一阵古里古怪的礼乐之声。随后上百号人站在门口，对着下了马车的刘禧、孙小川和吴勉众人行礼。两位泗水号的东家亲自将吴勉、归不归这些人带到了一间宫殿一样的屋子里。

这里已经摆好了酒宴和各种各样的点心、时令水果，有的连归不归都没有见过、吃过。落座之后，刘禧、孙小川和黄一郎向这几位老神仙敬酒，表示这一路上让他们几位受到了惊吓，实在是不妥……

眼看着刘禧他们几个不磨叽完，自己就不好动筷子，百无求忍不了，当下插话道：“你们就别瞎客气了，要杀的是你们俩，动手的也没杀错人，也没吓到我们几个。要敬压惊酒的话你们应该互相敬一个吧？‘这一路您受惊了，大家都没死，没少胳膊没少腿，下次注意。’这不挺好吗？说完了赶紧吃饭……”

孙小川哈哈一笑，说道：“那就赶紧吃饭，来，歌舞助兴……”

一句话说完，十几个身穿轻纱的妙龄女子便从后面走了出来，在一阵丝竹乐声中开始翩翩起舞。这些舞姬都是幼年时便被卖了的女奴。孙小川看着可怜，将她们买回来，让人教授一些舞技，无聊的时候看看她们跳舞，也能解闷。虽然这些女子年纪轻轻的，可也都是陪伴刘禧、孙小川超过十年的“老人”了。

这些舞姬身材曼妙，舞姿轻盈，看得小任叁已经顾不上喝酒了。他正和刘禧商量能不能让他在这里多住几年。这样的地方就算真有神仙前来，也会乐不思蜀的。

吃喝了一阵子之后，跟着刘禧、孙小川出海的管家悄无声息地走到了昔日淮王的身边，在他的耳边低声说了几句。刘禧点了点头，吩咐了几句，随后管家便从宴客厅中走了出去。

管家离开的同时，刘禧叫来孙小川，对他身边的阿一古拉说道：“刚刚有一艘波斯商船停靠在码头，你的七位家人都跟着货船到了岛上。给你两天的假去和亲人团聚，一会儿跟着管家走，他会安排好的。”

听到牵挂多日的家人平安无事地到了财神岛，阿一古拉的眼泪止不住地流了下来。当下阿一古拉学着汉人的样子，跪在地上给刘禧、孙小川二人磕头行礼。孙小川把她叫了起来，这位泗水号的二当家又吩咐管家拿了五十两黄金让她带着。海岛虽然是泗水号的私地，不过岛上和陆地一样，都需要金钱买卖。

阿一古拉离开之后，孙小川也没有心思再看歌舞，吩咐管家撤了舞姬。等到没有外人之后，他才收敛了笑容，当着吴勉、归不归的面，对刘禧说道：“殿下，事情出在岛外，根子却还在岛上。我们出岛之后一路上并没有遇到刺客，只有被假扮山贼的石崇的官兵打劫过一次。直到离开京城之后才出事情，这是有人以为我们都会死在石崇的乱军之下。我们从出岛的那一天起，行踪便都在刺客的算计当中了。从岛上自己人里面查，知道我们行程的人都有嫌疑。”

刘禧听了孙小川的话，并没有马上表态。他喝下一杯酒之后，转眼看着坐在另一边的黄一郎，说道：“你怎么看？是在岛内还是岛外？”

黄一郎回答道：“我和小川兄长想的一样，岛外的人不知道我们泗水号的底细，不敢轻易动两位兄长的。他应该是已经勾结了贾氏外戚，打算借这些外戚的手，瓜分泗水号。后来贾氏外戚意外被两位兄长诛灭，他才自己动起手来……”

“你们泗水号的大戏，你们自己来演就好，不要牵连看戏的人。”没等黄一郎说完，一直没有作声的吴勉突然开口说道，“我吃好了，麻烦几位东家安排个睡觉的地方。”

黄一郎还没有完全摸清吴勉的脾气，当下愣了一下，不知道自己哪句话得罪了这个白头发的男人。他脸色微红，有些尴尬地看着吴勉。

“没事，你这叔叔就是不习惯被人当枪使。”归不归嘿嘿一笑之后，继续说道，“其实两位东家可以直接说的，怕幕后的刺客还有什么黑手，请我们几位在这里住几天。别舍不得那点干股，又不是管你们要天材地宝。那点小钱都是身外物，百八十万两黄金买个安心，值了。”

见归不归说破了他们的心思，刘禧和孙小川也没有什么尴尬的表情。刘禧冲孙小川使了个眼色。那位曾经的说书人哈哈一笑，说道：“黄金都是身外物，怎么好意思在您面前拿出手。这里有一件有意思的东西……”

说话的时候，庄园的管家走了进来，手里端着一个银盘，上面摆放着一个古色古香的盒子。孙小川将盒子打开，只见里面有一块拳头大小、发黄的石头。归不归看到石头之后，表情便复杂起来。犹豫了片刻之后，他对刘禧和孙小川说道：“一直等到幕后那人出现，我们都留在这财神岛上保你们的性命……”

说话的时候，老家伙已经伸手从孙小川手中接过了这块石头。

第二十五章　波斯商船

还没等归不归把石头拿稳，那块黄色石头便瞬间出现在吴勉的手心里。这块石头在白发男人的手里几乎没有什么重量，感觉也就是比棉花重了一点。

皱着眉头看了一眼手里的石头之后，白发男人突然想到了什么，转头对有些不甘心的归不归说道：“这个就是龙胆吗？”

“其实你叫它龙心石也行。”归不归想要过去将龙心石从吴勉的手中拿回来，不过犹豫了一下之后，还是打消了这个可能会给自己带来苦难的想法。叹了口气之后，他认命地说道：“就是那个传说是饕餮心石的小玩意儿，其实那是愚人的胡说八道，它是珍兽吞鳌的心口石，是由精血凝结而成。并不是每只吞鳌都能结出龙心石，因为吞鳌和饕餮样子相近，很多人都把它们混淆了。”

说到这里，归不归看了一眼笑眯眯的刘禧和孙小川二人。顿了一下之后，他继续说道：“这龙心石是孤魂反生当中首屈一指的天材地宝，曾经有人用它将刚死之人的魂魄固定在身体当中，尸体不腐，三天之后死人复生。听老人家我一句劝，这龙心石太稀罕了。千万别拿它来炼器，别信炼器的图谱上说的。就连百里熙活着的时候都没见过龙心石，所有的都是瞎猜。这么稀罕的东西如果没了，就算你我是长生不老之人，也未必还能有见到的一天。千万别拿它去炼器……”

吴勉“嗯”了一声之后，随手将这块轻得出奇的石头放进了自己的怀里。归不归舔了舔嘴唇，满脸不甘地看着吴勉怀里放着龙心石的位置。

一个小小的插曲过后，归不归也没了继续留在这里的心思。有那个叫作李甲的修士守着刘禧、孙小川两个人，就算有什么突发情况也能坚持到自己赶到。当下他和吴勉等人离开了宴席。黄一郎引路，将他们带到了各自的寝室当中。由于百无求和小任叁习惯和归不归在一个空间里，当下管家收拾出一间最大的寝室给归不归三人，中间预留出来的是两位东家的寝室，另外一头住着吴勉。黄一郎要处理岛上的杂务，他并不住在这座庄园里。处理完一切事宜，回去向两位东家禀告之后，黄一郎便离开了庄园，骑着快马向外岛奔去。

“一块龙心石能换你我安全的话，那就算值了。”刘禧看着黄一郎远去的背影，顿了一下之后，继续说道，“是谁想要你我的性命，你心里有人选了吗？”

“连归不归这样的人都惦记泗水号这点家业，这世上还有谁不值得怀疑？”孙小川笑了一声之后，抓起桌子上的烤鱼，吃了一口之后，继续说道，“如果有谁想要小川我和殿下的性命，抢夺泗水号的话，那天下人人都有嫌疑了……不过想归想，有这个本事消化得了的，也只有那么几个人了……”

眼看人名就要呼之欲出，孙小川突然打了一个哈欠，随后笑嘻嘻地对刘禧说道：“这些日子路途劳顿，殿下，有什么事情咱们明天再说吧。想要你我性命的人，这一晚上不会发善心改过的。”

看到孙小川一个哈欠接着一个哈欠，刘禧也被他传染，感到一阵疲乏，当下和孙小川一起回到了各自的寝室。那个叫作李甲的修士好像影子一样跟着这两个人。待这两位东家进到寝室休息的时候，他就坐在两间寝室当中的位置，呆呆地看着挂在庭院当中的月亮，好像不需要休息一样。

刚刚过了丑时，刘禧旁边一间寝室的大门被打开。老家伙一边解着裤腰带，一边笑嘻嘻地走了出来。他走到李甲的面前，说道：“劳驾，茅房怎么走？唉，年纪大了，眼神不好，找了一晚上都没有找到夜壶在哪里。”

这时，李甲的目光终于从月亮转移到了归不归的脸上。停顿了一下之后，这个易过容的男人盯着老家伙说道：“归不归，不关你的事情，不要瞎捣乱……”

“就知道是老熟人了，什么叫瞎捣乱？你解释一下，老人家我有点不大明白，上个茅房也叫捣乱？”归不归笑嘻嘻地坐到李甲的身边。随后他也跟着看向天上的月亮，嘴里继续对身边这个人说道：“这些年来我老人家到处折腾，都没有怎么正经看过这大月亮。原来这银盘一样的圆球这么漂亮，真是越看越漂亮。”

“那你继续在这里看月亮吧。”李甲瞪了归不归一眼之后，起身向院子里面走去。不过他走出去没有几步，便听到身后的归不归自言自语道：“前几天听说席应真爸爸的弟子亡故，还以为是那个叫莫离还是离墨的娃娃。当时姬牢听了差点晕过去……”

“不要再提他了！”李甲一声低吼之后，转身到了老家伙的面前，几乎和他脸贴着脸说道，“莫离死了，离墨也死了！他们已经死了，就让死人安静一会儿吧，不要再来打扰我这个活人……”

“反正又不是你，你这么激动做什么？”顿了一下之后，归不归笑眯眯地继续说道，“老人家我也不是在和你说话，这年头自己和自己说话都不行了吗？我老人家就是自己念叨几句，有个叫作姬牢的人大限就要到了。那个人走之前想要见见自己一个叫作莫离的弟子……”

“麻烦你回去对那个姬牢说，他的弟子已经死了，他可以放心地去轮回了。”李甲喘了口粗气之后，继续说道，“莫离即使有什么欠他的，也已经用自己的命还了，谁也不欠谁了。让他安心地去轮回。”

归不归看到他这样的反应，当下嘿嘿一笑，说道：“这又关老人家我什么事？不知道刚才是谁让老人家我不要多管闲事的。算了，被你这一吓什么都没有了，茅房也不用去了，我老人家还是好好地回去睡觉吧。”

说完，老家伙将裤子提好，随后回到自己的寝室当中，留下满脸痛苦之色的李甲……

第二天一早，沉睡的百无求和小任叁突然被一阵匆忙的脚步声吵醒，随后听到隔壁刘禧和孙小川的寝室外响起一阵敲门声。没等里面两位东家说话，门口已经响起了庄园管家的声音：“两位老爷，请起……波斯国王的商队已经到了港口，黄三老爷已经用了鼓语传音。船是凌晨靠港的，黄三老爷现在正在应酬……”

管家说话的同时，已经能隐隐约约听到一阵急促的鼓声。片刻之后，刘禧和孙小川二人同时开门。随后，管家安排人分别进到两间寝室当中，帮着两位东家梳洗、穿衣。与此同时，管家继续介绍情况。

“现在波斯国王的特使正等候在外岛，等着两位老爷的接见。”趁着刘禧、孙小川二人洗漱的当口，管家继续说道，“听鼓语说这位特使手里有波斯国王对老爷的册封圣旨，好像要赐给您一个什么爵位。现在马车已经准备好，早餐也备在车厢里面了，两位老爷可以在车上进餐。”

“波斯商船本应一个月之后才会到这里，为什么提前到了？鼓语当中有提到吗？”刘禧开口问道，“协议上写他们只可以带一艘护卫船，这次来了几艘？”

“这个不知道，鼓语并没有说明。”

第二十六章　酒宴之间

没过多久，刘禧、孙小川二人在众人的簇拥之下，从自己的寝室当中走了出来。几乎就在他们出来的同时，归不归寝室的大门也被打开，老家伙和还没有睡饱的百无求和小任叁从里面走了出来。

“到底是有钱的大财主，一大清早就忙乎着怎么赚钱。”归不归笑嘻嘻地边走边对两位泗水号的东家说道，“怎么，听说波斯国的特使都到了？还要给你们封爵？老人家我没见过这样的大场面，带着我们一同前往如何？”

“原本就是要请归先生你们的。”刘禧微微一笑之后，继续说道，“早餐已经备在马车里了，我们一边用早餐，一边欣赏这海岛清晨的风景，如何？管家，去请吴勉先生……”

“别去打扰他了，那家伙有起床气，为了叫他起床再闹出人命那就不值当了。”归不归嘿嘿一笑之后，拉着百无求两人，跟着两位东家一起向庄园外面走去。虽然吴勉没有跟过来，不过有归不归这个老家伙在，就算遇到什么刺客也不值一提了。

当下，在众仆人的簇拥下，刘禧、归不归分乘了两驾马车向外岛驶去。虽然有老家伙在身边保驾，不过还是有几十名骑士在刘禧的马车周围护卫。每过几里便会有新的护卫加入到骑士的队伍当中，等赶到外岛的时候，护卫的人数足足有一百八十号人。

由于财神岛实在太大，虽然是一早起来赶路，一路快马加鞭，也还是到了中午才赶到外岛。马车停靠在外岛迎宾阁的门口，外岛的主事等人已经等候在那里。刘禧和孙小川却没有马上下车去见波斯使者，而是将外岛主事和黄一郎叫到了车上，向他们询问昨晚波斯商船到港的情况。

趁着这个工夫，百无求和小任叁下车舒展了一下筋骨。归不归独自坐在马车里，看着前面刘禧马车上和车夫坐在一起的李甲，脸上露出一丝古怪的笑容。

半晌之后，打听清楚情况的刘禧、孙小川二人这才带着黄一郎下了马车，又请了归不归一道进入迎宾阁。波斯国王派来的使者早已等候在这里。使者是一个五十多岁的大胡子男人，这人明显早就认识泗水号的两位东家。他动作有些夸张地迎了过来，一阵哈哈大笑后，用流利的汉话说道："我最尊贵的朋友们，高墨达代表伟大的波斯国王、众神国度的统治者薛西斯陛下向你们问好。你们之前送给薛西斯陛下的礼物和女奴，陛下都非常喜欢。在此让我向两位尊贵的汉人朋友表示感谢。"

说话的时候，这个叫作高墨达的大胡子分别拥抱了一下刘禧和孙小川。又是一阵哈哈大笑之后，孙小川笑嘻嘻地说道："陛下有什么指示，派人去吩咐西号的主事就好，怎么敢劳动高墨达大人您亲自跑一趟？"

"这次不一样，这次我带来了伟大的波斯国王、众神国度的统治者薛西斯陛下的旨意。陛下封赏刘禧、孙小川为阿依纳斯岛（财神岛）的总督和副总督，在这座岛上你们两位有仅次于薛西斯陛下的权力。阿依纳斯岛的总督是终身制，有自由执法权，不受波斯帝国律法的约束。两位最尊贵的朋友，我在波斯帝国为官一辈子，这样的恩典还是第一次遇到。你们真是受到了天神的爱怜……"

这个大胡子波斯官员还在夸夸其谈的时候，百无求正在和自己的"亲生父亲"嘀咕："老家伙，这个波斯国王什么来头，国王就算了，还众神国度的统治者，他真当他自己是神了？老子都没有那么臭不要脸……刘禧他俩不会真的去给波斯国王当总督吧？"

“就是那么一说，谁也没当真。这样还算客气的，你爸爸我还听过众神之神、天下万物的主人、世间万民的守护者某某某陛下的。反正都不要脸了，索性说大点不更好吗？”归不归嘿嘿一笑，继续说道，“总督什么的都是虚的，挂个名在波斯国办事更加方便。刘禧、孙小川也好，那个薛西斯国王也好，谁也没有真拿这个总督当回事。”

跟自己儿子说话的时候，老家伙的眼睛却看着站在高墨达身后的十几位波斯使者。其中两个人眼睛直勾勾地盯着正在和高墨达寒暄的刘禧，嘴巴则轻轻抖动，应该是在用某种法术偷偷交流着什么。察觉到归不归的目光之后，两个波斯人这才闭上了嘴巴，没事人一样地站在原地。

寒暄了几句以后，高墨达向刘禧、孙小川两位总督介绍随行人员。归不归没有注意其他几个波斯人，只是眯缝着眼睛盯着那两个懂得法术的波斯使者。

高墨达笑呵呵地说道：“我来介绍，这位是护送我一路前来、使我不受海匪滋扰的阿尔塔将军。他旁边的是曾经担任过波斯国财务官的阿明先生。阿明先生已经卸任，他早就想认识两位总督阁下，这次正好有机会，我便带着他一起过来了。”

高墨达说完，阿尔塔和阿明两个波斯人向刘禧、孙小川行了波斯礼节。两位总督还礼之后，高墨达又向他们介绍其他的波斯官员。紧跟着他们二人的李甲有意无意地站在了他们与阿尔塔和阿明两个人的中间，不给他们有任何接触的机会。

看到这里，归不归嘿嘿一笑，带着百无求和小任叁走到已经摆下酒宴的桌前，找了三张顺眼的桌子坐下。也不管主人和客人，爷仨直接端起酒菜大吃大喝起来。

看到归不归他们大吃大喝起来，刘禧微微一笑，随后拉着高墨达走到老家伙的身边，说道：“高墨达大人，我来向你介绍我泗水号的一位恩人。这位是归不归先生，当初若没有他和一位叫作吴勉的先生，就不会有如今的泗水号。不久之前，我与孙小川在陆地遇到了这几位先生，就邀请他们来东号做客。”

听到是刘禧、孙小川的恩人，加之这两位总督对老头子殷勤的样子，高墨达脸上的表情便再次变得夸张起来。当下他对归不归又搂又抱的，还对这个老家伙行了波斯人晚辈对长辈行的大礼。

在酒宴之前，又举办了一个小小的仪式。高墨达将波斯国王的总督授权书交到了刘禧的手上。仪式结束之后，孙小川请众人落座，随后宴会开始。除了桌子上面的酒菜之外，侍女又源源不断地送上来自汉、波两国的美味佳肴。

百无求二人自顾自地吃喝着，归不归的眼睛却始终没有离开过阿尔塔和阿明两个波斯人。此二人发现之后，阿明还是没事人一样地吃喝着，阿尔塔则受不了老家伙的目光，回瞪了过来。两个人互相看了半晌之后，百无求发现了自己“亲生父亲”的反常举动，当下和归不归一起盯着对面的波斯人。阿尔塔顿时感到压力倍增，最后挪开了自己的目光。

就在这个时候，孙小川端着酒壶挨个敬酒，走到了两个波斯人的桌子前。敬酒的同时，阿明笑呵呵地在孙小川的耳边说了一句什么。这位泗水号的二东家看了波斯人一眼，好像受到了什么侮辱一样，伸手就要去抓阿明的衣服领子，却被紧紧跟在身后的李甲拉开。

第二十七章　席间发难

孙小川的动作不小，这位泗水号的二当家本来就是半个焦点，这一下子宴会所有人的目光都看向他这边。这个时候，黄一郎匆匆忙忙走到孙小川的身边，在他耳边耳语了几句，二当家的脸色才缓和了一点。他回头看了一眼刘禧，瞬间变回到那个嬉皮笑脸的孙小川。哈哈一笑之后，孙小川说道："难得这么有趣的波斯朋友，阿明是吧？一定要在财神岛上多住几天，我带你到处转转。你多说点笑话给我听……"

说到最后一句话的时候，孙小川背对着大家，谁也看不到这位泗水号的二号人物脸色狰狞得好像恶鬼一样。不过等到他转过身来之后，又变回那位嘻嘻哈哈的孙小川。他拿着酒杯回到了刘禧的身边，哥俩先是碰杯喝了一杯酒，随后他在刘禧的耳边说了一句什么。这位泗水号的大当家微微一笑，转头看了一眼正盯着他们这边的阿明。随后，刘禧好像什么事情都没有发生一样，又和身边的高墨达攀谈了起来。

看着归不归笑眯眯地盯着孙小川和刘禧哥俩，百无求从嘴里吐出一块鸡骨头，说道："老家伙，刚才孙小川是要和这个波斯人翻脸吧？那个人说了什么，惹得他这么大的火气？老子认识孙小川这么多年，论起油滑来，他比老家伙你还要更胜一筹。"

"好好的，干吗学这么文绉绉的话？更胜一筹，你这是跟谁学的，年纪轻轻的不学好，不骂街说什么雅言？傻小子你照照镜子，长了会说雅言的舌头吗？"归不归笑骂了几句之后，压低了声音继续说道，"他说的是波斯话，意思是问孙小川是不是刘禧收养的娈童。这样都不动手，也算有点城府了。”

“这不是找茬打架吗？他们这些波斯人到底什么意思？孙小川也是，在自己的地盘上怕他什么？要是老子，直接把那个波斯人剁碎了喂鱼。”前往海岛这一路上，刘禧、孙小川对他们几个都是尽力巴结。百无求对这哥俩增加了不少好感，现在听到有人辱骂孙小川，这二愣子也是怒不可遏，当下恶狠狠地向那两个波斯人瞪了过去。

没有想到的是，百无求瞪过去的同时，那两个波斯人也正在看向他们这边。阿尔塔和阿明两个人的目光落在已经微醺的小任叁身上，两个人一脸惊奇，对着这个人参娃娃指指点点的，正在低声用波斯语议论着什么。

联想到刚才阿明辱骂孙小川的话，百无求自然觉得这两个人不会有什么好话。当下这个二愣子站起来，一脚踹翻了面前的餐桌，指着对面的两个波斯人骂道：“畜生养的，你们俩嘀嘀咕咕的在琢磨什么丑事？呸！以为天底下都跟你们家一样臭不要脸吗？你爸爸娶了你叔叔生下了你们两个混账！天底下人人都是喝奶长大的，你们俩长得这么大靠着吃屎……”

两个波斯人其实是认出了小任叁的来历，正在啧啧称奇。突然被这个大个子指着鼻子大声咒骂，两个人都是听得懂汉话的，当下气得脸色涨红。阿尔塔的脾气暴躁，当下从宽大的袍袖中伸出手，对着百无求的方向扬了一把金光闪闪的粉末。

就在这些粉末出手的一瞬间，坐在一边笑呵呵看热闹的归不归对着波斯人的方向吹了一口气，已经飞到百无求身边的金色粉末突然变了方向，迎着两个波斯人飞了过去。

见粉末被吹回来，两个波斯人的脸上都流露出惊恐的表情。好在他们的反应也很及时，阿尔塔对着金色粉末喷出一个拳头大小的火球。火球与金色粉末在半空相遇之后，金色粉末瞬间被烧着，整个宴会厅的人都被这一阵光芒照耀得睁不开眼睛。

“原来是波斯巫师……”归不归并没有被这一阵光芒影响到，嘿嘿一笑之后，指着身边捂着眼睛的百无求说道：“傻小子，你和他们一般见识做什么？你是老人家我的儿子，你和他们动手不是拉低了我老人家的身份吗？他们俩死在老人家我的手上，外面不知道的还要说你爸爸我以大欺小。算了，给这里的主人一个面子，骂两句得了……”

这个时候，已经怒不可遏的阿尔塔还要动手，却被身边脸色阴沉的阿明拦住。阿明低声耳语了几句，阿尔塔这才不情愿地停了手。就在这个时候，波斯商队的首领高墨达走了过来。他明显是不想得罪阿依纳斯岛的两位新任总督，他走过来低声对阿尔塔和阿明说了几句。随后他又笑容可掬地对刘禧说道：“只是一个误会，那位汉人朋友应该是多喝了几杯，阿尔塔也是冲动了一点，大家酒醒之后还是朋友嘛。”

刘禧微微一笑，看着脸色涨红的阿尔塔说道：“想不到阿尔塔将军还有这样惊人的法术，波斯帝国还真是藏龙卧虎。既然高墨达大人说是误会，那一定就是误会了。这样，大家吃喝得也差不多了，请到我阿依纳斯岛的内岛做客如何？顺便欣赏一下岛上的风景，醒醒酒气。各位都是波斯国的贵客，我泗水号没有招待好的话，伟大的薛西斯国王会埋怨我的。”

岛中主人发话，大家自然是要给这个面子的。当下草草结束了宴会之后，众人都被请到早已经准备在门口的马车上。担心归不归父子和两个波斯人再起争执，刘禧故意拉开了他们两辆马车的距离。随后众人分乘八辆马车，向内岛进发。

百无求是被归不归死死抓住，才没有继续动手、骂街的。上车之后，二愣子还是愤愤不平：“老家伙，不是当儿子的说你，刚才你就应该向着老子这边。老子和那个波斯人动手的时候，你趁机使手段拉住他，不让他还手。这是刘禧哥俩的地盘，老子就不信了，弄死俩波斯人，他敢让老子偿命？”

“傻小子，你弄死了这俩波斯人没有什么了不起的，不过这样一来，后面的戏就唱不下去了。”归不归笑了一声之后，在醉眼惺忪的小任叁身上摸了一把，摸出一根头发一样的丝线。看了一眼这根丝线之后，归不归冲后面两个波斯人的马车笑了一下，说道：“来办这样的大事，还有心思打人参娃娃的主意？狂妄……”

说话的时候，归不归将这根细长的丝线放进了怀里，随后自言自语道：“一步一步的，时间算得正好，今天晚上就是大戏开锣的时候了吧……”

到了傍晚，车队到了内岛的庄园门口。这里的管家早就听到了鼓语，因为突然间多了这么多客人，庄园里面的人手忙不过来，在刘禧点头之后，管家从其他地方调了几十个人来服侍。

下车之后，黄一郎特意安排了几个大个子的昆仑奴挡在归不归他们和两个波斯人中间。那位高墨达不是第一次进入这座庄园，这次再来，还是由衷地称赞了一番。其他的波斯人看傻了眼，他们谁也想不到在这座海外孤岛上，还有这样一座可以媲美波斯王宫的所在。

进来之后，管家先给这些波斯客人安排寝室。将他们安顿好之后，管家便再次将他们带到了那座宫殿一样的所在。这里已经准备好了比中午还要奢华的晚宴。晚宴开始之后，刘禧吩咐歌舞助兴。

酒过三巡，庄园外面突然传来一阵嘈杂的声音，随后管家快步走到刘禧、孙小川的身边，低声说道：“两位东家，外面突然出现了几千名波斯人。外岛也有鼓语报警，有十余艘波斯大船冲进码头，船上都是波斯官兵，有万余人……”

刘禧听到之后，转头冷冷地对着已经站起来、手握腰刀的高墨达说道：“你们就这样对待这里的总督吗？”

第二十八章　决裂

“什么？刘禧，我的朋友，我不明白你说的是什么意思？”高墨达没有听到管家的话，他莫名其妙地看了一眼身边的几个同伴之后，继续说道，“出了什么事情吗？请你放心，我的朋友，不管在任何时间、地点，波斯帝国都是你最可靠的后盾。”

“高墨达大人，从现在起，你已经被免职了，我将代替你成为波斯军队的新统帅……”阿明耐着性子听完高墨达的话之后，起身从怀里掏出一张羊皮纸递给了这位波斯使者。随后他用波斯语说道：“陛下知道你收受了刘禧的贿赂，所以今天这件事情是对你严格保密的。”

高墨达哆哆嗦嗦地看完了羊皮纸上的文字，又确认了上面印章的真伪之后，这才对阿明说道：“我是忠于陛下的，我有向陛下申辩的权利。我在……暗中收集有关刘禧、孙小川财产的情况。你是知道的，他们的泗水号实在太有钱了，我支持陛下将泗水号收入国库……”

高墨达的嘴脸变化如此之快，让阿明有些厌恶。随后他不再理会这位刚刚还是波斯国使者的高墨达，转身用汉话对刘禧、孙小川说道：“现在我以伟大的波斯国王、众神国度的统治者薛西斯陛下的名义，将泗水号收为波斯帝国所有，刘禧、孙小川你们之前借贸易的名义，操控波斯帝国的国政。现在我要把你们带回波斯帝国，交由薛西斯陛下亲自定罪，我奉劝你们不要进行无畏的抵抗。现在外面已经被波斯士兵占领了。靠着一两个修士，是不可能扭转局面的……”

阿明说到最后的时候，庄园大门已经被外面的波斯士兵攻破。几十名护卫和昆仑奴退到了刘禧、孙小川的身边，这些人身上大都挂满了伤，不过却没有一个人脸上流露出胆怯的表情。他们都做好了死在这里的准备，唯一在意的是能不能用自己的生命换取两位东家安全逃脱。

“现在终于明白了，从我们被石崇的军队伏击开始，这一切便都是你们薛西斯国王安排好的。”刘禧还是端坐着，好像冲进来的波斯人不存在一样。顿了一下之后，他继续说道：“如果我猜得没错，应该是薛西斯陛下和石崇已经定好了瓜分我泗水号的计划。只要我们死在石崇手里，晋国之内泗水号的商铺、货栈便都归了石崇和贾氏外戚，波斯国的西号归了薛西斯国王。只是你们都没有想到，我们能从石崇的手里杀出血路，而且还能先下手铲除了贾氏外戚。这样一来，你们的计划便全部被打乱了。”

说到这里的时候，外面响起一阵密集的鼓声，敲得人一阵心慌。听到鼓语之后，阿明突然笑了起来，对刘禧说道：“到底是泗水号的大东家，这样的事情果然还是瞒不住你。不过那又怎么样呢？听到了吗？现在码头已经被波斯大军占据，你们留在那里的三千护卫已经全军覆没了。刘禧！你还想靠着几个修士翻盘吗？”

“哦，阿明大人你听得懂我们岛上的鼓语。这鼓语是我亲自编写，知道鼓语的人都是我的亲信。那你又是跟谁学的？”说话的时候，刘禧慢慢扭头看着已经紧张得冒出冷汗的黄一郎，说道：“一郎，你们父子两辈都是受了泗水号恩惠的，我没有想到，最后出卖泗水号的人会是你……”

看着心虚得低头不敢说话的黄一郎，刘禧继续说道：“我们出行的路线只有你一个人知道，如果不是事先知道我们行踪的话，石崇又怎么会伏击我们？你以为石崇会在京城了结我们，却不知道我已经做好了安排，提前了结了他。于是，你铤而走险，让波斯人唤醒隐藏在我身边的杀手，对我和小川动手。孔龙也是你的人，海上那件事也是你安排好的。失败之后你马上就得到了消息，这才去请波斯人登岛。你们之前应该是三家商量好的，晋国的归石崇，波斯的归薛西斯，这座财神岛归你，是不是？”

“刘禧，你算到了又怎么样？大势已去，你认命吧。”说话的时候，黄一郎几步走到了阿明的身边，“泗水号本来就是你二人加上我爹三个人的，现在天下人人都知道泗水号有两位东家，我呢？现在谁还知道泗水号有个黄一郎……”

这个时候，刘禧身边的管家听不下去了，他开口说道：“黄一郎，你爹本来就是替两位东家贩货的，只是早了几天入泗水号而已。一来他没有入泗水号的股，二来每年泗水号都没有短了你们父子俩的薪金。凭什么泗水号要有他一份？如果不是两位东家收留你，你现在又怎么能掌管这么大的一座海岛？泗水号你凭什么要霸占？”

听了管家的话，黄一郎无力辩驳。于是，他又将另外一个人拉下了水：“好，你们说泗水号没有我的份，那么孙小川东家，这泗水号总有你的一半吧？凭什么你要去听他刘禧的？我和你说过的，只要今晚的大事成了，泗水号就是你的。波斯国王得了波斯境内的泗水号，也需要找人经营。这对外经营从来就是您一手包办的，到时候还是要您经手，不过要给波斯人一笔税金而已。这么多年一直都是刘禧在您之上发号施令，凭什么！”

“他早和你说过，从始至终你什么都知道……”刘禧慢慢转头，看了孙小川一眼。沉默了片刻之后，刘禧继续说道：“我怀疑了身边所有的人，唯独没有怀疑你。这么多年你一直不甘心在我之下吗？为什么不早点和我说……”

“说了又怎么样？你是王侯出身，会在乎一个小小的孙小川吗？”说完，孙小川也开始向波斯人身边退了过去。走到黄一郎身边之后，他继续说道："是不是还想说我们一直在一起，你死了我也逃不了？还记得为什么阿一古拉的命令是务必除掉你吗？当时吴勉和归不归他们就在马车上，他们不会看着你死。我才在阿一古拉动手的时候，将她踹了出去。我知道你假仁慈的心思，将阿一古拉收在身边，你也不好去细问她。"

说到这里，孙小川顿了一下，冲刘禧讥笑了一声之后，继续说道："上船的人也是冲你去的，还有那个传菜的废物，他只有一把短剑，怎么会同时杀两个人？刘禧，这一切都是为你做的，只是你不知道而已……"

说到这里，孙小川顿了一下，转头冲归不归笑了一下，对这个老家伙说道："归先生，龙心石是我给您的，和殿下没有关系。如果你们两不相帮的话，波斯国王还有另外一块龙心石，会当作给您的礼物。归先生，可以吗？"

看了一眼沉默不语的刘禧，归不归脸上的表情变得古怪起来。老家伙转头对阿明说道："敌我未明，你就对我使用禁术，没有那么简单吧？"

这个时候，阿尔塔说道："你是晋国有名的大修士，我自然要对你多加小心了。这些士兵当中混杂着一百名波斯巫师，动起手来他们或许不是你的对手，不过同时动手让你们一动不动还是可以做到的。归不归，我不要你的老命，不过这人参精灵要跟着我们走，进献给我国薛西斯陛下……"

第二十九章　相残

这个时候，守护在刘禧身边的护卫和昆仑奴们有些不知所措起来。他们从进泗水号的第一天起，就知道自己有两位东家、两位主人。现在这两个大家一直效忠的主人突然翻脸，令众人本来已经决定要为两位主人豁出命去的决心也开始动摇起来。这些人面面相觑，不知道要跟着哪位主人。

就连李甲这样的修士也有些迷惘，他犹豫了一下之后，向前走了几步，站在刘禧和孙小川的中间，示意自己将两不相帮。

“刘禧不是当初的淮王，孙小川也不是那个被你当作佣人使唤的说书人了。”孙小川默默地看了一眼曾经的同伴之后，转头对阿明说道：“动手就要快，另外那个白头发的男人出来的话，局面就不是你我能控制得了的。刘禧死了，生米煮成了熟饭。他就算赶过来也弥补不了，动手吧……”

“尊敬的孙小川阁下，你不认为亲手解决这个人，是对伟大的波斯国王、众神国度的统治者薛西斯陛下效忠的最好方式吗？”说话的时候，阿明从腰后抽出一把短剑，反手递给了孙小川，继续说道，“只要这个人死了，泗水号波斯的部分归波斯，这里的归黄一郎阁下，中土的部分便是孙小川阁下你的私产了。泗水号能有今天完全是阁下你一个人的功劳，凭着你的天赋，用不了几年，另外一个更大的‘泗水号’便会建立起来。我们波斯国王期待与阁下的新商号开展贸易。”

阿明这几句话打动了孙小川，泗水号能有现在的规模几乎是他一手建造起来的。制定商路、选定买卖物资甚至行贿晋、波两国的官员都是他一手操办的。刘禧只是高高在上负责摘取果实而已……

迟疑了一下之后，孙小川慢慢地从阿明手中接过了短剑。随后他看了一眼李甲，说道：“我知道李甲不是你的真名，你是谁我也不感兴趣。如果你今晚两不相帮，明早你还是我的影子李甲。我给你容身之处，让你远离陆地的恩恩怨怨，如何？”

李甲冷冷地看了孙小川一眼，终于开口道：“泗水号从来都是有两位东家。今晚不管是你还是刘禧不在了，都不再是以前的那个泗水号。我留下来也没有什么意思了。还有，我叫作离墨，不是谁的影子。”

说完之后，李甲恭恭敬敬地对着刘禧鞠了一个躬，随后转身向庄园外面走去。有不识相的波斯士兵想要阻拦，李甲随手一挥，便有一大片士兵吐血倒地，当场开出一条道来。士兵当中本来混有巫师，却苦于要牵制归不归三人，不能出手阻拦。

怕还有士兵不知好歹，阿明用波斯语连连劝阻，士兵们见状都不敢靠前，眼睁睁地看着这个汉人修士走了出去。

看到离墨离开了，孙小川深深地吸了口气，随后慢慢向刘禧走去。有几个刘禧的死忠护卫还想要阻拦，被这位昔日的淮王一把推开：“我和孙小川的事情，让我们自己解决，你们不要参与。”

孙小川走近之后，和刘禧对视了片刻。随后，他将手里的短剑剑尖对准了刘禧的心口，说道：“殿下，长生之路上烦恼无穷无尽。今晚之后，你这一世的烦恼便彻底消失。愿你来世托生在一个小康之家，再没有这一世的苦恼。”

“活了这么多年，我也腻了。今晚——挺好。”最后两个字说完，刘禧自己向前一步，生生让孙小川手中的短剑插进了自己的胸膛。最后他冲孙小川笑了一下，这位曾经差一点坐上帝王之位的淮王倒地而亡。

身边众护卫和昆仑奴跪在地上，对着刘禧的尸身放声大哭起来。就连孙小川都木然地僵直在当场，看着刘禧的尸体有些不知所措。

阿明和阿尔塔二人看到刘禧死在孙小川的手上之后，两个人的脸上都流露出兴奋的光芒。当下，阿明对跟随自己的波斯人说了几句话。随后这人跑到了院子当中，取出身上带的烟粉当场点燃，于是夜空当中升起了一道笔直的白色烟雾。片刻之后，远处升起一道一模一样的烟雾。

看到烟雾之后，孙小川恢复了常态，转身对阿明说道："你这是要做什么？刘禧死了，你要屠城吗？"

"不要误会，尊敬的孙小川阁下。我们的目的已经达成，现在这座岛是黄一郎阁下的，我们怎么会这样对待盟友呢？"阿明微微一笑之后，继续说道，"我这是在通知停靠在码头的快船，现在可以直接起程回波斯国，向伟大的波斯国王、众神国度的统治者薛西斯陛下报告刘禧已经死了的消息。阁下你是知道的，泗水号留在波斯国内的西号规模实在太庞大。陛下已经等不及早一点将它收入国库当中了，只是刘禧太过狡诈，他不死的话随时都会反扑。陛下也不敢轻易对西号动手……"

看到刘禧死去，阿尔塔也跟着松了口气。他们本来以为这位泗水号的大东家会在临死之前疯狂挣扎的，没有想到事情发展得这么顺利。当下他将注意力转移到归不归身边的小任叁身上。

不过现在这个小家伙的反应有些出乎阿尔塔的意料，他好像什么事都没有发生一样，坐在那个和黄一郎身材差不多的大个子的腿上。他一边吃肉喝酒一边看热闹，时不时对着阿尔塔这边咯咯笑。看这个人参娃娃满脸绯红的样子，应该已经喝多了，再看他身边已经空了的两个酒坛，阿尔塔这才松了口气。

"修士，把这个人参娃娃交出来，我便放你们回去，稍后波斯国王的礼物会通过黄一郎阁下转交给你的。"说话的时候，阿尔塔向着归不归走了几步。

老家伙似笑非笑地看了孙小川一眼之后，转头对阿尔塔说道：“现在老人家我也是你们砧板上的肉了，还由得我老人家不交人吗？让你们的巫师撤了禁制，我老人家把这个人参娃娃送给你们波斯国王，让他长命百岁……”

归不归的话还没有说完，阿尔塔已经等不及了，对混在士兵当中的巫师说道：“让他把这个小孩子交出来……”

“不行，大人，我们一撤掉法术的话，便再也控制不住这个汉人修士了。”身穿士兵服饰的波斯巫师头目回答。阿尔塔本身也是波斯国著名的巫师，这个道理他心里明白，不过这个人参娃娃就在眼前，他又怎么忍得住？犹豫了片刻之后，他从怀里拿出一根好像箫一样的乐器，对着面前的归不归、百无求和小任叁吹了起来。

归不归有些无奈地看了阿尔塔一眼，随后从怀里摸出那根细丝。当着错愕的阿尔塔的面，归不归直接将细丝拽成两段：“其实老人家我和你动手，挺丢人的……”与此同时，阿尔塔手里的箫突然炸裂，将这个波斯人的嘴炸掉了一半。

就在阿尔塔倒在地上哀号的时候，孙小川看着院子里高高升起的白烟，自言自语地说道：“码头上的快船应该已经开走了吧……”

第三十章　有尊严的死法

“码头上停着快船，只要看到硝烟马上驶离。陛下的旨意一时都不能耽误，海上还停着二十艘传信的海船。为了这个，还仿效你们泗水号编订了鼓语传音。算起来，三天就可以将消息传到波斯，五天之内泗水号在波斯的产业便会收归国库。”想到自己谋划了多年的事情眼看就要成功，阿明脸上的表情开始变得兴奋起来。

孙小川的脸上露出一丝古怪的笑容，他慢慢地转过头，看着阿明说道：“哦，算起来快船已经追不回来了……”

这个时候，阿明已经感觉到了孙小川语气当中的变化。当下他盯着这个刚刚杀死了自己同伴的泗水号二东家，说道：“阁下，这个有什么疑问吗？还是说你有什么事情忘记了和我们说……”

说到这里，阿明突然闭上了嘴巴。他有些错愕地盯着大门口的方向，就见一个白头发的男人抱着一条小白狗从外面慢悠悠地走了进来。他走过的地方不停地有波斯士兵倒下，他一边走一边对被波斯巫师禁锢住的归不归说道：“老家伙，你看看我找到谁了？还记得这个小家伙吗？”

“如果不是你把它抱过来，老人家我真是不记得还有这个会借势的小东西了。”说话的时候，归不归笑眯眯地站了起来，迎向吴勉。这个时候阿明才反应过来，自己准备的一百个巫师完全没起作用。这个老得不像样子的老家伙刚才一直都是在和自己演戏。

看到吴勉出现之后，最应该胆寒的孙小川却古怪地笑了一下。这一瞬间，他又变回到那个嬉皮笑脸的说书人孙小川：“这一整天都没看见您，敢情您这是去找它了。早知道的话我就直接把它带过来了——动手吧，离弦的箭收不回来了……”

说到一半的时候，孙小川的语气突然变得冰冷起来。阿明已经明白过来事态不妙，正要命令手下的士兵干掉孙小川的时候，突然从四面八方冲进来无数个汉人。冲在前面的是手拿盾牌的大汉，后面的都是身穿护甲的修士。

这些修士手里拿着各色法器，对着宫殿当中的波斯士兵施展过去。虽然有波斯巫师在还手，不过架不住修士的突袭。这些巫师被打倒之后，剩下的士兵便好像待宰的羔羊一样，任由这些修士摆弄了。

“杀了孙小川！和他们同归于尽，为了陛下的荣光……”虽然局势瞬间便扭转了过来，不过阿明还是不死心。现在刘禧已经死了，凭着自己这边全部的人马，如果再杀了孙小川，那么泗水号两位东家就都死在这里，最后的赢家还是那位波斯国王薛西斯陛下。

不过就在这些士兵不顾汉人修士、调转刀口向孙小川扑过去的时候，才发现这位泗水号二当家的身前出现了一道看不到的墙，任凭他们如何敲打，都不能打破。这些波斯人本来已经处于劣势，现在又把背后留给了那些修士。等到他们反应过来的时候，已经没有几个人还站着了。

这个时候，孙小川走到“倒地身亡”的刘禧身边，在他耳边说道：“殿下，你是现在起来呢？还是打算再躺一会儿？”

这句话说完的时候，刘禧已经睁开了眼睛。在孙小川的搀扶之下，他站了起来，看了一眼插在胸口的短剑，冲着吴勉、归不归苦笑了一声，说道：“这个拔出来会很痛吧？两位先生，还有其他的办法将短剑取出来吗？”

归不归嘿嘿一笑之后，答道：“和插进去的感觉差不多，就是一下子的事情。其实不拔出来也可以，没事还能吓唬人玩。”

听到归不归亲口说只有一条路之后，刘禧深吸了口气，冲孙小川说道：“你插进来的，还是麻烦你拔出来吧。”

孙小川做了个鬼脸，说道：“殿下，不是小川我不给你这个面子，实在是我从小就晕血。你看是不是换个……”话说到一半的时候，泗水号的二当家突然将刘禧心口的短剑拔了出来。一声惨叫的同时，一股血箭瞬间就喷了出来。

好在有人眼疾手快，扶住了刘禧，没让他再次倒地。这位泗水号的大东家好一阵子才缓过劲来，看着自己已经愈合的伤口，他再次苦笑了一声，对着笑嘻嘻的孙小川说道：“死了两次，还都是死在你的手里。下次应该轮到小川你了吧？”

这个时候，高墨达和黄一郎等人已经看傻了眼。刘禧明明就是心脏受了致命的重创，无论是刺进去还是拔出来都是要命的伤害。为什么他还能没事人一样站在这里？除了衣服破了一个洞之外，似乎也没有其他的伤害了。

“想不明白吗？”刘禧恢复了正常之后，转身看着好像失了魂一样的黄一郎。微微一笑之后，他说道：“你知道我和小川都是不老的身体，不过却不知道我们都是杀不死的。不管是我还是孙小川，在外人面前受伤，都要有受伤的样子。你和你父亲都见过我们俩‘卧病在床’的样子，这算是我和小川最后自保的手段了。现在明白输在哪里了吗？”

不管是黄一郎还是阿明，都是反复调查过刘禧和孙小川二人的，知道他们俩都是活了几百年的人物，算着应该是在机缘巧合之下吃下了什么延缓衰老的药物。由于刘禧和孙小川二人一直偷染头发，看着他俩漆黑的发色，也没有往那些长生不老的方士身上去想。本来以为刘禧被孙小川一剑毙命了，谁能想到这么快便死而复生了。

这个时候的黄一郎已经不知所措了，而刘禧和孙小川也不说话，两双眼睛都盯在这个半天前还自称兄弟的人脸上。半晌之后，稍微缓过来的黄一郎对他们两个人说道："我知道我是必死无疑的，不过能不能看在我们父子两辈都在为泗水号卖命的分上，让我自己解决，不要难为我的老婆和孩子？"

"真是巧，当初你爹也说过差不多一样的话。"孙小川收敛了脸上的笑容，微微叹了口气之后，将刚才插在刘禧心口的短剑扔在了黄一郎的身前。随后他继续说道："不过这次不会再留你的儿子在岛上了，你死之后，会将他们送回陆地。你的私产都会留给他们的，满意了吗？满意了就走吧。"

"多谢两位东家……"黄一郎哆哆嗦嗦地捡起短剑，他也顾不上去打听当年自己的爹曾做过什么事情。他举着短剑就往自己心口上扎，不过试了几次始终下不了手，最后跪在地上放声痛哭起来。

看着黄一郎的样子，刘禧皱了皱眉头，最后回身叫来一名昆仑奴："你去帮他，让黄一郎自己死……"

昆仑奴对着刘禧鞠躬之后，走到黄一郎的身后，伸手死死攥着他握着短剑的那只手，随后对着黄一郎的胸口刺了下去。看着短剑整个刺进黄一郎的心口之后，他这才松了手，留下一具呈握剑自杀姿势的尸体。

看着黄一郎咽气之后，孙小川转身对阿明和阿尔塔说道："黄一郎已经走了，你们俩呢？还以为可以活着出去吗？"

阿明看到已经没有任何希望之后，对刘禧、孙小川二人说道："那么——可以让我以一名波斯人的身份，有尊严地自杀吗？"

"不可以。"孙小川怪笑了一声之后，继续说道，"你们不可以，你们那位尊敬的国王也不可以……"

第三十一章　谋划在前

第四天的清晨，远在千里之外的波斯帝国首都泰西封王宫之中，一张巨大的床上躺着正当年的薛西斯国王和六名衣着暴露的侍女。此外，在这宫殿的各个角落，都站着全副武装的波斯士兵。

薛西斯在睡梦中被侍臣唤醒。这位波斯国王最不喜欢的就是在睡梦当中被人唤醒，正打算让士兵砍了侍臣的头颅时，侍臣的一句话救了自己的性命："伟大的薛西斯陛下，太子殿下带来了阿明大人的消息，泗水号的阿依纳斯海岛已经被神勇的波斯军队攻陷。现在阿尔达班丞相就等在殿外，等候您的召唤……"

"阿依纳斯海岛被攻陷了……"薛西斯狂喜，大笑了一阵之后，对侍臣说道，"让阿尔达班进来吧，我要听他带来的好消息，看看能从阿依纳斯岛上带回多少财宝……"

波斯国王说话的时候，已经有侍女起来，为他披上外衣。兴奋到浑身发热的薛西斯一把推开侍女，就这么赤身裸体地迎接走进来的宰相。

"伟大的波斯国王、众神国度的统治者薛西斯陛下，我为您带来了一个好消息……"阿尔达班施礼之后，继续说道，"四天之前，阿明将军带领攻无不克的波斯大军占领了阿依纳斯海岛。岛匪刘禧死在了乱军当中，孙小川以及黄一郎已经在军前发誓效忠伟大的波斯国王、众神国度的统治者薛西斯陛下。现在岛上正在清点战利品。另外，黄一郎为了感谢陛下的帮助，自愿将岛中的财宝全部奉献给陛下。清单和第一批财宝会在半个月之内运回波斯。现在泗水号已经土崩瓦解，陛下不用担心了……”

阿尔达班说得轻松，实则话里的意思凶险万分。泗水号在波斯的势力要远大于晋国，波斯上下官员几乎都收取过泗水号的贿赂，要铲除泗水号的势力，谈何容易？自从薛西斯决心铲除刘禧开始，为了防止消息走漏，他在自己身边加了十倍的护卫。就算每晚和妃子、侍女们亲热时，他身边也都有护卫们眼睁睁地看着，让这位波斯国王感到很是不能尽兴。现在听到刘禧死在乱军当中，泗水号的二号、三号人物也发誓效忠他，他心里的这块石头才终于落下。哈哈大笑之后，他吩咐丞相阿尔达班：“按照定好的计划，现在开始清剿国内所有的泗水号商铺和货站。还有他们建在伊斯法罕的西号，也开始封存。将所有商铺和货站的头目全部处死，伙计全部充入军队……”

薛西斯边说，阿尔达班丞相边用炭笔在羊皮纸上记录。写好之后他重复了一遍国王陛下的旨意，确定无误之后，这才转身要出去安排这些事宜。不过就在他转身的同时，突然听到薛西斯国王说道：“你们也都出去吧！在这里待了这么长的日子，我已经被你们烦够了。快点滚！还没有看够吗？”

薛西斯咆哮的时候，守在寝宫各个角落里的士兵逃命一样奔了出去。这惹得阿尔达班丞相微微一笑，出门的时候他又对着床上已经开始忙乎的薛西斯鞠了个躬，然后倒退着出去，并亲手关上了寝宫大门。

没有了外人在侧，薛西斯的状态出奇的好。当下他翻身上了一个侍女的身，正要进行下一步动作的时候，突然另外一名侍女趴到了他的背上，用嘴唇舔着他的耳朵。他最喜欢这样的调调，正闭着眼睛享受的时候，突然听到那个在舔他耳朵的侍女柔声说道：“泗水号刘禧向陛下问好……”

这句话让正欲仙欲死的薛西斯瞬间听出了问题，不过在他做出反应的同时，另外几个侍女已经开始动手。舔耳朵的侍女从身后抽出一根来自晋国的丝绸，将丝绸紧紧地勒在波斯国王的嘴巴上，让他费尽力气都说不出一个字来。

这名侍女动手的同时，另外两名侍女抄起床上的一根丝绸，迅速地从薛西斯的脖子上绕过去，交叉之后紧紧地勒在波斯国王的脖子上。这两名侍女一人抓住丝绸的一端，同时用力拉扯丝绸。转瞬之间，薛西斯的脸色便变成了猪肝一样的绛紫色。剩下的两名侍女紧紧地抓住了国王的两只手臂，让他不能反抗。

没过多久，剧烈挣扎的波斯国王薛西斯便一动不动了。舔耳朵的侍女探了探国王的鼻息，确定这位波斯国王已死，然后向几位同伴使了一个眼色。随后，几个女人松开已经不可能复活的薛西斯，各自穿好衣服之后，匆匆忙忙向大门口的方向走去。

当侍女推开大门的时候，就见刚刚从里面走出去的丞相阿尔达班和一个仆人模样的年轻人站在门口。看到这些侍女们吓了一跳之后，丞相微微笑了一下，说道："顺着这条路一直往前走，不要走正门，我在后门给你们留了马车。会有人送你们去和亲人团聚的，刘禧阁下让我转告你们，你们后半生将会过得让波斯商人都眼红的。"

听到丞相也是刘禧派来的人之后，这些侍女这才松了一口气，当下对着阿尔达班行礼之后，便急急忙忙向着他所指的方向跑去。看到这些侍女们都跑远之后，丞相对着身边的年轻人说道："去将太子殿下请过来吧，波斯帝国需要一个新的国王了……"

从这天起，波斯的薛西斯王朝终结，太子继位。这位新国王对泗水号并没有什么野心，加上几天之后传来的消息——阿明将军的船队在波斯湾海域遭遇风浪全部触礁沉没，船队当中只有薛西斯国王的使者高墨达一人生还。当时泗水号商船从附近经过，见证了这个惨剧。新国王隐约知道自己是怎么坐上国王宝座的，也不敢为难泗水号的商铺。

波斯国这边怎样王朝更替且不去说它，时间倒回到四天之前，财神岛内岛的庄园当中。满身冷汗的阿尔塔看着面前微笑的刘禧，不甘心地说道："你们泗水号只不过是一个商号而已，不可能和波斯帝国为敌。我们这些人虽然败了，伟大的薛西斯陛下马上便会另派大军前来剿灭你们……"

"还记得我刚才说的话吗？"孙小川笑嘻嘻地对阿明说道，"你们会比薛西斯早死几天，在下面看见你们那位伟大的国王的……"

说话的时候，远处再次响起鼓语。本来还抱有最后一丝希望的阿明听到鼓语之后，顿时瘫软在地。鼓语说的是，藏在海上的两万护卫已经乘船反攻财神岛，和岛上的护卫前后夹击，将一万余名波斯士兵全歼。现在大军正在岛上搜捕残余波斯士兵，预计在天亮之前便可以消灭所有的波斯人。

"还有什么好说的吗？"孙小川哈哈一笑，对着身边的一个昆仑奴使了一个眼色。这个昆仑奴手里拿着一把大锤，直接用力砸在了阿明的脑袋上。这位谋划夺取泗水号财富的波斯将军脑袋被砸成了肉酱。随后其余的护卫一拥而上，将只剩下半张脸的阿尔塔乱刀砍死。

就在这个时候，归不归凑到正在逗小白狗的吴勉身边，笑眯眯地说道："找到那个人了吗？"

第三十二章　竹林故人

吴勉没有说话，只是从怀里掏出一根白色的头发，放在了老家伙的手中。看到这根头发的时候，归不归脸上的表情有些复杂，竟然少有地叹了口气，随后默默将这根白色的头发收了起来。

这个时候，刘禧、孙小川的护卫已经在庄园当中寻找逃生的波斯士兵，并处理宫殿当中众多的尸体。一个被五花大绑的波斯人被推了进来，正是那位波斯国王薛西斯的使者高墨达。刚才看到不对的时候，他便第一个装成死人趴在地上。护卫们把他抬到院子里，发现此人身上还有热气，准备补刀的时候，他才大叫了一声，跪在地上求饶。护卫们不敢擅自处置，将他绑了送到刘禧的面前。

“刘禧、孙小川，我最尊敬的朋友们，我发誓这件事与我高墨达无关。”看到除了自己再没有一个波斯人，高墨达也有些慌了，当下连说带比画地对着两位泗水号东家求饶，“你们刚才看到了，我的权力都被阿明剥夺了。他们这么做都是背着我的……”

“我当然知道谁是朋友，谁是敌人了。”孙小川笑嘻嘻地给高墨达松绑，并对他说道，“我的朋友，你的运气还真是好。整整一队的波斯商船全部都沉没了，上万人只活了你一个。回去之后，记得代我们泗水号向新任波斯国王问好……”

什么船队沉没？这个新任的波斯国王又是怎么回事？高墨达是个聪明人，马上便明白了一个大概。当下他顺着孙小川的话说道：“是，我从小运气就好，我妈妈生了十二个孩子，就活了我一个。是……是，我一定向新任的波斯国王表达两位东家的敬意……”

孙小川抱着高墨达肩膀“胡说八道”的时候，一名八九岁的女童怯生生地走到了宫殿门口。小丫头看着里面血流成河的尸体，吓得浑身直打哆嗦。看她的样子是要找两位东家，不过看到这样的阵势已经吓破了胆，连喊叫一声都不敢。

刘禧看到女童之后，也顾不上宫殿里面的事情，向孙小川招了招手。两个人一起到了门口，将女童带到院子里之后，刘禧蹲在她的身边，柔声说道：“是姑姑让你来找我们俩的吗？”

女童点了点头之后，又摇了摇头，对刘禧说道：“姑姑说，请两位东家帮她找一个叫作归不归的方士，姑姑有话要问他。”

这个时候，吴勉等人正从宫殿里面出来。听到女童的话之后，归不归嘿嘿一笑，凑过去对女童说道：“还真是巧了，小娃娃，老爷爷我就是归不归。你们家姑姑没说请老爷爷我过去做什么吗？”

女童有些不相信这个笑眯眯的老家伙就是姑姑要找的人，当下看了刘禧和孙小川一眼。见到两位东家点头之后，女童这才对着归不归鞠了个躬，说道：“是，姑姑让我请归不归老爷子到内院，说有件事情要和老爷子您商量。”

看着女童小大人的样子，归不归嘿嘿一笑，从怀里摸出一个小小的金锞子塞进女童的手中。没想到小姑娘看了一眼金子之后，眨巴眨巴眼睛，对身边的刘禧、孙小川说道：“大叔，老爷子给我这个做什么？咱们家库里不是有很多吗？我能不要吗？”

小姑娘的几句话让归不归的脸上有些发烫，老家伙这才想起自己身在巨富之家。当下他嘿嘿一笑，自己找个台阶下：“想要什么和你两位大叔说去，只要这世上有的，他俩一定给你。先带老爷爷我去见你们家姑姑，别耽误了正事。”

女童这才带着众人，穿过一排排宫殿，最后进了一处庙宇一样的所在。穿堂而过之后，打开后门，便是一片隐藏得十分巧妙的竹林，穿过竹林之后便看到一座不大不小的庭院。之前刘禧、孙小川带着吴勉他们来过这一带，却有意避开了这里。连归不归都想不到这里还会有这样一个所在。

在女童的引领之下，众人进了庭院，正要向里面的房子走去时，空气当中传来一个冷漠的女人说话的声音："竹儿，我说的是让你带归不归前来。你带这么多不相干的人来做什么？"

女人的声音吓了女童一跳，女童有些不知所措地站在原地，眼含泪珠，好像随时就要哭出来一样。顿了顿，女人再说话的时候便柔和了不少："算了，来了就来了。反正归不归的嘴不严，早晚也会被别人知道的。竹儿，你请他们几位在院子里石桌那边坐下就好。我一介女流不方便见面的。"

归不归听了之后嘿嘿一笑，说道："知道老人家我嘴不严的，那也不是外人了。这么多年不见，你舍得让我老人家只听其声，不见其人吗？"

女人客气地笑了一下，说道："见了几百年，归师兄你还不烦吗？我们又不能变成其他样子。当初我什么样子，现在还是什么样子。竹儿，请客人们喝点茶汤，再取些果子来。"

女童答应了一声之后，请这几个人坐在了院子当中的石桌旁，随后便张罗起茶汤和水果去了。孙小川也跟着一起去忙乎，他这个泗水号的二当家，这个时候却好像是这里的管家一样。

片刻之后，孙小川和女童端来了茶汤和水果。吴勉端起茶汤闻了一下，却没有喝的意思。将茶汤放下之后，他对藏身屋里的女人说道："你刚才可以让我顺便将归不归叫过来的，不用让这个小姑娘再跑一趟。"

之前吴勉一天一夜不见，便是在宫殿当中寻找这个女人，只是开始寻找时不得其法，耽误了不少时间。女人冷冰冰的声音再次响了起来：

“本来我也不想再与归师兄见面的，不过突然想到了另外一件事，也只有拜托归师兄了。如果今天错过归师兄的话，下次再见面不知要到何时。竹儿，你来，将这件东西转交给老爷爷。”

看着小女童进了房子，归不归嘿嘿一笑，说道：“当年见你还容易一些，想不到方士一门倒了之后，你们四个也不是那么容易能见到了。对了，广义去了你们师尊那里，广孝是彻底地闹掰了。只有广仁师徒俩，不是老人家我在背后议论他们俩，这两个人偷偷摸摸的，不知道在谋划什么见不得人的事。只要有事保准能见到他们俩，又不做大方师了，何苦呢……”不过无论老家伙说什么，房子里面的女人始终不再回话，好像没有听到一样。

就在归不归念念叨叨的时候，女童已经拿着一张绢帛走了出来。她走到老家伙的身边，恭恭敬敬地将手里的绢帛送到归不归手中，说道：“这是姑姑给的，只能你一个人看。”

女童这么说，是因为归不归打开绢帛的时候，身边的百无求正伸着脖子偷瞄绢帛上面的内容。别看他平时脸皮厚，在这个小姑娘面前，他还是拉不下脸来。当下他将脑袋转到了一边，嘀嘀咕咕道：“白给老子都不看，老子就不认识字！”

归不归笑了一声，打开了手里的绢帛。只看了两眼，他的脸色就变了。当下他合上了绢帛，对房子里面的女人说道：“老人家我可从来没有听说过这样的丹药……”

第三十三章　心境

房子里面正是当初方士一门广字辈四个人当中唯一的女人——方士广悌。当年方士一门崩塌之前，广悌、广义已经和广仁翻脸，两个人搬离了宗门。离开方士宗门之后的广悌带着弟子们天南地北地转了一圈，也曾经在南海郡的某座高山上建造了一座洞府，在那里待了百来年。

当初在方士一门的时候，广悌便是四个人当中收徒最少的。离开了宗门之后，为了避嫌，她更是遣散了男弟子，只带了几名亲近的女弟子陪伴在自己身边。不过这些年来，这些女弟子相继寿终正寝，一个接一个地轮回去了。

差不多四十年前，广悌最后一名女弟子轮回之后，她便离开了居住的洞府。当时正是广义重建方士一门的紧要关头，那位昆仑大方师派了几拨弟子前来游说广悌加入他的新方士宗门，甚至连广孝也亲自找到了广悌。只不过这个时候的广悌早已没有了当年和广仁争夺大方师的野心，只想找一个没有人认识的地方，一个人安安静静地待上一段时间。

广悌为了避世，上了前往波斯国的货船。她想着找一个安静的所在，凭着她神鬼莫测的术法，走到哪里都不会有人欺负得了她。

机缘巧合之下，广悌上了当时还不是很有名的泗水号货船。货船按计划要到这座海岛上卸货、装货，休息两天之后，才能再次向波斯进发。没有想到的是，广悌登岛之后便不想再走了。这里虽然各国人都有，不过还是汉人居多，而且没有人认识她，隐居在这座海岛上真是再合适不过了。

当下，广悌在海岛上找了一个山洞作为洞府。她虽然也是辟谷的人，不过女人心性，偶尔还会到码头上采购一些干净的布料和一些生活用品。每次买东西的时候，商铺老板都以为她是跟着货船的客人，也没有人发现破绽。

不过就在广悌第三次去购买生活用品的时候，被刚刚下船的刘禧、孙小川二人遇到。当初刘禧和广悌是有过一面之缘的，见到这位传说中的四大方士之一的广悌之后，刘禧自然不会轻易放她走。

当下，刘禧带着孙小川在岛上组织人马到处寻找广悌的下落，让人每天都在海岛上喊着广悌大方士的名字。虽然广悌在洞府当中下了禁制，听不到外面的声音，不过想到外面有无数人在喊自己的名字，广悌便心里隐隐有些不安。

一个月之后，广悌找到了刘禧和孙小川。她本来是想要给这两个人薄施惩戒的，没想到这两个人一见到她便对着她行了大礼，随后一直劝说她——既然已经决定留在岛上，还不如找一个更加清幽舒服的所在。当时内岛的宫殿正在建造当中，为了说服广悌留下来，孙小川命工匠全部停工，修改图纸，在庄园内建造一个隐秘的所在，请广悌居住。

广悌本来是不想和男人居住在一个空间的，但是听到专门为她修建了一处居所，她还是忍不住趁着夜半没人的时候，前往这个清幽之处查看了一番。也是这里建造得太合广悌的心意了，她犹豫了一阵之后，这位唯一的广字辈女方士决定住在这里。

见到广悌松口，刘禧、孙小川二人大喜。这样一来，财神岛便有了一位了不得的镇岛人物，别说那些海匪了，就算波斯国的军队打过来，有广悌在此，千军万马也不在话下。

随后，刘禧、孙小川带人搬到了外岛居住，将整个庄园留给了广悌。除了在这里施工的工匠之外，还留了不少侍女服侍广悌。不过当初刘禧、孙小川寻找广悌的动静太大，岛上已传出两位东家找到了一位了不起的女修士的消息。为了防止消息走漏到广仁、广义他们那些人的耳朵里，广悌将刘禧、孙小川哥俩叫回到庄园居住。

当时广悌向他们二人约法三章：第一，尽快地抹掉她居住在岛上的痕迹，不要走漏一点广悌居住在这里的消息。第二，没有广悌的允许，任何人不得到她居住的所在。如果岛中发生意外，她自然会出手相帮，不需要刘禧、孙小川到这里相请。第三，他们运货路过东海的时候，留意是否有当年徐福出海的舰队。一旦有徐福的消息，一定要尽快回来通知她。

这三个条件对刘禧、孙小川二人来说没有什么困难。于是，两个人重新回到庄园居住，又下了禁令，岛上所有的人不许再提当年寻找广悌的事情。时间一长，就算是老辈人都想不起来当年还有这么一段往事了。

从此，广悌便安心地在这里居住下来。这么多年来，她也替刘禧、孙小川二人解决了不少麻烦。三年前，一艘往来波斯、晋国两地的商船在海上遇到风浪沉没。一船的人只有一个五六岁的小女孩活了下来。路过的泗水号货船将小女孩救了上来，询问小女孩的出身，她年纪尚幼也说不出来，只能带到岛上请两位东家处置。结果小女孩被广悌一眼看中，将她留在自己身边做伴。给她起了个名字叫作竹儿，也算是广悌的半个弟子。

有了这么一个大人物在岛上坐镇，刘禧、孙小川二人便没有什么后顾之忧。这也是他们俩敢一起回到陆地，将整个财神岛交给黄一郎看管的原因。

现在广悌虽然躲在屋子里，却看到了当年的师兄归不归和给方士一门惹来大麻烦的吴勉，当年已经快要模糊了的往事马上又清晰起来。思量之后，她将自己这么多年挂念的一件大事交到了归不归的手上。

看到广悌送来的绢帛，归不归的心里便有些不安。犹豫了一下，老家伙还是将绢帛交到了吴勉的手里。他苦笑了一声，说道："你看看这个吧，丹方什么的不用看，只看后面的功效就好。老人家我活了千年，还是第一次遇到这种事情。"

"那还是你活得太短……"吴勉本打算调侃一下这个老家伙的，不过这句话还没有说完，他已经看到了绢帛后面写着的有关丹方的功效。当下就连这个白发男人都觉得不可思议，他放过了归不归，转头朝广悌所在的屋子说道："你这算什么？"

"当初我得到这丹方的时候，也想不通有哪位前辈会写出这样的方子，心里还嘲笑了那位前辈，想不到最后我也有了和他一样的心境。"广悌的声音从屋子里面传了出来。顿了一下之后，她继续说道："这丹方是可以消除长生不老功效的，算起来应该是哪一位服用了方士丹药长生不老之后，又想变回普通人的前辈。当初师尊是得益于一本丹方古卷才炼制出长生不老药的，想来应该就是古卷主人写的这个丹方。"

广悌说到这里的时候，吴勉和归不归两个人相互对望了一眼。他俩心里同时出现了那两个一模一样，现在变成一个人的楼主。这方子真是他写的吗？怎么那么想不开……

这时，广悌继续说道："只是丹方上面写着，只是臆想并无实效。归师兄，你见多识广，你以为……这丹方如何？"

归不归叹了口气，对屋子里面的广悌说道："你猜猜老人家我敢不敢炼制一炉，然后自己尝尝？"

第三十四章　普通人

说到这里，老家伙苦笑了一声，继续说道："能逆转长生不老这回事，当年徐福也好、广仁也好，都曾自称有过丹方，不过老人家我可从来没见过有谁真正拿出丹方来。今天要不是你，老人家我还开不了这个眼界。说实话，天下有哪个活腻了的长生不老之人，会想试一试丹方的真伪？

"而且你也看到丹方当中的这些天材地宝几乎都是相生相克的，就算是广悌你亲自试药，一个不留神，被药性反噬，到时候死是死不了，活着又是干受罪。还记得广孝的弟子孟岩吗？当初广孝一口咬定孟岩可以消化得了这长生不老药，厚着脸皮向徐福讨要了一颗丹药，结果呢？孟岩体质特殊，受不了药性，最后变成了人不人、鬼不鬼的怪物。还是你们家大方师徐福实在看不下去了，这才亲自动手送他去轮回了。如果广悌你吃了丹药，被药性迷了心智，也变成人不人、鬼不鬼的怪物，徐福可不在这里……"

广悌的特长并不在炼丹一道，当初拿到丹方的时候，也是拿不准里面写的是否有效。现在遇到见识广博的归不归，她当然要向他询问了，可惜连这个老家伙也不能给她想要的答案。

而且广悌原本的体质和当初的孟岩极为相似，只是她是女子，才成为长生不老的体质。如果当时有一点点的偏差，恐怕她也会变成孟岩那样没有心智的活死人。现在被归不归旧事重提，广悌也有些心虚。

场面静寂了片刻，大家各怀心事，都没有再说话。而刘禧、孙小川他们俩也插不上话，只能眼巴巴地看着。两个人这个时候都后悔到这里来了，在场的这些人当中，身为长生不老却没有什么用处的也就是他们俩了。孙小川一直提心吊胆的，生怕归不归嘴里突然冒出一句“让孙小川这小娃娃来试药，反正这泗水号有刘禧一个人也就足够了”这样的话。

这个时候，一边的百无求听出了一个大概。二愣子看了看屋子里面的人，说道：“反正都是死，你们白头发的又不是死不了。你把自己的脑袋弄掉不就得了……”

百无求的话还没有说完，坐在他身边的吴勉手中突然出现了那把非刀非剑的贪狼。白发男人举着贪狼，对着已经吓呆了的二愣子劈了过来。吴勉动手的时候，归不归就好像和他配合了多次一样，用手对着自己的便宜儿子拍了一下。

归不归巴掌挥出去的同时，二愣子的身子瞬间向前倾倒。贪狼贴着百无求的肉皮挥了出去，随后“嘭”的一声，刀刃的位置发出一阵巨响，好像砍到了什么不得了的东西。

“头发！吴勉的贪狼上面有一根头发……”这个时候，酒劲已被吓醒的小任叁大叫了一声。小家伙几次见过广悌动手，知道这个女方士的发尾针厉害。广悌是徐福唯一的女弟子，徐福给她开小灶自然不在话下，当年老妖王都吃过广悌的大亏。吴勉一刀劈下去以后，发出惊天动地的声音。仔细看过去，刀刃上面竟然粘着一根细长的白头发。

“广悌，看在你还叫过老人家我几天师兄的分上，放过这傻小子一次……”归不归说话的时候，已经笑眯眯地站在了百无求的身前，顿了一下之后，继续说道，“这孩子胡说八道惯了，你说你真的跟一个傻小子一般见识吗？”

广悌的发尾针虽然霸道，不过也不是吴勉、归不归两个人的对手。当下广悌冷冷地笑了一声，说道：“归师兄，这次看在你的面子上，就这么算了。不过你这儿子再对我胡说八道的话，可别怪广悌不顾往日的情分了。”

说到这里，广悌自己转了话题：“刚才的丹方就送给归师兄你与吴勉了，如果你们能炼出逆转长生不老的丹药，千万记得告知广悌一声，到时候我会回到陆地上找你们二位请教的……好了，我也乏了，就不留你们几位继续在这里煎熬了。归师兄、吴勉，广悌这些年会一直在这里叨扰刘禧、孙小川他们俩。炼出丹药的话，找人带话，收到之后我便马上归陆……竹儿，你替我去送送他们几位……”

听到广悌的话，小女童竹儿走到了归不归的面前，规规矩矩地行礼，说道：“老爷爷，我姑姑乏了，改日你们再来看她吧。我这就带你们出去。”归不归差不多也算是亲眼看着广悌是怎么从一个小丫头，一点一点变成方士的，老家伙知道广悌的脾气，她说出来的话不容更改。当下，归不归嘿嘿一笑，跟在竹儿的身后，向着竹林外面走去。吴勉也没有话和广悌说，便带着百无求二人跟在了归不归的身后。刘禧和孙小川相互对了一下眼神之后，冲屋子里面的广悌行礼，见到她没有什么回应，当下只能先跟着归不归出去再说。刘禧二人想等到归不归等人走了之后，再想办法劝慰这位广字辈唯一的女方士。

眼看就要走出庭院的时候，归不归突然转过头，对着还在屋子里面的广悌说道：“有机会你还是回去看看吧，方士一门虽然没有了，不过你那几个师兄还在。就算你真的腻了这长生不老的日子，起码也要回去和师兄们说一声吧？还有徐福也要见一面，就算是不给自己留遗憾，也不给他们留遗憾。”

屋子里面沉默了片刻之后，传出广悌有些低沉的声音：“如果我有打算的话，一定回去看望几位师兄。广仁也好，广孝也罢，还有归师兄你和广义，如果真有那一天的话，我或许是第一个放弃长生不老的那个人，但绝对不会是最后一个。”

看到自己已经不可能说服广悌，当下归不归使了个花招，将这个烫手的火盆交到其他广字辈的三个人手里。起码他们三个人能劝说广悌放弃这个扭转长生不老的打算，再不济后面还有一个徐福。如果那位大方师都说服不了广悌，那他也没办法了。

从这里走出来之后，刘禧和孙小川不敢再和吴勉、归不归他们纠缠，为了他们得罪自己的“镇岛之宝”，那就得不偿失了。当下，刘禧借口要回去处理波斯人死后的事宜，带着孙小川辞别了众人。

吴勉、归不归他们则回到了寝室。百无求还是有些不甘心，坐在床榻上，对着自己的“亲生父亲”说道：“老家伙，老子说错了吗？你们这样的人想死，把自己的脑袋弄下来啊，这样多省事，一了百了。”

“傻小子你知道个屁，广悌是做够了长生不老这样的人。她想要和一般人一样，一样地生、老、病、死。不是自杀，也不是被你弄死……”回来之后，归不归心里还是对广悌的变化有些唏嘘。

“她的生老病死，她自己想怎么样高兴就好。老家伙你操的什么心？”这个时候，吴勉慢悠悠地走了过来，对归不归说道，“你有闲心的话，还是想一下我们下一步如何是好吧。出来转了这一圈，是不是也该回去了？”

就在归不归要回答的时候，外面传来一阵鼓语，孙小川突然跑了过来，说道：“鼓语说，外面又来人了，找你们的。”

第三十五章　妖山来客

波斯人的事情刚刚结束，实在想不到会有什么人来找吴勉、归不归他们。鼓语只能说一些简短的词组，描述不了复杂的事情。来人不肯说出姓名，除了知道是一个男人之外，别的都无法表述出来。当下孙小川征求了吴勉、归不归的意见之后，命人传出鼓语，派出马车接人进内岛。有吴勉、归不归和广悌这样的大人物坐镇，也不怕谁来作乱。

全岛都在打扫战场，一路上耽误了不少时间，一直到了第二天傍晚，一辆孤零零的马车才到了内岛。一个一身黑衣的男人从马车上面走了下来，被管家引领着，到了一间金碧辉煌的宫殿当中。这个时候，里面正摆着酒宴，招待吴勉、归不归这些人。

“老子还以为是谁呢，老家伙，你儿子百疆过来了……”看到来人的相貌，百无求一阵哈哈大笑，来人正是他的兄长大妖百疆。当下二愣子在衣服上擦了擦他油腻腻的双手，从饭桌旁跳了起来，抓住一向表情冷峻的百疆，拉着他就往饭桌那边走。他边走边像主人一样吩咐管家：“没看到来客人了吗？去，再加一张桌子，就摆在老子身边啊。”

听到这傻弟弟又把自己算在了归不归的名下，百疆脸上便出现了一丝寒气。不过这么多年也习惯了他这么安排，加上现在有大事在身不能翻脸，百疆只能将这口气咽了下去，木然地跟着百无求走到了归不归的身边。

“我们藏在这里都能被你找到，百疆，又是海妖向你们通风报信的吧？”归不归嘿嘿一笑，向席间的刘禧介绍了这位大妖的来历（孙小川此时在外岛处理波斯人的事情），说话的时候模糊了他、百无求和百疆三个人的关系。刘禧是何等的聪明人，马上明白了归不归的用意，亲自过来敬酒。泗水号的商队时常经过妖山附近，每次路过都提心吊胆，也偶尔有商队被劫掠、护卫被吃掉的惨事发生。

刘禧早就想结交这样的大妖，苦于没有机会。今天终于看到这样的大妖，他当然不肯放过。如果有机会能和妖山缔结盟约，以后那一路便只有泗水号的商队可以通行无阻了。

不过百疆并没有理会笑吟吟的刘禧，只是看着吴勉和归不归说道：“我是来找你们俩帮忙的，这里不方便说话，带我去一个能说话的地方。”

吴勉慢悠悠地看了百疆一眼，用他特有的语气说道：“什么时候你变成能命令我的大人物了？我怎么不知道？”说完之后，这个白头发的男人将头扭到了一边，继续慢悠悠地吃喝着。吴勉的性子上来，直接把百疆当成了空气。

百疆在妖山上也是一呼百应的，不过吴勉已经不是他早年在长安城皇宫里认识的那个白发男人了。加上身上背着天大的事情，百疆不敢对吴勉发作，只能忍气吞声地对归不归说道：“我有大事，要你们帮忙……”

“所有的人都撤出去，这里不需要你们侍候了。”没等大妖说完，刘禧已经识时务地让宫殿里面所有侍候的仆人都退了出去。然后他随便找了个借口，带着贴身的管家也离开了这里，将偌大的一座宫殿让给了他们几个。

众人离开之后，百疆深吸了口气，对吴勉和归不归说道：“上次太子谋逆的事情之后，妖王便得了重病。本来一直咬牙挺着，不过十天之前突然发作，现在陛下已经昏厥。山上的巫医看过了，认为陛下的病症古怪，不是山上的巫医能治好的。我下山找你们帮忙，是希望找到一位神医国手为陛下治病。”

说到这里，百疆看到坐在餐桌前的吴勉还是一副无所谓的样子。顿了一下之后，他继续说道：“妖王陛下不能死，当年是陛下力排众议和徐福签下群妖不得私下妖山的盟约。如果妖王不在了，这盟约将自动废除。到时候你们可以想象会有什么样的后果。”

“老妖王病了……”突然间得到这个消息，归不归有些预料不及。沉吟了片刻之后，他对百疆说道：“就算找到神医，也要知道老妖王的病症如何吧？你先说说看，老人家我也是看过几本医经的，运气好的话，或许我老人家就给他治了这个病症。”

虽然不相信面前的老家伙有这个本事，不过百疆还是死马当成活马医：“一开始是陛下的妖体溃烂，用过了巫医的草药和祈福之后，有过好转的迹象。不过眼看快好了的时候，一夜之间陛下的妖体又开始溃烂。他不停地呕血，一夜之间呕血数升。还有就是……”

说话的时候，百疆犹豫了一下，不过他想到后面的事情还要依靠这几个人，当下只能将希望全都押在归不归的身上。他从怀里拿出一张兽皮，上面用墨汁画着一副怪异的图画，说是图画，还不如说是某种动物身上血脉的纹理更加贴切。

“这是陛下身体溃烂的位置，一开始我觉得有些怪异，便将所有溃烂的位置描绘出来，之后就是这个样子了。看着像是咒图，不过我翻找了所有的咒图图谱，都找不到一样的。”

说到这里，百疆顿了一下，看了眼睛已经眯缝起来的归不归一眼，继续说道：“所有的巫医都说不出陛下生的什么病，我也拿不准，只有请你们帮忙。如果可以的话，我想去见大方师徐福，他应该有办法解救陛下。如果这个时候妖王陛下有个三长两短，妖山必定大乱，妖山乱则天下都不得安宁。现在的妖山已经蠢蠢欲动，好在所有的妖物都在怀疑陛下这是在设计排除异己，并不敢轻举妄动。不过时间长了，难保没有妖物探头试试虚实。”

归不归深吸了口气，顿了一下，对百疆说道：“你找到徐福也没用，那个老家伙就是为了躲麻烦才出的海。方士一门崩塌他都没有回来，天下大乱他也是在看热闹。他会为了你们家妖王回来吗？你找他就是浪费时间。”

百疆也是极为聪明的，他早已想到徐福八成是不会跟着自己去救妖王的。所以他也没有把时间浪费在寻找徐福上，现在就靠着自己弟弟和归不归这层自己想起来就要骂街的关系，让这个老家伙想办法救妖王了。

“天下少有能给妖治病的神医国手，不过你也不用着急。少有不是没有，只不过想要找到神医国手，必须要先找到另外一个人，那个人比你们家妖王更麻烦。老人家我也不想轻易去招惹他。”归不归说话的时候，转头看了一眼好像什么事情都没有发生的吴勉。看到白发男人并没有什么话要说，他这才继续对百疆说道：“那个人百疆你也认识，当初你们家老妖王差点死在他的手里……”

“姬牢……”百疆几乎脱口而出。

归不归笑了一下，说道：“当年老人家我也在他的问天楼里待过两天，虽然没办过什么事情，但也没闲着。我老人家打听过一件事情，有一位主事之人离开了问天楼，两个楼主都没敢追究。因为那个人救过一位了不起的大妖。百疆你猜猜看，那位了不起的大妖是谁？”

第三十六章　姬牢的下落

“妖王陛下……”百疆隐约听过当年妖王身受重伤、不过没有多久又奇迹般恢复如初的事。当时有传言说是妖王自己演的戏，为了把窥探王位宝座的人挖出来。因为妖王恢复之后，便在妖山诛了妖后一族，当时受牵连的有一万多个妖物。

多年之后，妖王多喝了几杯，无意当中对百疆说过几句。当年他在人世间游玩的时候被妖后一族陷害，中了巫蛊之毒。眼看就要丧命的时候，幸好遇到了一位神医国手，只剩下半口气的妖王就被救了回来。

又过了一段时间，妖山下来了一位老人，他拿着妖王的信物来拜见陛下。当时百疆记得清楚，妖王以最隆重的礼节将老人接到了山上。也不知老人和妖王说了什么，第二天一早妖王便离开了妖山。临走之前，他还特意嘱咐手下，不得对老人有丝毫轻慢。

几天之后妖王回到了妖山，对老人说了几句话之后，老人便欣喜异常，当天便要下妖山回家去。后来在妖王的一再挽留之下，老人才又住了半个多月，之后被妖王亲自送下山。不过关于老人的身份一直是个谜团，现在看起来，这个谜团似乎马上就要解开了。

“看来百疆你也知道一点。”归不归嘿嘿一笑之后，继续说道，“当年离开问天楼的主事之人叫作白芝，他在楼里的级别不高，不过却是有名的神医。他既然能救得了妖王一次，就能救得了第二次。”

白芝也是家传的修士。传说他们家早年以饲养、操控妖兽而出名，不过传到白芝手里早已没有了往年的风光。自从问天楼建立起，便没有人私自离开的先例。据说后来是一位不得了的大妖亲自找到两位楼主，为白芝说情，这才让他平平安安地离开了问天楼。当时归不归便想到了，除了妖王之外，还有哪位大妖能有这么大的面子？

虽然看到了希望，不过百疆还是马上便发现了问题，对归不归说道："白芝……那是多久之前的事情了，他还活着吗？"

"大概是不在人世了吧。"赶在百疆发作之前，归不归嘿嘿一笑，继续说道，"你也知道这么多年老人家我不怎么过问这些事情了，不过就算白芝不在了，他差不多也会有继承手艺的后人。按问天楼楼主那样的性格，白芝的后人他不会不知道。老人家我刚才说了，找到姬牢，就找到了解救妖王的办法。"

百疆听完沉默起来，姬牢当年曾经设计陷害过妖王，不是必要的话，这位大妖实在不想再和他打交道。

看着自己的大哥不说话，百无求会错了意，以为他在担心老妖王撑不了那么久，当下二愣子的脑袋一热，对自己的哥哥说道："其实吧，人也好妖也好，活多久那都是天注定的。有几个像小……老家伙那么不要脸的活了那么久？百疆，你要是还担心的话，老子给你出个主意，先找俩兽医回去顶一阵，能不能保住老妖王的命两说，但起码能稳住你的心……"

没等自己的弟弟说完，百疆实在忍不住了，直接打断了他的话："百无求，如果你不是我的弟弟……算了，归不归，我要怎么去找姬牢？你应该有路子吧？"

"路是走出来的，不过也要看看应该怎么走吧？"归不归嘿嘿一笑之后，对百疆继续说道，"你看看，我们几个还有事情要办的。那什么……大术士席应真那个爸爸有事情要我们去做，海上的徐福也让人带来口信，说让我老人家快点把方士一门重新建立起来。你看看，这些都是大事吧？再说了，当初你们家老妖王答应的事情……”

没等归不归说完，百疆直接打断了他的话，说道：“只要能把妖王救回来，那根妖骨我去给你拿来。所有的罪名都算在我百疆的身上。”

“什么叫算在你身上，说的你好像没有爸爸、兄弟一样。”这个时候，百无求看不下去了。他一手拉着自己的哥哥百疆，一手拉着他们哥俩的“亲生父亲”，继续说道：“一家人不说两家话，不管什么罪名，都是咱们爷仨扛。掉脑袋咱们仨一起，老子要看着老家伙你的人头落地，再下去找你……”

一边看热闹的小任叁看着归不归纠结不堪的老脸，实在忍不住哈哈大笑起来。百无求被他这么一笑，有些不知所措：“任老三你笑什么？大家一家人，我们爷仨倒霉诛九族的话，你任老三也跑不了。”

“我们陪你去，找姬牢也好，白芝也好，他的后人也好，我都帮着你去找。”就在小任叁被百无求的话止住了笑声的同时，吴勉开口对有些不可思议的百疆说道，“你的运气好，我也想去见识一下什么样的伤势能难住妖王。老家伙，你不用使眼色了。我说的是我——们，席应真和徐福的事情你先放一放，他们不急……”

百疆有些不敢相信自己的耳朵，他本来以为解救妖王最大的阻力就在这个脾气古怪的白发男人身上，却想不到他会主动帮自己去找姬牢。当下百疆已经不知道说什么好了。

吴勉说走就走，一点时间都不肯耽误。当下，他叫来躲在远处的刘禧，让他准备马车和海船，他们几个人马上就要起程回到陆地上。

听到他们这些人要走，刘禧也很是吃惊。不过当他听百无求说他们要回到陆地去找姬牢的时候，这位昔日的淮王竟然知道楼主的消息。根据往来商船的消息，黄河流域发生了水患。那位好像活圣人一样的姬牢，正在那里帮助灾民救灾，这下子想不走都不成了。

眼看阻止不了吴勉，归不归也只好认命。不过老家伙还想在临走之前再去见广悌一面，多少再劝两句，希望能让她回心转意。不过广悌却没有要见他的意思，还是派了那个叫作竹儿的小姑娘传话，如果归不归能按绢帛上面的丹方炼制出丹药，一定要回来告诉她。

看到规劝不了广悌，归不归也没了继续留在海岛上享福的打算。几个人连夜上了前往外岛的马车。在刘禧等人的陪同之下，马车跑了一夜，直到第二天清晨，才跑到外岛的大码头上。

虽然一天之前，这里发生了一场和波斯人的大战，不过现在已经完全打扫干净。除了几间被毁掉的房子之外，其余的也都恢复了正常。这个时候，已经得到消息的孙小川连夜将自己的大海船收拾出来，准备用来送吴勉、归不归回陆地。

在码头上寒暄了几句之后，知道他们还有要紧的事情要办，孙小川已经将整桌整桌的酒宴都送到了船上。随后他和刘禧一起陪着吴勉、归不归他们登上了大海船，人上齐了之后，吩咐立即开船。船开之后才请吴勉、归不归和三只妖物落座，在最上一层的甲板上摆开了酒宴，为他们送行。

大海船开出去差不多二十海里之后，刘禧、孙小川才和他们依依作别，随后顺着跳板登上了另外一艘跟随的大船，目送着吴勉的大船慢慢远离。

看着越来越远的大海船，孙小川古怪地笑了一声，对身边的刘禧说道："殿下，还以为你会留他们在岛上多住一段日子。他们想见谁，请到岛上还不是一样吗？"

"还是算了吧。"刘禧苦笑了一声之后，继续说道，"让他们居住在岛上，再过一个月，弄不好泗水号就要便宜了归不归。我有办法对抗波斯国王，但对这个老家伙，真是一点办法都没有……"

第三十七章　妖王的遗嘱

在财神岛上，吴勉、归不归他们并没有帮到什么忙，现在倒是得到泗水号不少的助力。知道吴勉他们要去找姬牢，孙小川就派出快船，命陆地上泗水号的商铺打探那位曾经的问天楼楼主的下落。

吴勉他们几个人还在船上的时候，便已经有泗水号的商船向他们禀告有关姬牢的下落。现在那位楼主还在黄河流域教百姓制药，防止水患之后瘟疫爆发。看这个情形，楼主一时半会儿还不会离开河道的。

知道这个消息之后，百疆多少算是安了心。不过他还是很挂念远在妖山、昏迷当中的妖王，别最后找到了可以医治妖王的人，而等着治病的妖王却没有撑到那个时候。

百疆好歹也是妖山的大妖，他自有和妖山联系的方法。出海之后第四天的深夜，趁着船上众人都已经休息，百疆一个人悄无声息地站在甲板上，随后对着海面张嘴，发出一阵人听不到的声响。就在这一嗓子喊完之后不久，从海底浮上来一个满身都是鱼鳞的人形怪物。

看清了召唤它的是百疆之后，怪物轻声细语地对大妖说道："百疆，佛罗氏让我告诉你，妖王现在不好也不坏。虽然还在昏迷当中，不过伤势没有恶化，但是控制不了突发情况，佛罗氏让你做好两手准备。除了找神医国手医病之外，也做好带着百无求回来接任大位的准备。防止一旦陛下归天的消息传出来，会有人对百无求不利。"

"没有人胆敢对我弟弟不利的，百无求就在我的身边。"百疆深深地吸了口气之后，对海里半人半鱼的怪物说道，“你回去转告佛罗氏，我一定会在最短的时间之内，将能治疗陛下疾病的人带回去。让他不管用什么办法，都要保住陛下的性命。记住，如果陛下死了，那么百无求接任妖王之后的第一个命令就是要他佛罗氏的性命……”

“原来你是靠海妖传递消息的，老人家我一直以为你是靠天上的海鸟。”百疆的话还没有说完，归不归那苍老又带着几分油滑的声音便在他身后响了起来，“原来老妖王已经做了两手准备，百疆，你还是有事情瞒着老人家我啊。妖王连后事都准备了，那就没有你说的那么简单了……”

归不归出现以来，没有泄漏一丝气息。百疆和海里的妖物都吓了一跳，当下那个半人半鱼的妖物沉入海中。百疆缓了一下之后，慢慢地转过身来，看到只有归不归一个人，他弟弟百无求并没有跟出来，百疆这才算松了口气。

苦笑了一声之后，看到给自己传递消息的妖物已经消失，百疆直接坐在了甲板上，看着归不归说道：“是，还是被你猜对了。这次的事情确实不简单，妖王是在敬天妖大典的时候突然发病的。这一次动手的妖物不简单，只是下手，却不见露头。陛下本来想硬撑到动手的妖物露头，将其灭族的。但没有撑到妖物露头，他便已经倒下了。”

听了百疆的话之后，归不归的眼睛在眼眶里面转了几圈，随后他说道：“后面的话老人家我替你说，妖王昏迷这么久，下手的妖物都没有露面。这事到现在还没有露馅，这么说来，现在整个妖山都不知道妖王已经昏迷的消息——因为妖山上有妖王的替身，谁也没有察觉，是吧？”

归不归说得好像自己亲眼看到的一样，妖王有替身这件事情，整个妖山只有百疆等少数几个妖物知道。想不到今天被归不归这么轻轻松松地说破了，百疆知道归不归的心智过人，但是没有想到会厉害到这种地步。

现在在妖山上做主的的确就是妖王的替身。这个替身跟了妖王几百年，每天都要学习妖王的习惯动作和说话的声调、语气。现在他还会时不时代替妖王接见群妖，这样的事情有上百次，从来都没有被其他妖物发现过破绽。

“到底是连妖王陛下都忌惮几分的归不归，一眼就看穿了当中的门道。”百疆无奈地看着笑眯眯的老家伙，顿了一下之后，继续说道，“我说的加上你猜到的就是发生的事情，妖王陛下感觉到快坚持不住的时候，便交代我要将百无求接到妖山，将他立为妖王。从百无求上山之日起，三天之内要杀掉妖王陛下所有的妻族和太子；所有的公主都要纳入新妖王的后宫；百无求第一个健康、心智健全的儿子日后将接替百无求成为下一任妖王。”

本来归不归心里也在疑惑老妖王是不是还在施展苦肉计，现在听到百疆说百无求继任妖王后，老妖王所有的老婆、儿子都要被处死，女儿便宜百无求，那么这个苦肉计的成本就太大了。看来这次老妖王真的不是在演戏，而是真的快不行了。

甲板上这一人一妖沉默了片刻之后，归不归看着百疆说道：“除了妖王要将位子传给百无求之外，他还交代了什么？没有和你提起过怀疑是谁在害他吗？老妖王的心眼不比老人家我少，他不会什么都看不出来吧？”

百疆叹了口气之后，继续说道：“当时妖王陛下已经说不了什么话了，说完要百无求继任大位的话之后，还想要说点什么的，不过力气跟不上，后面的话来不及说出来，他便已经人事不省了。”

看来从百疆的嘴里也问不出什么来了，归不归最后说了几句：“想不到老妖王也会有今天，这么多年了，一直看他装死下套的，想不到这次是来真的了。百疆你还有什么该说的、该问的，就去做吧。老人家我回去睡觉，不耽误你了。”

看着归不归远去的背影，百疆突然说道：“归不归，这次你们真的会帮我吗？不会趁着这个机会，借别人的手灭掉妖王，再趁机用百无求作为傀儡统治妖山吧？”

“想不到你会这么想老人家我，这就有点让我老人家失望了。”归不归停下了脚步，回头对百疆说道，“老人家我眼里从来没有过什么妖王百无求，只有我老人家的傻儿子百无求……”

说完，归不归头也不回地向着上面的甲板上走去。直到老家伙的身影完全消失之后，百疆这才长出了口气，随后转身看着夜色当中的海景。顿了一下之后，他喃喃自语道：“陛下，这一次你能熬过去吗？”

几天之后，大海船在泗水号的码头停靠。他们刚刚从船上走下来，码头上就迎面走过来几个衣着光鲜、客商打扮的人，其中一个头目模样的人朝吴勉、归不归这几个人走了过来。

“敢问是吴勉、归不归几位先生吗？”确定了吴勉几个人的身份之后，这个人继续说道：“在下是这个码头的主事，几天之前便得到了两位东家的传信，几位要找的那位姬牢现在已经有了消息。他现在已经不在黄河流域了。早上接到了河套商铺的飞鸽传书，说那位姬牢已经离开了河套，向着我们这里赶来。”

“楼主这是想开了？”归不归嘿嘿一笑之后，继续说道，“你的意思是，让老人家我就在这里等着他？”

第三十八章　坏消息

这一天傍晚，河东郡属下的一座小县城，在天黑关城门之前，那位好像乞丐一样的楼主姬牢从城外走了进来。姬牢进城之后，并没有住店。他在大街上转了一圈之后，找到一处已经荒废的宅子。他本来想进去住一晚的，不过刚刚进去就被本地的乞丐轰了出来。无奈之下，他只能躲在屋檐之下，准备凑合一晚，天亮之后再起程。

就在天色擦黑的时候，已经准备睡觉的姬牢突然闻到了一阵酒肉的香气，几个熟悉的声音正在闹哄哄地猜拳行令。随后他睁开眼睛，便看到街对面的一家宅子中门大开，几个人正在院子里面吃肉喝酒。看清这几个人的相貌之后，姬牢苦笑了一声，爬起来对院子里面的几个人说道："想不到会在这里见到你们几位，刚刚还以为我这是在做梦。"

在院子里面吃肉喝酒的正是吴勉、归不归、百疆等人。百疆也和姬牢打过多次交道，听说过这些年来两位姬牢已经"同化一体"，而且"同化"之后的楼主性情大变，成了一个活圣人。百疆这样的妖物都不信楼主会有这样的变化，心里怀疑他这指不定又在琢磨什么。

不过看到现在连乞丐都敢欺负他，百疆的心里也开始疑惑起来：这位楼主到底想要干什么？就算要装出一副洗心革面的样子，这样的代价也未免太大了。

"楼主你就当做梦好了。来，一起过来坐坐，吃点肉喝点酒消消寒气也好。"归不归笑眯眯地看着楼主，向他招了招手之后，继续说道，

“来，尝尝我们家百无求的手艺，过来的时候正赶上汤锅杀猪煮肉，就买了半扇肉煮了。不是老人家我夸自己家孩子，这傻小子的手艺比起饕餮也差不到哪儿去。大家都是辟谷的，这几口吃喝总是消化得了的。”

这个时候，大锅里冒出来的香气让人食指大动。废宅里面的乞丐们都被这阵香气吸引了过来，当中一个带头的在后面推了姬牢一把，说道：“新来的，你认识他们？去，过去磕几个头讨几块肉回来！办得好就让你入伙，要不然的话兄弟们就宰了你炖着吃了！”

看到这一伙恶丐挑事，本来还在劝说姬牢过来喝酒吃肉的归不归闭上了嘴巴。他笑眯眯地看着对面的楼主，看他要如何处置这些恶丐。放在当年，就算是还没有融合神识的楼主，对付这几个乞丐也只是吹口气就能办到的事情。

姬牢回过头看着这几个乞丐，正想要开口劝他们几句的时候，刚才说话的恶丐对着楼主的脸冷不丁就是一巴掌：“还在磨蹭什么！你自己看着办，兄弟们今晚都没吃饭，你快去讨肉，还有酒，再去搬一坛子酒过来，看什么？还不快去！”说罢，对着姬牢又是一巴掌。

姬牢的脸上看不到一丝愤怒，目光当中只有怜悯。当下他起身向对面宅子那里走了过去，进到院子里面之后，他这才苦笑了一声，说道：“都是可怜人，几位就当作行善，送给他们几块肉吧，权当是姬牢吃的。按照佛门中人的说法，几位行善积德，他日必定会有果报。”

“不给。”归不归笑眯眯地看了姬牢一眼之后，继续说道，“真是不好意思，老人家我突然改了主意。别说那几个要饭的了，就是楼主你也吃不到一块肉。刚才是刚才，现在是现在，就差了那么一点时间，可惜了……”

一边的百疆明白归不归是在试探姬牢，虽然心急也耐住了性子，看着楼主后面的动作。

姬牢又劝了归不归几句，不过老家伙死不松口，别说肉了，连口汤都不会便宜那几个乞丐。用旁边百无求的话说："他们能闻到老子炖的肉香，已经是几辈子修来的福气了。还想要吃肉？呸！重新投胎再积个十辈八辈的德吧。"

看到讨肉无望，姬牢只得苦笑了一声，最后回到了对面的废宅里。这个时候，带头的恶丐已经看出姬牢和对面那几个有钱吃喝的人相熟，只是他现在落魄了，对面的人拿他取笑。当下恶丐心生恶计，招呼身边的同伴对着姬牢一顿拳打脚踢。

当着对面有钱人的面打姬牢，不给吃喝就直接把他打死，就赌那些有钱人会不会狠心看着姬牢被他们打死。

当下，姬牢也不还手，倒在地上任由这些恶丐殴打他。看着姬牢挨打却不叫唤，无法吸引对面财主的关注，恶丐更是狠了心，回到乞丐窝里翻出一把满是锈迹的短刀来，对着姬牢的大腿就要扎下去。

眼看这一刀就要扎下去的时候，一个人影突然出现在乞丐堆里。随后人影只是轻轻地拨弄了几下，那几个乞丐的脑袋都转了一个角度，脸直接扭到了背后。几个乞丐挣扎了几下之后便都咽了气。

等到姬牢反应过来的时候，这几个乞丐都已经死了。这个时候，楼主反倒悠悠地叹了口气，看着杀死几个乞丐替他出气的百疆，说道："他们也是可怜之人，如果不是落魄至此，谁又愿意乞讨过活？他们行事虽然有些出格，却罪不至死，你这又是何必呢？"

"那么你又怎么知道他们只是出格，而没有犯下死罪呢？"百疆冷笑了一声之后，继续说道，"你今日纵容他们，如果真讨到了酒肉，这些人便尝到欺压弱小的好处。今日欺压你来为恶，明日就会欺压他人，后日便会自己动手抢夺他人的财物，不从便会去打去杀。他们行恶是恶人，你纵容行恶罪过更是大过这几个恶人。你不明白这个道理吗？"

百疆身为妖王的左膀右臂，在妖山当中也是数一数二行事机敏之人。他虽然是妖，但说出的话却滴水不漏。一时之间，楼主虽然知道百疆说的话不通，却也找不到反驳的理由。

这个时候，归不归笑眯眯地走了过来，拉着姬牢的手说道：“其实百疆这也是做好事，这几个乞丐已经坏了心性，还不如直接送他们去轮回投胎。或许下辈子能出生在一个小康之家，再也不用受这种苦了。下辈子的爹妈勤打骂点，或许还能有点出息。总比做乞丐要好吧？走吧，咱们过去祭拜祭拜这几个新死的鬼，明天再买几口棺材给他们找个风水宝地一埋，这几个做了鬼的都会偷笑的……”

将姬牢拉进对面的院子之后，百疆实在等不及，主动说到了正题——将妖王出事需要神医白芝的事情说了一遍，只是隐去了百无求回去接位这一段。说到最后，大妖点到了妖王死后的严重后果：“当初和徐福大方师签订盟约的是妖王陛下，这么多年完全是靠着陛下的一己之力才稳住了妖山。如果陛下不在了，山上群妖无首冲到人世间，后面的话我不说了，你自己想象那个场面……”

“生灵涂炭，天下大乱。”姬牢八个字便说出了这件事的后果。深深地吸了口气之后，楼主看了这几个人一眼，随后有些无力地说道：“有个坏消息，白芝已经不在了。汉初的时候他就已经亡故了，我是亲眼看到的。他的尸身也是我找人埋的。”

这句话从姬牢嘴里说出来，百疆便感到一阵无力。不过就在这个时候，听到带着几分刻薄语气的吴勉说道：“原来楼主你和白芝的关系这么好，那他死前就没有找你托孤什么的吗？”

第三十九章　下本

姬牢沉默了片刻，看了一眼吴勉，随后说道："当初妖王讲情，虽然不情愿，不过我们还是放走了白芝。当时白芝是位不世出的医道天才，楼中有人生病或者受伤，在白芝手上只是略加药石，便药到病除。只可惜最后他执意要离开问天楼，还搬出妖王来给他撑腰。不过这样的人就算不能为问天楼所用，我也要知道他的下落，倘若楼中有人出事的话，看在往日的情分上他也不好不管。"

说到这里，姬牢回忆起昔日的时光，便不由自主地叹了口气。顿了一下之后，他继续说道："那时候白芝为了避开我，带着老婆孩子搬家九次。其中有一次举家搬到了妖山附近的控龙岭，后来家人受不了惊吓才又离开。他以为这样就能避开我，却不知道我在他的魂魄上加了印记。只要白芝还活着，我就能找到他。

"后来白芝的魂魄发生了异常，我赶过去的时候，白芝已经快油尽灯枯了。说来也真是有些可笑，他这样的神医国手，到了这个时候却还是救不了自己。这些年为了避开问天楼，他全家隐居在一个边陲小镇当中。白芝竟然舍弃了医道，以给当地酒肆老板管账为生，当初在问天楼攒下来的那些钱早已经在多次搬家当中花光了。白芝死的时候连一口像样的棺材都置办不起，最后还是我帮着办的后事。

"不过白芝虽然死了，但他的医术却尽数传给了他的儿子白贤。我瞒了身份在渔阳为白家置办了一份家业，让他们居住在那里。现在要看你们的运气了。过了这几百年，白贤应该也早就亡故了。后辈当中还有没有人能医治得了妖王，就要看他的造化了。”

百疆本来指望的是，那位神医白芝凭着自己神鬼莫测的医术养生，还能活在人世上。听到白芝死后将医术传给了儿子，他的心就凉了几分。最后听到连白芝的儿子是不是活在人间都不一定，百疆连之前三成的信心都没有了。当下他看了一眼竖着耳朵在听故事的百无求一眼，想着是不是应该早点做其他的打算了。

“就知道楼主你舍不得白芝这样的人，有本事杀人的到处都是，有本事救人的可不是那么好找。”归不归哈哈一笑之后，继续说道，“不知道楼主你最近在忙什么，如果不是什么特别要紧的事情，陪着我们到渔阳走走如何？就算找不到白家那一大家子，我们走走看看也是好的嘛。”

“归先生你还是信不过我。”姬牢苦笑了一声之后，继续说道，“我本来是要赶往河西郡的。听说那里闹了瘟疫，我手里正好有解瘟的药方，打算过去救人的。既然归先生你们有更加重要的事情，那救人的事就劳烦一路上跟着我的那些小兄弟们去做好了。他们有钱又有人，办事应该比我方便得多。”说话的时候，姬牢从怀里拿出一张皱皱巴巴的绢帛，递给了归不归，上面密密麻麻地写着药名和主治的病症。

“到底还是瞒不过楼主你。”归不归哈哈一笑之后，朝后面喊了一声。随后便有泗水号本地的管事过来，恭恭敬敬地从老家伙的手中接过绢帛。归不归吩咐了几句之后，管事便安排泗水号中可靠的伙计去办理这件事。既然已经说破，那也不用再继续瞒着了。随后这位管事又安排人将对面几具死尸抬走，等到天亮之后再置办棺材入土为安。

一切都处理完毕之后，本来姬牢以为他们马上就要起程去渔阳的，没有想到归不归反而不急。他早已让泗水号的人在屋子里面准备了一大桶热水和干净的衣服，让姬牢洗干净之后换上新衣服再走不迟。脏还是次要的，主要是楼主身上的这股子味道，熏得三只妖物脑仁都疼。

归不归不着急，是因为不久之前百疆了解到，妖王还是老样子，病情并没有加重的迹象。而且山上的妖王替身在他的授意之下耍了一点妖王震怒的小花招，现在山上群妖都被吓到了，也没有谁吃了豹子胆敢去怀疑妖王的真伪。

在归不归的一再劝说之下，姬牢总算是进到屋子里将自己收拾干净。趁着他洗澡的工夫，归不归翻看了他已经看不出形状的破衣服。没有发现什么不对的地方，他就一把火给烧掉了。姬牢换上了新衣服，又听说自己那一套破衣服已经被烧了，当下连叫可惜，说什么那身衣服本来可以换着穿的……

泗水号在当地也很有些势力，虽然这时早已经关上了城门，不过管事三言两语便让守城的官兵打开了城门，随后送这些人乘着两辆马车离开了这座小县城。

因为百无求、任叁两只妖物不识当地的路线，加上姬牢不打算使用术法，这些人只能乘坐马车向着渔阳的方向行进。好在这里距离渔阳并不算远，加上泗水号一路照应，饮食都在车上进行，换马不下车，第三天凌晨，这两辆马车便到了渔阳县城的城门口。

他们到得太早，城门还没有打开，不过早有泗水号的伙计等候在那里。他们到来之前，泗水号本地的商铺管事已经弄到了本县百姓的花名册。在本县乡绅的名单上第一个便是白姓之人——白杰……

除了花名册，管事还拿出一本本地最大宗族白氏一族的族谱。归不归翻了几下，便在族谱当中找到了白芝、白贤父子俩的名字。随后泗水号的管事开始介绍，当初白家在这里居住之后，这几百年来不停地开枝散叶，已经有上千人了，分散在渔阳县周围的各个地方。

百疆不在乎白家人怎么样，他关心的是当中有没有再出过白芝那样的神医国手。不过说到这里，泗水号的管事便有些犯难，当下赔着笑脸对这个一身黑的男人说道："白家这么多年一直都是靠着积攒土地发的家，他们家一有钱便会在渔阳周围置办土地。前些年战乱的时候地贱，他们大量地购买土地，现在已经买了渔阳县周围八成的土地。都知道他们白家是附近有名的大地主，但是谁也没有听说过他们白家出过有名头的大夫。"

看到百疆皱成了疙瘩的眉头，归不归嘿嘿一笑，说道："当初楼主把白芝吓得舍了医道，白芝还不是私下将本事都传给了自己的儿子？再说现在老白家家大业大的，谁还会靠治病赚钱？不过都是祖传的手艺，私下教授也不一定。不管怎么样，我们先去一趟白家再说，成不成的总算有个交代。”

现在已经到了渔阳，再说别的也没有什么用处了。当下，归不归向泗水号的管事打听清楚白家本家在城中的住址。这时，到了开城门的时辰。进城的路上，归不归一直在自己便宜儿子的耳边嘀嘀咕咕的。百无求听得直瞪眼：“老家伙，你就缺德吧。出去别说你是老子我的爸爸，老子嫌你丢人。”

渔阳县城并不算大，没过多久，马车便到了一处富裕人家的大门口，提前准备好的泗水号管事前去叫门。白家虽然在本地的势力很大，但是也惹不起泗水号这样的大东家。当下，守门的家丁请管事稍等，他进去通禀，请白杰白老爷出来迎接。

很快，宅子的大门打开了，一个满脸红光四十来岁的男人在几名管家的陪同下从里面走了出来。就在他要和泗水号管事寒暄的时候，突然从护宅石兽后面冲出一个老得不像样子的老家伙。

老家伙不偏不倚正撞在白老爷身上，随后一口鲜血喷了出来，倒在地上抽搐起来。这个时候几个路过的外地人围了过来，一个黑大个指着已经被吓呆了的白老爷喊道：“老子都看见了，你把这个老家伙撞死了！杀人啦！你们本地的财主为富不仁、杀人取乐、草菅人命啊！有没有人管啊……”

这个时候，坐在远处马车上，唯一没下车的吴勉翻了翻白眼，自言自语道：“你还真是下本，呸……”

第四十章　让我试试

这个时候的白杰白老爷已经吓蒙了，身边的管家还算机警，过去查看了还在一口一口吐着鲜血的老家伙的伤势。看过之后，这位管家自己也被吓到了。就见这个老得不像样子的老家伙的胸口已经塌陷了一半，左手手臂古怪地反转，一看就是很严重的骨折。这还不算，老家伙的骨盆已经被撞成了一块面板……

那老家伙不是别人，正是归不归。查看了归不归的伤势之后，管家惊得倒抽了一口凉气。如果不是亲眼看到这个老头子自己冲过来撞在白老爷身上，他还以为老家伙这是在外面受的伤，过来讹人的。管家毕竟还是吃白家饭的，当下指着黑大个说道："那边的汉子你不要胡说八道！明明是这个老头跑过来，自己没有站稳摔倒的。与我们家老爷有什么……"

他的话还没有说完，一直指着白家大门骂街的黑大个突然冲了过来，对着他就是一脚，直接将他踹进了大门之内。黑大个最后指着已经快被吓哭了的白老爷说道："你自己说，是这个老东西自己摔倒的，还是你把他撞倒的？哆嗦什么？老子一没打你，二没怎么骂你，你现在是什么意思？是不是想着就这么讹上老子，后半辈子就有人给你养老送终了？呸！你也配……"

百无求骂到后面这几句的时候，没有注意到趴在地上的归不归微微睁开了眼睛，有些心虚地看了看二愣子，听到最后几句话不是指着他骂的，老家伙这才长出了口气，闭上眼睛继续装死。

这个时候，白家大门里面不断有家丁冲出来，看到一个黑大个揪着自己老爷的衣领正在骂街，当下冲着百无求扑了过去。不过这样的人怎么可能是百无求的对手，这妖物一手揪着白老爷的衣领，一手对付冲上来的家丁，转眼之间这些家丁都趴在了地上。

有眼尖的仆人觉得大事不妙，当下急急忙忙跑到县衙去报官。这个时候白老爷多多少少也缓过来一点，当下急急忙忙找人帮腔，一会儿县里老爷过来，起码有人站在自己这边。这个老头子该如何诊治，自己花钱给他治就好。只是这个黑大个实在是可恶，只要理在自己这边，到时候就告他一个无事生非、殴伤人命的罪过，怎么样也要打几棍子给自己出出气。

看到身边这个泗水号的管事也是县里有头有脸的人物，当下白老爷冲他求助去了："佟掌柜，刚才您是亲眼看到的，真不是……"

"真不是您有意把这位老人家推倒的，这个我都看见了。"管事微微一笑之后，继续说道，"白老爷您放心，一会儿县里老爷到了，我一定如实禀告。是您和这位老人家撞到一起了，无心之过嘛，没有什么大不了的。您多少出俩钱就完事了。"

虽然这位管事事先并不知道归不归的计划，不过现在这架势，瞎子也能看明白是怎么一回事了。当下管事顺着归不归这边来说，让白老爷一时之间有些措手不及。这个时候，看热闹的小任叁给加了一把火。小家伙对着越来越多围拢过来看热闹的渔阳百姓们说着刚才这里发生的事情……

"叔叔、大爷，你们来晚了，不知道怎么回事是吧？刚才我都看见了。倒在地上喷血的那个老头儿可能是这一家的长工，家里的儿媳妇被这一家的白老爷霸占了。他儿子来要人家不给，还把他儿子打死剁碎扔进他们家猪圈了。这个老头儿听说就过来和白老爷拼命，结果你们都看看，活活把人家打死了啊。

“这个黑大个实在看不过眼了，就要找白老爷评理，结果又打起来了。什么？白老爷平时人还不错？呸，他抢女霸女的事还能让你们知道？我一个小孩从小就不知道什么叫说瞎话，还能骗你们大人吗？要不你们说说看，这个老头怎么就好端端地死在人家大门口了？”

小任叁一副天真烂漫的样子，要不然的话，当初席应真也不会见了一面就喜欢得不得了。听了这个小孩子的话之后，当下看热闹的人也开始议论起来。几句话传到了白老爷的耳朵里，让他臊得脸色通红。当下他只得想办法将这个老头安置好，要不然的话他就算跳进黄河都洗不清了。

“还不去请大夫吗？你们愣着干吗？”白老爷喊了一声之后，周围的仆人这才明白过来，当下有人急急忙忙地飞奔去请大夫。白老爷又让人将昏迷不醒的归不归抬到院子里面，随后冲还在不停骂街的百无求苦笑了一声，说道：“好汉，人是我撞的，我没说不认啊。你看大夫也去请了，花多少钱我都认。治好不算，我还要再给老人家一笔压惊的钱，这总可以了吧？要不你跟着我一起进去看看，咱们别站在门口，这也不是说话的地方……”

当下白老爷连作揖带赔礼的，好不容易将百无求劝到了府中。二愣子这个时候长了心眼，声称白老爷这是要把他骗进府里下手，当下百无求请了几个外乡人做证人，一起进到了大宅当中。这个时候，城里城外听说本家出事的白家人也纷纷赶了过来。一时之间，除了过年之外，就属今天来的人齐。

不久，渔阳县的几位大夫都被请到了白府。不过看了归不归的“伤势”之后，所有的人都一个劲地摇头。其中一个公认医术最高的老大夫直接对白老爷说道：“白翁，此人看着像是伤到了筋骨，实则他体内的心、肝、脾、胃、肾都伤得不轻。此人本来就有肺痨和脾症，刚才倒地的时候，断掉的肋骨又伤了心、胃和肝。白翁，咱们治得了病，治不了命。您还是早点为他准备后事吧。说实话，他能扛到现在都没咽气，我们都觉得不可思议。”

大夫的话将白老爷吓得够呛，他本来以为能治好最好，就算治不好给他一笔钱算自己倒霉也就算了。现在听说这个老头儿活不成了，那麻烦便无穷无尽了。县里、郡里上下打点关系，少说也要不见百亩良田。老头的家人到时候来闹，这几个外地人再跟着一起哄，又是五六十亩良田的出项。钱还是小事，死人是大事，虽然不至于掉脑袋，但是充军发配也受不了啊。

当下说什么也不能让这个老头死在他家里，不过抬进来容易，抬出去难。根据那位老大夫所说，现在这个老头子一碰就死，抬不到门口这人命官司就打定了。

这个时候，跟着进来做证人的小孩子嘴里也没有闲着：“完了，老头儿要不行了？白老爷你怎么办？是不是要给这个老头儿赔命？你这一片家业，可惜了……大个子，你说一会儿县老爷来，能不能直接把白老爷拉出去正法了？”

这个时候，百无求跟着煽风点火：“姓白的，不是老子说你，你一根筋啊？这个大夫救不了，你不会换大夫啊？要能把这个老家伙救活，你管他是治人的还是治牲口？你要是还认识什么大夫，早点叫过来。”

渔阳的大夫都请到家里来了，这附近哪里还有什么大夫？这个时候白老爷开始后悔当初有祖传的手艺，可谁也不去学。眼看地上的老家伙马上就要咽气，就在白老爷一筹莫展的时候，身后突然有人说道：“大伯父，让侄子我来试试吧……”

第四十一章　心急的百疆

说话的是一个和白老爷差不多年纪的中年人，这人年纪虽然不小，不过输在了辈分上，还是要管和自己同龄的白老爷叫伯父。说话的时候，他已经走到了归不归的身边。

看到有这么多的名医在场，白老爷本来不想让这个本家大侄子出头的。平时既没有见他读过医书，也没见他给谁看过病，怎么就要来试试？一旦那个老头子死在他的手上该怎么办？不过看着趴在地上的归不归和死了也没有什么区别之后，白老爷索性也豁出去了。实在不行就说是这个远房大侄子医死了这个老家伙，事到如今也顾不上那么多了。

中年人走到归不归的身边，先是仔细地查看了老家伙的伤口，随后轻轻地捏住归不归左手手腕的寸关尺，眯缝着眼睛号了半天的脉搏。这个中年人的每一个动作，都让站在小任叁身边的百疆很是关注。

半晌，中年人轻轻地将归不归的手腕放回了原处，随后走到了白老爷的身边，在白老爷的耳边低声说了几句什么。几句话说完，白老爷满脸都是惊诧之色。犹豫了一阵之后，白老爷将请来的几位名医连同自己这个大侄子一起带到了旁边的一间厢房当中。

看着这些人走开，百无求的脸色就变了。就在他准备跟进去骂街揍人的时候，却被自己的大哥一把拦住："让他们去说，或许会有什么好消息也不一定……"

不久，这些人一起从厢房里面走了出来。那些本地的名医们脸上都是愤愤之色，好像是受到了什么侮辱一样。而白老爷的神色不安，出来之后直接跪在了归不归的面前。看着本家当家人下跪，其余姓白的那些人也一个一个跟着跪了下去。

这个时候，管家带着仆人将一麻袋一麻袋的铜钱都堆在了归不归这些人的面前，估算着最少也有一千贯钱。看着钱堆得好像一座小山一样之后，白老爷这才说道："老神仙，您就不要开玩笑了。知道您这是在和我们凡人开玩笑，不过小人我的胆子小，实在是受不住啊。您去方圆百里打听一下我的为人，那真是冬舍棉夏舍单，我家的地虽然不少，不过地租可是附近最低的啊，您老就别吓唬我们凡人老百姓了……"

几句话说完，百疆的脸上已经隐隐见到了一丝笑容。虽然现在还不能说刚才的中年人能治好妖王，不过起码证明了此人多少继承了几分当年白芝的衣钵。一般的大夫有几个能看出归不归的身份？

白老爷带着族人对着归不归不停地磕头哀求，不过老家伙一点都不为所动，继续倒在地上等着刚才的中年人过来医治。这个时候，看到了希望的百疆再也忍耐不住，直接几步走到中年人的身边，一把将他拉了起来，随后说道："你也来诊治诊治我的病症吧……"

百疆突如其来的动作吓了中年人一跳。正在他不知所措的时候，就见面前的这个黑衣人突然怪笑了一声，随后抽出自己的腰刀，对着另外一条手臂斩了下去。血光一现，百疆的手臂自肘而断。大妖反应迅速，直接弃刀，空出手来接住了自己的断臂。接着，他将这条血淋淋的手臂向中年人眼前一送，咬着牙继续说道："来，就是这个病症，现在可以治了……"

中年人只是生性喜好医道，幼年之时无意当中发现了先祖留下来的医书，一直都是在纸上谈兵，刚才也是看着本家伯父遭难，这才勉为其难地查看了归不归的病情，从病理上看出这样的伤势常人无法苟活，才赌了一把说老家伙不是凡人。想不到一波未平一波又起，看着这个黑衣男人当着自己的面自断一臂，中年人吓得差点晕倒过去。

百疆虽然是妖物，此时也是疼得满身大汗。当下他继续说道："当年这点小伤患在你先祖那里都可治好，为什么他可以，你却连看都不敢看？快点想办法将我的断臂接好……"

说话的时候，百疆继续将断臂往中年人面前送去。中年人忍着恶心想要解释自己不是大夫，只是看了几本祖传的医书而已，他要是喜欢的话大不了把医书给他，有本事他自己去接。

不过就在中年人要向百疆开口解释时，他无意当中看到了大妖断臂当中的肌肉纹理，心中想起医书上面对这种肌肉纹理的表述，当下猛地明白了这个黑衣人的身份。比起刚才看他自断一臂，这个发现更加让中年人吃惊不小。他指着百疆，喃喃自语道："你……不是人……"

"白重！你胡说什么？还不快点给这位先生道歉！"白老爷误会了这个叫作白重的中年人的话，当下连连训斥白重。

不过百疆听到这一句之后，脸上却出现了惊喜的神色。看过医书还辨识妖物，这个中年人距离解救妖王又近了一步。这个时候的百疆也顾不得许多，他将自己的断臂咬在口中，空出手来抓住了白重，随后将他拉到了刚才白老爷的厢房当中。片刻之后，厢房当中传来了白重惊恐的呼叫声。

就在白家众人呆愣愣地等着本家当家指示的时候，倒在地上的归不归突然睁开了眼睛。随后老家伙慢悠悠地站了起来，笑眯眯地对还没有明白过来的白老爷说道："好玩吧？别怕，老人家我是天上修炼了三千年的神仙。因为你们家白重百世之前和我老人家有一点缘分，这次是特地来点化他的。呃？你这么盯着神仙是什么意思？还想要渎神吗？"这几句话让白家众人面面相觑，难道真的被白重蒙对了吗？

最后一句话说完的同时，晴空万里的天空突然响起一个炸雷，随后蜘蛛网一般的雷电噼里啪啦地打了下来。白家众人吓得继续跪在地上，不敢有轻慢之色。

这个时候，厢房当中传来了百疆的一声闷哼，好像在忍受某种剧烈的疼痛一样。片刻之后，刚才被他拉进去的白重有些凄惨地叫喊出来：“我真的不行……大仙……你快点想别的办法，我不是大夫，不会做这个……”

白家众人被这几声吸引住，都将脑袋对准了厢房那边，心里嘀咕里面发生了什么事情。就在这个时候，又一声炸雷响起来，将这些人的思绪都拉了回来，担心面前这位老神仙生气，大家都不敢再胡思乱想。

随后天空中不停地有炸雷响起，掩盖住了厢房当中的喊叫之声。在这个过程当中，小任叁和百无求两只妖物都进到厢房去查看。不过他们俩看了一眼便脸色惨白地从里面跑了出来，百无求还能挺得住，小任叁直接蹲在地上哇哇大吐起来。

一直到天色擦黑，厢房当中的叫声才慢慢停止下来。等到天色完全黑下来之后，就见赤裸着上身，满身大汗的百疆从里面走了出来。进去的时候大妖自断一臂，出来之后他的双手完好如初，看不到一点接上去的痕迹，除了断口绑着一圈干净的白布之外，再没有任何变化。

走到归不归面前之后，百疆在老家伙的面前动了动手指，示意断臂接得非常成功。大妖除了满身的冷汗和流血过多有些苍白之外，再没有什么变化。只是不知道为什么白重没有跟着他一起出来。

第四十二章　白重

出来之后，百疆直接对归不归说道：“虽然我不喜欢你的计策，不过现在看起来，也没有比这样更好的了。”喘了一口粗气之后，大妖回头看了跪在地上的这些人一眼，脸上露出一丝古怪的表情。

“不行，你要调养身体的话，后院圈养着牛马，不可以伤人。”姬牢一眼便看出百疆失血过多，想要用人血来为自己补充血液，当下拦住了他。顿了一下之后，姬牢继续说道：“你在这里惹起祸端，小心连累妖王陛下。”

听到姬牢提起妖王，百疆本来有些炙热的眼神瞬间便冷淡下来。他冷冷地笑了一声之后，对楼主说道：“那你就保佑陛下无碍吧。如果妖王陛下真的不在了，不只眼前这些人，天下都会变成群妖的屠场。我不是在吓唬你，我说的是事实……”

他们说话的时候，天上不断响起的雷声遮盖住了几个人说话的声音。白家众人还是一脸惶恐地跪在这几个人面前，不敢有丝毫怠慢。

归不归和姬牢这样聪明的人自然知道白重在干吗，不过百无求等了一会儿没有见到那个中年人走出来，便有些不耐烦地对归不归说道：“老家伙，那个白什么怎么不出来了？怎么个意思？再不出来老子直接进去把他揪出来。”

“都等了一整天了，还在乎这么一点时间吗？”归不归嘿嘿一笑之后，对自己的便宜儿子继续说道，“他有没有本事把妖王救回来，就看他能不能从屋子里面出来了。百疆把妖王受伤的脉络图给这个白重看了，不想明白他是不会出来的。”

“那你们等着吧，老子才不陪你们这么干耗着。”听到归不归也说不清楚白重什么时候出来，百无求当下对小任叁说道：“任老三，找个地方喝酒吃肉，去不去？”

小任叁也巴不得离开这里，两人一拍即合，当下百无求扛着小家伙走了出去。泗水号早已经准备了丰盛的餐食送到了马车上，两人陪着留在马车里的吴勉开始吃喝起来。

他们几个在马车上吃喝的时候，归不归对跪在地上的白家众人说道：“都散了吧，今天我们几位就是来点化屋子里面的白重，就看他有没有这个造化了。你们不可以离开这座府邸，就在这里休息，不要来打扰我们。你们能不能跟着白重沾点福荫，明天早上就知道了。”

好不容易等到老神仙发话，这些已经跪得麻木的白家人才敢相互搀扶着起身，向这几位下凡的神仙们行礼，说了几句歌功颂德的话之后，便作鸟兽散。这些人到现在都想不通，平时看着不显山露水的白重怎么会有这么重的福报。

白家人离开之后，归不归、百疆和姬牢三个就瞪大眼睛一直盯着厢房门口。除了归不归偶尔说上一两句话之外，其余的人都没有说话的意思。时间久了，自说自话的老家伙也没了说话的兴趣。

随着时间慢慢地过去，百疆本来已经舒展开的表情又开始慢慢凝重起来。看样子厢房里面的白重还是没有参透妖王的病症，本来想着趁热打铁，在给百疆接上断臂之后，再来弄明白妖王的脉络图，现在看起来似乎是行不通了。

天亮之后百疆也不会再等，要直接带着白重赶往妖山。如果见了妖王的伤势，白重还是没有办法的话，那就等到妖王归天之时，让这个人陪葬吧。反正到时候天下人都要受群妖涂炭，就让他来做第一个人吧……

就在东方出现第一抹朝阳的时候，百疆轻轻地摇了摇头。就在他要带走白重的时候，突然看到厢房的大门打开，脸色苍白的白重慢慢从里面走了出来。他失神地看了面前的三个人一眼之后，找到站在中间的百疆，有些气短地说道：“我应该是想明白了，可以救治。不过还要参考先祖留下来的医书……”

“你就算要全天下的医书，我也可以办到。”百疆没有一丝血色的脸上终于有了一丝笑容。深深地喘了口粗气之后，他继续说道：“不过你恐怕是要在路上查看医书了，你要的医书在什么地方？搬到车上边走边看……”

“你没说要离开这里啊……我哪里也不去……”听了百疆的话之后，他的眼睛便直了。白重从小便有翻看祖先留下的医书的嗜好，不过嗜好只是嗜好，却从来没有给人治过病症。如果不是今天看着要闹出人命，他也不会贸然出手，想不到最后还是惹出这么大的麻烦。

先前百疆逼着他接手臂的时候，白重已经被吓蒙了。不过他认出这人手臂上肌肉的纹理乃属妖族，虽然祖先的医书上记录有为妖族接残肢的方法，不过他却并没有这方面的经验。后来在百疆的威逼之下，他费了好大心力才将大妖的断臂接好。

接好了大妖的断臂，白重心里竟然有些乐在其中，似乎在接臂之前自己都是白活了。之前他依靠白家的祖荫庸庸碌碌地活着，远没有给人看病接骨有趣。

而百疆好像看出了白重的心思一样，手臂被接好之后，他便从怀里拿出一张画着脉络的绢帛，说是一个和他差不多的人物的脉络图，问白重有没有本事治好。一开始白重以为这是妖物给自己出的难题，他还沉浸在看病接骨的快乐当中，完全没有多想。白重花了一夜的心思，才想到了破解这个难题的办法，想不到最后却是这样的一个结果。

“由不得你了，不去的话，你这一大家子人现在就会死在你的面前。”百疆冷哼了一声之后，继续说道：“我是什么你知道，关于我的传说你也应该听说过。杀死你们这一家子，对我来说真的不是什么难事。”

说到这里，百疆的脸色缓和了一下，随后继续说道：“如果你能老老实实帮我这个忙的话，作为回礼，我会给你置办比这里大十倍的家业。到时候你便是一家之主，不用再看别人的脸色。想开诊治病也由你，做个富家翁也由你。”

百疆说完，归不归嘿嘿一笑，接着大妖的话劝解白重：“小娃娃，你要是信不过他，老人家我你总可以信几分吧？我老人家有什么本事，昨天你号脉的时候都清楚了。听一句劝，你受累走一趟。你的安全包在老人家我的身上，谁敢动你，那就是动我老人家。”

之前就是因为给归不归号脉，白重才被吓了一跳，认定这个老家伙不是凡人，必定是天上的神仙下凡。现在再被天神一样的人物游说，白重心里便动摇了几分。他虽说也姓白，不过和本家隔得太远。现在他家就靠着父辈留下来的五亩田地过活。白重自打生下来，便一直羡慕本家老爷们吃喝不愁的生活。

看到白重已经有了几分动摇，归不归笑了一声，随后从衣服里摸出两块马蹄金，放在已经看直了眼的白重手里。后面的动作更是惊到了白重，就见老家伙不停地从怀里拿出马蹄金塞进白重的怀里。塞了二十锭黄金之后，归不归笑眯眯地说道：“这是一成的定金，到了地方之后，这样的金子让你用马车拉……”

第四十三章　泄密

一个时辰之后，天光大亮，白老爷才哆哆嗦嗦地走出房门。他屋里屋外转了一圈，都没有找到昨天那几位老神仙，就连自己那个远房侄子白重也消失得无影无踪。白老爷担心那几位老神仙是在试探自己，当下没敢声张，只是派出仆人在整个渔阳县寻找。

仆人折腾了整整一天，都没有找到几位神仙和白重。这个时候白老爷才敢肯定几位神仙已经带着白重升天了，不管这几个神仙是真是假，自己起码不会再担惊受怕了。白老爷心中大喜，吩咐族中老少都不要走了，吃他个三天的流水席，顺便也恭贺白重大侄子升天做神仙了。

当下，白老爷吩咐管家找夫人拿钱请客。不过没过多久，夫人便脸色慌张地走到了白老爷身边，对着他耳语了几句。白老爷听了脸色大变，一把推开了自己的老婆，向着内库跑去。

片刻之后，白老爷就到了内库，才发现自己的两个儿子正守在那里，只见装铜钱的麻袋分毫未动，不过藏在里面的六锭马蹄金的老本却不翼而飞。外面的铜钱加在一起也比不上半锭金子，那六锭金子是他偷偷卖了一半本家祖地得来的。当下白老爷一翻白眼，直接晕倒在地。

除了丢了的六锭大金之外，家中祠堂供奉着的先祖医书也不翼而飞。只不过这个时候，所有人的注意力都在失踪的金子上面。没人在意这些存放了几百年的谁也不愿去看的医书。

除了白府本家丢失的六锭大金之外，第二天县衙的银库也被发现丢失了十四锭马蹄金。县太爷得知消息之后差点吓疯，当下连忙带人去查。结果银库的门锁丝毫没有被撬的迹象，那十四锭马蹄金怎么丢的，谁也说不清楚。这样的罪名查下来，第一个就是渔阳县令监管不力，不死也要流放三千里。到这个地步，这位县令也想开了，支走了其他闲杂人等，当天将剩下的几锭马蹄金卷起，带着全家老少远走他乡了。

就在渔阳县忙活得不可开交的时候，几辆向西行进的马车当中，归不归正在有一搭没一搭地和身边的白重唠着家常："你说医书是家传的，不过除了你之外，你们白家也没看到有人好这一口。"

"这不是都衣食无忧嘛，就把祖先留下来的手艺荒废了。"顿了一下之后，白重赔着笑脸继续说道，"族人不愿学医还有一个原因，传说我们祖先因为行医惹下过大祸，差点丢了性命。虽然先祖没有明示后人不得学医，不过我那些族人大部分对医书都颇不以为然。只有我一个例外，开蒙的时候族里幼学之书都被其他的兄弟们抢走，我家里没有办法，只找到了祖先的医书教我识字。别人读孔孟的时候，我学的是医经……"

白重说得简单，不过归不归已经听出他的话外之音。开蒙的幼学之书就算被别人抢光，找人抄写一本总是可以做到的吧？用医书开蒙说到底还是被人欺负，不过谁能想到歪打正着，最后反倒成全了白重，让他接过了祖先白芝的衣钵。

白重也是一个苦命的人，早年父母双双亡故。本来家里还有一个媳妇的，不过娶回来没有几年，回娘家看望爹妈的时候，被山中的野兽吃了。女人死前也没给白重留下个一儿半女。后来白重命硬克家人的名声便传了出去，再也没有谁敢把自己的女儿许配给白重了。不过白重吃了这么些年的苦，最后还是托了学医的福气。

当天晚上来不及赶到最近的镇里，一行人找了一个开阔一点的空地凑合一宿。跟车的泗水号伙计开始搭帐篷、升火烹煮食物，除了归不归和姬牢辟谷不需要吃喝之外，其余几个人吃喝之后便早早地睡下。第二天一早开始赶路，晚上还来得及赶到附近的县城休息。

刚刚过了后半夜，一身漆黑的百疆突然悄无声息从帐篷里面走了出来。黑影下了官道，在树林当中飞快地穿行了半夜之后，在一棵枯树前停下，对着空气说道："我找到可以解救陛下的人了，你回去禀告佛罗氏，让他再多坚持几天，我们赶到妖山——你好大的胆子……"

说到这里，空气当中突然弥漫出一股浓烈的血腥气味，百疆脸色大变，随后猛地从枯树的树洞里抓出来一个已经没有了脑袋的妖物——正是负责传递消息的妖物。这个时候它的腔子还在呼呼冒着鲜血，首级却在树洞当中另外一只妖物的手上。

这只妖物将没有了首级的妖物向百疆的方向一推，随后转身好像闪电一样飞驰而去。百疆正要追赶的时候，那具无头妖尸突然爆炸。"嘭"的一声巨响，一股巨大的冲击力将百疆顶得向后连退几步。

等到百疆站稳之后，想要追赶刚才逃走的妖物时，才看到它已经跑远。他刚才说的话都被这只妖物听到，无论如何都不能让它活着回到妖山报信。当下，百疆拼了命地追赶越跑越远的妖物。

刚才的爆炸让百疆多少受了一点伤，影响了行进的速度。加上那只妖物虽然妖法远不如百疆，不过胜在速度快。虽然大妖拼命地追赶，无奈之下仍和远处的黑影距离越来越远。

于是，百疆打算放弃追赶，想使用妖法赶到前往妖山的必经之路上劫杀这只妖物。这虽然这是一个笨办法，不过眼下似乎再无他法。

就在百疆已经开始施展妖法的时候，就见远处已经变成一个小黑点的妖物突然停下了脚步，就这么一动不动地站在原地。百疆不知道出了什么事情，当下急忙停了妖法，向前奔跑。那只妖物的样子他也看得越来越清楚。就见它也变成了一具无头尸站在原地，头颅掉在尸身之前一两丈的位置。

就在百疆搞不明白到底出了什么事情的时候，空气当中传来了一阵慢悠悠的声音：“这么长时间不见你回去，还以为你尿出了一条河，原来是回去你们妖山报信。现在该死的、不该死的都死了，可以放心地回去继续睡觉了。”

声音发出来的同时，扛着贪狼的吴勉已经凭空出现在死尸的身边。百疆这才明白过来是吴勉一刀劈死了妖物。他走到死尸跟前，将掉在地上的首级抓了起来，借着月光看过去，这个首级他并不认识，看来在妖山并不是什么出名的妖物。

不过百疆的脸色还是异常难看，有妖物前来劫杀向他传送消息的同伴，就说明妖王已经被怀疑了。现在妖山的形势开始发生微妙的变化，那个妖王的傀儡恐怕是支撑不了多久。可惜传送消息的妖物已经死了，不知道妖山的近况。

“妖山可能出事了，我现在要回去看看……”百疆此时已经无意留在这里，正打算将白重托付给吴勉、归不归几个，他自己先回妖山，稳定了大局之后，再回来接他们上山。

不过就在他再次准备施展妖法的时候，冷不丁听到吴勉那带着刻薄的声音冷笑了一下之后，说道：“你糊涂了吗？现在回去就等于告诉群妖，妖王已经不行了，你要回去护驾。”

第四十四章　控龙岭

牵扯到妖王的安危，百疆便方寸大乱。缓了片刻之后，他盯着吴勉说道："那我就什么都不做吗？传递消息的妖物已经被发现，他们随时都可能知道妖王是假的。到时候陛下就等不到白重上山了……"

"你真的是百疆吗？身子还是大妖，脑子变成百无求的了。你们俩还真是亲兄弟。"吴勉有些无奈地翻了翻白眼，说道："老家伙你来说吧，现在的百疆听不懂人话了。"

"你这一句话就损了俩人……"这个时候，空气当中响起了归不归的声音。随后，那个老得不像样子的身影出现在吴勉身边，冲白发男人嘿嘿一笑之后，转头对百疆说道："不是老人家我说你，百疆你现在已经乱了方寸。妖王一时半会儿还出不了事，如果假妖王被发现了，那就不是现在这样了。那样的话，会派一个假的妖物向你套取妖王的藏身之地，而不是当着你的面杀了那只传递消息的妖物。现在那些妖物只是怀疑，就算稍后会去试探假妖王，也不敢轻易翻脸作乱。毕竟这么多年了，大家亲眼看见你们家妖王是如何一拨又一拨地除去那些犯上作乱的妖物……"

归不归说话的时候，百疆已经多少反应过来。呆了半晌之后，他才对老家伙说道："你直接明说吧，我现在没有什么心思猜你的话外之音。"

归不归笑了一声，看了一眼大妖之后，再次说道："其实你已经明白老人家我的心思了，不过就是在等着我老人家自己说出来。百疆你这毛病越来越不像妖物了——别发狠嘛，说就是了……我们分成两队，其中一队使用术法马上赶到妖山，去保护你们家妖王。另外一队继续带着白重赶路，确保大夫到了的时候，病人还没死。老人家我这么说，你明白了吗？”

听了归不归的话，百疆皱了皱眉头，看着老家伙说道：“那和我说的不是一样的吗？我带你们先回到妖山……”

“就是这一点不一样……”没等大妖说完后面的话，吴勉突然开口打断了他的话。白发男人用一种看白痴的目光看着百疆，继续说道：“百无求的哥哥，你好好听着，你回到妖山妖王才有麻烦。现在谁都能去妖山，就是你不行。还没有明白？我这么说你弟弟都听懂了……”

这个时候心里依旧有些慌乱的百疆总算是听明白了，虽然对吴勉说话的方式很是不以为然，不过现在也没有心思计较这个了。他深深地吸了口气之后，对吴勉、归不归二人说道：“你们前往妖山，我继续带着白重赶路……我可以相信你们吗？你们和妖王的关系没有好到这种程度吧？”

“你还有其他的助力可以相信吗？”归不归嘿嘿一笑之后，继续对百疆说道，“你要救妖王，我们有我们的算计。看在百无求那个傻小子的分上，老人家我不跟你计较。说吧，我们到了妖山之后，谁还信得过……”

第二天凌晨，天还没有亮，妖山和人世边界的控龙岭下，走来二人二妖的队伍。这支队伍刚刚走到山下，空气中便响起一个含糊不清的声音：“回去！这里……不是你们该来的地方……再不走的话……我便会把你们统统吃掉……连个骨头渣子都不会留下……”

队伍当中，走在最前面的归不归古怪地笑了一声之后，对着这个声音发出来的方向说道：“真会说话，看在你这么会吓唬人的分上，老人家我留你一条性命。去，回去和老妖王说，他的老朋友归不归、吴勉带着百无求和任叁少爷来看他了，让老妖王把早先说好的东西都准备好，我们几个拿了就走，不用留饭了……”

报出四个名号之后，刚才的声音沉默了片刻，随后说道：“我知道你们……不过当年陛下和你们大方师徐福定下盟约……群妖不得私下妖山……你们人也不可以擅自上来……”

“放屁！偷偷下山的妖还少吗？老子偷偷下山去找亲爹你们管得着吗？”这个时候，百无求有些不耐烦地大声喊道，“说话的那个你磨磨叽叽的，从小没爸是你妈把你带大的吧？周围都是姐姐妹妹，跟她们学得娘们叽叽的。回去和妖王老爷子说一声，你们山上的百无求回来了！让他准备好吃的好喝的，要是怠慢了，老子当场掀桌子走人！”

“百无求……”声音再次沉默了一会儿之后，继续说道，“你们等着……我现在回去向陛下禀告……陛下的旨意不下来……你们不许私自进山……”说话的时候，这个声音越来越远，感觉真的是向妖王禀告去了。

“等旨意？老子管你那个，呸……”百无求不以为然地啐了一口之后，回头对吴勉、归不归和看什么都新奇的小任叁说道：“都别客气，来了就当自己家一样。可惜老子的记性不好，这里的事情都忘得差不多了，要不然还能给你们讲讲这里的故事。对了，老家伙你不是来过吗？当年你是在哪里看上我娘的？”

“就那块大石头后面，就在那里有的你。唉，不说了，说起来心里就难受……”归不归胡说八道了几句，担心有过路的妖物拆穿，当下急忙将话题转了过去，“挖龙岭是妖山和人世间的边界，再往里面走就是天下群妖之地了。你们多少警醒点，小心冷不丁从哪里就会扑出来一只妖物。”

归不归说话的时候，他们几个已经沿着挖龙岭的山路向里面走去，小任叁边走边说道：“老家伙你顾好自己吧，我们人参和大侄子都是妖。大家都是妖，在我们妖的眼里，你和吴勉那就是菜……”

小任叁的话还没有说完，前面二十丈左右凭空出现了一个模模糊糊的黑影。随着黑影的嘴巴一张一合，发出好像刀剑在铜镜上面划过的声音：“放肆！明知是妖界你们还敢继续闯进——归不归……是你吗？不是说你已经被徐福灭口了吗？为什么你还活着……”

听清楚了声音之后，老家伙哈哈一笑，对黑影说道：“这不是山佐吗？怎么，还记仇呢？还是你们妖命长，当年你的年纪就不小了，过了这么多年想不到你还活着。不过咱们先把话说明白，当年那一下子是徐福打的，要不是你骂骂咧咧地说要吃了我俩，也不会有那一下子。”

“那你来替徐福还了当年那笔账吧！”一声低吼之后，黑影向着他们这边扑了过来。这个时候吴勉才看到黑影是一个从上黑到下的妖物，但不知道他的脑袋为什么是歪的，嘴巴好像中风一样古怪地扭曲着，所以他说的话听着才那么古怪。

妖物的手里举着一根大棒，对着走在前面的吴勉、归不归二人砸了下去。眼看这一棒就要砸到吴勉头顶的时候，白发男人手里凭空出现了那把贪狼，吴勉直接将刀锋对准了大棒挥下来的位置，等着妖物这一下砸过来。

随后就见大棒无声无息地分成了两半，那名叫作山佐的妖物闪避不及，身体也跟着被刀锋一分为二，碎尸伴随着里面的内脏散落了一地……

归不归看着地上的死尸，笑眯眯地对着吴勉说道：“老人家我替你说，他这算自杀……”

第四十五章　疆盟

后面的百无求凑过来看了一眼地上的碎尸之后，对自己的“亲生父亲”说道：“老家伙，你的人缘也不怎么样，人家一见就要用大棒子招待你。上次见面你怎么他了？”

“不是你爸爸我，是徐福那个老家伙当年惹的祸。”老家伙向前走了几步，站在上风口，避开了这股血腥气之后，继续说道，“当年老人家我跟着徐福上妖山的时候，就是这只山佐和一大群妖物嚷着要把大方师一口吃了，要在妖界扬名立万。你们也知道徐福那个老家伙的心眼小，山佐言语之间惹火了他。他冲过来拼命的时候被徐福用暗劲打歪了脑袋，也是这一下子镇住了那些叫嚣的妖物们。”

而吴勉好像什么事情都没有发生一样，手腕一翻隐去了手中的贪狼，向着山路的尽头看了一眼之后，对归不归说道：“老家伙，顺着这里往前走多久是妖山的地界？”

现在二人二妖还在控龙岭的范围，归不归回忆完当初和徐福到达妖山的情形之后，说道：“从这里一直往前走，转过前面的树林，再翻过那边的山头，下去就是妖山的边界了。当初徐福和妖王制定盟约的时候，控龙岭这一带是人、妖混杂的区域。不过天下的妖物在旁边做邻居，还有谁敢住在附近？早就没有人敢住在这里了。”

这句话说完没有多久，归不归便被打了脸。他们四个继续前行了一段山路之后，便在一条小溪边看到了一座高墙大院的房子。这房子怎么看都不像是妖物所住。这座大宅子的大门并没有上锁，归不归轻轻一推，大门便被打开。只见里面是一座很讲究的庭院，只是院子里的摆设有些过时，看着靠近秦末时期的样式。虽然摆设的样式陈旧，却没有一点破败的样子。院子里面的树木明显被人修剪过，地上却连一片树叶都没有留下。除了院子之外，里面的几个房间也是一尘不染，各种生活的器具齐全，随时都可以入住。

在里面转了一圈之后，归不归猜出了大宅子的出处：“这里应该就是当年白芝为了躲避问天楼暂住的房子了。住在这样的地方，旁边有这么多妖物，就算有妖王护着，那也住得心惊胆寒。想想动不动就有流着口水的妖物从门前走……”

“谁说有妖物可以在附近走动的？”归不归的话还没有说完，就看见一个相貌有些清瘦的男子挑着两桶溪水从外面走了进来。将水桶放下之后，清瘦男子对这几位不速之客说道：“当初白先生一家在这里居住的时候，妖王陛下是下了明旨。妖山出口改道，所有的妖物没有陛下的恩旨都不可以进出控龙岭的范围。有妖物胆敢进入控龙岭的断其双足，有惊吓到白先生家人的诛其全家……”

说话的时候，男子将水桶里面的水倒进了水缸里，嘴里继续唠唠叨叨着：“白先生一家离开之后，陛下才恢复了这条通往妖山的路口。这么多年了，能再看见有人来到这里也是不容易了。”

男子说话的时候，身体已经散发出丝丝妖气。他身上的妖气掩饰得很是巧妙，如果不是他故意泄漏，就连吴勉、归不归这样的大修士都发现不了他竟然是个妖物。

“老人家我见过你……”男子说话的时候，归不归已经认出面前的妖物是谁。嘿嘿一笑之后，他继续对这男子说道：“当年老人家我和徐福见妖王的时候，就是你在一边侍奉的。那个时候我老人家就看你灵巧，想不到会在这里再见到你。对了，你叫什么来着？老人家我记不清了……”

“归不归老先生您好记性，不是您想不起来了，只是当时我只是一个侍奉的杂役，怎么敢说出贱名扰了您的耳朵？”男子有些谦卑地笑了一下之后，这才对着吴勉、归不归和两只妖物行了人间的礼节。礼毕之后他继续说道：“我是被陛下打发到这里侍奉白先生一家的，白先生他们离开这里之后，陛下并没有调我回去，我只好待在这里，等着再有人住进来。”

“这么多年，你自己一直守在这里？那不得活活闷死吗？”这个时候，小任叁实在受不了，对男子说道，“这里也没谁看着你，姓白的都走了，你不会回到妖山去和妖王老头儿说吗？”

“陛下没有旨意，我又怎么敢擅自撤离？”年轻人苦笑了一声之后，继续说道：“其实也不是我一只妖，这里的禁令解除之后，山前山后时不时会有其他的妖物过来陪我说说话，讲讲妖山那边的情形什么的。听着就当作看到了，也是一样的。”

“一样个屁！你看见了肉和你吃了肉是一回事吗？”这个时候，百无求听到这妖物独自在这里守了这么多年，心里可怜他，就对这个看似有些清瘦的男子说道，“一会儿你跟着我们一块走，妖王那里老子说得上话。说一句你什么都有了，省得在这里孤孤单单的，想找个女妖解闷都找不到。”

百无求的话刚刚说完，还没等到这只妖物回应，一直冷眼旁观的吴勉突然说道：“刚才那个老家伙问的话，你还没有回答。就算是妖也有名字，有什么不能说的吗？”

“哪有什么不能说的，只是我的贱名实在没有什么好提的。”妖物恭恭敬敬地对着吴勉一鞠躬，随后继续说道，“您要是想知道，我也没有什么好隐瞒的。我姓疆，叫作疆盟。”

这一句话说出来，呆愣如百无求这样的妖物都不说话了，皱着眉头看向这个叫作疆盟的妖物。冷场了片刻之后，归不归哈哈一笑，对疆盟说道："疆盟……名字听着也顺耳，不过不知道你这个疆是哪个疆？老妖王的那个疆吗？"

妖王是姓疆，不过继位之后便隐去了名字。这么多年没有妖敢叫出妖王的名讳，他的名字已经被遗忘，没有人、妖还能叫出来了。

"是，我是和陛下同姓。"说到这里的时候，疆盟的话里含着一丝苦涩的味道。犹豫了一下之后，他继续说道："我是半妖，母亲是当年联姻的周天子公主。因为母系卑贱，虽然占了个疆姓，却还是只能做这样的事情。"

这一段历史吴勉不知道，归不归却一清二楚。老家伙主动向白发男人解释道："商末的时候，天下群妖曾经闹过一次人世。武王伐纣也是借了这个外力。后来周天子向妖山求和进贡，这才求了妖王管束群妖，有了后面几百年的安宁。直到后来周天子式微，才没有进贡这一说。好在此时方士一门出了一个徐福，和妖王定下盟约，又延续了后世的安宁。"

几句话说完，归不归已经转头看向了疆盟。难得地叹了口气之后，归不归正色说道："如果当初我和徐福上山的时候，你多一句嘴说出自己的身份，现在也不是这样的结果。你是妖王子嗣，又是周天子血脉，到哪里都不会是现在这个样子。"

"能这样，我已经知足了。"疆盟赔着笑脸回答。顿了一下之后，他继续说道："陛下有陛下的难处，我能有一个安身之处，已经是难得的了。哪里还敢再有奢求……"

"你跟着我们走。"没等疆盟说完，归不归已经打断了他的话。这个时候，老家伙已经恢复了他嬉皮笑脸的样子，继续说道："你争不到的东西，他来替你争……"

说话的时候，归不归的手已经指向了莫名其妙的百无求……

第四十六章　妖山口

“老家伙你什么意思？老子替他争什么？”百无求看了一眼同样瞠目结舌的疆盟之后，继续对归不归说道，“就算他是老妖王不受待见的儿子，他们家的事老子怎么给他争？他姓疆，你姓归，老子姓百。”

“傻小子，天底下有谁能劝动妖王的话，那就是你这个姓百的了。”归不归笑了一声之后，回过身来不动声色地和吴勉对了一下眼神。只不过白发男人翻了翻白眼，将脑袋扭到了一边，好像没有看到这个老家伙的眼色一样。

归不归并不着急，嘿嘿一笑之后，对还没有反应过来的疆盟说道：“本来你也是姓疆的，身上都流着妖王的血，疆域、疆冲一生下来就顶着一个妖山太子的名号，你却要像仆人一样去侍奉这些哥哥弟弟们。你真的甘心吗？”

疆盟从小便侍奉在妖王左右，后来又被送来侍奉白芝一家。虽然这些年来没有妖王的旨意不敢私回妖山，不过他已经适应了侍奉别人的生活。就算白芝一家搬走，他每天仍将这里打扫得一尘不染，时刻等待妖王再次安排什么人过来居住。

现在被这个老家伙连连紧逼，疆盟有些不知所措起来。迟疑了半晌之后，他这才开口说道：“当儿子的本来就应该听父亲的，虽然陛下未必当我是他的儿子，不过他说的我还是要听。太子什么的我不敢奢求，像现在这样，我已经很知足了……”

看着面前的半妖竟然没有一点野心，归不归的心里也很是诧异，可惜“疆”这个大姓了。再看看老妖王其他的儿子们，好像生下来就是为了篡位的，一个一个地都铆足了劲跟兄弟们争夺，再看看眼前这个怯生生的疆域，看着就不像是一个爹生的。

当归不归还打算再劝几句的时候，吴勉突然开口说道：“争什么以后再说，先带着这个疆盟一起去妖山。在这里耽误得够久了，不要耽误了正事。”

“没有陛下的旨意，我不能回到妖山……”听到白发男人话里带着硬来的意思，疆盟连连摇头。

“这里没有人问你能不能回去。”吴勉用他特有的眼神看了一眼疆盟之后，继续说道，“你只能选择怎么去，一是走着去，二是被人拖着去。你自己来选，没人强迫你。”

疆盟虽然侍奉了半辈子的人，不过他身上毕竟还是流着妖王的血。听到这个白发男人语气当中带着些许威胁，疆盟二话不说转身便朝大门外面跑去。身为妖王的子嗣，他的脚力不弱，这么多年也走遍了控龙岭，只要找个山洞先藏起来，这几个人根本找不到他。

就在疆盟转身的一刹那，就见刚才跟着归不归的那个人参娃娃突然从他身后的地下钻了出来。这个小家伙的手里好像抓着一个疆盟看不到的妖器，对着疆盟的小腿挥舞了一下，随后他便感觉到一阵钻心的疼痛，身体不受控制地倒在地上。

看着疆盟抱着伤腿惨叫的样子，归不归上前安慰了几句：“看看，有第一个选择，你偏偏去选第二个。放心吧，我们家小任叁手上有准头，就是一点外伤，没有伤到骨头……”

“老不死的，你是不是又要把黑锅扣在我们人参头上？”听到归不归后面一句话，小任叁的表情突然变得古怪起来，对老家伙继续说道，“刚才可是你传音说的往死里打，打断腿你兜着。现在怎么说话的？都算在我们人参头上了？”

“老人家我说的是别往死里打，只要腿不断老人家我来兜着。谁知道疆盟他以后会不会继任妖王？打断妖王的腿，我老人家兜得住吗？”说话的时候，归不归检查了疆盟的伤腿，见到这条腿已经严重变形。好在小任叁没有直接用法器一下子将他的腿砍下来。

当下，归不归吩咐自己的便宜儿子捡来树枝当夹板，给疆盟正骨之后，用树枝固定好。虽说疆盟是半妖，比人康复得快一些，不过没有一两个月也是下不了地的。一切都收拾妥当之后，百无求将疆盟背了起来，向控龙岭深处走去。

这个时候真的由不得疆盟了，想跑没有跑成，腿还被人打断了，就算是妖王陛下应该也不会再怪罪自己了吧。当下疆盟也只能认命了，好在这几个人并没有再次伤害他的意思。

继续往前走又遇到了几只妖物，他们不知道是不是得到了什么消息，只是远远地跟随吴勉、归不归等人，并没有上前盘问、阻拦的意思。就这样，越往前走后面跟随的妖物也越多。

从控龙岭到妖山这一段距离是不可以使用遁法的，归不归等人走了将近一天终于走出了控龙岭，到了另外一侧的山脚下。对面是一座并不算高大的山冈，看着实在不能和传说中天下群妖的集聚之地联系到一起，这山上能住下三五百的妖物已经不得了，怎么可能装得下天下百万之妖。

“老不死的，你是不是记错了？”这个时候，小任叁忍不住开口说道，“你自己看看这哪有一点像妖山的样子？你好好想想。要不然的话，咱们就问问身后那些妖物。都跟了一路了，问个道不过分吧？”

“不用问，老人家我记得清楚，拐过去再往前走五十丈，就是妖山的地界了。”归不归嘿嘿一笑之后，继续说道，“既然是天下妖物的群居之地，那里面自然是不同凡响的。有的事情说出来就没有意思了，一直往前走，马上就知道是怎么一回事了。”

听了归不归的话，他们几个只能继续往前走去。不过这个时候，后面一路跟随的妖物们都停下了脚步，虽然还在继续张望，但是他们脸上都浮现出一丝惊恐的表情，好像吴勉、归不归他们前面有什么连这些妖物都不敢触碰的危险一样。

顺着山路走过去，拐过了一个弯之后，便到了控龙岭和妖山的交界之处。就见两个干瘦干瘦的，好像骷髅一样的老头子坐在交界的位置，他俩身上散发出来的妖气浓烈得好像雾气一样。看到吴勉、归不归几个人之后，其中一身白色长袍的老头子对他们说道：“能走到这里，想必你们也知道里面是什么所在，拿来吧……”

说话的时候，白衣老头对这几个人伸出了巴掌，像是在讨要什么东西。之前跟随徐福进妖山的时候，并没有见到这两个好像骷髅一样的老头。当下，归不归哈哈一笑，从怀里抓出一个小小的金锞子放在老头的手心里，说道：“两位老兄辛苦了，一点小心意，出来得匆忙也没带什么，下次……下次老人家我多带点金子过来，给你们二位再娶一房媳妇……”

从金锞子放在老头手上开始，两个老头子的脸色便变得铁青。白衣老头将手心当中的金锞子熔成了一汪金水。

“那么说你们没有陛下的路引了。”身着黑衣的老头看着吴勉、归不归，语气森然地说道，“凡人进妖山的规矩，要么交路引，要么把你们的命交出来。你们自己来选吧……”

这个时候，吴勉向前一步，看着两个老头子说道：“没有路引，我交命，来拿吧……”

第四十七章　子子不同

两个老头在这里守护妖山入口这么久，也遇到过几个手拿路引进入妖山的人，却从来没有听见像吴勉这样直接来“交命”的。两个老头心里也是崩溃的，交命交路引就是一句套话，你好好说句“大爷，我们是陛下请来的，走的时候匆忙，忘了把路引带来了”，这也是句人话。两个老头被奉承几句，说不定还会想办法让妖山查明身份之后再送一份路引过来，也不是什么难事。

不过现在他们直接就呛上了，两个老头对望了一眼之后，默默地从各自背后拿出一把骨叉，冷冰冰地看着同样没有好脸色的吴勉。这个时候白发男人的手里也出现了那把非刀非剑的法器。黑白两个老头还是识货的，看到吴勉手中的法器之后，心里已经凉了半截——这是贪狼……

这个时候，百无求想起妖王曾经给过他一块可以自由出入妖山的牌子，就放在自己的怀里。他正打算掏出来时，却被身边的归不归一把按住。老家伙笑眯眯地看了自己的便宜儿子一眼，压低了声音说道：“傻小子，你小爷叔就是在找茬把水搅浑。这里闹得越欢，你哥哥那里就越安全……”

归不归说话的时候，白衣老头子已经先下手为强，挥舞着手里的骨叉对着吴勉扑了过来。他动手的一刹那，手里白色的骨叉瞬间变成赤红色，叉口发出类似野兽的嘶吼声，骨叉周围的空气也扭曲起来……

眼看这一叉对着吴勉刺了过来，白发男人只是随随便便将手里的贪狼对着白衣老头子虚劈了过去。老头子已经冲到一半，见到吴勉的动作之后不敢托大，急忙将刺过去的骨叉撤了回来，叉杆横在自己的胸口，挡住了这一下。

贪狼的刀风接触到骨叉的一瞬间，老头子手里的骨叉便发出一阵惨叫的声音。随后骨叉断成了两截，白衣老头的胸口也出现了深可见骨的伤口。黑衣老头见到同伴吃亏，担心吴勉再补一刀，急忙冲过去，挡在了白衣老头身前。

这个时候，吴勉本来已经再次将贪狼举了起来，见到这个场景之后又慢慢地收了贪狼，用他特有的语调对两个老头子说道："我的命就在这里，给你们了，是你们不要……"

这个时候，从妖山里传来一个有些阴柔的声音，说道："我只离开了片刻的工夫就出事了？唉，轩崇你没事吧？"说话的时候，一个二十来岁，身穿锦衣的年轻人慢慢地走了过来。

年轻人的目光在吴勉、归不归几个人身上转了一圈，最后停留在趴在百无求身上的疆盟身上。有些吃惊地看了这个半妖一眼之后，年轻人对他说道："疆盟，是你带他们几位到这里来的吗？这可不好办了，擅闯妖山边界，就是当年的疆冲太子，也是逃脱不了罪责……"

虽然自己的腿是断在这几个人的手里，不过疆盟也明白这些人势大，惹不起。当下他只能替他们说好话："请殿下恕罪，这几位修士路过白家宅院，见到我受了腿伤，这才要带我进妖山治伤的。他们和轩崇、轩焕二位守将有些误会，并不是有意要冲撞妖山。"

"呃？你管他叫殿下？那么说来这位殿下也是你的兄弟之一了？"听到了疆盟的话之后，归不归嘿嘿一笑，随后继续说道："那么说起来大家都是自己人了？娃娃，回去跟老妖王说一声，就说吴勉、归不归带着百无求和小任叁到了。让他赶快亲自跑一趟，过来接我们上山。"

开始听到归不归将他和打杂的疆盟说成兄弟的时候，这位殿下脸上便阴晴不定。不过后来听到归不归自报家门，说出自己这边所有人的姓名之后，他当场又变了脸，满脸堆笑地对吴勉和归不归说道：“一早便有喜鹊在叫，我还想这景会应在哪里，原来是大修士到了。几位的大名疆缘时常在陛下的嘴里听到，百无求老兄，你出妖山的时候我刚刚出生，我虽然没有见到你，不过也是早听过你的大名。”

说到这里，年轻人回头对黑白二老说道：“轩崇、轩焕，这几位都是陛下在人世间的贵客，刚才都是些误会，此事我来承担，不要写在《要事集录》上。稍后我会向陛下禀告，你们年事已高，放你们二十年的假休养一番，我亲自来替你俩守护妖山山门。”

见这叫作疆缘的年轻人话说得滴水不漏，同时安抚了双方两边人马，归不归嘿嘿一笑，从百无求的怀里将牌子取了出来，扔给疆缘，说道：“这个是当年妖王送给我们家孩子的见面礼，说有它就可以自由出入妖山。疆缘小娃娃，现在我们可以进到妖山了吗？”

疆缘是妖王派来主持看守妖山门户事宜的，派到这么远说明这个儿子也是不受待见的。不过比起已经沦落到给人当仆人的疆盟，已经算是好的了。因为需要查看往来妖山的路引和腰牌，这样的牌子到了疆缘的手上，便知道错不了。

粗看了一遍之后，疆缘便将腰牌小心翼翼地用双手捧着还给了归不归，随后赔着笑脸说道：“有这块牌子，您几位进入王宫都通行无阻，这个小小的入山口自然没有问题。只不过是您几位可以进妖山，但是没有陛下的旨意，疆盟不得私自进入妖山。这是规矩，我也不敢私自放行，几位还请谅解……”

“你不让他进妖山？”吴勉回头看了一眼挣扎着要从百无求背上爬下来的疆盟一眼，随后再次对满脸堆笑的疆缘说道：“这是你们的规矩，不是我的规矩，便和我无关。记住了，我的规矩是——跟着我的不管是人还是妖，我走到哪里他就要跟到哪里。拦住他就是拦住我，想要欺辱他的话，那就先杀了我。听明白了吗？”

吴勉说话的时候，突然冒出一股寒气，空气似乎开始凝固起来。一股巨大的压力压制得疆缘说不出话来，当下他用尽了全身的力气，也只能点了点头，表示听明白了吴勉的话。

随后，吴勉回头看了疆盟一眼，说道：“刚才的话不是单指他说的……”一句话让疆盟打了个哆嗦，随后不再挣扎，紧紧贴在百无求的身后，生怕这个二愣子将自己扔下来。

吴勉收了气息之后，疆缘瞪大了眼睛，大口大口地喘着粗气。缓过来这口气之后，这位妖王的儿子对黑衣老头说道：“轩焕，你快快进山向陛下禀告，请陛下派仪仗前来迎接。我陪着这位大修士进山走走，看看风景。”

“不用了，我们自己走走，丢不了的。”说话的时候，吴勉、归不归已经带着三只妖物进入妖山地界。疆缘犹豫了一下之后，还是紧紧地跟在吴勉的身后，派轩焕老头先走一步，去向妖王禀告。

进入妖山之前，背着疆盟的百无求压低了声音，对自己的“亲生父亲”说道：“老家伙，我们不是来闹事的吗？先把这个疆缘揍一顿啊，然后一路杀进去，百疆那里岂不是更加安全？”

“傻小子，我们是要把水搅浑，不是要彻底封了这个入口，那样的话，你哥哥和白重也不用进来了。”归不归嘿嘿一笑，看了趴在百无求背后装作什么都没有听到的疆盟一眼，继续说道：“把儿子当下人，确实有点过了……”

第四十八章　闹得大点

进到妖山的地界之后，里面的景象吓了百无求和小任叁一跳。里面的景象和外面看到的有天壤之别，之前在控龙岭看到的低矮的小山岭，走进来之后变成了望不到边际的崇山峻岭。只是一步之遥便有这么大的变化，连吴勉都暗自惊讶。

在疆缘的引领之下，几个人顺着山路一直前行。一路上遇到不少游荡的妖物，这些妖物见到有生人进到妖山，都好像看怪物一样看着吴勉、归不归几人。如果不是认出了带路的是妖王家的太子，这个时候妖物们早就一拥而上把这几个人撕了吃下肚。

越往里面走见到的妖物便越多，除了这些妖物之外，这几个人还看到了一幅奇景——两三个妖物在一片开阔的草地上放牛，它们有模有样的，和牧民也没有什么区别。

百无求没有了妖山的记忆，和小任叁也差不了许多。当下他对疆缘说道："妖王儿子，你们这里还放牛？以前的事情老子都记不清了，合着老子也是吃牛肉长大的？"

"以前群妖什么都吃的，猪、牛、羊、狼、狗、猴，能吃的都吃。"疆缘知道百无求在他父亲心里的分量，也不敢得罪这个大个子，赔着笑脸继续说道，"后来和徐福大方师签订盟约，群妖不能出妖山，大方师之后又派来牧民教授我们如何放牧。现在妖山上的肉食以牛肉、羊肉为主。"

“你不说的话，老人家我差点忘了这一段。”疆缘的话点醒了归不归，老家伙拍了一下脑门，继续说道，“我老人家记得除了放牧之外，徐福还让人教授你们种植农作物。这么多年了，想必也是有些成果的吧？”

“您老人家太看得起我们妖物了，肯放牧已经是极限了，谁见过吃谷物的妖？”疆缘苦笑了一声之后，继续说道，“听年长一点的妖说过，当年陛下和徐福签订盟约之后，群妖不服，要冲破边界到人世间。还是陛下亲自镇守边界，杀了几万妖物，才镇住了局面。不过就是这样，也留下了隐患。现在时常还有逆臣谋反，就是打着妖物天生要吃人的旗号……”

疆缘说话的时候，远处跑过来一驾妖兽拉的马车。拉车的妖兽牛首马身，叫唤的时候却发出羊一般的声音来。前面拉车的是妖兽，后面的车厢和人世间的也不尽相同。虽然看着都是一个原理，不过车厢里面太过简陋，实在坐不下这么多人和妖。最后还是百无求坐到了车夫的身边，疆缘在外面走着，随马车一路前进。

继续往前走了不久，便看到一个村落模样的妖物聚集地。这里的木房子很简陋，夏热冬冷，四处透风。这些妖物都是居住在这样的房子里。根据疆缘的介绍，这里是妖山的边界，属于比较荒凉的地方，到了妖山上的王城便会好上许多。

进到妖山的时候，除了归不归之外，谁都以为这些妖物是居住在山洞之类的所在。想不到真正进来之后，虽然一切看着都是那么简陋，不过总算有了一点人生活、居住的影子。能到这样的程度，对于这些妖物来说已经很不容易了。

村落里面的妖物认出这是妖王太子的马车，当下围在马车周围，连连欢呼，邀请太子到村落当中做客。疆缘本来不想在此地停留的，不过百无求和小任叁看着什么都稀奇，连连恳求吴勉和归不归留在这里，见识一下妖物的风土习性。

现在已经进到了妖山，该惊动的势力应该已经惊动了，当下吴勉、归不归索性便在此地稍微停留片刻。见到疆缘太子点头之后，这些妖物好像过年一样欢呼起来。吴勉、归不归跟着太子有些扎眼，妖物不敢轻易招惹，不过对待百无求、小任叁和疆盟这样的妖物还是好像自己人一样。吴勉、归不归沾了这些妖物的光，也跟着走进了村落。

所有的妖物在一块空地上围坐成一圈，一个年长一点的妖物连说带唱地说了一大串之后，一头肥壮的公牛被牵到了中间。本来还以为会有什么仪式，不过没有想到这次妖物们没有再说废话。只见刚才说话的妖物接过同伴递过来的大刀片子，对着牛脖子就是一刀。

随着一声惨叫，牛头被当场砍下，几只妖物抓住牛身，用早已准备好的大铜盆接了牛血。等到大铜盆快接到一半的时候，有妖物搬出了一坛子酒来，将酒水冲入到牛血当中。

宰牛的妖物舀了一大瓢牛血酒恭恭敬敬地送到了疆缘的手里，这应该是个什么仪式。疆缘接过来之后先是用妖族的语言吟唱了一段，随后喝了一口，再将酒瓢从左至右地传递下去。每一个接过酒瓢的妖物都只是喝一小口，便传递给了身边的同伴。喝了血酒的妖物有的嘻嘻哈哈和身边的同伴说笑着，有的直接跑到那一大盆血酒那里，跪在地上，将嘴伸到血酒当中牛饮起来。这个时候，已经有妖物用利刃将整头牛剖开，看来稍后这头牛就是餐食了。

那一瓢血酒传了一圈之后，到了白头发的吴勉身边。不过这个白头发的男人对此无动于衷。传递酒瓢的妖物本来就嫌弃队伍当中混杂了人，现在被吴勉的态度气得火冒三丈，当下对白发男人呵斥道：“快点喝一口，然后传下去！几百年前是用你们人的血来造酒的，现在改成牛血了，你还嫌弃什么！”

“人血……好喝吗？”吴勉终于有了反应，慢悠悠地转头看了双手端着酒瓢的妖物一眼，随后问道，“那么说来你是喝过了？”

“不吃人、不喝人血还叫妖吗？”妖物恶狠狠地盯着吴勉。他现在火气直冒，这还是看在疆缘太子的面子上，要不然的话，早就动手撕了这个白头发的男人，直接咬破他的脖子喝血了：“你们人血有臭味，年纪越大臭味越浓。不过刚刚生下来的婴孩还好，他的血是香的，肉是甜……”

妖物的话还没有说完，身子便不由自主地僵硬起来。最后他感觉脖子上涌出一股微热的液体，低头一看，脖子上的血管竟然爆开了，鲜血不停地流下来，一直流到了自己手里的酒瓢当中。

这只妖物只有脖子以上的部分能动，当下他惊愕得脸色大变，开始向身边的妖物求救。

其他妖物见状也是被吓了一跳，有机灵的已经跑到疆缘的身边，求他放过这个妖物。看来其他妖物都以为这只妖物不知道怎么惹到了疆缘太子，太子正在惩罚他。

这个时候的疆缘也是不知所措，他听到了刚才妖物和吴勉的对话，正打算训斥这个不知天高地厚的妖物，白发男人已经下手了。看样子他一身的血不流干，这件事不算完。现在疆缘想劝还不敢去劝，死一只小小的妖物不算什么，可千万别把祸事惹到自己身上来。

就在归不归嘿嘿一笑，打算直接弄死那只妖物的时候，远处突然传来一阵怒喝：“疆缘！那几个私闯妖山的人呢？你把他们藏到哪里去了！出来……”声音响起来的时候，一个身穿黑甲的妖物凭空出现在疆缘的马车旁边。

看到这只妖物之后，归不归改了主意，笑了一下之后，对吴勉说道：“这就算开始了，尽量闹得大一点……”

第四十九章　断无求

归不归说话的时候，不断有身穿黑甲的妖物出现在马车周围。看到他们之后，疆缘便微微颤抖起来。没等那些妖物看到他，疆缘已经站起来，对带头嚷嚷的那只妖物喊道："王兄，疆缘在这里，您可能有些误会，吴勉、归不归两位先生手里有陛下的令牌，可以自由出入妖山。牌子我鉴别过……"

疆缘的话还没有说完，就见被他称为王兄的妖物突然对着他劈了一掌。随着他的手掌落下，疆缘的身体猛地栽倒在地。随后周围的妖物们瞬间聚集到了刚才疆缘所在的位置，将吴勉、归不归围在了中间。

"把陛下的令牌交出来……"刚才一巴掌将疆缘打倒的妖物对着归不归伸出了手掌，随后继续说道，"交不出令牌，就当你们没有。没有令牌擅闯妖山便活剐了你们！"

"你要那块牌子……百无求，牌子拿来。"没等归不归说话，吴勉已经叫来了百无求，将妖王留下来的令牌递了过来。这时，冲着归不归伸出手掌的妖物已经认出了这块令牌。妖山之上见到此牌者如同见到妖王，按规矩还要对拿令牌的人行礼。

看到妖物一脸愤恨，吴勉古怪地笑了一下，随后将手里的令牌向妖物递了过去："要仔细看看吗？拿去……"没等妖物伸手，吴勉的手腕一翻，令牌结结实实地打在了妖物的脸上。

随着一声脆响，这个妖物已经满脸是血地倒在了疆缘的身边，而那半块令牌也被打得粉碎。将手里的半块令牌扔掉之后，吴勉慢悠悠地对其他身穿黑甲的妖物说道：“你们刚才都看到了，给我做个证，他刚才张嘴来抢我的令牌……”

“他现在没有令牌了！擅闯妖山者死罪！动手啊！你们还愣着干吗？”这个时候，满脸是血的妖物从地上爬了起来。他的脸现在已经被打得高高地肿了起来，被打的地方不停地有血水渗出来。

“看到令牌还敢动手，真是你爸爸的好儿子。”对着这些妖物，吴勉连贪狼都懒得拿出来，随随便便画了一圈之后，现场已经没有还能站着的黑甲武士。只剩下脸蛋高高肿起的妖物吓傻了一样愣在原地。他都没有看清这个白发男人是怎么动手的，带来的护卫已经全军覆没了。

“还有什么好说的吗？”吴勉、归不归一前一后将这妖物夹在当中。这个时候，还趴在百无求背上的疆盟开口说道：“几位手下留情，这位是陛下的太子疆珐。看在妖王陛下的面子上，还请饶了殿下这一次。”

“死了疆域、疆冲，还剩这么多儿子，你们家陛下还真是身体好。”归不归嘿嘿一笑之后，对疆珐说道，“不过老人家我也不知道谁给你这么大的胆子，见到了妖王的令牌还敢动手，到底是你自己傻，还是你背后的那个妖傻？谁派你来的？说了，就放过你。”

“令牌是真的又怎么样？能说令牌就是陛下赏赐给你们的吗？谁知道你们是不是抢夺了别人的令牌。”这位疆珐是妖王的宠妃所生，疆冲、疆域等这些有本事争夺王位的太子们死了之后，他便以为自己是王位最有力的争夺者。凭着母妃势大，他经常责骂其他的兄弟们。也没有谁敢将他怎么样。因此，他在妖山养成了不可一世的毛病。现在明明知道不能再得罪面前这两个人，可是他一开口还是咄咄逼人。

“可惜妖王那样一个人物，却生出你这样的儿子。”归不归怪异地笑了一声之后，继续说道，“本来妖王自己家的事情，老人家我不应该管的。不过今天来的妖物都脱不了干系。你爸爸会明白的……傻小子，你来送他最后一程。”

“老家伙，你又让老子替你背黑锅是吗？再和你说一遍，老子是愣不是傻！他是妖王的儿子，老子弄死他，妖王还不会灭老子的满门？你可在老子的满门里面……”百无求说到这里的时候，眼睛突然一亮。不过想到如果自己和归不归同归于尽，会给百疆带来麻烦，当下他还是忍住了这个想法。

这个时候，空气当中传来了一个脆生生的童声：“疆珐犯有谋逆大罪，留他不得……”说话的时候，一个人参娃娃从地下钻了出来。正是之前那个跟着妖王的人参娃娃——曹石头。

这个小家伙钻出来之后，手里拿着一根铜锥一样的妖器对着疆珐刺了过去。这位太子的妖法虽然在吴勉、归不归面前没有还手的余地，不过比起曹石头，还是高出太多。在这个小家伙钻出来的同时，疆珐已经一脚踹在了他的身上，将他远远地踢了出去。

将曹石头踢出去之后，疆珐施展了妖法遁术，在吴勉、归不归扑过来的一瞬间，他消失不见了。片刻之后，他出现在十里之外的一片密林当中。死里逃生的疆珐已经顾不得什么了，当下对着空气大声吼道：“你可没说他们那么难对付！我带去的护卫都折掉了。我就不应该听你的鬼话，什么妖王死了继位的就是我，现在好了，曹石头都说我是篡位的逆臣！陛下不说，这个小东西知道什么叫作‘篡位的逆臣’？”

说话的时候，在距离疆珐十几丈远的地方，慢慢走出一个黑影来。黑影一边朝疆珐走过来，一边说道：“殿下，我从头到尾都没有让你去动他们。你只要探听出他们到妖山来的目的就好，本来你可以去向疆盟、疆缘他们俩打听，可你偏偏要找这个麻烦。殿下，是你自己把事情弄得复杂了……”

“放肆！你什么身份就敢这么和我说话？”疆珐大吼了一声之后，继续冲黑影说道，“疆盟、疆缘又是什么东西？一个是下人，一个是看大门的，凭什么要我上赶着去巴结他们？”

说到这里，疆珐顿了一下，随后继续说道：“今天这件事情既然你嫌我做得不好，那么你就另请高明吧。我回宫去了，懒得同你聒噪……”

说到这里，疆珐已经不打算再理会这个黑影，转身向着密林外面走去。就在他转身的一刹那，突然听到兵刃出鞘的声音。他猛地一回头，见到黑影手里抓着一把妖刀对着他劈了过来。

“断无求！你想要做什么……”这一嗓子喊出来的同时，疆珐眼前的一切都变了模样。他竟然瞬间又回到了那个小小的村落当中，吴勉、归不归还是一前一后将他夹在当中。

“断无求……”归不归冲还是摸不到头脑的疆珐嘿嘿一笑之后，继续说道，“殿下你终于说出一点有用的东西来了。疆盟，这个断无求又是什么来头？”

这个时候的疆盟也还在惊恐当中，刚才他看到疆珐突然好像疯了一样，目光涣散地对着空气大喊大叫着，之后疆珐突然喊了一句断无求什么的，才慢慢缓过来一样。

这些人不能得罪，疆盟心里明白这一点，也没有什么好隐瞒的了。顿了一下之后，他开口说道：“断无求是护卫王宫的十万妖兵的统领，我和他接触得少，断无求做统领的时候，我还在外面侍奉白先生那一大家子……”

第五十章　算无遗漏的破绽

“断无求，听着怎么好像是老子同母异父的兄弟？”这个时候，百无求终于插了嘴，看了一眼归不归说道，“老家伙你想开点，谁让你这么多年不回来看看我娘来着？反正你在外面和别人也是有儿有女的，想开点，就当什么事情都没发生过。这事闹的，本来事情完了，老子还想拉着你去看看我娘，看看哪个娘们儿瞎了眼能找你这么一个老家伙。”

百无求安慰归不归的时候，小任叁已经捂着嘴巴笑得浑身直颤。后来他实在受不了，索性一个猛子扎到了地下，就这样还能隐隐约约听到这小家伙快要笑岔气的声音。

“不是的，断无求并不是他的真名。”见归不归就要变脸，疆盟急忙解释道，“断无求的本名叫作断崖，妖王身边的近臣都被陛下赐名无求，内卫统领本来叫作煞迁坨的，现在也改名叫作煞无求了。这样叫作无求的近臣还有四五位。”

听了疆盟的话，吴勉、归不归同时看向还没反应过来的百无求。二愣子有点莫名其妙：“看老子做什么？他们的名字又不是老子起的……”

归不归说话的时候，那边的疆珐已经倒在地上，抽搐起来。片刻之后，这位妖王太子的嘴里便开始不停地喷出各种各样的虫子。大多数都好像是蛆虫一样的爬虫，还有不少长着翅膀的虫子，从疆珐的嘴里出来之后便飞得到处都是。开始这些虫子只是从嘴巴里面冒出来，片刻之后，他的七窍当中都不停地有虫子涌出。这位妖王太子挣扎了一番之后便咽了气，随后他的肚子也被虫子咬破，成堆成堆的虫子好像涌泉一样冒了出来……

不止疆珐，跟着他的那些黑甲武士们的嘴里、身上也不断地有虫子冒出来。疆珐咽气的同时，这些妖物也都跟着一起气绝身亡。

吴勉看得恶心，便使用控火之法将这些虫子连同尸体都烧得一干二净。归不归虽然没有阻止，不过还是似笑非笑地对白发男人说道："这样一来，你就算是替那个断无求毁尸灭迹了。这口黑锅自己背到身上了……"

"你就是为了背黑锅来的吗？"吴勉看了归不归一眼之后，对还趴在地上一动不动的疆缘说道："疆缘你死了吗？用不用我一把火也把你烧了？"

一句话说完，本来好像昏死过去的疆缘突然从地上跳了起来。随后他一溜小跑到了吴勉和归不归二人的身边，赔着笑脸说道："我替二位大修士做证，是疆珐太子自己死的，与二位无关。我还要上奏妖王，去治那断无求的罪……"

疆缘刚才挨了一下并无大碍，只不过他的身份太尴尬。这些人当中除了佣人一样的疆盟之外，他谁都得罪不起。于是他一直装死，偷偷观察事态的发展，心里盼着吴勉、归不归给他报仇，又担心事情闹得太大不好收场，这两个人疆珐得罪不起，弄不好最后还要引火烧身。

后面事态的发展让疆缘越来越心惊，竟然还把陛下身边的近臣都牵连出来了。发展到最后，那个倒霉的疆珐竟然死于虫祸。这个时候的疆缘只能继续装死，就当作自己晕倒了，什么都不知道。想不到还是被白发男人看破，再不起来弄不好真的会引火烧身。

"你顾着自己就好，我们几个不用太子殿下操心。"归不归嘿嘿一笑之后，对疆缘继续说道，"在这里耽误得也够久了，后面的路就让我们自己走吧，只要殿下告诉我们怎么走就好。当然了，殿下如果执意带路，也不是不行……”

“疆缘看守妖山门户，不敢轻易走动，还请归不归先生您见谅……”疆缘转身向吓呆了的妖物村民们要了一张羊皮。随后，他用牛血在上面画了通往妖山王都的地图，怕归不归看不懂走错路，又在上面加了标注。

距离当初归不归跟着徐福上妖山已过去了许多年。现在老家伙再上妖山，仿佛到了自己从来都没有去过的地方一样，不过看了疆缘描绘的地图，还是多少勾起当初的一点回忆。知道疆缘没有在地图上耍小聪明，当下他便收了地图。和疆缘作别之后，二人三妖继续乘坐疆缘的马车向着王都的方向行进。

疆缘连妖山都不敢待了，笑吟吟地送走了吴勉、归不归的马车之后，他急忙施展妖法回到了妖山边界。他先是将自己看到的都写在奏章当中，然后派出亲信将奏章送到王都，要求务必交到陛下的手上。他自己则躲在当年白芝居住的庭院当中，妖山事态若是一直不明朗，他便可一直躲藏在这里。

看到疆缘的身影消失之后，百无求这才对归不归说道：“老家伙，现在怎么办？去找那个叫断无求的拼命吗？弄死了他，百疆、姬牢他们是不是就可以大摇大摆地带着白重进妖山了？”

“傻小子，你想得太简单了。一个来送死的疆玹说的话也能信吗？”归不归嘿嘿一笑之后，继续说道，“疆玹来就是为了死在我们的面前，他们给我们几个扣上一个诛杀太子的罪名，然后便可以在妖山大肆扑杀我们了。一个傻乎乎来送死的妖物说的话能信吗？反正你爸爸我是不信。”

“不是吴勉对他使用了幻术吗？这个还有假？”这个时候，小任叁也坐不住了。看了一眼好像什么都没有听到的吴勉之后，小家伙继续对归不归说道："我们人参就算不知道他梦里都看到了什么，不过那个时候疆珐说的应该是心里话吧？他有本事破解吴勉的幻术？有这个本事还能被骗来送死？"

"自以为聪明的人还少吗？"吴勉终于开了口，他和归不归想到了一起，不过说了这句话之后白发男人便闭上了嘴巴。

归不归见状嘿嘿笑了一声，替吴勉继续说道："就算不是百无求他小爷叔使用幻术，幕后那个人也以为我们会对疆珐严刑拷问，这位太子在受刑不过之下，也会说出断无求的名字。到时候引诱我们去杀断无求，省了那些人不少的力气。不过还是可惜了，刚刚说了断无求的名字，疆珐便被灭了口。太明显了，最后一步是个败笔。"

小任叁这才明白过来，难得对归不归说了一句好话："老不死的，你这脑袋瓜是怎么长的？谁敢下套套你，那就是给自己挖坑等着被你一脚踹进去。先说好了，看在我们家席应真老头的面上，你坑我们人参就是坑他……"

百无求明白了一个大概，眨巴眨巴眼睛之后，对着自己的"亲生父亲"说道："现在咱们怎么办？一路杀到王都去？"

"那是说给疆缘听的……"说话的时候，归不归手中画着地图的羊皮已经自燃，不一会儿就烧成了灰烬。随后他拿出了百疆亲手描绘的地图，将地图交给赶车的百无求，说道："看到上面叫作交趾的地方吗？去那里，我们要找的妖物就在那里。现在整个妖山都在调动人马等着我们进王都，偏偏我们就不去……呃，傻小子你不识字……就是那个画着圈圈的地方……我老人家真不是故意寒碜你不识字的。"

吴勉、归不归的马车在一条岔路上拐了过去，不久之后，吴勉、归不归加上百无求和小任叁的通缉画像已经贴满了妖山的各个城镇、村落，他们几个的罪名正是归不归算好的谋杀太子疆珐……

第五十一章　突如其来的变故

妖山王都之中，一间没有点灯的密室当中，几个藏身于黑暗中的妖物正在争论着什么。

“整整三天过去了，还是没有找到那几个人吗？把四方城的三万妖兵调出来。四方城的妖将是我们的人，让他带兵去找！这里不是人世，归不归也不是当年的徐福。加上一个吴勉又怎么样？我们有十三大妖将！连广仁都未必是妖将的对手。”

“古丹，你不是说那只老狐狸一定会去找断无求的麻烦吗？借着归不归的手去杀他，正好判定妖王的真假。现在怎么办？上报妖王吗？若他不是假的，再和那只老狐狸联手……”

“听我的，借着这次吴勉、归不归私闯妖山的机会，派人假冒这两个人闯宫。然后再联络我们策动的妖将借着护驾的名义，冲进宫中。不管妖王是真是假，只管杀了。到时候……”

“到时候第一个死的就是你！”这个时候，一个阴沉的声音响了起来。这是主持密会的妖物的声音。他说话的时候，本来还在争论的妖物都闭上了嘴巴，偌大的密室当中顿时鸦雀无声，静得这些妖物们都能听到自己的心跳声。

主持密会的妖物继续说道：“吴勉也好，归不归也好，都由他们去吧。你们把守住通往王都的要道就好，他们是人，一眼就能辨别出来。想办法调换把守妖山门户的疆缘，把我们的人安排在那里。记住，那里实在太重要了。说句不好听的话，就算事败我们也有退身之处。现在我们的当务之急是辨别妖王的真伪，百疆的下落也要尽快搞明白。还有，有妖私自离开妖山的事情查得怎么样了？”

黑暗当中，从角落里传出一只妖物的声音：“我派出跟踪的妖物没有传来消息，应该已经死了。不过据他之前传回来的消息，我怀疑私自出山的妖物是去找百疆的。如果那样的话，就是说妖王还在联络百疆。可能是他又在下套，等着我们去钻……”

这句话一出口，在场的这几个妖物都倒抽了一口凉气。这正是妖王的一贯手段，这些年来王宫当中时不时便会传出妖王大限将至的消息。然后便会有几个不安分的太子和重臣开始动歪脑筋，在他们正想着趁妖王有病下手的时候，突然被妖王反咬一口。这么多年妖王这么做了好多次，好像上瘾了一样，过个十年八年不来这么一下，宰几个儿子和大臣，他就好像浑身不舒服一样。

看到这些妖物都闭上了嘴巴，一个尖利的声音冷笑了一下之后，说道：“这次你们放心，妖王是真的受了重伤。只不过我还是拿不准他伤到什么程度了，不好贸然出手。这些日子你们也看到了，他露面的次数越来越少，整个王宫只有一个佛罗氏可以接近他，我都怀疑王宫里面那个是不是真的妖王……”

“我们都怀疑过王宫里那个是假的，不过那又怎么样，谁敢过去试试？”一个妖物怪笑了一声之后，继续说道：“如果王宫里的是真妖王，只怕一把火没烧过去，小心先一脚踩进圈套当中。这样的伎俩一百多年前妖王用过一次了，结果呢？北山虎威妖将一家老小连同他做了妖妃娘娘的妹妹一起被碎尸喂了妖兽。这一次是我们六家联手，只能成功不可以失败……我们谁也败不起……”

这只妖物说完，密室当中又是死一般的寂静。半晌之后，主持的妖物这才再次说道：“古丹，十三妖将你说动几个了？”

“大家说好的不称呼姓名……”那个叫作古丹的妖物嘀咕了一句之后，继续说道：“除了断无求和内卫我不敢说服之外，其余的妖将已经有七位被我说服了。看守王都城门的仇墨海开始动摇了，我用他的子嗣作饵，仇墨海应该会成为第八个归顺我们的妖将。”

古丹以为他的话会引来其他妖物的赞扬，没有想到的是，他说完之后，几个妖物都默不作声，最后还是主持密会的妖物说道：“没有十名妖将在手，我们便没有胜算。如果时间来不及，就要先将断无求和煞无求从王宫调出来。既然死了一个疆珐不够，那么就让‘吴勉和归不归再杀几名太子’，把事情闹大一点，到时候调他们出王都也就名正言顺了。死了那么多儿子连两名妖将都舍不得出手，那么妖王是真是假也就一目了然了……”

又说了几句之后，这次密会结束，几个妖物各自使用妖法离开了密室。主持密会的妖物也慢慢地从室内走了出来。他看着头顶上的满月，好像自言自语一般说道：“人也好、妖也好，和蠢人共事真是一种煎熬。好在事成事败我都不用再受煎熬了……”

王宫之中，刚才在密室发言的古丹行走在宫殿之间的过道上。这里虽然不及洛阳、长安当中的皇宫，不过也是整个妖山规模最为宏大的所在了。古丹是负责妖王起居的近臣，这样的官职放在人世间都是内侍宦官来做的。只是妖物不讲究这个，才保全了古丹的身体。

古丹走到最大的一座宫殿前，对站在宫殿门口站岗的妖将说道：“和佛罗氏说，古丹要求见陛下。还有十天就是祭神的日子，今年大典如何举办要请陛下定夺。”

古丹的话只是一句托词，妖王这些日子露面的次数越来越少，古丹每过一段时间便来试探。这些日子妖王都没有见他，他只是照例过来碰碰运气。没有想到这一次守门的妖将进去禀告之后，片刻之后便出来请古丹觐见。

古丹自己都没有想到这一次的运气会这么好，当下小心翼翼地来到了宫殿当中。还没有进到宫殿里面，他便闻到了一股刺鼻的香气。古丹被熏得微微皱起了眉头，心里还在嘀咕这么重的香气想要做什么。进来之后他却没有看到妖王，只有一个佛罗氏孤零零地站在宫殿当中。这个号称妖王智囊的妖物，这个时候显得有些不安，见到古丹进来便好像快淹死的人见到了救命稻草一样。

“出大事了……古丹，这次你要帮我……”说话的时候，满身大汗的佛罗氏已经顾不得擦汗，直接将古丹拉到了妖王的卧榻之前。佛罗氏深深地吸了口气之后，再次说道：“你要给我做证，陛下的死和我无关……”

说话的时候，佛罗氏已经拉开了卧榻上的锦被，露出一具腐烂透了的尸体。随后他哆哆嗦嗦地继续说道：“陛下之前中了暗算，这些日子一直都在想办法疗伤，还派了百疆去找能解救之人，可惜最后陛下还是没有挺过去。刚刚归天了……”

妖王死了……古丹的脑中“轰隆”了一声，好像有一道雷电穿过。这些日子他们一直都在谋划如何杀死妖王，现在妖王死了，他反而有些不知所措起来。

这个时候，佛罗氏没有闲着，继续对古丹说道：“当务之急是秘不发丧，我们先在陛下的子嗣当中挑选继承王位的太子。到时候你我都是有拥立之功的，学他们人争一个诸侯王也不是不可能……”

得知妖王亡故，古丹第一个反应是去向同伴报告。现在听了佛罗氏的话，他心里瞬间便犹豫了起来：“我这么做值吗？”

第五十二章　底牌

天快亮的时候，古丹才从宫殿里面走出来。出来之后，他马上去了镇东妖将莫东的府上，两只妖物关上门密谋了半天之后，莫东下令将驻守在东方的五万妖兵火速调到王都。

在镇东妖将府上折腾了半天之后，古丹又去了其他几位妖将的府上。随后这几位妖将也相继将驻守在各地的妖兵撤回，布防在王都附近。

就在古丹到处忙着串联各路妖将的时候，负责王都之地治安的府司大总管安谷也被急召到了王宫之内。安谷不知道王宫出了什么事情，只是纳闷妖王多日没有理政，突然宣召自己入宫是为了什么？难不成自己和其他五位大妖图谋的事情，已经被妖王发现了吗？

王宫的内卫直接将安谷带到了妖王的寝宫当中，不过他进来之后发现只有陛下的近臣佛罗氏在场。这个时候的佛罗氏比安谷还要手足无措，他拉着这位府司大总管走近妖王的睡榻，将锦被拉起来，露出里面的腐尸，并将之前对古丹说的话又说了一遍：“秘不发丧，我们自己挑选太子立为妖王，争一个拥立新君的功劳，为儿孙求一个世袭的爵位。他们人可以，我们妖为什么不行？”

安谷看到妖王死了，他的脑中便一片空白。不过听到佛罗氏说到，可以效仿人的规矩，拥立新君争一个可以传给子孙后代的爵位时，这位大总管心动了。当初他被说服去谋反，也不过是因为那些妖打着“这些年来妖山太憋屈，妖物就应该冲下妖山，将人世间变成屠场”的口号。

现在想想牛羊吃着也不是不行，与其争一个为天下群妖冲下妖山的夙愿，倒不如为自己的儿孙考虑，为他们争一个万世家业。更不用说新君初立，自己或许有机会在背后总揽全局……

从王宫出来之后，安谷骑着疾风妖兽到了府司当中，召集了所有的坐探、打手，将他们分布到谋反同伴的府门口。他下令，如果有什么变化，不需要请示直接闯府，如遇反抗格杀勿论……

送走古丹和安谷两位大妖之后，佛罗氏没有再招其他几位谋逆的大妖。当下他吩咐护卫关上王宫大门，不管是谁都不可以放进宫内。妖法高强的妖物都登上宫殿的房顶，提防有谁狗急跳墙。最后通过王宫当中的监视妖器，观察王都大街上的各个角落，看是否有什么反常的举动，以便及时做出调整。

一切都安置妥当之后，佛罗氏这才再次进入妖王的寝室，随后打开里面的暗道门，将藏身在暗道当中的吴勉、归不归等人都带了出来。从满是霉味的暗道当中出来，再被浓烈的香气和尸臭味的混合气味熏得睁不开眼睛，百无求忍不住说道："你们能不能把这一堆臭肉弄走？真是辣眼睛……"

"傻小子，没有了这块臭肉，这出戏便唱不下去了。辣眼睛的话你就回到暗道里面。"归不归走过来，顿了一下之后，继续说道，"忍一下，过不了几天，事情就结束了。到时候你想闻这味道都不容易……"

没等归不归说完，佛罗氏已经走了过来，对老家伙说道："他们有六个妖物，只说反了两个，是不是再请一两个妖物进来，起码让他们的势力平衡一点。两败俱伤之下我们再动手……"

"没有必要，做多了反而画蛇添足，容易露出马脚来。"归不归笑眯眯地继续回答，"他们两个，一个控兵，一个手握王都的命脉。只要他们出了变故，剩下的妖物只有拼死这一条路。不过还有一点你要小心，这些妖物手里应当还有你不知道的底牌。如果老人家我做主的话，就再烧一把火，让安谷和古丹先去找他火并起来。到时候你只要派人去收尸就好。”

“那个妖物没有陛下的话不可以擅动……” 佛罗氏摇了摇头之后，看着归不归满脸不屑的表情，急忙转移了话题，“不过陛下昏迷之前留下二十个人的名单，你是怎么从名单中把这六个人都找出来的？”

“还用找吗？看一眼不就都知道了吗？”归不归哈哈一笑之后，继续说道，“想要在王都谋逆，首先要有军权，不过二十个人的名单中不涉及妖将。那么就要查一下最近这些妖将和谁接触得最频繁，内臣古丹就很明显了。

“军权有了，负责王都治安的府司大总管也脱不了干系，正巧安谷的名字也在名单里，于是就有了两个妖物的名字。剩下只要去查最近谁和他们接触过就好了。因为是谋逆大罪，不可能天天交头接耳的让别的妖物看到，最安全的办法就是天天见面，别的妖物自然不以为意。最符合标准的就只剩下四个了，不过戏太足了就看出马脚来了……”

说话的时候，归不归已经从怀里拿出一张羊皮纸，就见上面写着一二十个名字，其中六个名字已经被人用红笔勾出来。其中就有安谷和古丹的名字。

四天之前，吴勉、归不归的马车从岔路上下去，到了百疆所描绘的交趾所在之地。为了防止自己几个人被妖物发现行踪，吴勉和归不归二人都隐匿了身形，只有和妖王修为相仿的大妖才能发觉他们的行踪。

到了交趾之后，百无求和小任叁在当地找到了佛罗氏留在那里、等着和百疆接头的妖物。好在百无求和百疆是亲兄弟，等着接头的妖物也认识百无求（二愣子不认识妖物）。二愣子手里还带着百疆的腰牌和他的亲笔信，权当接头的信物。

确定归不归他们是受百疆之托赶来的之后，妖物请他们稍坐。随后将他们带进了一条暗道当中。这条暗道长得可怕，每走一段竟然还有水和干粮。一群人走了一天一夜，才走到终点。这条暗道竟然是通到王宫的，还是直接通到妖王的寝室。

由于之前得到了妖物的通禀，佛罗氏亲自带着妖王的替身在寝室迎接百无求和小任叁。没有想到的是暗室的门打开之后，第一个出来的却是显出身形的白发男人吴勉和归不归二位。

佛罗氏知道吴勉、归不归曾经几次相助妖王。吃惊之后他也没有回避，加上还有百疆的亲笔书信在，他很快便拿吴勉、归不归当自己人，带他们去见了在暗室中昏睡的妖王。

随后佛罗氏向他们几个人寻求帮助，拿出当初妖王昏迷之前留下的名单。归不归询问了名单上妖物的近况之后，很快在上面勾出六个人的名字。按照归不归出的计谋，很快便确定了这六个人就是谋反的主谋。

算着日子，这几天就是百疆上妖山的日子。为了给百疆创造机会，归不归和佛罗氏合计，给谋逆的六个人添点乱子。由佛罗氏向安谷和古丹假报妖王归天的消息，随后看着两个妖物调兵遣将，只要他们六个开始内乱，百疆带着白重进妖山，便没有什么危险。

现在看到计划正在一步一步实现，佛罗氏和归不归又商量下一步应该如何。就在这个时候，王宫外面突然一声巨响，随后传来千军万马的嘶吼声。又是一阵巨响之后，已经听到有妖物在大喊大叫：“城门被攻破了！”

“这么快就要亮底牌了吗？”归不归嘿嘿一笑之后，继续说道，“底牌这么早亮就没有什么意思了……”

第五十三章　夺宫

归不归说话的时候，一个小个子妖物已经率数千妖兵将宫殿团团围住。和外面身穿甲胄的妖兵不同，围住宫殿的这些妖物清一色都光着膀子，除了胯下一点点遮羞的皮毛之外，身上几乎赤裸着。

将宫殿围住之后，带队的小个子对宫殿里面喊道：“佛罗氏！我不管里面发生了什么事情，外面的断无求拼光之后就是我们这三千内卫了。是退是战，你请陛下早做打算，外面的禁卫被突破，我们最多也只能支撑一个时辰。”

“我明白了，我不会让陛下受难的。”佛罗氏不带一丝火气地回答了一句。顿了一下之后，他继续对守在外面的妖兵妖将说道：“你们放心，陛下无碍。你们战死，我替你们报仇。我战死，陛下替我们报仇……”

本来挺丧气的一句话，说出来之后却让外面的妖物们激愤不已，发出一阵一阵的怒吼，算是回应。随后，外面的妖物都紧紧盯着激战响起的位置，好像在盼着叛军早一点杀进来似的。看他们的表情，多少有一点当初百无求要和归不归同归于尽的感觉。

“看不出来他们这么信你。”归不归站在窗边，看着外面密密麻麻的妖兵，随后回头继续对佛罗氏说道，“我们皇宫那儿，像你这样的近臣和护卫的关系都不大好。”

“他们不是信我，信的是妖王陛下。”佛罗氏淡淡地说了一句之后，深深地吸了口气，随后继续说道，“外面的军士把命托在我的身上，我可以将陛下的安危交给你们吗？如果外面的内卫都拼光了，我再给你们争取一刻钟的时间。不等百疆，你们带着陛下从暗道离开。”

说话的时候，佛罗氏已经解开了自己宽大的长袍，露出里面赤红色的内甲和背后两柄细长的妖刀。到底是妖物的内臣，就算是文官也随身带着妖器。

“咱们就不能一起逃吗？这暗道又长又宽，和外面的兄弟们一起逃啊！”没等归不归说话，百无求已经忍不住开口说道，“第一次见到比老子还不开窍的，咱们一起撤啊，进了暗道把门一关，王八蛋都找不到咱们。”

归不归笑眯眯地对自己的便宜儿子解释道：“傻小子，那是最后一步棋了。先不说外面的叛军攻进来之后用妖王的名义发动政令，立傀儡太子为新君，爸爸我和你说点最实际的，出了王宫就是和百疆断了联络。我们倒是好办，带着妖王找个地方躲起来，你让百疆去哪里找？外面的叛军能将妖王伤到这个程度，找不到妖王势必会想办法封了我们可能在外面的落脚点。你来算算，老妖王这样还能再坚持几天？”

佛罗氏看着懵懵懂懂的百无求叹了口气，随后对归不归说道：“你确定百疆可以突破外面的叛军，带着白重赶到这里吗？”

“别的妖物不行，百疆可以。”归不归嘿嘿一笑，没有因为外面的叛军感到一丝的压力。他看着佛罗氏，继续说道：“因为他是百无求的大哥，老人家我不会看着他出事的。”

宫殿当中几个人正在说话的时候，在王宫外面的叛军大营当中，昨晚密室当中的六个妖物已经都聚集在一起了。只不过古丹、安谷两个妖物只剩首级摆在桌子上，旁边还躺着另外一个妖物的尸体。剩下的三个妖物席地而坐，看着战场上两支妖军交战的情况，想起不久之前的突变，还是浑身冒冷汗。

三个妖物当中的两位，半天之前在家里突然被府司的坐探和打手们抓了起来，他们当时已经明白过来是府司大总管安谷反水。由于他们两位没有兵权，也不是靠着妖法上位的大妖，很快就被安谷的手下抓住。当时连审讯都省了，打手们直接拔出妖刀就要了结他们。

眼看两个妖物就要被杀的时候，一队妖兵突然冲进府来分别救了二妖。随后，他们便被带到了昨晚密谋的密室当中。二妖到的时候，密室当中除了昨晚主持会议的谋反主谋之外，还有的就是安谷、古丹的两颗妖头，以及另外一个同伴——妖山当中负责祭天的祭祀哲雷，只不过哲雷的下场要比两个没有身子的妖物好一点，起码留下了全尸。

这个时候的主谋身穿甲胄，看着两个惊慌失措的同伴，说道：“安谷和古丹已经反水，他们都进过王宫，不知道妖王和佛罗氏对他们说了什么。不过妖王的目的达到了，古丹已经联络了与他串通好的妖将，将妖兵回收，准备对付我们。安谷要和他抢功，派了他的手下来屠戮我们。哲雷的运气不好，我的妖兵去救他的时候晚了一步……”

说话的时候，主谋又转头看了看地上的两颗头颅。一口痰吐在古丹的脑门上之后，他继续说道：“可惜他们都太蠢了，以为我在他们身边没有眼线吗？事不密则伤身的道理，他们不懂……”

说完，主谋看了两个死里逃生的同伴一眼，随后继续说道：“既然妖王已经看穿，那么我们便提前行事。我已经说服了仇墨海的两位副将，他们会杀了仇墨海夺取军权。四方城的十万妖兵一天前被调到了王都城外的军营。我还模仿了古丹的笔迹调了其他几位妖将的二十万大军过来，只等撤了王都之外的禁制，再有几个时辰他们便会到齐。断无求一半的禁卫不在王都，现在起事我们有九成胜算！”

这么多天他们一直都在谋划这件事情，眼看就要起事，两只妖物反倒犹豫了起来。掌管妖山各地联络的筌篌顿了一下之后，说道：“调兵攻打王宫，你以什么名目？小心他们在王宫前反水……”

“清王侧！妖王陛下病重被逆臣佛罗氏挟持，我等忠义之士前去解救陛下……”说话的时候，主谋从怀里掏出一张绢帛，扔在了二妖的面前。狞笑了一声之后，他对二妖说道：“我没有退路了，你们也没有！”

事到如今已经没有回旋的余地了。按照主谋的计划，几路妖军突然冲进了王都，对着王宫开始猛攻。好在佛罗氏已经有了应对，虽然一个措手不及王宫大门被叛军攻破，不过守卫王宫的禁卫还是很快便将大门夺了回来，当下数万妖兵在大门处进行了连番大战。

毕竟宫门已经被攻破，这个缺口更有利于进攻的一方。整整一天，断无求的禁卫已经拼光了大半。主将断无求也是多处受伤，趁着叛军攻势暂缓之时，他将军中负伤较轻的兵士聚拢到了一起，让他们去跟里面的内卫会合，他自己则带着最后的数千残军迎接叛军的最后一次攻击。

受伤较轻的兵士和内卫刚刚会合，王宫大门的位置发出一声低吼：“煞无求！我先走一步！陛下交给你了……”随后传来一声震耳欲聋的巨响，只见宫门的位置升起一层血雾，刚刚进到宫殿里面的禁卫见状放声大哭。

看守宫殿的小个子煞无求看了一眼这些禁卫兵士，面无表情地说道：“哭够了吗？断无求尽忠了，现在轮到我们了。佛罗氏！你准备好了吗？”

说话的时候，外面的叛军已经潮水一样拥了进来，看着数十倍于己方的叛军，这三千内卫没有一点惧意，迎着叛军直冲了过去，竟然将数万叛军硬生生地杀退到王宫之外……

第五十四章　宫殿之前

三千妖物加上会合过来的千余禁卫，竟然能将潮水一样涌进来的数万叛军杀退，看得宫殿里面的百无求激情澎湃，当下脱了衣服、光着膀子就要冲出去帮煞无求和叛军作战。佛罗氏赶紧拦住了他："顺序错了，他们三千禁卫拼光了，接下来是我，我之后才是你们。这个顺序不能乱……"

说话的时候，佛罗氏打开了暗室的大门，将里面真正的妖王抱了出来。随后他对吴勉和归不归说道："你们答应过我的，保住陛下。如果百疆没有带白重回来，妖山待不下去了，那就带着妖王去人世间，去找广仁、徐福，他们一定有办法将陛下治好的。能阻止群妖下山肆虐人间的只有妖王陛下，他不可以有事。"

"外面的三千人拼光之后是你，我排在你的后面，再给百疆半天的时间，这样可以了吧？"吴勉难得主动说了一句，看了一眼佛罗氏之后，继续说道，"如果他坚持不到医治的人出现，那么就按妖王的遗嘱办事，自然会有接替他王位的妖物。"

说话的时候，吴勉和佛罗氏同时看了一眼还趴在窗户上向外看的百无求。这个时候，归不归有意无意地将自己的身体挡在了二愣子的身前，嘿嘿一笑，接着吴勉的话说道："老人家我给老妖王看过命，他不会在这个时候死的，都把心放回肚子里。百疆一定能赶到，老人家我等着老妖王活蹦乱跳地出去宰妖。自己的儿子他都舍得宰，更别说外面那些妖了……”

就在他们几个还在宫殿当中谈论妖王生死的时候，外面的几千内卫又回到了宫殿之前，做好了下次攻击的准备。叛军阵营当中，主谋的妖物对身边的两个同伴说道：“看出这些内卫的弱点了吗？”

刚才内卫的反扑已经将这两个妖物吓傻了。这么几千的队伍，一次冲锋作战，竟然杀了几倍于己方数量的敌兵，而己方只死伤了数十位妖物。之前就听说内卫都是妖王一个一个选出来的妖中精英，此前还不以为然，今日算是真正见识了内卫的本事。刚才他们将叛军杀退的时候，这两个妖物差点先一步逃了。现在听到主谋说到内卫的弱点，两个妖物都有些不知所措，这样的内卫也会有弱点吗？

看到自己的同伴有些发懵，主谋轻轻地叹了口气，随后继续说道：“他们身为内卫，却只会攻击不会防守。他们为什么退回去和我军拉开距离？就是为了下一次和我军对冲做准备。遇到这种不会防守的，我军要如何应对？”

两个妖物细品了一下，确实如主谋说的一样，这三千内卫只是将叛军打退之后便退了回去。按常理来讲，这样会给妖王的宫殿带来危险，不过虽然看出了破绽，却没有什么办法破解。

主谋有些失望地看了同伴一眼之后，吩咐下去：军队分成几批逐一冲进去，等到内卫反冲力竭之时，再不停地派出生力军。到时候只要两军陷入胶着，凭着己方妖多的优势，哪怕损失十倍的人马也要将这些内卫屠戮干净。

宫殿之中，看到叛军许久没有冲进来，归不归微微皱了皱眉头，对佛罗氏说道：“外面的叛军应该已经找到了破解你们内卫的办法，让煞无求小心应对吧。想办法占些地利之势也是好的……”

“他们三千内卫都是做好了必死的准备的，寻找地利防守就是在消磨他们的必死之心。煞无求是不会做的，我也不会劝说……”佛罗氏能守在妖王身边这么多年，凭的是出谋划策的本事，这点本事虽然在归不归面前几乎没有什么亮点，不过对内卫的了解，还是老家伙不能比的。

“那你就准备接替外面的三千内卫吧，然后是我，我给妖王留出离开的时间……”吴勉说话的同时，王宫外面再次响起了进攻的号角。随后差不多过万的妖物已经向宫殿这边冲了过来。眼看他们就要冲到宫殿前的时候，站在最前面的煞无求带着三千内卫迎击了过去。

一万妖兵没有任何悬念地被三千内卫冲散，不过就在内卫开始反冲的同时，王宫外面又响起了一阵号角声，随后第二批妖兵冲了进来。这时内卫刚刚将叛军冲散，还没来得及做出反应，已经和第二批叛军战到了一起。与此同时，第三批、第四批叛军开始进攻。之后的叛军分出数股力量冲向宫殿的方向，煞无求见状，不顾身边的叛军带着手下冲出去阻拦。腹背受敌之下，内卫有了较大的伤亡……

不过就是这样，这些内卫还是将冲向宫殿的叛军屠杀干净，回身一个反冲又将其他的叛军再次赶出了王宫，等到他们满身是血地回到王宫之前的时候，三千内卫只剩下了七八百……

就算是几百内卫，也做好了再次冲锋的准备。这个时候，煞无求冲宫殿里面喊了一句：“佛罗氏……送陛下离开了没有……”

“陛下还在宫中……”说话的时候，宫殿大门打开，手握双刀的佛罗氏从里面走了出来。他边走边说道：“陛下我交给了可靠的人，确保陛下无虞。我来陪你冲杀一阵……”

“可靠的人？人有可靠的吗？”煞无求回头看了宫殿一眼，事到如今也没有其他的办法。叹了口气之后，他冲佛罗氏苦笑了一声，说道：“本来还以为能多撑一点时间，现在看来也就是一个时辰了。我知道你出来是什么意思……”

“我是在为陛下多争取一点时间。”说话的时候，佛罗氏张嘴咬住了一把妖刀，腾出手来解开了自己的内甲，赤裸着上身，对几乎没穿什么的煞无求说道："你说得对，身上有甲胄便没了必死之心。这样好多了。"

说话的时候，叛军的号角声再次响了起来，数万妖军分成几队向着宫殿扑了过来。在煞无求发出反冲号令之前，佛罗氏回头冲着宫殿方向大吼了一声："里面的人，拜托了！"

佛罗氏说完最后一个字的时候，煞无求也发出了反冲的号令，几百名内卫连同佛罗氏一起向着百倍于自己的叛军冲了过去。这些内卫完全不顾自己的死活，也顾不上队友的死活，径直冲到叛军当中，大砍大杀。但显然叛军分阶段冲锋的计策起了效果，一阵冲锋砍杀之后，七八百内卫几乎全部战死，只有主将煞无求和佛罗氏还能站着。

"还能再冲一次吗？"说话的时候，煞无求将自己的肠子塞回到肚子里，冲佛罗氏继续说道，"以前我一直以为会……和断无求一同战死的……想不到……"

煞无求说到一半的时候，才发现站在自己身边的佛罗氏已经断了气。死前他用妖刀顶在腰后，气绝的时候才没有倒地。

"原来是我自己战死……挺孤独的……"说话的时候，他从佛罗氏手上拿下另外一把妖刀。看着远处探头探脑不敢再冲过来的叛军，他突然大吼了一声，也不顾腹部的伤口，拖着肠子向叛军冲了过去。

一阵忙乱之后，煞无求死在叛军当中，内卫全军阵亡……

现在禁卫、内卫就连佛罗氏都死光了，当下主谋一声令下，大军冲到了宫殿之前。只见一个从头白到脚的男人手握一把非刀非剑的法器坐在门口的台阶上。白发男人看到这些叛军之后，慢悠悠地站了起来，对数万叛军说道："该我了，你们准备好了吗？"

第五十五章　百疆的选择

潮水一样的叛军正准备冲过来将这个白发男人围住的时候，空中突然传来了一个声音：“且住！你们不可妄动……”

这个声音响起来的时候，一队人马走到了叛军的前列。为首的妖物正是这次叛乱的主谋。主谋站在队伍前，对白发男人笑了一下，说道：“阁下就是吴勉先生吧？我们无意与先生为敌。现在妖王陛下生死未卜，请先生借路……”

没等主谋说完，吴勉手里的贪狼一挥，指着手里的法器对他说道：“这就是路了，借不借你要问它。来，把头凑过来问吧。”

主谋脸上没有一点恼怒的意思，微微一笑之后，再次说道：“那我找一位和吴勉先生相熟的妖物来和你谈谈。他在外面办事，刚刚回来。或许先生会回心转意的。来，请百疆过来……”

说话的时候，又有一支小队伍从叛军当中走了出来。为首的正是百无求的哥哥大妖百疆。这个时候的百疆身穿叛军的服饰，走到近前之后，先是对着主谋行礼，起身之后，从身后的妖物手中接过一个包袱，深深地吸了口气之后，他看着吴勉说道：“大势已去，我没保住白重……”

说话的时候，百疆打开了包袱，露出里面的人头。有些不甘心地看了一眼人头之后，这位大妖继续说道：“我是绕路过来的，在四方城的时候没有保住白重……刚才我已经和苏天商量好了，按照妖王的遗嘱来，我弟弟百无求接任妖王大位，废除群妖不得私下妖山的规矩。

不过我们妖物不会去屠戮无辜之人，只要他们肯划出一块疆界让给我们……”

划界而治的说法，妖王在秦末的时候便试探过几次。当初他和徐福定下的盟约只是群妖不得私下妖山，那时候妖王想要占文字上的便宜，不过试探了几次都无疾而终。现在百疆再次提到这个说法，是想要实现妖王未达成的遗愿。

而吴勉则一动不动地站在原地，好像没有听到百疆的话一样。直到他说完，白发男人这才懒洋洋地对大妖说道：“说完了？那么你来替他问路，看看这条路借不借给你。可以把脑袋伸过来了，你们妖多，快点，别耽误时间，一个一个来……”

听到吴勉的回答，百疆冷笑了一声，随后不再理会这个白发男人，回头对叫作苏天的主谋说道：“借我一百个甲士，我来替你消除这最后一个祸患。”

百疆是在内卫全军覆没之后才突然出现的。不久之前，苏天知道百疆被四方城的妖将发现，这位大妖虽然成功逃脱，不过他带着的一个人却被当场斩杀。

百疆露面之后也没有隐瞒，主动将妖王的情况说了一遍。本来苏天最担心的就是妖王这次还是使计，想趁机将他们一网打尽。不过到了现在也没有见到妖王出现，禁卫和内卫也已全军覆没，如果是计的话，这本钱未免也有些太大了。

按百疆所说，这些日子在王宫发号施令的是妖王的替身，那便和苏天之前的预想一样，了却了他最大的一块心病。

现在看到百疆要用吴勉来做投名状，显示对自己的忠心，苏天犹豫了一下后还是点头同意了。果然这王宫当中有古怪，但自己有数万妖兵，他也不怕还有什么变化。趁百疆缠住吴勉的工夫，他的数万大军冲过去，能直接踏平前面的宫殿。

苏天对百疆身后的一百多只妖物说道：“你们跟随百疆大妖，在新君面前首立战功！”说话的时候，这位谋反的主谋朝这些妖物的首领使了使眼色。只要百疆稍有不对，第一个斩杀的就是这只大妖。

当下，百疆接过一把妖刀，对着吴勉扑了过去，后面的一百多只妖物也跟着一同扑上前。而那个白发男人还是一点都不紧张，举起空着的手，对冲在前面的百疆拍了过去。

这一巴掌虚打出的同时，百疆突然一口鲜血喷了出来，随后他的身子连连倒退。如果不是后面的妖物扑过来，一把扶住大妖，大妖这时已经倒在地上了。看这场面好像是百疆吃了吴勉的亏，不过这个时候苏天却看出了破绽——这王宫当中有当年徐福亲自摆下的法阵，为什么吴勉还能自由地使用术法？有诈！

可惜苏天发现破绽的时候已经晚了一拍，还没等到他开口让后面的妖物解决百疆，大妖那边已经有了下一个动作。就见百疆反手抓住身后妖物的肩膀，用力将妖物对着宫殿大门的方向甩了出去，嘴里同时大叫：“开门！”

这一嗓子喊出来的同时，宫殿大门瞬间被打开，归不归探出了半个身子，在空中接住了这名妖物，随后瞬间把他拉进了宫殿里面，大门随即“嘭”的一声重新关上。百疆抛出妖物，归不归开门去接，一气呵成，看着就好像私下排练过多次一样。

这一切发生在电光火石之间，等到后面的众妖反应过来的时候。宫殿大门已经关闭，而百疆已经转身站到了吴勉的身边。他转身的同时还砍翻了两只没有反应过来的妖物。

其余的妖物想要冲过去的时候，却被苏天拦住：“停下！我有话问百疆……刚才被你扔进去的不是妖，是那个叫作白重的人，是吗？那个人头只是你为了演戏，从人世带上来的……为什么他的身上没有人气，都是妖气？”

看到苏天拦住了妖物，正合百疆要拖延时间的意思。大妖有些发狂地大笑了一阵，随后对脸色铁青的苏天说道："碰巧有另外一个人，他教会我在人身上增加妖气的办法。苏天，你以为大局在你的掌控之下，便大意了。现在妖王就在里面，等着神医国手为陛下诊治！你们都听到了吗？陛下就是被苏天谋害……"

"没用的，这些都是我从外地调过来的罪兵。他们都是被妖王所害，百疆，刚才有些大意我认了，不过还没有大意到敢让妖王直属兵马进来的程度。"苏天古怪地笑了一声之后，继续说道，"你把神医送进去又怎么样？他没有诊治的时间……来！跟随我踏平此地！"

最后半句话苏天是大声吼出来的，不过他后面的动作却和刚才这一嗓子正好相反。数万妖兵向着宫殿冲过去的同时，苏天反而向后退了几步，将身体藏匿在数不清的妖物当中。

敢在这里和吴勉这样的大修士翻脸，除了苏天这边的妖物众多之外，还有就是在王宫的范围之内不能使用术法和妖术，这是当年妖王和徐福结盟的时候，暗中定下的条款。王宫里面的阵法是徐福亲自摆下的，所以刚才和禁卫、内卫两军大战的时候，这些妖物都是来回地冲锋，没有一只妖物能施展出妖法来。

和吴勉打过交道的妖物回来之后，已经将这个白头发的男人传得神乎其神。不过就算真的是神，也用不了仙术，遇到这么多妖兵，也只有等死的分。守门的吴勉、百疆一死，里面的妖王自然也活不成。

就在苏天等着百疆、吴勉首级送到自己面前的时候。眼前突然刀光一闪，冲在最前面的一百多妖物身体一分为二，倒在地上气绝身亡。这是怎么回事？不是施展不了术法吗？为什么会这样？如果不是妖物太密集，身上又穿着重甲的话，这一下绝对不只砍死这百十来只妖物。

就在苏天吃惊的时候，尝到了甜头的吴勉举着手里的贪狼，左一下右一下地抡了起来。吴勉一个人竟然将数万的妖兵杀得连连后退……

第五十六章　骨札

看着面前的白发男人好像割韭菜一样收割着妖物们的性命，苏天惊愕得无以复加。之前的禁卫、内卫勇猛，也是靠着几万、几千的队伍，现在吴勉一个人扛着大刀片子追赶着上万的妖物到处跑，不是亲眼看到谁能相信眼前的一切？

其实吴勉一个人砍杀的妖物毕竟有限，真正让数万妖物垮掉的是信息传达得不准确。后面的妖物想要在新主的面前表忠心，拼了命地往前冲。前面的妖物则见识了吴勉贪狼杀妖如同切菜一样的手段之后，开始纷纷向后逃窜。一边在冲，一边在退，两股妖物就撞到了一起，相互踩踏、撕扯的不计其数。

妖物毕竟还是妖物，有不少竟然在这种场合下争执起来，对着同类拔刀相向的也不少。一时之间，场面混乱至极，吴勉趁机连连挥舞贪狼，已经有小一千的妖物死在了这法器的砍杀之下。

“不要乱！你们都让开！我来会会这个白头发……”这时，众妖兵身后有妖大吼了一声。随后一队身穿重甲的妖兵开路，将挡在身前的其他妖物都撞开，这时队伍当中冲出一只同样身穿重甲，上了年纪、满脸皱纹的老妖将。

老妖将手里擎着一把血迹斑斑的单手大锤，别看他年纪老迈，当年却是妖山第一猛将骨札。守卫王宫的禁卫妖将断无求就是出自骨札的门下。骨札早年因为参与妖后谋逆而得罪了妖王。不过看在他昔日战功赫赫的分上，老妖王并没有要他的性命，只是夺去了他的官职，贬为奴隶。

苏天多年前谋划这件事情的时候，已经秘密将骨札从流放之地接了回来，藏在私军当中，让他替自己训练军队。刚才攻破王宫大门的奇袭，就出自这位骨札的手笔。当时断无求太过勇猛，骨札劝降不过，便一锤砸死了他。只不过那位禁卫妖将临死之前，使用禁术爆了自己的妖气，伤到了这位妖山老将，使他没能在后面对付内卫的大战中登场。

听到攻破王宫，大军直达妖王宫殿的时候，骨札按捺不住心里的激动，带着自己的五百护卫，要亲眼看看妖王被俘或者自杀的惨象。不过刚刚进了王宫，他便看到远处一片慌乱的景象，数万大军堵住了路口。后面的妖兵也不知道前面出了什么事情，众说纷纭。有说妖王最后一支亲军杀出来了，还有说老妖王自己出来动手了。

不管怎么样，已经走到最后一步没有再回头的道理。当下，骨札命令自己的护卫在前面开路，让他过去。走到一半的时候，抓到了逃回来的溃兵，才知道出了什么事情。

对方只有一个人！就杀得数万妖兵大乱？这个结果让骨札大怒。妖生性就是要吃人的，怎么会让人追着打杀？这就好像一只羊咬死几万人的大军一样不可思议。知道只是一个人之后，骨札便大吼了一声，让前面的妖兵让路，他要去见识一下什么人会有这样的本事，难不成徐福又回来了？

看到老妖将出现之后，吴勉倒是没有什么，只是他身边的百疆提醒道："小心，他是当年的妖山第一猛将骨札……"

"当年的……第一猛将。"吴勉故意拉长了音，上下打量着对面的骨札，说道，"记住，你要会的白头发叫作吴勉……""勉"字还在口中，他手中的贪狼已经对着骨札劈了下去。

骨札久经战阵，和吴勉对峙便加倍小心。白发男人的动作做出来的时候，骨札已经将大锤的锤头横在了胸前。一声金属相击的声音响过，那牛头大小的锤头便被一分为二。骨札身上的重甲也给刀风切断，老妖将直挺挺地站在原地，一脸不可思议地看着面前的白发男人，怎么也想不到会是这样的结果。

后面的亲兵担心吴勉会趁势再来第二下，当下举着重盾想要护在自己主将的身前。没有想到他们还没走到骨札的身前，就见这位昔日的妖山第一猛将的身体自盔甲被切断的位置分开，变成两半掉在了地上，鲜血、内脏等流了一地。

吴勉一下便结果了妖山第一猛将，这让在场的所有妖兵都吓傻了。本来还指望这位老妖将多少能撑一会儿，给他们留出一个攻打宫殿的机会。想不到一眨眼的工夫，骨札便被分成了两半。

此时苏天已经吩咐群妖散开，堵在大门口的妖兵全部退出去，留下四五千精兵分守在宫殿前面的各个位置。其余的妖兵分成千人队等候在外面，如果骨札失利，随时准备冲进来，和这个白发男人展开游斗。数万妖兵对付一个人竟然还要游斗，说出去也是够丢人的。

之前妖兵们太过集中，吴勉闭着眼睛都能砍倒一大片。刚才妖兵们空出了一块五十丈见方的空地来，留给骨札将军和吴勉动手用。不过苏天还有自己的考量，等到骨札缠住了吴勉，让这个白发男人自顾不暇的时候，宫殿前面的数千妖兵便可以趁机冲进宫殿。到时候妖王一死，吴勉便没有了再动手的理由。

现在这个计划已经不可能实行，当下苏天的两个同伙开始鼓动他继续向里面派兵。吴勉总有杀累的时候，只要这个白发男人一个不留神，就让妖兵冲到宫殿里。这么霸道的法器，就不信里面那些人还会有第二件。

“我们耗光了大军，就算解决了妖王，后面的残局谁来替我们收拾？”苏天冷冷地看了两个同伴一眼，随后吩咐妖兵边打边退。在这里吴勉可以使用法器，而妖兵妖将们却施展不了妖法，实在太吃亏了。只要将他引到王宫外面，数万大军的妖法施展过去，就是当年的徐福也是必死无疑。

苏天一声令下，留守在宫殿前面的数千妖兵开始纷纷后退。本来想着这个白头发的男人会乘胜追击，不过事实却让苏天郁闷得说不出话来。就见吴勉和百疆没有一点要追赶的意思，这一人一妖目送着群妖退出去之后，竟然坐在了宫殿门前的台阶上。

百疆心里挂念妖王，对着宫殿里面大喊了一通，询问白重还有多久能治好妖王，吴勉则懒洋洋地半躺在台阶上晒着太阳……

见到吴勉就是不出来，本来多智的苏天开始抓狂了。同伴见他也没有什么主意，便吩咐找了嗓门大的妖物对着宫殿的方向骂街。妖物指着吴勉和百疆的祖宗骂，只要能把他们俩气得冲出来就行。

不过骂街也是一门技术活，不是长着嘴会出声就会骂街的。整个妖山骂街的天赋好像都被百无求一只妖物独占一样，其他的妖物平时遇到看不顺眼的早就直接动手了，会骂街的真没几个。

骂了没两句，还没提到吴勉的祖宗，这些妖物自己都觉得牙软，嘴里呜哩哇啦的不知道在说什么。当中真有两个舍得下脸皮的骂了没两句，吴勉的贪狼便挥了出去，一刀下去就是十几具尸体。其他骂街的妖物看到了，骂声自是越来越小。

“让骂阵的都回来，还嫌不够丢人吗？”缓过来的苏天向着宫殿的方向深深地吸了口气，随后叫过来几位妖兵的主将，对着他们说道，“你们派出手下，推倒王宫之内所有的宫墙。我们几万大军从东南西北出击，他只有一件法器，漫天都是妖物，我看看他能砍得了多少……”

第五十七章　战

军令传达下去之后，王宫四周便响起一阵阵轰隆轰隆的声音。不管是人还是妖物毁坏事物永远要比建造事物拿手，没过多久，推倒宫墙的声音越来越近。百疆马上便明白苏天这是要做什么，这位大妖也开始慌张起来，对吴勉说道："他们这是要推倒宫墙，从四面八方一起涌进来。我们防不住……让他们带着陛下从暗道里面撤走……"

"你还真是百无求的大哥……"吴勉冲百疆翻了翻白眼，说道，"现在只剩这一座宫殿了，在里面没有找到妖王，你是苏天的话会怎么办？"

百疆本来就是极聪明的妖物，被吴勉一句话点醒之后，深吸了口气，咬着牙说道："他会断了王宫周围的地脉，把陛下活活压死在里面……"

一句话说完，百疆猛地回头对着宫殿里面喊道："白重！你还要多久才能把陛下治好？"

"别催我！你越催我越乱！我能治好妖王，你记住这个就好！"这个时候，宫殿里面的白重也来了火气。本来他以为到了妖山，会被妖物好像接圣人一样地接到王宫当中，去为妖王诊病，却没有想到一路上跟着百疆东躲西藏，为了掩盖住身上的人气，还喝了几大碗的妖血。早知道弄不好会丢了性命的话，就算给他再多的金子，他也不会来妖山一趟。

虽然听到白重对自己发火，不过总算是听到了他能治好妖王的消息。百疆苦笑了一声，对吴勉说道："不管他们是从天上还是地下杀过来，总是要从正门进去的。我守着大门，你‘漏下’的妖物交给我——别‘漏’得太多……”

说话的时候，百疆起身慢慢地向着宫殿大门的方向走去。吴勉看了一眼身体已经变得漆黑的百疆，用他那特有的语气慢悠悠地说道：“你还真是会说话。”

王宫当中这座宫殿是主殿，当初是妖王刚刚登基的时候建造的。建造宫殿的石料都是从极北妖地运来的钢岩，建成之后遇到多次劫难都纹丝不动。妖兵虽然可以推倒宫墙，不过想要到宫殿之内，除了正门和暗道没有第三条路走。

几乎就在百疆走到大门口的同时，两扇巨大的木门突然开了一道缝隙。百疆好像没有看到一样，主动上前将大门重新关好，随后背靠着大门，看着宫殿外面的宫墙一面一面地被推倒。

不久之后，“轰隆”一声，最后一面宫墙被推倒，随后数不清的妖兵举着盾牌向宫殿冲了过来。

吴勉冷笑了一声之后，举起贪狼冲数量较多的妖物猛劈了过去。随着吴勉出手，一阵惨叫之后，百十来个妖物已经被砍倒在血泊当中。他们手中的重盾和厚甲救了身后妖物的性命，如果不是这样的话，死在贪狼之下的妖物会成倍增加。

看到吴勉动手之后，东南西北四方都有号角声响了起来。随后好像潮水一样的妖物发出了野兽一般的号叫，举着手中的妖器冲宫殿的方向扑了过来。吴勉连挥几下，见到妖物们越杀越多，当下一边继续使用贪狼砍杀妖物，一边慢慢地走到了台阶之下。

就在这时，这些数不清的妖物们突然发起狂来，冲到吴勉身边十几丈远的时候，他们突然相互砍杀起来，就好像看到了杀父仇人一样。距离吴勉越近的妖物厮打得越厉害，转眼之间，已经有大片大片的妖物倒在了地上，眼见是活不成了。

“是幻术！你们看到的都是假的！继续往前冲！”这时，妖物当中传来一声大吼。随后，之前的号角声又响了起来。本来还在相互厮杀的妖物都停了手，咬着牙再次向宫殿冲了过去。

听到有人能说破自己的幻术，吴勉也有些吃惊。在王宫的范围之内他使用不了术法，不过种子的力量还是可以施展出来一些的，也是靠着种子的力量他才能使用贪狼。当初他尝试过使用种子的力量来催化术法，效果虽然不如法术，不过也是一个使用幻术的方法。这么多的妖物杀是杀不完的，本来打算用术法让他们自相残杀，想不到最后却被说破。

幻术被说破，吴勉只有一边砍杀一边继续向后退去。这些妖物距离吴勉越近，贪狼的力量便越大，每一刀挥出去都有五六百个妖物倒下，奈何这些妖物实在太多，转眼之间已经扑到了吴勉身边几丈的位置。两侧的妖兵还有绕过吴勉直接向宫殿大门扑过去的意图。

这个时候，吴勉手里的贪狼突然出手，对着周围的妖物们甩了过去。其他的妖物趁着这个机会想要过来占便宜，向着白发男人扑了过去。在他们看来，白发男人是仗着手里的法器，真正动起手来的话，怎么可能是这么多妖物的对手?

冲在最前面的几只妖物已经触碰到吴勉的衣服。就在他们打算加把劲将吴勉的心脏挖出来的时候，这个白发男人的身上突然闪过一阵白色的光芒，接触到他身体的几只妖物全都口吐鲜血，身子好像被一股巨大的力量撞击，向远处飞了出去。他们飞出去的时候，还撞开了其他十几个扑到吴勉身边的妖物。

就在这时，那把飞出去砍死一串妖物的贪狼转了一圈之后，又回到了吴勉的手中。随着白发男人手腕的翻动，他身边的妖物齐刷刷地被飞舞着的贪狼砍成了两段。似乎吴勉的手中有一根看不到的丝线牵引着贪狼一样，只要被他扫到的妖物都变成了两段。眨眼的工夫，这里已经血流成河，遍地都是妖物的碎尸。

将自己身边的妖物砍杀之后，吴勉的手腕一翻，贪狼向着已经冲到正门前几丈的妖物们甩了出去，将几十个已经到了百疆面前的妖物斩成了两半。百疆本来提到嗓子眼的心稍微安稳下来。

吴勉帮着百疆处理那些妖物的同时，后面的妖物已经再次扑了上来，举着手里的妖器向吴勉挥去。眼看妖器就要打在白发男人身上，这些妖物的两条腿从膝盖的位置被一把看不到的利刃砍断。他们瞬间倒地，躺在地上哀号起来。

吴勉明明没有碰到他们，也没有做出任何动作，为什么这几个妖物会被斩断双腿？看到这一幕的妖物们怎么都想不明白。等到后面的妖物再扑过来的时候，白发男人已经将贪狼收了回来，再次抡了起来，一扫又是一大片……

冲到前面的妖物怎么都是死，要么是被贪狼斩成两段，要么是被那把看不到的利器斩断双腿，倒在地上流干了血活活疼死。不过就是这样，后面的妖物还是前赴后继，不要命地向着宫殿扑了过去。每次都会有不少妖物绕过吴勉直奔宫殿正门，最后都被白发男人回身甩出贪狼斩成两段。偶尔有在贪狼之下逃生的，也死在了百疆的手里。有趁机想要对付吴勉的，都被莫名其妙地斩断了双腿……

这样来了几次之后，吴勉身边的妖物死尸越堆越高，最后好像一堵墙一样。后面的妖物再想扑过来，要先跨过这堵妖尸墙。

“我来对付这个人，你们向着宫殿去冲！”这句话刚刚落下，从妖尸后面跳出四只妖物，其中一只妖物直奔吴勉和贪狼当中的空隙，其余三只妖物手里各拿妖器对着吴勉扑了过去。

第五十八章　绝望

吴勉是将种子的力量凝结成丝线来控制贪狼的，跳出来的妖物用自己的身体压住了丝线。趁着吴勉操控贪狼停顿的工夫，其余三只妖物冲吴勉扑了过去。

眼看三支妖器就要打在吴勉身上的时候，白发男人的手腕一翻，趴在丝线上面的妖物被掀了起来，连同贪狼一起对着三只妖物甩了过去。借着这一甩之力，吴勉的身子向后飞了出去，躲开了刺过来的妖器。

贪狼斩杀了两只妖物，趴在种子丝线上面的妖物和第三只妖物撞在一起。种子的力量本来就与妖气相冲，这个时候，两只妖物同时喷出来一口鲜血，身体向后飞了出去。

“刚才是谁说的要对付我？这就算对付完了？”吴勉冷冷一笑，再次抡开手里的贪狼，将绕过自己冲到宫殿近前的妖物杀得干干净净。在他来不及动手回撤贪狼的同时，一只黑色的妖物向他冲了过来。这妖物手中举着一把巨大的板刀，冲到近前之后突然变了方向，刀口朝下对着满是残尸的地面扫了一圈。

这个动作做得没有任何征兆。黑妖挥刀出去的同时，地上响起一阵金属撞击的声音。随后小任叁的声音响了起来：“他打我们人参……”这句话喊出来的同时，一口鲜血凭空喷到了地面上。

之前替吴勉斩断了无数妖物双腿的正是这个小家伙，当初百里熙打造的龙鳞法器都便宜了他。可惜这个小家伙的动作太大，被妖将看出了破绽。有这个小家伙替吴勉料理贪狼出手的空当，这个白头发的男人几乎就是无敌的存在。

“你找错人了……”听到小任叁惨叫的声音之后，吴勉脸上的肌肉抽动了几下，当下他也不顾什么贪狼了，迎着黑妖冲了上来。看到这个白发男人空着手，黑妖以为有便宜可占，挥舞着手里的板刀迎着吴勉劈了过去。

就在黑妖挥刀的一刹那，吴勉突然张嘴将积攒在口中的种子力量猛地对着他喷了出去。黑妖被这股力量喷到之后，身体瞬间爆炸，给这满地的碎尸又增加了些许“新货”。

轰碎了黑妖之后，吴勉将贪狼收了回来，随后继续抡开，一下一下地屠戮着冲上来的妖物。这个时候，在远处观战的苏天流下了冷汗。这个白头发的吴勉竟然有这般本事，刚才就算将他引到宫外，自己这边的妖兵妖将是可以使用妖法，不过吴勉也能自由施展术法了，到时候自己这边也未必能讨到什么便宜。

不过刚才好在黑妖拼死除了人参娃娃这个祸害，起码吴勉再甩击贪狼的时候，没有人能替他弥补这个破绽了。至于守在大门口的百疆，使用不了妖法的大妖就是一个笑话。

当下苏天命妖物吹响总攻的号角，潮水一样的妖物集中起来向宫殿冲了过去。虽然吴勉使了全力，不过还是有不少妖物绕过了他，向着大门前的百疆扑了过去。明知道再去帮着百疆，自己这边便会出现破绽，白发男人还是将贪狼对着冲向宫门的群妖甩了出去。在他将远处的妖物斩杀的同时，他面前已经有数不清的妖物跳过了尸墙，向着吴勉扑了过来。

这个时候吴勉已经来不及收回贪狼，他瞬间便淹没在了潮水一样的群妖当中。他虽然有不死之身和种子的力量护体，不过想要阻止那些妖物冲进宫殿，已经是不可能的事情了……

这个时候的百疆看到大势已去，有些痛苦地闭上了眼睛。随后他转回身去，用两只胳膊紧紧地抓住大门上的两只铜环，准备用自己的身体给妖王最后再争取一点点时间。

几乎就在百疆两只手勾住铜环的一瞬间，潮水一样的群妖便冲到了他的身后。因为妖物实在太多，一个挨一个的，本来冲在最前面的妖物已经举起了妖刀，不过还没等他砍下，后面的妖物便已经将他挤到了门板上。后面不停地有妖物向前冲，两扇大门几乎没有起到一点阻拦的作用。“轰隆”一声，大门被这数不清的妖物推倒……

找到入口之后，妖物便涌进了宫殿。看到宫殿终于被拿下，远处的苏天这才长长地松了口气。他用号声让群妖停下，等着刚才冲进宫殿的妖物将老妖王的尸体拖出来，这次叛乱便可以宣布成功了。

不过诡异的是，冲到宫殿里面的妖物竟然没有发出一点声音。那里面静悄悄的，死一般寂静，没有一点杀死妖王的欢呼声。苏天这个时候感觉到有些不对了，立即让门口的妖物进去查看，不过进去多久都没有任何回应。站在门口的妖物又说不清楚看到了什么，只说宫殿太深，看不到里面发生了什么……

这个时候不管遇到什么事情，都已经没有退路了。当下，苏天亲自带着自己仅剩的一个妖将和两个同谋冲向宫殿。从吴勉身边经过的时候，只见他已经收回了贪狼，将自己身边的妖物杀了个干净。这一人一妖远远地打了个照面。不过吴勉却没有阻拦苏天的意思，只是懒洋洋地笑了一下，用一种看着死人的表情看着苏天。

在群妖的簇拥下，苏天到了宫殿门口。就在这个时候，里面传来了一个熟悉的声音：“是苏天吗？是来看我死了没有吗？可惜了，你就差了那么一点点。怎么？已经到了这里，不进来看看我吗？”

这句话响起来的时候，苏天差一点一头从台阶上栽下去。妖王没死……被刚刚扔进来的那个人救活了……

不过妖王受的什么暗算，苏天心里明白，他不相信有人会在这么短的时间之内，便治好了妖王，就算真找到了神医国手，没有一两个月妖王不可能会恢复到这种程度。里面还有一个老狐狸归不归，这是归不归在设计他。只要不是妖王恢复，什么事情他都能接受。

当下，苏天深吸了口气，拉着妖将和两个同谋在群妖的簇拥之下进到了宫殿当中。这座宫殿被隔成了两段，穿过前面的空地之后，苏天便看到了炼狱一般的场景。就见刚才冲进来的妖物已经变成了碎尸，这些碎尸铺满了宫殿，将里面的地面生生抬高了足有一丈。

头发花白的老妖王坐在死尸堆里，他的两只手拿着酒具。自斟自饮了一杯之后，妖王翻起眼皮看了看进来的这些妖物，轻蔑地笑了一下之后，说道："我不记得你们什么时候和我平起平坐了……"

这句话出口，已经被吓破胆的两个同谋同时对着妖王跪了下去，紧接着一大片妖兵也跟着跪了下去。这让苏天和另外一名妖将气得脸色铁青。他俩使了一个眼色之后，同时抽出妖刀，将跪在地上的两个同谋斩杀当场。这一下算是震慑住了跪拜的妖物，他们纷纷起身，向着苏天那边靠拢。

这些妖物聚拢过来之后，苏天的胆气又壮了起来，他盯着老妖王说道："你醒过来又如何！不要以为用机关杀死这些妖便能骗得了我，这座王宫是不可以使用妖法的！你和那些待宰的牛羊没有什么区别……"

"有件事情我忘了和你们说了。"老妖王微微一笑之后说道，"王宫的阵法是徐福为我量身打造的，别人不可以使用妖法、术法，只有我这个老妖物可以……"

第五十九章　替身

说话的时候，老妖王伸手对着苏天身边的妖将比画了几下。就见已经做好了要和妖王拼死一战准备的妖将的身子突然僵直起来，他直挺挺地转了半圈，用尽了全身的力气从嗓子眼里冒出来几个字：“救救我……”

话音未落，妖将的脑袋已经掉落到了地上。还没等苏天反应过来，妖将的身体已经四分五裂，碎了一地，和满地的碎尸混在了一起。这个时候，除了苏天之外，所有妖物都对着妖王跪了下去。他们本来以为老妖王已经死了，或者马上就要死了，这才拼命的，现在看到妖王非但没死，只是比画了一下便了结了妖将，当下仅有的一点希望破灭，再没有刚才对待禁卫、内卫和吴勉的劲头，只求妖王把他们屠戮干净就好，不要伤及族人。

看着跪在地上的妖物，妖王淡淡地笑了一下，说道：“苏天造反有他的因由，你们呢？我死了他就是妖王，你们图的什么？图他带着你们下山去吃人？武库，你来说，你图的是什么？”

叫作武库的妖物是妖王亲自提拔的佐长，发现他在苏天的身后，妖王显得有些意外。武库对着妖王行礼，说道：“回禀陛下，苏天许诺我们可以回到上古人妖共治的状态。对人，我们应该是神而不是魔。妖，是人对我们的蔑称，叫得久了我们自己都这样认为了……”

“上古人妖共治？这个是苏天说的吗？”妖王轻轻地笑了一声之后，扭头看着苏天，说道：“想不到你为了反我，还编了这么有趣的笑话。上古人妖共治？说得还真是押韵，不过押韵归押韵，假的就是假的。去和他们解释，什么是上古人妖共治。”

“不用说了，都是我编的……”苏天见到无力回天，当下苦笑了一声，对着妖王说道，“让他们卖命，总要给点什么吧。妖王只有一个，不可能均分，那么就给点他们看不到的。我编了一个上古时期人妖共治的故事，告诉他们现在人世间的土地、财富本来都是我们妖族的。我要带他们把那些东西抢夺回来，人是我们的食物，没有资格享受那么多……”

苏天说话的时候，武库和其他几只妖物都以一种愤怒的目光盯着他。如果不是在妖王面前，他们已经一拥而上将苏天撕成了碎片。

“说得真好，我如果再年轻一点或许也会被你鼓动。”妖王看了一眼没有一点悔意的苏天，随后继续说道，“现在说说我的恶疾吧，你是怎么搞到当年的蛊粉的？”

“当年你中蛊毒的那次，我也参与了。只不过你的妖后替我扛下来了，她宁可被你诛全族也没有把我供出来。因为我许诺她，会待在你的身边，找一个合适的机会杀了你，为她们全族报仇。”说到这里，苏天自嘲地笑了一声，随后对妖王说道，“不过最后还是没有成功，就像你说的那样，就差了一点点。”

“这一点点便足够了。”说话的时候，妖王再次自斟自饮了一杯。随后他扭头对着快把牙咬碎的武库等妖物古怪地笑了一下，对他们说道：“现在明白了吗？没有什么上古人妖共治。有的只是苏天做妖王的野心，你们都是他野心的牺牲品。为了成全他，你们连同你们的族人都会被诛戮……”

“妖王刚刚恢复，他撑不了多久的，我们还有机会！”这个时候，苏天发疯一样对着武库等妖物叫喊。和他这句话形成鲜明对比的是，喊话的同时，这个谋反的主谋却在慢慢地向大门口退去。

武库等妖物站了起来，拦住了苏天的去路。没等这个主谋喊叫，在场所有妖物将手中的妖器对着苏天和另外两只妖物刺了过去。虽然使用不了妖法，不过这样也足够让苏天他们死几次的了。

妖器拔出来之后，苏天等三妖直接倒在了地上，抽搐了一阵子之后气绝身亡。

妖王看了一眼已经死去的苏天，再次喝了一杯酒之后，对武库等妖物说道："现在你们知道应该怎么办了吧？"

武库等妖物相互看了一眼之后，将刚才刺进苏天身体的妖器对准了自己的心脏。眼看着他们就要自己了结的时候，妖王的声音又响了起来："还不到这个时候，把苏天的尸体带出去，后面的事情不需要我教你们怎么做了吧？"

武库愣了一下之后，马上明白了妖王的意思，和身边其他几个妖物一起，将苏天等三妖的尸体拖了出去。随后他向外面的妖物说妖王陛下安在，大家都是受了苏天的蛊惑，没有什么人妖共治，这都是苏天编出来的谎话。

武库等妖物从宫殿里面出来的同时，吴勉正一手抱着哼哼唧唧的小任叁，一手将昏迷不醒的百疆拖到宫殿当中。看了一眼坐在碎尸堆上的妖王，吴勉说道："让白重忙乎完妖王之后，再看看百无求的大哥，这妖物就剩下一口气了。"

这话明显就不是对妖王说的，随后归不归的声音从妖王的身后响了起来："老妖王的命保住了，不过想要恢复原样怎么也还需要个一两年。喂，该走的都走了，你哆嗦什么……"

最后半句话是对坐在妖尸堆上的"妖王"说的，武库等妖物拖着苏天等妖尸离开之后，他便不受控制地哆嗦起来。这只妖物是妖王的替身，之前一直躲藏在密室当中。刚刚就在外面打斗最激烈的时候，他被归不归从密室当中拖了出来，恢复了"妖王"的样子。几乎就在他变成

“妖王”之时，外面的大门就被妖物们撞破，数不清的妖物冲了进来。

随后，让替身吓破胆的一幕出现了。这些妖物见到他之后，好像被施展了定身法一样，一个个直挺挺地站在当场。随后他们的身体好像被看不到的利刃切割着，变成了碎尸散落一地。后面陆陆续续又有几拨妖物冲进来，他们的下场和之前的妖物没有什么不同，只是让宫殿里面的碎尸越堆越高。

接下来，归不归做了让妖王替身更加惊恐的事情。老家伙让他坐在了碎尸堆上，自己则藏在他身后，教他一会儿谋反的主谋进来，应该如何应答。幸好外面几万妖兵吵吵嚷嚷的声音传进来，苏天并没有发现“妖王”身后还有一个人，在对他传递消息。

虽然这妖物平时做妖王替身的时候见过大场面，不过让他坐在碎尸堆里，他还是浑身上下直打哆嗦。幸好归不归给他找来了酒，靠着酒水壮胆，这才将这场戏支撑了下去。不过看到妖物们离开之后，他还是哆嗦个不停。

归不归从替身身后现身之后，冲吴勉嘿嘿一笑，走过去将满身是血的小任叁接了过来。吴勉看了一圈并没有看到百无求，开口向归不归问道：“你那个‘亲生儿子’呢？刚才我还一直担心他会冲出来。”

“被老人家我关在暗道里面，给白重打打下手。不给他找点活干的话，这孩子早就出去拼命了。”刚才内卫拼命的时候，百无求便要冲出去和煞无求一起作战，被归不归连哄带骗地关进了暗室。后来白重被百疆扔进来之后，老家伙又给百无求安排了新活。

吴勉看了一眼暗道的位置，说道：“妖王醒过来了？”

归不归嘿嘿一笑，看着这一地的碎尸说道：“他不醒这里怎么会这样？”

第六十章　妖王的气势

在白重的妙手之下，妖王曾经醒过来一段时间。老家伙三言两语地介绍了他昏迷的这段时间都发生了什么事情，怕老妖王受不了，隐去了禁卫和内卫已经拼光的事情，只说现在吴勉正在和外面的禁卫、内卫一起抵抗反叛。

“我不是第一天认识吴勉，禁卫和内卫若不是都死光了，他是不会出去的……”妖王一句话点破之后，又继续说道，“能拼光了禁卫和内卫，对方已经做好十足的准备，吴勉一个人再厉害也守不住的。归不归，我还有一张底牌……”

这座宫殿便是妖王最后的底牌，当初他请徐福在王宫当中摆下阵法的时候，预想过可能会出现类似今天这样的情况——有妖叛乱攻进了王宫，而他又因为某种限制而使用不了妖法。当时他便请徐福在这座自己常驻的宫殿当中摆下了另外一个妖阵，就算自己的妖法使用不了，也可以开启妖阵斩杀叛军。

开启妖阵的妖（或人）只要将自己的精血灌注到阵法当中，便可以控制妖阵杀戮。只不过现在的妖王身上没有那么多血可以灌注妖阵，只能便宜归不归来做这个操控妖阵的人。也是这阵法太过诡异，苏天那么精明的妖物都没有看出破绽来。

给小任叁包扎了伤口之后，这个小家伙开始担心起来，现在外面静悄悄的，不知道那些妖物在做什么，知道妖王没死会不会再冲进来。归不归表情古怪地看了小任叁一眼之后，说道：“外面的妖物不会再进来了……”

小任叁不信老家伙的话，又担心妖物们突然冲进来，当下用龙鳞法器遮挡住自己的身体，出去查看究竟。不过片刻之后，他便脸色苍白地回来了，好像看到了什么可怕的东西一样，嘴里喃喃自语道：“都死了，一片一片的妖都死了。至于吗？逃就好了，干吗要自杀？”

小任叁走到宫殿大门口的时候，便见到刚才出去的武库等众妖倒在地上。除了他们之外，本来将宫殿围得风雨不透的妖物也都倒在了地上。他们几乎都保持着一个姿势，向着宫殿跪了下去，双手握着法器插进了自己的胸口。可怕的不是这么多妖物同时自杀，而是他们死得悄无声息，宫殿里面竟然听不到一点声音……

“这是他们在祈求陛下免除诛九族之罪，在陛下下旨之前，这些妖物自杀的话，陛下会酌情减免他们死后的余罪……”看着小任叁嘴里一直在嘀咕，妖王的替身解释道，“有很多罪臣，在陛下下旨之前自杀，最后陛下只是降罪个妖，没有牵连全族。这也算是给他们一个赎罪的机会。”

“外面几万妖物，真全部诛九族的话，你们妖山的妖物能少一半吧？”归不归看着替身笑了一下，随后说道，“老妖王也不知道在哪里找的你，这么像，不知道他的妃子、妖后什么的会不会把你们认错。”

听出归不归嘴里有调笑的意思，替身有些尴尬地笑了一下，随后回答了归不归的第一个问题：“陛下杀伐果断，不会有妇人之仁的。当初陛下和徐福刚刚定下盟约，西目妖将带领本部人马下妖山，犯下了大罪。跟随妖将下山的妖兵以为他们只是服从军令，结果五万兵士连同他们全族二十余万妖族全部被株连，一个不留。当时都以为陛下法不责众，谁又能想到最后是这个结果。从那次开始，极少有妖敢私自下山。”

“老妖王还真是舍得下手……”归不归说话的时候，暗道的大门被打开，随后满身大汗看着好像快要虚脱了一样的白重从里面走了出来。

看到满地的碎尸之后，白重本来就偏白的脸色变得更加苍白。

看了一眼吴勉和归不归之后，他对这两个人说道："我该做的事情都做好了，老妖王的命没有大碍，让他好好休息几……你怎么起来了？你怎么起得来……"

白重的话还没有说完，就见赤裸着上身，身上都是伤疤的老妖王缓缓从暗道里走了出来。走到白重身边的时候，老妖王微微低了低头，说道："多谢你的救命之恩，稍后我自然会有报答。"

说完，老妖王走到归不归的面前，伸出了巴掌，说道："我既然醒了，那就不劳大驾，还是由我来掌管这里的法阵好了。"

"陛下你还真是小心，刚刚睁眼就惦记这点东西。"说话的时候，归不归小心翼翼地从怀里摸出一个小小的红玉圆盘。圆盘上面雕刻着一个妖兽头颅的图案，也不知道妖王触动了什么机关，竟然从妖兽的嘴里不停地流出鲜血来。谁能想到小小的一只玉盘当中，竟然存了这么多的鲜血。

"不是自己的血，你还真是不知道心疼。这不是刚才求着老人家我收下玉盘，给它注血的那个时候了……"玉盘里面倾倒出来的正是老家伙归不归的鲜血，归不归有些心疼地嘀咕起来。而老妖王好像没有听到一样，一直等到玉盘将最后一滴鲜血都流干净之后，他这才将玉盘收到怀里。

这个时候，妖王的替身已经自动退到了暗室当中。这是妖王给他立下的规矩，他们一真一假两个妖王不能同时出现在一个场合当中，就算没有外人，只要老妖王一出现，替身便要立即回避。

这个时候，百无求也从暗道里面走了出来，和他一起出来的还有当初在控龙岭遇到的疆盟。疆盟本来是留在暗道当中等着随时接应的，迟迟没有这边的消息，他实在等不及，这才过来查看。

"百疆这是怎么了？"百无求出来之后，便在一地的碎尸当中看到了昏迷不醒的百疆，当下急忙过来查看。看到他的胸膛还在微微上下起伏，百无求这才松了口气，叫来白重帮着救治自己的亲大哥。

“把百疆抬到暗道当中请白重先生救治，这里马上就会热闹起来的。”妖王对着疆盟吩咐一句之后，又对吴勉说道：“虽然我在里面，不过也知道刚才发生了什么事情，多谢你独立支撑了这么久。原本天下人当中我只佩服徐福大方师和席应真先生，现在加上你是三个人。”

“陛下，你又把老人家我忘了……”归不归的话还没有说完，外面突然响起一阵嘈杂的声音。随后有无数的声音喊道：“陛下无事吧？陛下您老人家在哪里……”

听到这个声音之后，妖王的脸上露出一丝古怪的表情。随后他坐在了刚才替身所坐的位置上，将身边的酒壶抄在手中，对着壶嘴喝了一大口。归不归朝吴勉使了一个眼色，两个人退到了角落里，等着看下面的戏要怎么开场。

片刻之后，数十名身穿重甲的妖物从殿外冲了进来。看到满地的碎尸之后，这些妖物先是一愣，随后才在碎尸当中找到了正在喝酒的老妖王。当下，所有冲进来的妖物也顾不得满地的血污，对着妖王跪了下去。有自称儿子的，也有自称臣下的，闹哄哄地说着担心陛下之类掏心掏肺的话。

一直等到这些妖物住了口，妖王这才放下酒壶，目光在妖物们的身上扫了一圈之后，说道：“又让你们失望了，老妖物我还活着。你们看了半天的大戏，现在轮到你们自己上台了，接下来我给你们唱一出斩子、除逆的大戏，你们可要接住了……”

第六十一章　斩子除逆

妖王的儿子分散在妖山各地，其中有九子在王都居住，这九子的身边多多少少都有一些护军。苏天叛乱之时是打着清王侧这杆大旗的，当时派出得力干将前往王都中各个太子的府里游说。

这些说客基本上都是一个说辞：妖王重病之后被近臣佛罗氏控制，这次举兵意在铲除奸臣佛罗氏。如果陛下已经被佛罗氏谋害的话，那么苏天大人一定会力保殿下坐上新王的大位。现在只要殿下守在府中确保中立，不受佛罗氏等奸臣的迷惑就好。

一番游说之后，任凭王宫之中如何喊杀震天，九位太子没有一位派兵出来查看，反而开始联络和自己关系要好的朝中重臣。在他们看来，自己的亲爹不管是死在佛罗氏手里，还是死在苏天手里，都没有什么关系，只要把妖王的大位空出来，自己有机会坐上去就好。

除了太子，王都当中的重臣也是一个心思，反正谋逆的是苏天又不是自己，等到局势明朗之后举荐一位太子登基，就算拥立苏天也没有什么关系。不过也有不少对妖王忠心的妖臣已经离开了王都，去联络救驾的兵马。现在留在王都当中的太子、妖臣心里都在盼着老妖王死在苏天手里。只是王宫当中突然安静了下来，他们这才有些慌乱，急急忙忙带着自己府中的护兵过来查看。妖王死了他们便来争位，妖王活着他们就是来锄奸的。

刚刚冲到王宫的时候，这些太子和权臣已经被吓坏了，所见之处都是死尸。到了宫殿之前，看到叛军对着宫殿的方向做出赎罪自杀的样子，他们瞬间明白这次叛乱谁输谁赢了。当下，孝子忠臣的“嘴脸”都显露出来。

“佛罗氏、煞无求、断无求及其内卫、禁卫都已经死光了，他们死了，你们为什么还活着？”妖王森然一笑之后说道，“疆淮，你们几个是我的儿子。你们的命是我给的，现在可以还给我了。还在等什么？还在等第二个苏天吗！疆淮，你的年纪最大，给弟弟们做个样子吧……”

说话的时候，妖王捡起一把妖刀，远远地丢给了疆淮。这位太子眼睛直勾勾地盯着身前的妖刀，随后跪在地上不停地对着妖王磕头，诉说着自己是如何被苏天的兵将堵住，又是如何好不容易杀出一条血路，这才到的王宫。如果不是他的甲胄实在太新，身上连个油皮都没有蹭到，或许妖王还能信上一两分。

一直等到疆淮说完，妖王这才冷笑了一声，说道：“佛罗氏、煞无求和断无求他们为了我丢了性命，我亲生的儿子为什么不可以？疆淮，他们死了你还活着，你让我怎么面对其他忠心于我的臣下？不用多说了，赶紧上路吧。在下面看到佛罗氏、煞无求和断无求的话，记得替我谢谢他们的舍命救驾之恩……你还在等什么？要我亲自动手吗？”

这句话说完，疆淮深深地吸了口气，随后哆哆嗦嗦地将地上的妖刀捡了起来。不过他并没有拿刀向着自己身上招呼，而是大吼了一声之后，举刀向妖王砍了过去。此时的疆淮看到自己父亲身上的伤口向外渗血，猜到他现在重伤未愈。既然妖王狠心要自己这个儿子死，他索性豁出去先杀了妖王。

“好儿子……”妖王狞笑了一声之后，对着疆淮虚抓了一把。现在这个王宫还是只有他可以使用妖法。疆淮跑了没有几步，身子突然僵住。随后他全身的骨头“嘎巴嘎巴”作响，片刻之后，他的脑袋古怪地垂在后背，舌头吐出来有半尺长。他就这样在八个弟弟和朝中大臣的面前咽了气。

剩下的八个太子见到之后，同时跳了起来，向宫殿外面跑去。不过他们还没有跑到门口，便倒在地上抽搐起来，开始嘴里还不停地吐着白沫，没过多久白沫变成了鲜血。八个太子一个接一个地咽了气……

“我的儿子们都死了，你们几位呢？”妖王有些凄惨地笑了一下，随后继续说道，“当初我学人世间帝王的治国之术，让你们个个担任妖山的显要之职。想不到你们非但没有学会人臣尽心辅佐君王治国那一套，反倒把他们的陋习照搬到了自己身上。断无求、煞无求能为我尽忠，你们呢？我给你们赎罪的机会，开始吧……”

看到几位太子惨死在妖王手上之后，这些妖臣已经明白今天断无生还的可能。当下他们颤颤巍巍地将各自携带的妖器拔了出来，跪在妖王面前，一个接一个地将妖器对着自己的胸口刺了进去。

一直看到最后一位大臣自杀之后，妖王这才晃晃悠悠地站了起来。回头看了吴勉和归不归二人一眼，他凄惨地笑了一下，说道：“见笑了……”最后一个字说出来的时候，妖王一口鲜血喷了出来，随后直挺挺地倒在了碎尸堆里。

“杀几个儿子，也不用高兴成这个样子。”吴勉不冷不热地说完之后，看了一眼归不归，说道：“你打算让我去救妖王吗？”

老家伙苦笑了一声，对暗道里面的白重喊道：“白大夫，麻烦你再出来一趟，有点小事情要麻烦你……”

妖王只是气急攻心，并没有什么大碍，白重如何救治不必细说。就在这个时候，从宫殿大门外面探进来一个小孩子的脑袋。正是当初来见妖王时便出现过的另外一个人参娃娃曹石头。

看到妖王一身的血，正在被人救治，曹石头“哇”的一声便哭了出来。小家伙虽然被吓坏了，不过也知道谁能救妖王老爷爷。当下他跑到归不归的身边，抱着老家伙的大腿说道：“老爷爷……你救救老爷爷吧……老爷爷你可不能死啊……老爷爷，求求你了……救救老爷爷吧……”

“你先救救老人家我吧，再喊老人家我就晕了。”归不归苦笑了一声，拉着曹石头进了暗道，让白重安心救治老妖王。趁着这个机会，老家伙向曹石头打听王宫当中其他的妖物都到哪里去了。怎么说这里也是王宫，怎么样都应该有百八十个妃子和几百几千个侍奉妖王、妃子们的下人和宫女什么的。

原来在苏天突然发难攻打王宫的时候，佛罗氏担心王妃和下人当中有苏天安插的奸细，便将这些妖物都关在了另外一座宫殿当中。曹石头负责看守大门，宫殿大门的钥匙就在这个人参娃娃的手里。等到战事结束之后，有了佛罗氏传递的消息，曹石头才能开门将众妖放出来。只是现在战事结束，佛罗氏却已经战死，曹石头等不到消息，这才偷偷摸摸地赶过来。

现在宫内宫外死了这么多妖物，看着也是堵心。归不归便假传了妖王的旨意，让曹石头将关着的妖物都放出来打扫战场。

在白重的诊治之下，妖王很快便被救了回来。只是经过这一次之后，妖王伤了元气，需要休养一段时间。这时，外地的太子和大臣相继到了王宫。归不归不能代替妖王对付这些妖物，只能再次将替身放了出来，让他代替妖王去应对太子和大臣。

好在看到王宫里面死了这么多妖物，就算是对妖王忠心的太子和大臣也都吓傻了。当下他们没敢仔细打量面前的妖王是真是假，被这个替身用妖王的语气乱骂了一通之后，统统离开了王宫。

第六十二章　答谢

王宫里面的死尸足足花了三天时间才清理完，不过空气当中还是弥漫着一股令人作呕的血腥气。经历过以往谋逆之事的妖物，这个时候个个心惊胆战。按老妖王的脾气，王宫当中死了的这数万叛军只是刚刚开始。他们虽然在死前赎过罪，不会遭受灭族的刑罚，但是按以往的例子，还会牵连出不少权贵。

不过一个多月过去，却不见妖王有什么动作。除了几个修缮王宫的旨意之外，再没有什么特别的旨意传来。

就在这些妖山的权贵松了一口气，以为苏天的事情总算告一段落的时候，王宫里面突然有了动作。第一道与这次谋逆之事有关的旨意是封赏了佛罗氏、煞无求和断无求三妖。妖山当中并没有像人世间那样的爵位，因而老妖王只是将妖山上三块土地赏给了三妖的后人，从此之后这三块土地便成了三妖后人的私有物。除此之外，与这次谋逆之事连坐的罪奴也都赏给了这三妖的后人。

除了佛罗氏三妖之外，还有其他一些有功的妖物也被封赏。接下来便是一连串的杀戮名单。按妖王以往的规矩，他最先“照顾”自己人。疆淮等九妖见到君父危机，非但不救反而隔岸观火，实为大不孝。九妖虽然伏法，但是余罪未消，疆淮等九妖的母族、妻族全被诛戮，一个不留。

妖臣苏天犯了谋逆大罪，罪不容恕。苏天既已伏法，亲属连坐。其父族、母族、妻族被诛，一个不留。古丹等五妖罪同苏天。当天共同谋反的八万九千妖兵妖将，虽然大都已经赎罪而死，不过因所犯罪过太大，妖王陛下法外开恩，贬八万九千妖兵妖将的妻儿为奴，为佛罗氏、煞无求和断无求三妖之后代效力。

事后匆忙赶到王宫查探虚实的几位妖臣因为死前赎罪，生前所犯大罪减免，只是将家产罚没赏赐给佛罗氏、煞无求和断无求三妖后代，其族人被赶出王都。除此之外，又株连了几位太子和十几位重臣，不过与妖王以往的“业绩”比较，这次的动作已经是比较小的了。

最后说到百疆和一直打杂的疆盟，百疆得了救驾的第一大功，补了煞无求的位置，在妖族当中挑选五千精干之士填补内卫的空缺。而疆盟则终于不用再做那些佣人做的事情了。

本来看守妖山门户的疆缘也算是立了功的，不过这位太子后来把妖山门户放弃了，找了个没人的地方躲起来。于是本来应该得的功劳也被抹去了，好在功过相抵，也没有再为难他。

王宫里还在修葺被叛军毁坏的宫殿和宫墙。这段日子里，吴勉、归不归等人被安置在离妖王寝殿不远处的偏殿当中。休养了几天之后，小任叁的伤势痊愈，他便不安分起来。开始他还只是到处找酒喝，后面又挨个宫殿窜了一遍去看妖王的妃子。妖王下了特旨不可慢待这些贵客，也没有谁和这个人参娃娃一般见识。

这里虽然是妖物的王宫，不过妖妃当中有不少幻化为人形之后，有一种人世间女人没有的妖冶之美，看得小任叁痴痴迷迷的，天天围着这几位娘娘转悠。后来被路过的曹石头暴揍了一顿之后，他才算收敛了一点，不敢再往娘娘们居住的宫殿转悠。

本来按吴勉的意思，百疆拜托的事情办完后，这里便没有他们的事情了。不过归不归不甘心这次白白救了妖王，空着手回去实在太说不过去，说什么也得要点好处。于是他便赖在王宫里面，等着妖王身体康复一点之后召见他们，连本带利地把这件事情说清楚。

妖王的身体也是异于寻常的妖物，按白重的推算，他身受重伤又气急攻心地晕倒过一次，怎么也要休养半年才能起来处理政务。没想到过了一个月，妖王便开始为苏天造反的事情收尾。一连串的旨意下去，又是无数个妖物的首级落地。

处理完苏天的事情之后，妖王不知道是不是伤了神，又连续几天没有露面。直到下旨之后的第三天，吴勉、归不归他们才被百疆带到一座库房当中。百疆指着里面的天材地宝说道：“陛下还在休养，暂时不方便见你们。这里面的天材地宝，你们能拿多少拿多少，算是请你们过来的酬劳。拿到这些东西之后，你们便可以离开妖山了。陛下身体康复一些之后，会亲自到你们的洞府，过府相谢……”

“那怎么好意思？你看看陛下实在是太客气了，谁也没说要什么酬劳啊！百疆你回去和陛下说，他老人家‘贵妖’事忙，就不用亲自跑一趟了。心里过意不去的话，就让你带着这样的土特产送过去就成。”归不归说话的时候，已经进到了库房，对侍候在身边的小妖物说道：“这一面，那一面，还有后面的那些，看见老人家我手指的位置了吗？不是一个，是一面……别怕老人家我拿不走，你们家妖王会出车的……”

“白重呢？他要跟我们一起离开。”没等百疆回话，吴勉已经直接打断了归不归的话。

大妖皱了皱眉头，说道：“白重救驾有功，陛下另有封赏。不过现在妖王陛下年迈，身边也需要有一位这样的神医。白重留在妖山，负责调养陛下的身体。”

“留在妖山？我可不记得上山之前，你说过这样的话。”吴勉冷冷一笑之后，继续用他特有的语调说道，“白重是被归不归请上妖山的，现在老家伙要离开，他自然也要跟着一起离开。想要他留在妖山，可以，让他自己和我说。”

“白重也是我请来的，我的客人，我还会害他吗？”这一人一妖的脾气有些相似，没说两句话便呛在了一起。百疆冷笑了一声之后，盯着吴勉说道："我的客人，下山的话我会亲自送他回去。白重先生是跟着我上山的，也应该是我亲自送走。"

眼看两个人越说越呛，百无求劝了半天都没有用，让小任叁去库房里将归不归叫出来劝架。就在这个时候，另外一个人参娃娃曹石头从地下钻了出来。小家伙说道："陛下请你们几位到宫殿见他老人家，百疆，你也要去……"

刚才曹石头是跟着百疆一起来的，见到他和吴勉说话呛火之后，担心他俩真的打起来，便急急忙忙去找妖王劝架。回来的时候怕来不及，还特意请示了妖王让他可以使用土遁之法。

有了妖王的旨意，百疆的火气便马上降了下来。在曹石头的引领之下，他们再次到了当日被叛军围攻的宫殿当中。他们进来之后，便看到妖王一脸病容地躺在床上。当初妖王亲手杀子的时候还龙精虎猛的，想不到过了这一个多月，他好像老了几百岁，身上的皮肉松弛了下来，眼窝深陷，两只眼睛无神地盯着屋顶，连这些人进来都没有感觉到。

白重就守在妖王的身边，看到吴勉、归不归他们进来，就走过去叮嘱了几句："说两句就好，时间长了妖王熬不住。我就说他要休养个半年，刚刚攒起一点元神，一动气都耗光了……"

"是吴勉、归不归几位到了吗？百疆，过来把我扶起来，我要亲自向几位道谢……"

听了妖王的话，吴勉一皱眉头，说道："他看不到我们……眼睛怎么了？"

第六十三章　酿造

在处置苏天事件接近尾声的时候，老妖王查到自己有个儿子早已发现了苏天的企图，不过他非但没有向妖王告发，反而找了个借口离开王都，去找自己相熟的妖将囤积妖兵。等到王都事态明朗之后，他再借着勤王的名义打回王都。

这么做怎么都不算亏，妖王赢了，他得了一个忠孝的名头，老妖王也会对他刮目相看。这位太子说不定借着这个机会就有成为下一任妖王的契机。苏天赢了，他也不吃亏，能打下来王宫苏天势必是拼了老本。到时候趁叛军立足未稳的时候，他带兵攻打也有极大的胜算。

到时候他打败了苏天，妖王已经归天了，妖山群龙无首，他一位带兵的太子，理所应当就成了下一任的妖王。

一开始还真的骗过了妖王。不过随着苏天的倒台，一些证据已经指向了这位太子。也是他太自大了，竟然已经草拟了登基诏书，在抄家时被抄出来了。除此之外，在他的府中还找到了为他量身定制的王袍。

妖王本来以为自己这么多儿子当中，总算出了一个孝子，没有想到这位太子比他那些隔岸观火的兄弟们还要可恶。只不过最近王都当中妖心慌慌的，妖王思量良久之后，派了这位太子去四方城查探和苏天有瓜葛的妖将。百疆在半路上偷偷摸摸地进了太子的大帐，给他看了妖王查获的证据。

太子大骇之下没有选择反抗，当下对着王都的方向自尽，死前赎了自己的罪孽。妖王倒是没有为难太子外戚，只不过连番几次这样的事情，让妖王气急攻心，以致暂时失明。不过有白重在一旁帮妖王调养，不久之后他便可以恢复光明。

也不知道妖王和白重许诺了什么，见到吴勉、归不归二人之后，这位当初死活都要离开妖山的神医这次竟然改了口风，说什么要等到治好妖王之后，才会离开妖山。还说什么医者父母心，不把妖王治好他不忍心离开。

“拉倒吧，你才当了几天大夫，就敢这么说话了？”归不归嘿嘿一笑，看着躺在床榻上的老妖王，继续说道，“再说了，医者父母心，怎么你这是要给老妖王当爸爸了？这不大合适吧？”

白重刚刚想要说话的时候，从宫殿里面走出一个拿着汤碗来服侍妖王吃药的女妖。女妖出现之后，白重的眼睛便痴迷地盯着女妖，口水差一点流了出来。

女妖身上的服饰配有公主的饰物，百疆还对女妖行了半礼，往常只有太子才能享受到这种待遇。这时，归不归才明白是什么把白重留在了妖山。当下他嘿嘿一笑，冲已经眼盲的妖王说道：“陛下你真是好算计，舍出一位公主就把这么一位神医留在身边了。可惜老人家我的女儿早已轮回了，要不然的话，也想着有这么一位大夫女婿守在身边……”

老妖王好像听不懂归不归的话一样，如同老糊涂一样东拉西扯的。归不归心里还惦记着库房里面的天材地宝，打算去装车走人的时候，突然听到了吴勉冷冰冰的声音：“不行，白重是跟着我们上山的，就要跟着我们一起下山。他离开妖山之后怎么办我不管……”

白重自己都要留在妖山，吴勉却死活不干。最后还是归不归出了一个主意，和吴勉一起带着白重离开了妖山。下山之后他们马上分开，随后百疆重新将白重接回了妖山。

不过临走之前，老妖王还是将百无求留在宫殿当中谈心。归不归本来还想跟着一起，担心老妖王会借机说破自己和这个便宜儿子的关系。不过看到老妖王的眼睛瞎了，身边连一个信得过的儿子都没有，最后还是忍住没有说出口，只是守在大殿门口等着。

而老妖王也没有说太久，没过多久百无求便走了出来。归不归询问老妖王和他说了什么的时候，二愣子一脸莫名其妙地说道："什么都没说，老妖王就让我陪着他在屋里待着。老子问他，他也不说，后来老子烦了就自己走出来了。老家伙，你说老妖王是不是不只眼睛瞎了，脑子也气坏了？"

百无求不会撒谎骗他，这个归不归还是有几分自信的。这么一说老家伙也有些想不通，不过既然老妖王不说，那就当作什么事都没有发生就好。当下，归不归急急忙忙地回到库房，直接将里面的东西打包，百疆也没有阻拦。毕竟吴勉、归不归这次是真的救了老妖王的性命，现在用这些天材地宝将恩情还上，省得老家伙日后用这个说话。

一座巨大的库房足足装了八十六辆大车，妖王为此特意下旨，派了妖物赶车，将这些东西送到控龙岭下。由于妖山的马车是妖兽拉行，到了山下只能将八十六车的货物卸下。随后，归不归亲自去附近找了泗水号的商铺，让他们组织大车将这八十六车货物重新装车，运往自己的洞府。

而吴勉在控龙岭对白重交代了几句，便让他重新回到了妖山。百无求一脸莫名其妙，对正在看着泗水号伙计们装车的归不归说道："老家伙，你叔叔这是什么意思？带姓白的下来再让他回去，老子看着都觉得你叔叔这是没事闲的。"

"傻小子，你小爷叔这是不想开一个先例。"归不归笑吟吟地看着伙计们装车，随后继续说道，"今天白重留在山上不下来，那明天谁都可以带人上妖山了。当年徐福和老妖王定的盟约是妖山上的妖物不可以私下妖山，可没有说不可以把人带到妖山上。你想想看人世间出卖同胞的还少吗？山上的妖物是不可以下来，山下的人却可以把同胞卖到山上。那些妖物吃够了牛羊肉，真的看见一个活人，十两八两的黄金还是舍得出手的。明白了吗？你……小心点，里面的东西洒出来，你就没有了……”

听了归不归的解释，百无求才明白是怎么一回事。当下他看着翻着白眼看伙计们装货的白发吴勉，自言自语地说道：“好话就不能好好说吗？真是什么人都有……”

有了泗水号的伙计运货，归不归自然是放心的。现在有了这些宝贝，就算吴勉再痴迷炼器，大手大脚地用，五六百年也用不了这么多天材地宝。

不过归不归没有让泗水号的伙计直接将东西运到洞府，只让他们运到了附近县城的货栈当中。随后老家伙和百无求连夜将八十六辆马车上面的上万件天材地宝使用遁法送到了洞府当中，将洞府塞得满满当当。

本来以为回来之后，吴勉会马上再次开始炼制法器。不过不知道这个白头发的男人是不是忘了，回来之后便一直都在休息。归不归也不敢提醒他，只是将相对贵重的天材地宝藏了起来，就怕他哪一天再想起来。

这次出行时间虽然不算太长，不过确实一直都在变换路线，走得有些劳累。休息了一个月之后，便到了初秋时分。这时山里的各种果子熟了，小任叁便缠着归不归酿造果酒。

归不归被缠得烦了，加上以前还欠着小任叁的果酒，最后便答应这个小家伙，一边开始收集果子，一边从泗水号那里买了不少酒坛，准备酿造果酒。一日，就在归不归带着小任叁刷洗酒坛的时候，整个洞府开始剧烈地摇晃起来。小任叁一个没拿稳，将手里刚刚刷好的酒坛掉在地上，砸得粉碎……

第六十四章　妖兽财鼠

小任叁有些可惜地看了看地面上的破陶片，对归不归说道：“老不死的，你这洞府也不怎么样啊，地震都有这么大的反应……”

“地震？这座山塌了，老人家我这座洞府都不会有什么震动的。”归不归说话的时候，走到控制阵法的法坛上，一边变化阵法，一边自言自语，“老人家我有点想念百里熙那个老家伙了，别的不说，他的那个能看到外面的法器就不错，当年就应该让他炼制一套出来再去死的。我老人家是看明白了，这洞府是待不下去了，当年方士宗门都没有这么热闹过……”

就在归不归念念叨叨的时候，洞府又开始震动起来。这次伴随震动，还有一个缥缈的声音响了起来。听着像是在吟唱歌谣，只不过这个声音实在不入耳，听得百无求直咧嘴。如果不是归不归拦着，这个二愣子早就出去骂街了。

“有人在这里炼蛊？”吴勉从他的洞室里面走了出来，问归不归，“这是在招蛊吗？”

“是在抓捕妖兽，听着好像是招蛊，其实也差不多，都是用毒把妖兽和蛊虫引出来。”归不归嘿嘿一笑之后看了一眼百无求，继续说道，“难得在家门口还能遇到这样饲养妖兽的修士，老人家我还以为他们都没了……”

归不归改变了阵法之后，洞府虽然没有再震动，不过外面那缥缈的声音一直都没有断过。老家伙回头看了一眼吴勉，说道："老人家我出去见识一下是谁在外面抓捕妖兽，说不定还是个老朋友。"

"你也有朋友？"吴勉慢悠悠地说了一句之后，转身回了自己的洞室。老家伙也不在意，嘿嘿一笑之后，关了洞府的阵法，正要走出去的时候，就见一只巴掌大小的肥肥胖胖的老鼠从外面窜了进来。老鼠躲开归不归之后，直接朝还在发愣的百无求窜了过去。

"老鼠……"百无求见到之后第一个反应就是想一脚将这只老鼠踩死，不过就在他抬脚的同时，归不归已经认出了老鼠的来历，当下他对自己的便宜儿子喊了一声："别动它！这不是一般的老鼠……"

百无求跟着吴勉、归不归久了，虽然平时大大咧咧的，不过也开始讲究起来，看见老鼠闯进自己家心里不禁一阵厌恶。总算归不归这一嗓子喊得及时，二愣了抬起来的脚没有对着老鼠踩下去。

没有想到的是，这只老鼠却得寸进尺，顺着二愣子另外一条腿往上爬，看它的架势是想要爬到百无求的肩膀上。不过二愣子觉得实在太恶心，急忙伸腿将这只肥硕的老鼠抖了下来。

眼看老鼠就要掉在地上的时候，一股吸力将它吸到了归不归的手上。老家伙两根手指掐着老鼠脖子后面的肥肉，仔仔细细地打量了一遍之后，冲自己的便宜儿子说道："傻小子，这可不是一般的老鼠。这是还没有添食的财鼠……发了，以后不用担心家里的天材地宝用光了……"

归不归说话的时候，老鼠拼命在他手上挣扎。看到死活都不能从这个老家伙的手里逃出去之后，这只老鼠突然一翻白眼，好像死了一样一动不动。归不归嘿嘿一笑，说道："还会装死，不错，老人家我喜欢……"

说话的时候，归不归在老鼠雪白的肚皮上弹了一下，这只老鼠便好像触电一样哆嗦起来，随后睁开了眼睛对着老家伙一通吱吱乱叫。

这个时候，小任叁和百无求都凑了过来，他们俩才感觉到老鼠身上散发出一股淡淡的妖气。二愣子还是有些厌恶地看了老鼠一眼，随后对自己的“亲生父亲”说道：“老家伙，老鼠就是老鼠，就算它是妖兽，也是一只老鼠。别废话！你要么把它扔出去，要么让老子一脚踩死它……”

“傻小子，这可不是一般的老鼠。”看到吴勉也出了洞室来看热闹，归不归打了个哈哈，继续说道，“这个小家伙叫作财鼠，老人家我还在方士一门给徐福当弟子的那会儿见过。这财鼠也是流行过一时的。它有寻觅矿藏的本事，当时齐国这样的大国用它来寻找金矿，齐国的国君曾经用十座城来换一只还没有添食的财鼠。不过他们都是瞎胡闹，可惜了这么好的宝贝……”

说到这里，归不归顿了一下，看着还在拼命挣扎的财鼠，呵呵一笑，继续说道：“财鼠有一种天赋，你喂它吃什么，只要吃到了一定的数量，它便可以去寻找吃过的这东西。喂它吃金、玉，财鼠便可以带着你去找金矿、玉矿；喂它吃铜、铁，财鼠便去找铜矿、铁矿。你们猜猜看，现在财鼠到了老人家我的手里，我会喂它吃什么？”

“还能喂什么？你藏在洞府里面的那一大堆破烂呗。”百无求是愣不是傻，一脸瞧不起地看看自己的“亲生父亲”，哼了一下之后，继续说道，“不是我当儿子的说你，你看看你藏的那一堆破烂，能用个千八百年的吧！你不是打算死了之后，把那些破玩意儿留给老子吧？”

“别打那些天材地宝的主意，傻小子你是要和老人家我同归于尽的。”归不归哈哈一笑，继续说道，“就算再有十倍的天材地宝，也总有用完的那一天。只要有这么一个小东西，这天材地宝便是取之不尽了。再给它弄一只母财鼠，配一窝小的……你爸爸我做梦都能笑出声来……”

“真不知道到底谁才是你亲生的……”见归不归看到财鼠喜笑颜

开的样子，百无求嘟囔了一句，正打算再说点什么的时候，突然听到洞府外面传来说话的声音："请问这里是哪位道友的府邸？在下方士李茂存，请教道友的高姓大名。"

刚才归不归关闭了阵法和禁制，本来是打算出去看热闹的，没有想到会有一只财鼠闯了进来，就将注意力都放在财鼠的身上了，忘了打开阵法。正在抓捕财鼠的修士看到凭空出现了一座洞府，财鼠的气息也跟着消失在了洞府的方向。能在深山老林当中建造这样一座洞府的，不会是一般的修士。平时这个叫作李茂存的方士不会主动去招惹，不过又舍不得那只财鼠，这才大着胆子远远地站在洞府外面，恭恭敬敬地说出自己的名号，希望里面的修士能看在方士一门广仁、火山的面子上，将那只财鼠还给他。

"方士？李茂存……"归不归古怪地笑了一声之后，拿着手里的财鼠走出了洞府。看了一眼远处的修士之后，老家伙嘿嘿一笑，说道："小娃娃，你说你是方士，那么认得老人家我吗？"

李茂存上下打量了归不归一眼之后，恭恭敬敬地回答道："在下跟随师尊广仁大方师一直在高山学艺，三百余年没有下山走动。如果道友赐下高姓大名，在下或许有些耳闻。"

"跟着广仁在高山学艺？小娃娃，如果不是早先见过那位大方师一面，或许老人家我就信了。"听到这个李茂存冒用方士之名，归不归哈哈一笑，随后说道，"既然你要问，老人家我就告诉你，我老人家的名讳上徐下福。现在知道老人家我是谁了吧？"

第六十五章　妄言师徒

听到归不归自称徐福，李茂存的脸色便有些难看。他本来想借用一下广仁的名号吓唬一下面前的老修士，想不到这个老家伙拉出一个更狠的，谁不知道徐福还在海上钓鱼呢？等一下，这个老家伙手里是什么——财鼠……

看到财鼠就在归不归的手里之后，李茂存心中喜忧参半。犹豫了一下之后，他还是赔着笑脸说道："道友说笑了，徐福大方师出海几百年未归，天下人人都知晓的。道友既然不想透露高姓大名，那么在下也不勉强。只是道友手中的妖兽在下追踪多日，还望道友可以归还。"

这个时候，百无求和小任叁也从洞府里面走了出来。听到对面的修士向归不归索要财鼠，小任叁倒还罢了，二愣子的眼睛便瞪了起来："归还？这只财鼠是你下的？你是他爸爸？要不你凭什么要我们家老家伙归还？这样，老子也不为难你，你小子回去把它妈妈带来，证明这只财鼠就是你们俩生的，老子就让你把它带走……"

"你是妖物……"百无求说话的时候，李茂存已经发现他和旁边小家伙的身上都冒出丝丝妖气。当下他脸色便阴沉了下去，对笑眯眯的归不归说道："妖物是不可以私下妖山的，为什么你的身边会有妖物？小心我将你私藏妖物的事情公之于众，到时候便是无穷无尽的烦恼。道友，只要你将手里的财鼠还给在下，你私藏妖物的事情便不会有人知晓……"

听到面前的修士敢要挟自己，归不归哈哈大笑起来。笑了一阵之后，他对这个修士说道：“算了，看在娃娃你这么有趣的分上，老人家我不和你一般见识。以后你再打算蒙骗别人的话，记得先打听清楚广仁那边是怎么一回事。广仁确实有一个叫作李茂存的弟子，不过他在宗门消亡之前便已经寿终正寝了。你连名字都是假的，还有什么是真的？”

“彼此彼此，你这位徐福大方师也不是真的。”听到归不归说破自己的身份，“李茂存”冷笑了一声，随后继续说道，“我另有师门，是你们这些修士、妖物惹不起的。给你们最后一个机会，把财鼠还回来。要不然的话，你们都要死在这里。不要以为我是在和你们说笑……”

说话的时候，“李茂存”将脖子上面挂着的一根骨笛放在嘴里吹了起来，只见他鼓起了腮帮，却听不到有笛声。不过片刻之后，一条浑身红色的巨蛇从“李茂存”脚边的地下钻了出来。这条巨蛇脑袋扁平、通体血红，朝吴勉、归不归的位置嘶吼了一声之后，将身子盘了起来，好像随时就要扑过来一样。

“这不是暗蒲嘛，这么说起来娃娃你是‘妄言’孙无病的徒子徒孙了？”归不归看到这条巨蛇之后，有些意外地看了“李茂存”一眼，随后继续说道，“孙无病应该活不到今天，他能把暗蒲交给你，那么你是潜宗的门派之长了？”

“李茂存”没有想到巨蛇暗蒲出现之后，非但没有震慑住这老修士，反而被他认出了自己的来历。他心里暗道不妙，犹豫了一下之后，还是嘴硬地说道：“道友你的见识倒是不浅，家师正是无病先生。不过有件事情你算错了，他老人家还在人世并未轮回。看在道友和家师往日的情分上，在下再请道友将财鼠归还……”

“往日的情分，娃娃你可真会说笑话，‘妄言’孙无病就没有和你说，是谁把他的脑袋打歪的吗？”归不归再次哈哈大笑起来，好不容易才止住笑声，老家伙继续对“李茂存”说道，“不过你说孙无病还活着，如果是真的话，这个就让我老人家吃惊得很了……”

“你是方士一门的归不归……”自己师尊孙无病盛名之时，因为口角被徐福的弟子归不归一巴掌将脑袋打歪，此后说话便有些言语不清。那个归不归得势不让人，还给孙无病起了一个“妄言”的外号。每次想起这件事，孙无病都气得暴跳如雷。不过他现在已经起了极大的变化，不适合抛头露面出来找归不归报仇了。这次“李茂存”出来抓财鼠，也是为了扭转自己师尊身上的变化。

知道了面前这个老家伙是谁，“李茂存”的心便沉入了谷底。当年他的师尊就不是归不归的对手，虽然他现在驯化了暗蒲，但心里也明白自己不是这个老家伙的对手。这下子连犹豫都不用犹豫了，他重重地叹了口气之后，对归不归说道：“既然这样，那在下也没有什么好说的了。财鼠我不要了，请归不归前辈您好好饲养它。”

说完之后，“李茂存”掏出利刃割破了自己的手腕。那条暗蒲被引了过来，伸出蛇信舔干净了他手腕上的鲜血，这才嘶吼一声，再次钻进了地下。暗蒲离开之后，“李茂存”也开始催动五行遁法离开了。

这一人一蛇离开之后，小任叁拉着归不归的衣角说道：“老不死的，你不打听一下这个人的真名吗？”

归不归嘿嘿一笑，说道：“这种小娃娃的名字知不知道也无所谓了，他师尊当年也是被老人家我欺负的，还在乎这一个小娃娃吗？”

归不归这话也有道理，不过小任叁还是有话要说：“人，你不怕，那条大蛇，老不死的你也不怕吗？我们人参看明白了，刚才‘李茂存’是在用自己的精血饲养大蛇。这样的妖兽算起来也是厉害的吧？”

“厉害，那就要看怎么说了……”归不归嘿嘿一笑，说道，“说得太复杂人参你也听不明白，老人家我就说得简单点。以后再遇到妖兽，人参你记住了，能认出百无求的都是厉害的妖兽，连你大侄子都认不出来的，那就是不入流的妖兽。”

想到刚才暗蒲出现之后，对自己这大侄子并不感冒，当下小任叁撇了撇嘴，说道："看着挺吓唬人的，也不怎么样嘛，还不如这只财鼠和家里养的黑猫。老不死的，现在也没事了，咱们该酿酒还要继续酿酒。"

"酿酒不急，正好也要等山上的果子熟透才好酿酒，人参你容老人家我两天……"说话的时候，归不归再次看了一眼手里已经懒得挣扎的财鼠，笑眯眯地说道，"我老人家有点好奇，妄言那个老东西师徒俩想要做什么，他们想要你这小家伙找什么宝贝呢？"

回到洞府之后，归不归开始研究起这只财鼠来。他将手里一些比较稀有的天材地宝放到了财鼠的身边，本来以为这个小家伙看到这些宝贝便会一口吞下去。没想到的是，财鼠获得自由后，它用嘴巴叼着一块玉精直接跑到了百无求的身上，两只后腿踩着二愣子的肩膀，一边"吱吱"地叫着，一边伸出两只爪子举着玉精往百无求的嘴里送。

"呸！老子不吃这个……"百无求将头扭到了一边，说道，"你瞎客气，该吃吃你的。老家伙，这可是看你面子啊，老子才让这只老鼠踩着老子的肩膀……"

看到百无求死活不张嘴，财鼠很是怪异地看了二愣子一会儿，最后坐在百无求的肩膀上，将玉精往嘴里送，"嘎巴嘎巴"地咬碎了一半的玉精之后咽了下去，财鼠的脸上露出一种吃了美食之后的幸福表情。

第六十六章　猴子

财鼠进门之后，归不归便不停地挑出各式各样的天材地宝喂给它。怕它受到惊吓，还将养在洞府当中的黑猫单独关在洞室里面。这让在洞府中游荡惯了的黑猫很是不适应，天天都能听到它挠墙和“孽……孽……”的叫声。开始听到这叫声，财鼠非常惊恐地到处张望，后来习惯了之后，它竟然带着归不归给它的天材地宝去关着黑猫的洞室门口，配合着里面黑猫的叫声，将嘴里的天材地宝咬得“咯吱咯吱”直响。

直到房间里面的黑猫彻底被激怒，撕心裂肺地大叫了一声“孽”之后，本来还在门口叫嚣的财鼠当下便倒在地上吐起了白沫。最后惊动了归不归，才将这个小东西救了回来。不过从此之后，财鼠便说什么也不敢从黑猫的房间外面经过。

财鼠待在洞里吃吃喝喝了一个多月，归不归以为差不多了，准备带它出去溜一圈，看看能不能在附近发现一点惊喜。这时，本来晴朗的天空突然变得阴云密布，没过多久便下起瓢泼大雨。

归不归靠在洞口的石壁上，笑眯眯地看着倾泻的大雨，自言自语道：“好好的天气，说下雨就下雨，这凭空变出来的雨云，还真是有趣……”

归不归的话音刚刚落下，天空中便不停地有闪电打下来。闪电打在洞府外面的空地上，打出了一个大坑。第一道闪电打下来之后，第二、第三道闪电便都打在同一个地方。短短的时间里便有百十来道闪电打在同一个地方，将地面打出一个黑洞洞的深坑。闪电劈下来的光芒将洞府门口映照得如同白昼一般。

听到闪电劈下来的声音，本来还在“孽……孽……”叫着的黑猫闭上了嘴巴。嘴里含着天材地宝的财鼠也直接蹿到了百无求的身上，钻进了二愣子的怀里，打起了哆嗦。二愣子直皱眉头：“你在里面待着没事，可别在老子的怀里撒尿……”

这个时候，吴勉也被惊动，走了出来。看着天上的闪电不停地劈打在同一个地方，白发男人冷笑了一声，看了一眼靠在石壁上瞧热闹的归不归，说道：“当初打歪了别人的脑袋，还给人家起外号，报应来了吧……”

归不归嘿嘿一笑，说道：“那也是孙无病没事拍徐福的马屁，先在背后编派我老人家。你也知道那个时候老人家我气盛，忍不住就揍了他一顿。这都多少年了还记仇，被打歪了脑袋是什么好事吗？还有脸回来报仇，呸……”

归不归说话的时候，天上的雷声终于止住。这时被闪电劈中的地面开始抖动起来，片刻之后，被劈出来的深坑里面不停地有泥土冒出来。随后，一个浑身漆黑的怪物从深坑里面钻了出来，对着洞府的位置大吼了一声，喊道：“归不归！还记得我吗？出来！我们算算旧账！”

这只妖物看着好像一只巨大的猴子一样，只不过浑身上下没有一点毛发，而是密密麻麻地贴着一层好像盔甲一样的鳞片。就算对着洞府喊叫，他的身子也还是一跳一跳的，好像不动就不会说话一样。

“你……是孙无病？”看清了这“猴子”的相貌之后，归不归有些不敢相信自己的眼睛。老家伙揉了揉眼睛之后，继续说道：“你把自己的脑袋接到了妖兽的脖子上？难怪‘妄言’你能活这么久。老人家我都不知道是不是应该夸你两句了，你这也算是古往今来第一人了，之前还从来没有听说过谁把自己改造成妖物的。不过老人家我受累打听一下，你这样要是下去投胎转世，这不是给下面的阴司鬼差出难题吗？应该怎么处置你这个魂魄？”

“归不归！这还不是拜你所赐吗？”孙无病大吼了一声之后，便要朝洞府冲过来。就在这个时候，他的身边凭空出现了那个自称李茂存的修士。“李茂存”拦住了“猴子”孙无病，说道：“师尊，切勿动怒，中了归不归的奸计。拿到财鼠之后，我们再从长计议……”

“猴子”好不容易压住了火气，随后对自己的弟子说道：“交给你了，我等着。”说完，“猴子”坐在地上，习惯性地在自己身上摸来摸去，看着就好像是在抓虱子一样。

“李茂存”恭恭敬敬地对“猴子”施礼之后，再次走到了洞府门口上次来时所在的位置，对靠在洞口的归不归说道：“归前辈，多日之前您得到的财鼠，与我师尊有莫大的关联。现在我家师尊请您看在往日的情分上，将那只财鼠割爱。今时不同往日，如果归前辈不答应的话，您也看到了，我家师尊已经今非昔比了……”

“上次你还敢说老人家我私养妖物，看看你师尊被你养成什么样子了。”归不归嘿嘿一笑之后，继续说道，“这样吧，只要你们快点离开，不要再打扰我老人家，这次就当你们没来过。要不然的话，你师尊也知道老人家我说话漏风，到时候把孙无病现在这副样子一不小心说漏出去，传到广仁、火山的耳朵里还好，一旦被妖王知道人世间还有这样的妖物，再把你师尊抓到妖山就不妙了。你也知道老人家我和妖王有些交情，从我老人家嘴里说出去的话，他还是信的。”

“那么就是说，归前辈你不打算将财鼠交出来了，是吧？”“李茂存”古怪地笑了一声之后，回身对着上蹿下跳的“猴子”说道：“师尊，弟子劝说无果，还是劳烦您老人家出手吧……”

“你早该说完了！”“猴子”大吼一声之后，两只后腿一蹬地，身子突然从原地消失。一瞬间他出现在愣住了的归不归面前，对着靠在洞口还没有反应过来的归不归一拳打了过去。

洞府周围的禁制和阵法还没有解除，归不归想不明白这只“猴子”是怎么转眼就到了自己身边的。好在这个时候的老家伙已经回过神来，在“猴子”这一拳打过来之前已经向后退去。有洞口的禁闭阵法，这只“猴子”不可能闯得进来。

随后，让归不归更惊诧的一幕出现了。他向后退的同时，“猴子”也跟着他进到了洞府当中，竟然没有受到一丝一毫的影响，继续对着他扑了过来。这个时候，洞府当中的吴勉皱了皱眉头。这个与自己搭伙了几百年的老家伙马上就要挨打，虽然这是他自己找的，不过自己总不能这样眼巴巴地看着。

在“猴子”挥拳向归不归打过去的同时，吴勉的手掌也对着他抓了过去。白发男人没有伤害“猴子”的意思，只要能把他扔出去就好。不过眼看着“猴子”就要一拳打在归不归的身上，吴勉的巴掌也到了他身后的时候，这只“猴子”突然做出一个让人匪夷所思的动作。他的身子一晃，竟然放过了归不归，随后向前蹿到了百无求的身前，对着这只妖物跪了下去……

“你什么意思？要动手就动手，别来这一套！”百无求也被面前的景象惊呆了，顿了一下之后，看着和他一样莫名其妙的“猴子”，继续说道，“你知道财鼠在老子身上？没用，跪也没用，别指望老子给你……”

“猴子”一脸的惊恐，痴痴地对着百无求说道：“你对我做了什么……”

第六十七章　妄言的由来

听了“猴子”的话，百无求便瞪起了眼睛，说道：“别胡说八道啊，是你自己跪下去的，和老子无关啊，你这是想讹老子？呸，瞎了你的猢狲眼。老子人多，打死你们师徒俩挖个坑一埋……”

这个时候“猴子”孙无病的心里已经翻江倒海了，他现在有一种抱住百无求大腿，去亲这个妖物脚丫子的冲动。不过理性压住了这股冲动，“猴子”自己都想不明白，这个看着有点二百五的妖物怎么对自己有这么大的吸引力？

这个时候，外面的“李茂存”担心自己的师尊吃亏，也跟着冲到了洞府当中。看到这幅景象之后，他第一个反应是自己的师尊寡不敌众，被吴勉、归不归联手打伤，逼着他给百无求下跪加以羞辱。

“你们不要欺人太甚！”“李茂存”扑到了“猴子”的身后，对吴勉和归不归说道，“我家师尊早年被归不归欺辱，现在又被你们这么羞辱……”

“呸！到底谁羞辱谁？有本事你过来把他拖走，老子替我们家老家伙谢谢你了。”顿了一下之后，百无求瞪着眼睛继续说道，“老子明白过来了，你们爷俩这是联合起来要讹老子啊。你们一个跑过来就跪着，另外一个过来就说便宜话。这路数这么熟，你们爷俩这么多年就是这么一路讹过来的吧？你师父找个大户人家，看着人家老爷出门，就死在人家门口，姓李的你跟着哭丧。呃，怎么这么熟悉……”

这个时候，“猴子”实在忍受不了，一下子从百无求的面前跳了起来。随后他退到了身后的墙边，上下打量了一番二愣子，并没有看出这只妖物有什么不对的地方。到现在“猴子”都想不明白自己刚才为什么会跪在这只妖物的面前。

不过看着自己的弟子似乎不受这个大个子妖物的影响，当下“猴子”大吼了一声，说道：“谢伦，你替我拦住这个妖物！”最后一个字出唇的时候，“猴子”转身再次向着归不归扑了过去。本来以为仗着自己妖身的本事，能攻其不备直接要了归不归的性命，想不到被一只古怪的妖物拦住了，现在失去了先机，再想动老家伙已经没那么容易了。不过想起当年的仇，“猴子”便压不住火气，再次冲老家伙扑了过去。

就像“猴子”自己想的一样，失去了攻其不备的先机，再动归不归已经是难上加难了，更不要说这里还有一个更难缠的吴勉。

“猴子”刚刚转身，冲到一半的时候，就见自己面前刀光一闪，随后一把非刀非剑的法器抵在自己的咽喉处。如果不是妖物反应迅速，急忙刹住了脚步，这个时候“猴子”已人头落地了。

“贪狼……”看清了法器的样式之后，“猴子”倒吸了一口凉气，心中暗自庆幸。看着这个白头发的男人站在归不归的身边，他心里明白今天报仇已是无望。正当他打算叫上弟子离开，就见百无求那里出现了变化。刚才他对着归不归动手的时候，谢伦将嘴里那条红色的妖兽暗蒲对着百无求喷了出来。

二愣子来不及躲避，被暗蒲缠住了身体。这条红色的巨蛇张开了满是毒牙的嘴巴，含住了百无求的脖子。只要主人一声令下，它便一口咬穿这妖物的脖子。暗蒲的毒性凶猛，百无求这样的妖物中毒必死。

看到这个情况之后，“猴子”心里窃喜，当下慢慢从贪狼的刃锋下将身体移开，随后向着自己的弟子走去，边走边说道：“归不归，你我的老账再记一天。你把财鼠交出来，我把这个妖物还给你……”

“猴子”的话还没有说完，他的脑中便感到一阵眩晕，随后他的眼前一花，手上似乎多了一个滑溜溜的东西。这时，一阵浓烈的血腥气味瞬间冒了出来，直冲“猴子”的脑仁……

等到“猴子”清醒过来的时候，发现自己再次跪在百无求的面前，手里死死地攥着暗蒲的脖子。这条大蛇的嘴巴已经被撕裂，因为剧烈的疼痛正在拼命地扭动着。大蛇身边的谢伦正一脸不可思议地看着他。

“我……干的？”“猴子”有些心虚地问谢伦，他这位弟子有些无奈地点了点头。刚才这情景，就连归不归这只老狐狸都皱起了眉头。就在谢伦以为控制了百无求就算得手了的时候，他这位老师尊突然扑了过来，两只手死死地抓住暗蒲的上下颚，随后用力一撕，将大蛇的嘴巴撕开，疼得暗蒲当场就松开了莫名其妙的百无求。不过还没等百无求躲开，“猴子”便堵住了他的去路，只不过他的动作有些特殊，直接跪下了。就连过年的时候拜门中先辈，谢伦也没见自己这师尊跪得这么利索……

“孙无病，你老这么客气做什么？咱们当年虽说尿不到一个壶里，那也是平起平坐的老兄弟。现在你给你大侄子磕头做什么？”归不归哈哈一笑之后，对几乎要气晕的“猴子”继续说道，“你这一磕头，咱们老哥俩以后还怎么论？”

估摸自己再说下去，跪在地上的“猴子”八成就要自杀，当下归不归将自己的便宜儿子叫到了身边。百无求走开之后，“猴子”这才被谢伦搀扶了起来。这一对师徒盯着一脸迷糊的百无求，心里都莫名其妙，这到底是怎么回事？

知道只要百无求在自己的身边，孙无病便没有再动手的可能，剩下一个谢伦和豁嘴的暗蒲也掀不起什么风浪来，归不归嘿嘿一笑，伸手从自己便宜儿子的怀里将肥嘟嘟的财鼠拿了出来，这才笑嘻嘻地对着面前的师徒俩说道：“咱们还是心平气和地说两句吧。孙无病，说说你是怎么变成这个样子的，要财鼠又有什么用。说不定老人家我的心肠一软，就这么把财鼠给你，也说不一定。”

“猴子”抓耳挠腮地犹豫了一番之后，对归不归恨声说道：“这还不是拜你所赐吗？归不归，如果不是你，我也不会落得如此田地……”

当初归不归和孙无病都是楚国国君的座上宾，归不归在王宫当中担任宫廷方士，而孙无病则被请到王宫里，训练宫中的侍卫，并在其中挑选有能力之人教授术法。刚刚进宫的时候，孙无病在国君面前露了一手，便让楚国国君惊为天人。

因为二人都在宫中行走，抬头不见低头见的，没有几天便熟络了。不过二人在楚国国君的面前多少有一些竞争的关系。没过多久，孙无病便在楚国国君面前数落归不归的不是。老家伙听到之后，在国君的面前一巴掌打歪了孙无病的脑袋，还给他起了“妄言”的外号。

因为落下了残疾，孙无病不好在楚国王宫行走，只能离开楚国，回到自己担任门长的潜宗。好在孙无病的术法没丢，当时暗蒲还是他手下的妖兽。不过想要报仇，一只暗蒲肯定是不够的，当下孙无病为了报自己脑袋被打的仇，开始想办法寻找新的妖兽。

当时听说交趾国附近出现了一只谁也叫不上名字，好像猴子一样的妖兽，孙无病便带着门人赶到了交趾。到了之后，才发现这是一只力量大得可怕的妖兽……

第六十八章　祸根

这种妖兽外形是一只巨大的猴子，身上无毛却遍布鳞甲。孙无病并没有见过这种妖兽，也没有任何典籍记载过这种妖兽。潜宗是豢养妖兽的第一宗门，连他这个宗主都没有见过的妖兽，一定不会是什么小妖。

等到孙无病开始指挥门人抓捕妖物的时候，才真正见识了这只“大猴子”的可怕之处。之前对待妖物万试万灵的阵法和术法竟然起不到一点作用，这只猴子竟然可以在阵法当中来回穿梭，换作一般的妖物这个时候已经死了几次了。

除了不受阵法约束之外，这只猴子的速度和力量都十分惊人。就算是潜宗这样有丰富经验对付妖物的门派，也在抓捕猴子的过程中出现了伤亡。最后还是孙无病发现不对，临时改变抓捕的方法，放弃阵法改用陷阱、机关，在付出极大代价之后，才将猴子引到潜宗祖传的据说曾经囚过龙种的笼子里，活捉了这只“大猴子”。

将这只妖兽送回到宗门之后，孙无病开始查找史料寻找妖兽的出处。无奈他翻遍了宗门当中所有的典籍，仍未找到对应的妖兽名录。猴子模样的妖物倒是有几只，不过都和眼前这只妖物对不上号。看来这是一只新出世的妖物了，当下，孙无病给猴子取了一个名字叫作南猿。

给妖兽定名之后，孙无病便开始昼夜不停地研究起这只妖兽来。如果能加以驯化的话，让这只对阵法、术法免疫的妖兽去揍归不归一顿，给自己报仇也不是不可能。

和南猿接触得越深，孙无病便越吃惊。除了能力惊人之外，这只猴子的身体竟然和人相通。在给猴子治疗抓捕时造成的伤口时，孙无病看到猴子的肌理和人一模一样，而且人血可以融入它的血液当中……

美中不足的是，这只妖兽无法通过喂养精血的方式豢养。就在孙无病琢磨如何豢养这只猴子的时候，南猿突然狂性大发，竟然打破了囚过龙种的笼子，向措手不及的孙无病扑了过去，死命地撕咬、击打这位宗主……

等到其他门人反应过来的时候，用尽了办法也没能从南猿的手里把孙无病救出来。这只猴子身上的鳞甲太过坚硬，刀砍斧剁也伤害不了它。眼看孙无病奄奄一息，门人合力用巨斧打烂了南猿的脑袋，这才救了孙无病一命。

不过此时的孙无病全身上下除了脑袋之外，差不多已经成了肉酱。找了无数的名医过来诊治，基本上都是一句话：“早点料理后事吧……”

和孙无病正好相反，南猿的脑袋已经被打烂，诡异的是身体却没有一点损坏。这个身子好像已经不需要脑袋了一样，时不时地便上蹿下跳一番。不过没有嘴巴进食，身体早晚也会饿死。

趁着自己还有一口气，孙无病做了一个让门人匪夷所思的决定——他要和那只“大猴子”南猿交换身体。这样的事情潜宗之前不是没有做过，为了培育新的妖兽，他们曾经在不同妖物之间交换身体组织和器官。不过那基本都是在同族当中交换，像这样的人与妖兽换头的事情，以前别说做了，连想都没有想过。

不过孙无病只要没咽气，他便还是宗主的身份。门人不敢违背，急急忙忙地开始准备。最后在门中妙手的操作之下，孙宗主的脑袋安在了南猿的身体上。门人都对孙无病还能活着感到不可思议。

孙无病虽然活了下来，不过他这副样子已经不适合继续担任宗主。

当下，潜宗对外宣称孙宗主已经寿终正寝（此时归不归被徐福关在了苗疆），在孙无病的门人当中挑选了一名干练的坐上宗主的位子。孙无病本人被藏在潜宗的地下密室，慢慢适应南猿的身体。

过了两百多年，孙无病才慢慢适应了南猿的身体。这个时候他才发现自己的脑袋接在妖兽身上的另外一个好处，就是自己的寿命竟然也跟南猿连在了一起。大的妖兽活个几百几千年都是有的，也就是说南猿能活一千年的话，孙无病也能跟着沾光活上一千年。

在这两百多年当中，潜宗又换了两位宗主。前面的宗主是他的徒子徒孙还能好点，而第四位宗主即位后，下到潜宗的地下密室当中，要拜见这位传说中的孙宗主。见到孙无病之后新宗主大失所望，还被孙无病人头猴身的样子惊吓到。

新宗主担心孙无病的事情早晚会被外面其他宗派的人知道，到时候便会成为修道门派中的一个大笑话。当下，新宗主下了决定，要派人将孙无病彻底除掉，然后毁尸灭迹，不留下一点痕迹。

孙无病怎么说也是做过一任宗主的，在新宗主下手之前他便已经感觉到了危险，于是决定在他们下手之前抢先发难。孙无病的脑袋加上南猿的身体，已经不是当年的猴子妖兽可以比得了的。当下孙宗主在宗门内大闹了一番，将潜宗当中的妖兽尽数放出，他则趁乱带着用自己精血豢养的暗蒲一起逃进了深山老林当中。那次之后，潜宗元气大伤，没过几年便彻底地消亡了。

在山上游荡了几百年之后，孙无病遇到了一个不怕他外形的牧童。这么多年他过得也孤单，当下便收了这个叫作谢伦的牧童为徒，将自己在潜宗的本事都教给了这个小牧童，还将暗蒲当作见面礼送给了谢伦。

这样又过了很多年，孙无病突然想到了一个问题。自己现在是半兽半人，死了之后是顺着人界还是畜生界投胎？现在他的魂魄已经明显带有妖兽的气息，就算是南猿这样的妖兽，也不会永生不死的，死后自己应该怎么办?

孙无病思来想去，想到还有一种叫作忘诛石的天材地宝。这本来是给魂魄不稳的人放在身上，确保投胎时不会发生意外的，如果用在自己身上也应当有效，于是孙无病费尽了心思找到几块忘诛石放在身上。后来发现效果太弱，他只能去找更大更多的忘诛石。

不过找那几块忘诛石让孙无病和谢伦二人费了很大的劲，后来他们俩又费了数十年时间，却连一块忘诛石都没有找到。最后孙无病想起还有财鼠的存在，让财鼠来找便容易得多。

潜宗之前豢养过财鼠，孙无病也知道如何抓捕财鼠。当下他便派谢伦按他教授的办法去抓捕财鼠，不过此时财鼠的数量比起忘诛石也多不了多少。谢伦转了几年才找到这只财鼠，眼看财鼠就要到手的时候，却便宜了归不归这只老狐狸。

听完了孙无病的诉说之后，归不归嘿嘿一笑，随后对他说道：“这里面也没有老人家我的事啊，看你刚才要拼命的样子，还以为是老人家我把南猿从笼子里放出来的……”

“没有你的事？没有你归不归我会落到这步田地吗？”一听归不归说和他无关，如果不是他和百无求站得太近，孙无病便要再次冲过去和老家伙拼命了。孙无病突然歪着脑袋说道：“这都是你种下的祸根，如果不是你把我的脑袋打歪了，出事的时候我会没看到南猿出来吗？归不归，根子就在你身上。”

“忘诛石……”这个时候，吴勉突然说了一句，随后他看了一眼归不归，说道，“我也想见识一下财鼠是怎么找到宝贝的……”

第六十九章　豢养的门道

他们这座洞府当中天南地北的天材地宝都有，偏偏就是没有忘诛石。忘诛石除了固魂之外也没有什么特殊（当年楼主的神识也在妞儿身上放过忘诛石），妖物的魂魄刚猛，也不需要这样的东西。

现在听到吴勉说要见识忘诛石的功效，归不归便古怪地笑了一下，随后对孙无病师徒俩说道："看在大家都是老相识的分上，老人家我就帮你一次。不过丑话说在前面，财鼠我老人家是不借的……"

本来还以为归不归说完这几句就要将手里的财鼠交给自己，现在听他绕了一圈之后又缩了回去，当下孙无病就要翻脸。就在这个时候，他听到归不归接着说道："不借是不借，老人家我可以亲自去找。你们左右不过只是要忘诛石，把石头给你们就可以了吧？"

财鼠只是其次，孙无病要的是忘诛石。当下这师徒俩对了一下眼神，"大猴子"孙无病上蹿下跳了一番，点头说道："你把忘诛石给我，咱们当初的旧账就一笔勾销。不过归不归你办事我不放心，我们师徒会跟着你一起去找忘诛石。财鼠你带着，我们不和你争。"

"这话说得好像当初的旧账你真能报似的。"说话的时候，归不归又向百无求的身边靠了靠，随后笑眯眯地说道，"自己走到老人家我面前站稳，我老人家当着你的面自杀都行。"

其实不用走到百无求的身边，只要看到这个二愣子，孙无病便一阵眩晕。当下他哼了一声，没有理会老家伙的话，扭过头来对吴勉说道："那我们明天一早再来，你们准备一下，可能要走很长的一段时间……"

"明早可不行。"没等吴勉说话，归不归笑嘻嘻地说道，"财鼠最近吃了别的天材地宝，需要清清肠胃之后，才能重新喂食，让它记住忘诛石。这样怎么也要三五个月吧……"

"你喂了它什么东西，喂了多久？"听明白归不归喂的天材地宝之后，孙无病皱了皱眉头，随后继续说道，"三十三天便可以忘记之前吃的东西，再给你加上两天时间让财鼠记住忘诛石，三十五天之后我们师徒再来，到时候你总没话说了吧？"

说话的时候，孙无病从身上鳞甲的缝隙当中抠出几块指甲大小的青色石子，扔给了归不归，说道："把忘诛石磨成粉末，不需要直接喂食，直接吹进财鼠的鼻腔就好。每六个时辰吹一次，四次之后它便记住了。"

"不用直接喂食啊……"归不归想起之前一把一把地喂食天材地宝，虽然洞府当中不缺这些，但想起来也觉得心疼无比。

看着归不归接过了忘诛石，孙无病和谢伦便起身离开。远远地绕过了百无求之后，孙无病站在洞府门口，对吴勉和归不归说道："那个大个子到底是什么来历？为什么他会这么克制我？"

"什么来历？"归不归嘿嘿一笑，随后拍了拍自己的胸膛，对孙无病说道，"他是老人家我的亲生骨肉，现在知道为什么当初会被我老人家揍了吧？都是天意，孙无病你也不要怨天尤人，老天爷的意思，其实老人家我也不想揍你的……"

听了归不归的话，孙无病被气得"吱吱"乱叫，想要过去拼命又忌惮老家伙身边的百无求，只能跺了跺脚，转身便冲到了洞府外面。随后，便听到洞府外面一阵乒乒乓乓的声音。归不归拉着百无求走到了洞口，看到洞府周围的一片树木都被孙无病打倒了。

"其实孙无病这样子老人家我看着还顺眼一点，当初就是因为他长得难看，我老人家才下的手……”归不归嘿嘿了一声之后，回头看着身后的吴勉，继续说道：“你就那么好奇财鼠是如何找到天材地宝的吗？”

“我是让你有机会学一下操控财鼠。”吴勉说完之后，转身回到了自己的洞室。看着这个白发男人离开的背影，归不归古怪地笑了一下，随后对自己的便宜儿子说道：“你小爷叔就是嘴硬……”

接下来的一个多月当中，归不归将财鼠关在了一个小小的笼子里面，不给这个小东西喂食，只是给它水喝。饿得它连连惨叫，用头去撞笼门。不过三五天之后，这个小东西饿得连撞门的力气都没有了，萎靡地趴在笼子里面，时不时对着路过的几人叫上几声。

好不容易挨过了三十三天之后，归不归按孙无病教的，往这个小东西的鼻子里吹进了忘诛石的粉末。两天之后的一大清早，洞府外面又传来谢伦的声音：“吴勉、归不归两位先生，期限已到，你们准备好了吗？我们是不是应该上路了？”

“那只猴子有你一半好说话，当初老人家我也不至于揍他了。”归不归从洞府里走了出来，并没有看到孙无病，看来他忌惮百无求而不敢出现。老家伙笑了一下之后，继续说道：“也不用准备什么，我们直接上路就好。不过你那猴子师尊不跟我们一起上路，他真的放心吗？”

谢伦施礼说道：“我家师尊不方便露面，他老人家会在暗处跟随我们的。”

听到孙无病没有露头，归不归也不在意，哈哈一笑之后，叫出了吴勉，连同百无求和小任叁两只妖物，将看管洞府的阵法变化之后，他们几个人、妖利用术法、妖法赶到了山下。归不归已经提前联络了泗水号的商铺，准备好了马车和一路上所需的器具，等着他们随时离开。

知道这个老家伙是刘禧、孙小川两位东家的朋友，商铺的掌柜也是尽力巴结，本来只要两辆马车的，归不归等人到了山下之后才发现有六辆马车等候在这里了。除了马车和车夫之外，这位掌柜还给他们准备了一小口袋金豆子，留着他们路上花费。归不归哈哈一笑之后将这些金豆子都分给了拉车的车夫。

谢伦也想不到吴勉、归不归他们会有这么大的势力，本来以为他们这些人都是住在山洞里的，手中未必富裕。因而在来之前谢伦特地在周围的县城库房当中“借”了一百贯铜钱，这个时候都不好意思拿出来了。

上车之后，归不归向谢伦询问要去哪里寻找忘诛石。谢伦并没有马上回答，而是从怀里拿出一张古里古怪的地图。将地图摊在马车上之后，谢伦让归不归将财鼠放在了地图上，随后他又从怀里掏出一小撮忘诛石粉末，随意洒在了地图上面。

随后就见财鼠在地图上转来转去，片刻之后，它开始用两只前爪将地图上面的粉末都聚拢起来。等到财鼠将所有的粉末聚拢好之后，谢伦看了一眼粉末下面用暗号标注的地名。

“在河套以北，那里能找到忘诛石。”说话的时候，谢伦从袖子里掏出一块黄豆大小的忘诛石喂给财鼠。随后他从怀里拿出几十块忘诛石碎粒，亲手交给归不归，说道：“这石子您早中晚三次喂给财鼠就好，让它记住这个味道又吃不饱，到了目的地之后，很快便可以找到忘诛石了。”

“到底是豢养妖兽的第一门派，就是有门道……”归不归说话的时候，突然看到前面的官道上有一个黑衣人在独自行走。看清这个人的背影之后，归不归笑眯眯地对吴勉说道：“最近这是怎么了？在哪里都能碰到熟人……”

第七十章　化缘

说话的时候，马车已经到了黑衣人的身前。归不归笑嘻嘻地冲黑衣人说道：“这天下说大也大，说小也小，财神岛一别咱们又在这里见面了。都是老熟人了，上车来……”

沿着官道一直往前走的人竟然是问天楼楼主曾经的弟子离墨，不久之前他们还在财神岛上遇见过化名李甲的他，不过因为刘禧和孙小川做戏，离墨离开了财神岛。事后归不归和百无求说起过这件事，老家伙以为离墨离开也是演戏的一部分，还不知道刘禧和孙小川他们又给他安排了什么事情，不方便用泗水号李甲的名义去办。

不过离墨好像没有听到归不归的话一样，低着头继续往前走去。看到这个人不给自己“亲生父亲”面子，百无求的火气便蹿了上来：“喂！叫你呢！上不上车你都说一声，不给我们家老家伙面子，就是不给老子……咦？你身上怎么有这么重的血腥味……”

百无求的话还没有说完，就见离墨身子一软突然一头栽倒在地。赶车的马夫手疾眼快，急忙停住了马车。离墨的脖子正好就倒在车轮之下，差一点就要被车轱辘碾到。如果他的运气差一点的话，这一下子就够让离墨身首分离了。

这个时候归不归才看到倒地的离墨衣服上有血迹渗了出来，因为他一身黑的缘故，不容易发现他衣服里面在不停地渗血。当下，百无求将离墨抱到马车上。这车厢里面虽然宽敞，不过也不能同时坐这么多人。

好在谢伦很识相地坐到了后面的马车上，百无求和车夫坐到一起，这才将车厢的位置让了出来。

归不归撕开了离墨的衣服，就见他的胸膛上已经一片血肉模糊，伤口处密密麻麻地蠕动着白色的蛆虫，肋骨也断了四五根，真不知道带着这样的伤势他是怎么一路走过来的。

归不归用酒水冲干净了离墨身上的蛆虫，又给他包扎好了伤口，随后将他带在车上一路前行。离墨整整昏睡了一天，一直等到傍晚他们这车队进了附近的县城，找了一家干净的客栈投宿之后，离墨才慢慢醒了过来。

重伤之下的离墨看到面前的归不归之后，先是呆愣了一下，随后才想起上午似乎是听到了归不归在叫自己。当下他深深地吸了口气，对老家伙说道："我还有事要办……今天的搭救之恩，日后我再报答……"

说话的时候，离墨就要起身，但刚刚坐起来，他便感到一阵天旋地转。随后，胸口的剧痛让他喘不过气来，他只能再次倒在床上。归不归看到之后嘿嘿笑了一下，说道："你伤到了气海，还能走这么远也是不容易。你要走谁也拦不住，不过起码也要能走吧？跟着我们一起，还有泗水号的伙计能照顾你。想说什么就说两句，不想说的话谁也不会逼你。"

听到归不归说这里有泗水号的伙计，离墨如释重负地叹了口气，闭上了眼睛不再说话。归不归也不怪他无礼，笑眯眯地看了他一眼，随后当着他的面叫来车队的主事，说道："你给你们家两位东家写封信，就说他们身边的李甲现在就在车队当中，且身负重伤，请示你们两位东家如何处置。"

主事并不认识离墨，只是按归不归所说的写了一封信，让快马送到码头。等到主事离开之后，离墨睁开了眼睛，对归不归说道："我的事情与你们无关，你有你们的正事，好端端地干吗要蹚我这摊浑水？"

"怎么说也相识一场，你还是莫离的时候我们就认识了，总不能看着你出事不管吧？”归不归嘿嘿一笑之后，继续说道：“你们好歹之前也是同门师兄弟，他和你两位师尊闹翻了，用你撒什么气？你以前的那位师尊也是，和他现在都扯不清楚……”

归不归说到这里的时候，本来还面无表情的离墨脸上突然多了一股怒气。喘了口粗气之后，他开口说道：“不要说了，我不认识你说的那些人。记住，我现在叫作李甲，既不是离墨，也不是莫离。稍后会有人来接我走的，我在你这里耽误不了几天的。”

“看看你这话，说得那么见外做什么。”归不归嘿嘿一笑之后，继续说道：“你不想说，那就好好休息吧。有什么要对老人家我说的话，喊一声，我老人家就过来了。”

说完，归不归起身离开了这里。老家伙刚打开房门，就见谢伦站在门口，对他说道：“归先生，师尊指派在下过来问一下，明天我们会按时启程吗？您是知道的，忘诛石对师尊来说是一等一的大事，不敢有半点马虎。”

“回去和你们家猴子说，就说让他放心，他死的时候，有一块和猴子他差不多大小的忘诛石给他陪葬。老人家我让他搂着忘诛石一起下葬……”说完之后，归不归哈哈一笑，随后转身离开了，留下尴尬的谢伦。

归不归刚回到自己的客房，百无求就凑了过来：“老家伙，那个什么墨醒了吗？谁把他揍成那个样子的？你说咱们也不好意思白蹭刘禧、孙小川哥俩的，帮他们办点事，省得以后翻脸说咱们占他们哥俩的便宜。”

“傻小子你想得倒是长远。”归不归嘿嘿一笑之后，看了默不作声的吴勉一眼，随后继续说道：“老人家我让泗水号的主事给他们哥俩写信了，怎么处置看刘禧和孙小川的了。不过接下来离墨要跟着咱们走一段路了，或许害他的那个人还不死心，想过来补刀也说不定。我老人家有预感，这一路上会越来越有趣的……”

第二天一早，车队照常启程。主事派了几个伙计小心翼翼地将离墨抬到了马车上，他被安置在吴勉、归不归后面的马车里，有泗水号的伙计在马车里面服侍。车队从县城中出来，继续向河套的方向行进。走了四十多里官道之后，远远地看到了一座小村庄，主事开始安排在村庄里歇脚，休息一下吃喝两口之后下午再赶路。

村子里面只有一家小小的饭铺，灶台前面堆着高高一摞刚出锅的麦饼。只是这里太小，没有什么新鲜的肉食。好在主事早已准备了一些腊肉，让店家煮了就着麦饼吃也很是香甜。

吴勉、归不归连同后面的谢伦正在吃喝的时候，远远响起一阵礼乐之声，随后看到远处有一队僧人走了过来。和尚出门从来不带钱，这一队七八个僧人围在饭铺老板面前，吟唱着祈福的佛经，请施主布施一点吃喝。

不过饭铺老板是小本生意，实在舍不得把刚刚从吴勉、归不归这几位老爷身上挣的钱去贴补这些和尚。当下饭铺老板有些不耐烦地伸手去赶这些和尚："别添乱，我这是小本经营，你们要化缘就到前面四十里的县城去，那里有的是有钱人。"

看到饭铺老板不愿意布施，这些和尚也没有强求，对着老板鞠躬之后，转身向吴勉、归不归走了过来。和尚们将他们俩围了一圈，随后还是背诵经文。没等他们念完，归不归已经摸出一个金锞子塞进一个和尚的手里，说道："这是老人家我给你们家元昌喝酒的酒钱，嗯……他亲自到了，那么老人家我直接给他就好……"

第七十一章　回礼

归不归说话的时候，远处一个身穿华丽僧衣的年轻和尚慢慢走了过来，正是那位被广仁保了多次的妖僧元昌。

元昌走到吴勉、归不归的身边之后，高诵佛号。之后一个和尚替他搬过来一张椅子，他坐了下来。还没等他说话，百无求已经忍不住开口说道："老子就不明白了，谁给你这么大胆子敢坐在这里？这里最少有俩能弄死你的人，你还敢坐在这里？还是说你这是想开了，不打算活了，过来送人头？"

"我们的误会太深了。"元昌苦笑了一声之后，对着吴勉和归不归说道，"当初我只是想对付问天楼楼主的，因行事有些急功近利，这才得罪了你们几位。当初那两位楼主是怎么对付我的，你们也看到了。当初他们俩种下了恶因，现在只能长出恶果。自己酿的苦酒只能自己喝……"

归不归听了哈哈一笑，看着元昌说道："说得好，小和尚，你得罪了老人家我就是种下了恶因。现在广仁保着你，我老人家不和你一般见识，总有一天他没了保你的理由，老人家我也请你喝一杯自己酿的苦酒。"

说到这里，老家伙顿了一下，看了一眼离墨养伤的马车之后，继续说道："别以为吞噬了楼主的术法你就真的天下无敌了，也别以为有广仁保你就无所顾忌了。你以前的那个师兄弟现在管席应真那个爸爸叫师尊，你也知道我们家人参说话漏风，一旦他见到了他们家干爹，说离墨被你揍了……小和尚，一个嘴巴你是避不开了。”

归不归说话的时候，吴勉也在盯着元昌。“元昌，你动谁我不管，不要惹到我……”白发男人接了一句，顿了一下之后，继续说道，“你和我也是有旧账未清的，我不动你是我想看看占祖到底说过什么。如果你让我没了对占祖的兴趣，那你就到地下等着看楼主的恶果……”

吴勉说话的时候，元昌脸上的冷汗已经流了下来。对他来说，最难对付的就是这个白头发的男人了，当下他双手合十，正想对吴勉解释几句。就在这个时候，突然听到身后的吴勉车队发出一声巨响，随后就见离墨养伤的马车车厢突然从中间一分为二，断成了两半。看着马车断开的角度，里面的离墨应该已经跟着车厢一起被分成两半了。

泗水号的伙计们见状都是一声惊呼，反应过来之后，都赶紧跑到了断裂的车厢周围。吴勉、归不归还有两只妖物都盯着一脸慌张的元昌。元昌察觉不对之后，结结巴巴地解释道：“这件事和我不相干……我怎么敢自己送上门来……不是我……”

“小和尚你在说什么？一辆马车而已，又不是什么大事。”归不归古怪地笑了一下之后，看了身边的吴勉一眼，随后继续说道，“谁也没有说你，你心虚什么……”

归不归说话的时候，那边泗水号的伙计们已经开始清理断成两截的车厢。两截车厢的断口光滑得就好像被刀切开的一样，说是磨损断裂谁都不会相信。伙计们将里面零零碎碎的东西搬了出来，什么酒坛子等日常杂物都有，就是没有应该已经分成两半的离墨。

这个时候，另外有伙计去了后面的一辆马车上查看，回来后在归不归的耳边说了一句：“那位受伤的老爷还在昏睡，请老爷们放心。”

归不归好像提前算好离墨的马车会出事一样，在路上已经换了马车的位置。因为车厢里面有帷幔遮挡，从外面并不能看到里面的情况，加上这些马车都是一模一样的，谁也分不清楚，因此动手的人才会失手斩断了另外一个车厢。不过元昌心里还是诧异得很，为什么被斩断的车厢里面会有离墨的气息……

看着已经呆住了的元昌，归不归嘿嘿一笑之后，说道："看看，听到昔日同门无碍，已经高兴得说不出话来了？小和尚，谁是你的同门，还真是上辈子修来的福气……"

"既然莫离没事，那就最好不过了。"元昌松了一口气，也不去理会归不归含沙射影的话。当下他也没有什么心思继续留在这里，起身对吴勉、归不归客气了几句之后，便带着众僧离开。

就在他们走出十几丈远的时候，他突然听到吴勉在呼喊他的名字："元昌，和你说件事……"

元昌回身的同时，见到白发男人手里已经出现了法器贪狼，然后随意地对着自己挥舞了一下。吴勉挥刀的同时，元昌自眉心向下直到小腹之下出现了一条细长的血槽，鲜血开始慢慢地渗了出来。与此同时他身上的僧衣也被一分为二，散落在了地上……

"我现在对占祖越来越不感兴趣了……"看着已经说不出话来的元昌，吴勉说了一句之后，手上的贪狼也跟着消失不见。有和尚急忙脱下了自己的僧衣，披在了元昌的身上。

由于长生不老的体质，元昌身上的伤势开始迅速愈合。深深地吸了口气之后，妖僧双手合十，对着吴勉、归不归和两只妖物行礼之后，再次转身带着众僧离开。官道的尽头停着一辆金碧辉煌的马车，在众僧的簇拥之下，元昌上了马车，离开了。

元昌的马车离开之后，归不归招手叫来在远处看热闹的谢伦。老家伙笑眯眯地对谢伦说道："跟你们家师尊说一下，帮老人家我一个小忙……"

再说已经远去的马车之上，彻底地看不到吴勉、归不归的马车之后，元昌有些暴怒地对车夫说道："我是怎么和你说的！让他们看着我离开的时候，你才可以动手。我还在那里，你想要害死我吗？”

车夫有些不屑地哼了一声，随后回答道：“你被他们吓破胆了，让他们几个人知道离墨不是你动手害死的不就可以了吗？还有，刚才的事情是你行事不密，连离墨在哪辆马车上都没有弄明白。失败与我无关，你要话复前言，帮我的忙了。”

“离墨还活着，随时能把那件事情说出来。他不死，你还指望我能帮你？”元昌冷笑了一声之后，继续说道，“现在我去找广仁、火山，你回去将离墨干掉。事情办妥之后，我自然会帮你。到时候就算海上追杀你的法旨到了，有我帮你，也没人会把你如何……”

元昌的话还没有说完，突然听到马车下面有人说道：“你帮他？谁来帮你！”一句话说出来的同时，车厢下面突然发出一声巨响，随后一只巨大的“猴子”冲破了车厢底盘，出现在元昌的面前。

底盘断裂之后，车厢晃了几下之后便四分五裂地倒在地上。这个时候，元昌已经反应过来，但匆忙之中来不及使用法器，便使用腾空之法飞在了半空中，对着脚下的“大猴子”一挥手，一道黑色的光晕打了过去。

匆忙当中不知道“大猴子”身边还有多少同伴，元昌直接使出了杀手锏。这黑色的光晕是腐骨之法，除非吴勉、归不归这样长生不老的人才能扛过去，一般的修士被打中之后，骨头马上便会腐烂掉。这本来是留着“侍候”两位楼主的，现在事态紧急，只能对着“大猴子”施展出来。

没有想到的是，这光晕打在“大猴子”的身上，什么事情都没有发生。“大猴子”没事一样跳了起来，一手抓住了半空中元昌的脚踝，用力将这个和尚扯了下来。

第七十二章　传话

元昌在半空中几乎将能想到的术法都在“猴子”身上使了一遍，不过打在“猴子”身上却没有一点效果。他被扯下来之后，还没等落地，“猴子”已经闪电一般地落在他的身上，一拳打在他的太阳穴上。饶是他这样长生不老的身体，也受不了这一拳，被打得头晕眼花，鼻子、耳朵和嘴巴当场便流出了鲜血。

这还是归不归叮嘱不可以要了元昌的性命，要不然的话这个妖僧的性命现在就可以终结了。就在“猴子”孙无病对着和尚一顿拳打脚踢的时候，天空中突然响起了隆隆的雷声。随后晴空当中有无数的闪电打在车夫的手上，瞬间形成了一个雷暴的光芒。

见雷暴形成之后，车夫对着猴子的后背打了过去。一阵耀眼的光芒结束之后，就见“猴子”慢慢地站了起来，将已经晕倒的元昌扔在了一边，狞笑着说道：“归不归说要留这个和尚一条命，可没有说还要饶过你……”

最后一个字出唇的时候，“猴子”一瞬间就到了车夫的面前，伸手对着他的胸口抓了下去。这一下只要抓进去，就能把车夫的心脏掏出来。就在这个时候，车夫手里凭空出现了一把冒着丝丝寒气的长剑，对着孙无病的脖子斩了下去。

“猴子”身上刀枪不入，又对各种术法、阵法免疫，只是脑袋和脖子连接的位置是一个软肋，要不然的话当初也不会被吴勉的贪狼逼退了。当下孙无病发出一声大叫，随后向后退了出去。

虽然一剑将这“猴子”逼退，不过这个时候马车夫全身上下都是冷汗，他也不敢继续追击，趁着这个当口急忙使用五行遁法瞬间消失在原地。这个时候他能活命已经知足了，根本没有闲心去顾及元昌的死活。

周围的众僧已经一拥而上围在了元昌的身边。众僧虽然明知不是这“猴子”的对手，不过总不能看着这位佛门前辈死于非命。当下这些和尚趴在元昌的身上，用自己的身体为妖僧形成了一道并不太牢靠的屏障。

不过这个时候“猴子”已经没有了再对元昌如何的意思，他蹲在地上一边给自己抓根本就找不到的虱子，一边对众僧说道：“你们替我带个话，和这个秃子说，别以为他做了什么没人知道。现在大家都在看戏，要是把看戏的惹急了，上台和他对打，那就什么都晚了……”

说完之后，猴子“吱吱”一叫，随后连蹿带跳地到了刚才他打通地面留下来的深坑旁边，在众目睽睽之下跳进了自己打出来的深坑里。

孙无病揍元昌的时候，吴勉、归不归那边已经休息得差不多了。主事指挥伙计们将断裂马车上的东西搬到了别的车上，顺便安排伙计骑着快马到泗水号的下一个货栈，提前准备好更换的车辆。

一切都处置好之后，他们这几个人才准备出发。只是百无求一直愤愤不平，刚才吴勉只给了元昌那一点点惩戒，实在是太轻了。怎么也要打他一个半死再扔出去，那还差不多。

看着骂骂咧咧的百无求，归不归嘿嘿一笑，说道：“傻小子，你也跟了爸爸我这么久了，老人家我身上的好处你怎么一点都没学会？不知道什么叫作得饶人处且饶人吗？不要整天打打杀杀的，要和人家讲道理……”

“老子怎么没看见老家伙你什么时候和人讲过道理？除了讹人就是背后下手……”说到这里，百无求好像明白了什么，趴在归不归的耳朵边低声说道，“老家伙，咱们是亲爷俩，有什么你和老子我说。是不是等晚上你和你叔叔偷偷摸过去打闷棍？老子嘴严，说嘛，不会有别人知道的。”

归不归嘿嘿一笑，说道：“你好好一只妖，什么时候开始长心眼了？晚上爸爸我守着你，哪也不去。”

话说到这里的时候，归不归正打算上车。这个时候，车队的主事一溜小跑，到了吴勉的身边，对着白发男人低声说了几句。吴勉听到之后，对归不归勾了勾手指头，说道：“离墨醒了，要见你我……”

到了离墨的马车旁边时，这个男人已经醒了过来。看到吴勉、归不归走过来之后，他喘了口粗气，随后说道：“刚才元昌来过了吧？出了什么事情我都知道，多谢你们二位。我与你们的术法相差太远，今生应该是没有什么报答的机会了，来世……”

“来世你一样没有机会。”没等离墨说完，吴勉已经打断了他的话。白发男人翻了翻白眼之后，继续说道：“你就是为了说这个把我叫到这里来的？你的运气好，身上带着伤，下次伤好了再这么试试看。”

“我还有一件事情请你们帮忙……”离墨自己也是一个不会说客气话的，被吴勉怼回来之后，索性直接说到了正题。顿了一下之后，他继续说道：“帮我一个忙，找到……楼主，替我传一个口信。元昌并不只是要他的性命，他死在元昌手里的话，那个和尚会成为你们、广仁都无法对抗的人物。”

说到这里，离墨犹豫了一下，深吸了口气之后，继续说道：“和楼主说，只要不死在元昌的手中，怎么死都可以，自杀也不是不行。”

这句话说完，归不归看了身边的吴勉一眼。白发男人冷笑了一声，对离墨说道：“这么重要的话，还是你亲自和他说的好。你再带一根绳子，如果楼主对自己下不了手的话，你还可以亲自勒死他……”

说完之后，吴勉冷冷地哼了一声，随后头也不回地向自己那辆马车走去。看着白发男人离开之后，归不归笑吟吟地靠在马车车厢上，对低头不语的离墨说道：“你这样的话没头没尾的，让老人家我怎么去传这个话？还是把始末缘由都说一遍。你自己想想，现在有人过来让我老人家自己了断，老人家我会怎么做？先了断他嘛。你不明说的话，谁敢去触楼主的霉头？”

离墨想了半天之后，还是摇摇头，说道：“那我换一个说法，请你们帮我了结元昌，这个可不可以？”

“这个倒不是不可以，老人家我早就看那个小和尚不顺眼了。不过你也知道那个小和尚是广仁保着的，那位大方师估计也不会放过我老人家。”归不归轻轻地笑了一下之后，继续说道，“这样，你和席应真爸爸说，请他老人家去了结元昌，估计那个时候广仁也只有吃哑巴亏了。”

听着归不归的话里有嬉笑的意味，离墨叹了口气，说道：“那就当我没有说过，离墨在你们这里待几天，能走的时候我自然会离开。”

“那就祝你早日康复。”归不归嘿嘿一笑之后，转身向自己的马车走去。看着老家伙远去的背影，离墨叹了口气，闭上了眼睛自言自语地说了一句：“元昌，之前我真是小看你了……”

回到自己的马车上之后，归不归吩咐主事启程。随后他冲着吴勉笑了一下，说道：“看来这个离墨知道了什么不得了的事情，我们要不要辛苦一趟，再去找一下楼主，和他说为了天下苍生，请他死一次行不行？”

还没等吴勉回答，车子底下传来了孙无病的声音：“归不归！还有个先来后到吗？”

第七十三章　一百天

说话的时候，一只“猴子”已经翻进了车厢之内。这只“猴子”的体形巨大，一上车就占了车厢一大半位置，将吴勉、归不归和小任叁挤到一边。

“猴子”瞪着归不归说道：“我不管什么元昌、楼主的，拿不到忘诛石你哪里也不能去。就算天下人都死绝了，你也要先把忘诛石送到我手上，才能去救人。”

“天下人都死绝了，你这是把老人家我归到你们妖里去了吗？”归不归嘿嘿一笑，说道，“你把心放进肚子里，不管发生了什么，我老人家都会把忘诛石给你弄到手。不弄到棺材那么大的把你装在里面，这件事就不算完。”

“这可是你说的啊，来拍个巴掌……”孙无病倒是不在意什么棺材不棺材，反正忘诛石也是为了他死后预备的。嫌马车里憋屈，和归不归击掌为誓之后，“猴子”一翻身从车上跳了下去。

与此同时，妖僧元昌被众僧唤醒，也就是他有长生不老之身，一般的修士受了“猴子”这样的重击，这个时候已经在奈何桥上等着喝汤了。不过就是这样，元昌也是缓了半天才明白出了什么事情。想到刚才那只“猴子”，他心里就直哆嗦，为什么自己的术法对他完全不起作用？

缓过来之后，元昌命手下的小和尚去找一辆马车来，他的伤势还没有完全恢复，使不了五行遁法离开这里。就在小和尚要离开的时候，远处驶过来一辆马车。

马车走到近前，就在小和尚招手询问是不是赶脚的马车时，车厢门打开，露出火山那个顶着红头发的脑袋。火山冷冷地看了一眼元昌，随后这位末代大方师对妖僧说道："上车……我们该聊聊了……"

火山这一句话说出来，元昌的脑门上已经见了冷汗。深深地吸了口气之后，妖僧强装欢颜地说道："怎么敢劳火山大方师的大驾？您找我，随便派个人说一句，我去找您就好，怎么敢劳烦您……"

"上车，要我亲自下去请你上来吗？"火山冷冷地看着元昌，顿了一下之后，继续说道，"如果现在不上来的话，那你永远都不要上我和广仁大方师的马车了。"

这句话说完，元昌不再磨蹭，硬着头皮上了火山的马车。火山也不管外面跟车的僧人，直接吩咐车夫驾驶马车一路前行。马车行驶起来之后，火山也不说话，只是一动不动地看着车厢外面的风景。他不说话，元昌也不敢没话找话，一时之间，车厢里面静悄悄的，静得元昌连自己的心跳都能听到。

过了良久，火山转过头来，对元昌说道："最近你的眼神有什么问题吗？连楼主从你身边擦肩而过，你都没有发现。是不是以为有了楼主这个挡箭牌，我和广仁大方师就不敢对你如何？"

说话的时候，火山从袖子里面拿出一张信笺来，递给了元昌。和尚看了一眼，浑身上下的冷汗便冒了出来。信笺上面写着某月某日他在长沙城里的酒肆当中，楼主从酒肆门口经过，元昌当作没有看到将头扭到了一边。

类似这样的事情，信笺上面记录了五六起，都是元昌和楼主相距不远，元昌有意避开了楼主的事情。每次相遇都有年月日的时间佐证，元昌知道自己抵赖不了，当下心里盘算着应该如何推脱。就在他要开口的时候，火山突然将手搭在了元昌的肩头，随后很是随意地说道："元昌，你要好好解释一下了，要不然的话，你是过不了这一关的。”

说话的时候，元昌便感觉到火山的手上出现了一股巨大的吸力，仿佛把他的血肉、筋骨都吸出去一样。忍着剧烈的痛苦，元昌的身子开始不由自主地颤抖起来。

本来吞噬了一位楼主的术法，元昌的术法已经在火山之上，不过这个红头发的男人从他师尊广仁那里学会了快速提升法术的办法。现在在火山的面前，元昌完全没有还手之力。

“大、大方师误会了……我是想引出楼主在问天楼内的同党，将他们一网打尽，这才一直留着楼主，没有贸然下手。”这几句话说出来，元昌感觉到自己浑身上下的血肉好像要被煮开了一样，不停地有热气从他的汗毛孔中冒了出来。

“下次找一个能骗得住我的理由。”说着话的空当，火山松开了抓着元昌的手。顿了一下之后，红头发的男人继续说道：“这次就当你说的是真的，不过我还是要提醒你一句。元昌，从今日起一百日之内，楼主还活在世上的话，那你就代替他去死。我和广仁大方师已经找到了接替你的人。不信的话，你可以试试看……”

火山是个不苟言笑的人，几乎从来不说谎或者开玩笑。之前元昌已经隐约听到过有人可以取代自己去刺杀楼主，现在看起来那并不是一句玩笑。元昌深吸了一口气之后，赔着笑脸对火山说道：“百日之内我一定取了姬牢的人头来见大方师。对了，不见广仁大方师，不知道他老人家还有没有什么训诫？”

“你还是多关心一下你自己吧。”火山冷笑了一声之后，继续说道，“你的时间不多了，只有一百天。一百天之后，你和楼主两个人只能活一个。说实话，我希望活的是姬牢……停车……”

说到这里，火山命车夫停车，随后对元昌说道：“广仁大方师去接徐福大方师的信使了，或许信使带来的就是接替你的那个人。元昌，你再不快点的话，可能连一百天的时间都没有了。”

元昌唯唯诺诺地下了马车，看着马车慢慢地驶出了他的视线。这个时候，后面赶过来的众僧已经到了他的身边。元昌好像没有看到这些和尚一样，喃喃自语道：“广仁去迎接徐福的信使了，这就要开始了吗？”

“你还知道什么？”这个时候，从官道左边的草丛里走出来一个人，正是刚才被“大猴子”惊走的车夫。他逃走之后不放心，又悄悄地潜回来查看，正巧看到元昌上了火山的马车。他一路跟着马车，看到元昌下车之后，他马上现身过来询问。

看到此人，元昌便一肚子火气，刚才他听到小和尚们说，此人只是和那“猴子”过了一招，便不顾他的安危一个人逃走了。这样竟然还有脸回来向他打听广仁的事情？

看到元昌只是冷笑不语，车夫继续说道：“只要姬牢不死，便是你的护身符。有火山和广仁护着你，那只‘猴子’也不敢把你如何。如果你还在怪我的话，那我现在就去了结离墨，这你总该放心了吧？”

“离墨？你还是先顾好你自己吧，广仁去见了徐福的信使。你来猜猜看，给大方师的信函当中会写什么？”元昌冷笑了一声，继续说道，“现在不要管什么离墨了，帮我先除掉姬牢，越快越好……只有我解脱了，才能保住你……你在听我说话吗？”

听到元昌说到广仁去见了徐福信使的时候，车夫的身子便颤抖了起来。和尚后面的话他都没有听进去，直到元昌说了第二遍之后，车夫才反应过来，呆呆地看着和尚，说道：“徐福要杀我，你保得起吗？”

第七十四章　赎罪

吴勉、归不归的马车一路前行，半个多月之后终于进入河套区域的定襄郡。财鼠在地图上给出的标示是在河套以北云中郡的一座高山附近，算起来还有三五天的路程。

车队进入定襄郡的一座县城，主事将众人带到了早已安排好的客栈当中，随后他去忙活更换马匹和给养的事情。趁着这个机会，吴勉、归不归这一伙人在县城大街上转悠了起来，打算找一家看得顺眼的酒肆吃喝一顿。这里虽然比不了中原的富庶地区，不过以胡食配上胡人的葡萄美酒，跟中原的美食比起来，也是别有一番风味。

找了一家看起来干净一点的酒肆坐下，老板是西域过来的胡人，在这位老板的推荐之下，众人点了一只烤羊和一些西域风味的小菜。

烤羊需要一个时辰左右，老板先端上来小菜和西域的葡萄美酒，让几位老爷们吃喝着消磨时间。小任叁看到了美酒便顾不得别人，一杯接一杯地喝着，没有多久他已经喝光了一坛葡萄酒，小脸红扑扑的，开始说起了醉话。看样子不用等到羊烤熟，小家伙差不多就醉倒了。

百无求看了一眼开始傻笑的小任叁，对身边的归不归说道："老家伙，你看看你们家任老三，饭桌上认识酒，澡盆里认识娘娘。这就是你们家亲戚。你看看他的样子，连那边那个要饭的都要比他……老家伙，你看看那个要饭的像不像那个姓姬的楼主……就是他！"

顺着百无求目光所及的位置看过去，就见远处一个一身褴褛的乞丐，他从怀里摸出一个麦饼，分了一半给另外一个乞丐，随后又将剩下的半个麦饼给了正在乞讨的母女。如果不是乞丐施舍乞丐这么荒谬的事情，也不会引起百无求的注意。

上次见面的事情，归不归明明派人给楼主换上了新衣服的，还给他洗了澡，想不到再见面的时候他还是那副乞丐的样子。之前归不归把百疆和白重二人送到妖山之后他便离开，想不到过了这么久会在这里见面。

将身上的麦饼分给了乞丐之后，楼主便起身向城外的方向走去。等他经过酒肆附近的时候，突然听到了一个熟悉的声音："这不是我们的楼主大人吗？这次老人家我是不是就是为了你们师徒出来的？前两天见过你的两个弟子，今天又见到你了……进来坐坐嘛，烤羊一会儿就熟了。知道你是辟谷的，偶尔吃点喝点没有关系。"

楼主没有想到在这个小小的县城当中还能遇到熟人，还是一个不怎么想遇到的。当下他冲酒肆施了个礼，说道："原来是你们几位，我这样的打扮进去了是要妨碍老板做生意的，还是算了吧。等大家回到中原，有机会再聚。"

"回到中原？你还回得去吗？"吴勉抬起眼皮看了楼主一眼，随后继续说道，"你那个叫作离墨还是莫离的弟子，让我们给你带个话。你死在元昌手里，会天下大乱的。现在元昌应该也在找你，不想天下大乱的话，你还是自杀的好……"

听到吴勉提到离墨和元昌，楼主脸上的表情便变得苦涩起来。这两个弟子是他最对不起的人。本来楼主已经打定了主意，要把自己的性命交在元昌手里。现在听到离墨阻止他，这让楼主的决心开始有些动摇起来。

"你们见到了莫离，这么多年未见，他现在如何了？"叹了口气之后，楼主开始向酒肆当中的几个人打听起离墨的下落来。

"他也在这个县城当中，不久之前被你另外一个好弟子元昌打伤了，现在正在客栈休养。"归不归嘿嘿一笑之后，继续说道，"想见他的话，就进来一起吃点喝点。吃饱喝足之后，老人家我带你去见离墨。”

楼主看了一眼已经在皱眉头的酒肆老板，当下苦笑了一声，说道：“我这样的打扮是要影响人家做生意的，你们吃喝就好，我在这里等你们。不急……”

归不归又叫了几次，楼主死活都不进酒肆，只是走到大街对面一棵树下坐着，默默地等着吴勉、归不归他们吃完。见到楼主执意不肯进来，归不归又要了一些酒菜让伙计端过去让楼主享用。不过见到酒菜之后，姬牢却将这些美食都施舍给了附近的乞丐，随后将餐具送回到酒肆，替这些吃完就跑的乞丐们感谢老家伙。

有这样的一个人等着，这顿饭也不能安心地吃下去了。整羊烤熟了之后，吴勉、归不归他们也不吃了，吩咐伙计抬到他们的客栈去，随后带着楼主一起回到了客栈。

经过这些日子的休养，离墨的伤势已经好了一些，可以慢慢地下地行走，只是想要恢复如初还需要一点时间。听到自己的房门处传来有人进门的声音，离墨并没有多想，还以为这是归不归过来查看自己的伤口。

“莫离，多年不见了，想不到我们再见面会是这副样子……”一个熟悉的声音响了起来，让离墨的身子震动了一下。片刻之后，他将身子转了过去，不看说话的那个人。

看到离墨不理自己，楼主叹了口气，继续说道：“当年的事情，是我一心要灭掉方士宗门，用你做了弃子去阻拦广仁的回归，用你的命来成全我的野心。这么多年每次想起这件事，我心里都是愧疚……好在你被席应真救了回来，没有铸成大错……”

“莫离？你认错人了，我叫作离墨……”离墨没有回头，冷笑了一声之后，继续说道，“有件事情你说错了，你那个叫作莫离的弟子已经死了，大错已经铸成，无法挽回了。大家萍水相逢，你也不用那么客气。”

说到这里，离墨顿了一下，慢慢地转过身来，盯着楼主的眼睛说道："虽然我们没有什么交情，不过有件事情我还是要和你说一下。有个叫作元昌的和尚，他在你身上图谋一件大事。如果你们俩（指姬牢体内的两个楼主）都死在元昌和尚的手上，他会成为一个连广仁、火山都撼动不了的大祸害。你和元昌曾经师徒一场，他有了天下无敌的本事之后，会怎么做，你比我清楚……"

"元昌……"听到了另外一个让楼主愧疚的名字，他便再次叹了口气。顿了一下之后，楼主明白了离墨的意思："我们俩不能死在元昌的手上，是吧？那我明白应该怎么做了。多谢莫……离墨先生告知这件大事。这么多年以来，我无时无刻不在挂怀离墨先生，今日见到了，也没有什么遗憾了。请离墨先生放心，我不会让元昌杀死我们俩的。"

说完之后，楼主竟然跪在地上，对着又将身子转到一边的离墨行了大礼。随后他站起身来，默默地离开了房间。

出门之后，楼主见到归不归和百无求站在门口。老家伙冲楼主龇牙一笑，说道："怎么样？见到了以前的弟子，心愿了了吧？看你高兴得直叹气……"

楼主苦笑了一声，说道："归不归先生不要说笑了，终究是我对不起离墨先生。当初的楼主已经没有了，这里只有一个等着赎罪的姬牢。"

"那你先把对离墨的罪赎了吧。"归不归嘿嘿一笑，说道，"他两次被元昌和尚暗算，算着差不多也快有第三次了，楼主你总不能看着不管吧？"

第七十五章　械斗

听到归不归诉说元昌先后两次暗算离墨的经过（第一次归不归没有看到，是老家伙自己瞎编的），而且他竟然胆子大到敢当着吴勉、归不归的面，勾结外人来对付自己昔日同门的地步。姬牢的脸色便变得难看起来，沉默了片刻之后，他对归不归说道："归先生，元昌这么心急，他这是要干什么？"

"这个老人家我还想问你呢。"归不归打了一个哈哈之后，继续对楼主说道，"算着应该是离墨无意当中知道了元昌的什么事情，你那个当了和尚的弟子要杀人灭口。不过当着老人家我的面动手，这个有些过了。要不是看在楼主你的面子上，我老人家早就亲自动手，结果了元昌。"

说到这里，归不归顿了一下，看了一眼离墨休息的房间之后，继续说道："不过你这个弟子也是够特别的，不是老人家我夸他，他差点被人家打死都不把事情说出来。这么特别的脾气我们家吴勉认第一，你们家离墨认第二。"

"离墨是从小跟着我长大的，也是被我耽误了的……"楼主叹了口气，说道，"元昌的心思一直都在我身上，想利用我在广仁、火山那里得到的好处，吞噬了另外一个我的术法之后，回身再去对付那两位大方师的。毕竟现在另外一个姬牢的神识全部回归，术法非同小可。"

姬牢虽然已经放下了心魔，不过毕竟当初是做过问天楼楼主的人，心里捋一遍之后便能猜到一个大概。

归不归嘿嘿一笑，对楼主说道：“事情应该是这样，不过老人家我可不信就那么简单。你们家元昌有底牌没露出来，广仁、火山也有底牌。这里面最老实的就是老人家我了，身边就一个吴勉、一个儿子，加上一根人参，都是明明白白的……”

说到这里，归不归的话锋一转，继续说道：“咱们还是说说你里面那个宝贝弟子吧，看样子元昌不打算就这么完了。上次是运气好，老人家我给他换了马车，下次可就没有这样的运气了……”

归不归的话还没有说完，客栈外面突然响起一阵嘈杂的声音，似乎是客栈掌柜在和什么人争执。吵闹的声音愈来愈大，前面的伙计已经跑到后院，喊厨子和其他的伙计抄家伙出来干架，好像是他们家掌柜受了欺负。

厨子和伙计们冲出去之后，前院便响起来一阵“乒乒乓乓”动手的声音。片刻之后有伙计在前面大声喊道：“打死人了……快点报官……掌柜的被打死了……”

听到出了人命，姬牢没有丝毫犹豫，转身便向前院走去。看着这位楼主的背影，归不归有些无奈地回头看了一眼离墨养伤的房间，自言自语道：“本来还想说自己的弟子自己照看的，现在看是指望不上你了。把离墨交给你，现在他都死了俩来回了……”

说完，归不归回头朝房顶说道：“这里就交给你了，那个和尚再派人过来的话，这次不用看老人家我的面子，弄死算了……”

说话的时候，老家伙已经带着百无求向前院的方向走去。房顶传来了孙无病的声音：“既然你说了，那么我也和你说一下，之前跟着和尚一起的那个人就在前面。那人身上一股子咸鱼的味道，一里地之外就能闻到。”

孙无病本来以为这句话说完之后，归不归会急忙跑过去查看楼主的安危，他好看笑话。不过没有想到的是，这个老家伙就好像算好了一样，没有一点着急的样子，点了点头之后，慢悠悠地向着前院走去。

孙无病自己都有些急了，对归不归说道：“你就不怕那个人这次是来对付那个楼主的吗？他可不像是为了屋里这人来的。归不归你还是一点都不着急吗？”

“有什么好着急的，急的不应该是我老人家。也该让楼主紧张一点了……”归不归说完之后，听到房顶上猴子急得吱吱乱叫的声音。老家伙笑了一下，说道：“楼主出不了事的，他只能死在元昌的手里。如果是那个小和尚找人杀死了楼主，那么元昌的死期也应该到了。把心放进肚子里，元昌也不敢让别人动手，最怕死的那个是他……”

归不归说话的时候，客栈前院当中已经打成了一片。起因是几个做生意的胡人来客栈投宿，被告知这里被泗水号的车队包下来了。这些胡人客商心有不满，将随身携带的腰刀拔了出来，威胁客栈老板必须给他们腾出三间上好的客房。

县城里每天都有胡人客商来做买卖。这些胡人生性粗犷，欺负汉人软弱，只要有不合心意的事情便拔刀相向，闹出人命之后马上逃回西域。经常连闹事的胡人叫什么都不知道。

如果是往日，客栈掌柜或许真会被他们吓唬住，想办法让出几间客房。不过今天有泗水号的商队撑腰，他还真的没有将这几个胡人放在眼里。人家泗水号是做大买卖的，带着护军，而且今天正好借着泗水号的商队来压压这些胡人的威风。真出了事情，有泗水号撑腰，还怕这几个胡人吗?

当下客栈掌柜便咬死了没有空房，说话的口气还越来越硬。暗中他则吩咐了伙计，看到不对先让自家的厨子、伙计顶一会儿，同时赶紧去找泗水号的爷们，请他们过来帮忙，揍这些无法无天的胡人，杀杀他们的威风。

没有想到这些耍横惯了的胡人见到客栈的厨子、伙计们都冲出来，竟然犯了浑，直接一刀将掌柜的砍倒在地。这一刀不知道砍断了哪根血管，掌柜的倒地之后鲜血流了一地。周围的伙计看到后心惊肉跳，连连大喊：“死人了……死人了……”

这个时候，胡人见到出了人命，转头就要往外逃。泗水号的伙计们正好拿着刀枪冲了进来，用长枪逼着胡人退到了角落里。只要泗水号主事一声令下，便将这几个胡人剁成肉酱。

就在这个时候，楼主赶到了。他直接跑到了掌柜的身边，翻开掌柜的眼皮看了看之后，用一只手按着掌柜的伤口处。就在他的手按上去的一瞬间，本来还在不停冒血的伤口马上止住了血。奄奄一息的掌柜睁开了眼睛，看见一个要饭的正在用他的脏手按着自己的伤口，刚刚想要喊人拉开这个要饭的，就见那位归不归老爷和他那大个子儿子从后院走了过来。

“这是谁干的？下手这么狠？掌柜的睡了你媳妇吗？还是你儿子要管他叫爸爸？你们家都出了这么大的事儿，还有心思在这里闹事？呸！动手的那个，你现在应该快点回家，和你那败家娘们儿同归于尽……”刚才跟着自己的“亲生父亲”，二愣子一直插不上话，现在看到掌柜的倒在血泊当中，他竟然心中窃喜：终于可以痛快痛快了……

听着百无求在这里骂街，归不归笑眯眯地看着楼主已经给掌柜的止住了血，正要来纸笔在写着药方，让伙计们赶紧抓药。老家伙的目光在现场所有人的脸上都扫了一圈之后，停留在那几个已经被制住了的胡人身上。

这个时候，归不归突然听到店门口响起一个熟悉的声音：“你还打算装到什么时候？”话音落下的时候，一身白衣的广仁从店外走了进来。

第七十六章　真真假假

看到广仁出现之后，归不归的眼睛便眯缝了起来。这位大方师冲老家伙点了点头之后，一把将楼主拉开，随后盯着血刚刚止住的掌柜说道：“还在演戏吗？陆刚，徐福大方师让你回去……”

说话的时候，广仁对着张口结舌的掌柜一扬手，一把银色的粉末飘了过去。就在掌柜的身体接触到粉末的同时，他的相貌瞬间发生了变化，从一个四五十岁的半大老头子变成了一个二三十岁的壮汉，正是不久之前差点被“猴子”孙无病活活打死的那个车夫。

见到广仁一把粉末便让掌柜现出原形的本事，归不归也有些瞠目结舌。这种手段老家伙之前别说见了，连听都没有听说过，看样子应该是徐福大方师新出的手段了。

被广仁拆穿之后，这个叫作陆刚的人连反抗的意识都没有，瘫在地上不停地哆嗦着。虽然变回了本相，不过他受的伤却是真的。现在的陆刚脸色煞白、身体虚弱，这也是他不敢反抗广仁的原因之一。

广仁从怀里拿出一条红黄相间的符绳，手一摆，符绳自动将地上受了重伤的陆刚捆绑了起来。大方师亲自动手，可见对此人的重视程度。随后广仁冲还在惊诧当中的姬牢说道：“让楼主受惊了，不过请不要误会。我并不是想救你，只是你不能死在这个人的手上，并没有别的意思。”

楼主点了点头，回答道：“我也在等那个人出现，不过还是有些好奇，如果我不是死在元昌的手里，到底会发生什么事情？”

“楼主不必好奇，不会发生那种事的。”广仁微微一笑之后，这才冲归不归说道，“想不到归师兄也在这里，徐福大方师传下法旨时也提到了师兄你，本来还想请归师兄和吴勉先生一同寻找此人的下落，现在省了这个麻烦了。”

说话的时候，广仁已经从怀里摸出一张绢帛递给了归不归。老家伙笑眯眯地看了几眼，上面是徐福的法旨。写着船上方士陆刚，窥探大方师新创的术法，杀戮波斯商队百余人，犯下了大戒。着广仁、火山、归不归等人，追回陆刚偷盗的术法秘籍，此等秘籍万勿在陆地上流传。

看着法旨上面真写着自己的名字，归不归嘿嘿一笑，将绢帛还给了广仁，嘀嘀咕咕道：“这个时候想起老人家我来了，当初一脚把我老人家踹出来的时候，怎么没见他这么好说话？”

广仁微微一笑，就当作没有听到老家伙的话一样，将绢帛收好之后，对被逼到墙角的几个胡人说道：“说吧，这个人是怎么和你们说的？说出来，你们就能平平安安地离开。”

这几个胡人也被眼前这一幕惊呆了。相互对了一下眼神之后，带头的一个胡人用流利的汉语说道：“就是这个人，说他和这里的掌柜有私仇，给了我们一块金子，让我们来给他报仇。钱我们不要了，放我们走吧……”

说话的时候，胡人从怀里摸出半块金饼放在了桌子上。广仁看了一眼归不归之后，说道：“看在我的薄面上，放了这些胡人吧。他们也只是被陆刚利用了而已。”

“老人家我说了可不算。”归不归嘿嘿一笑之后，指着泗水号拿着刀枪的伙计们，继续对广仁说道，“大方师，他们可不是我老人家的人。他们泗水号有泗水号的规矩，老人家我已经蹭了他们一路，再说这个有些过分了吧？”

这些胡人虽然不是首恶，不过能被找来和陆刚演一场苦肉计，说明他们在这里为非作歹惯了，说杀就杀，手上指不定有几条人命。当下在泗水号主事的带领之下，众人将这些人都送到了官衙当中关起来，等县令老爷明天来发落他们。

这个时候，有伙计在地窖里发现了已经气绝身亡的掌柜。不用猜也知道这是陆刚做的，不过还是不知道他想要做什么。如果是想继续对离墨不利的话，那这个代价也太大了点。能不能成功不说，先要让自己半死。为了一个离墨至于这么舍得下本钱吗？

当下，归不归走到陆刚的面前，对这个脸色白得像纸一样的男人说道："这么下本就不是为了离墨了，说说吧，元昌藏在哪里？你们俩怎么约定的？你来负责分散他们的注意力，元昌动手解决掉楼主？不过老人家我有些不明白了，楼主是元昌的仇人，你这么下本又是为了什么？"

听到归不归提到元昌，广仁便淡淡一笑，看了一眼身边的楼主之后，岔开了话题："陆刚是陆刚，元昌是元昌。一会儿公孙屠和火山会来接他回船上去见徐福大方师。归师兄，元昌的事情还希望你不要为难他，那件事情他也是不得不做。"

"看你这话说的，好像老人家我什么时候为难过那个小和尚一样。"归不归嘿嘿一笑之后，凑到了广仁身边，低声说道，"不过我老人家也有一点好奇，到底占祖上面说了什么了不得的大事？一定要元昌亲手解决楼主？"

广仁微微笑了一下，看着归不归说道："谁说是因为占祖的？不可以是我想替元昌出口气吗？楼主追了元昌这么多年，我不可以给他出口气吗？"

"大方师你要是这么说，那老人家我就没有话说了。"归不归耸了耸肩膀之后，继续说道，"好了，这个陆刚什么的你也抓到了，现在可以回去向徐福复命了。楼主，咱们回去看离墨，这里没有咱们的事情了。"

"且慢，归师兄，徐福大方师还有话要我单独转告楼主。"眼看归不归就要拉着姬牢离开，广仁突然拦住了他们。随后他向前走了一步，看着老家伙继续说道：“徐福大方师有命，广仁不敢违背，还请归师兄你行个方便。”

“你们说完了喊老人家我一句，傻小子，咱们去吃烤羊去。”说话的时候，归不归已经拉着百无求向后院走去，一边走一边唠叨着，“今天吃了胡食，老人家我突然想妞儿了。那次我们也是在胡食铺子里见到她的，那个小姑娘这一世算来才十几岁，过几天忙完了猴子这件事，咱们去看看妞儿。”

归不归唠唠叨叨地带着百无求离开了，客栈的伙计都跟着一起到衙门里当人证去了，现在这个客栈前院就剩下他们两个和只剩下半条命的陆刚。姬牢突然轻轻地叹了口气，对广仁说道：“其实你不用这样的，我早已经准备好了。准备得太久了，都开始怀疑你是不是把我忘了……元昌，你可以动手了。不过你吞噬了我的术法之后，不要玩火自焚。不要招惹吴勉、广仁这样的人物，否则你会招来灭顶之灾的。”

“到底是我叫过师尊的人，骗过了归不归，还是骗不了你。”“广仁”的嘴里发出了元昌的声音。顿了一下之后，他继续说道：“本来我还想多留你几年的，不过广仁大方师只给了我一百天的时间。没有办法，只能提前动手了。你死之后我也要找个地方躲起来，大概吴勉、广仁和归不归他们都想要我的性命……”

说话的时候，“广仁”的手里凭空出现了一把长刀，带着风声对着楼主的脖子砍了下去。没有想到的是，刀刃砍在姬牢脖子上时却发出一阵金属的声音。长刀瞬间被震碎。随后，传来小任叁的声音：“老不死的，被你蒙对了，广仁是假的，你是怎么知道的？”

第七十七章　旧账和恩怨

见到自己的长刀被震碎之后，“广仁”已经明白出了什么事情。他也顾不得再对楼主如何，转身便向着大门口走去。他一边走一边开始催动五行遁法，这个时候他才发现现场已经下了禁制，自己进了归不归设的局……

“干吗这么着急？家里死人了吗？”一句噎死人的话说出来之后，吴勉已经站在了大门前。看了一眼惊慌失措的“广仁”之后，他继续说道：“还记得上次我是怎么说的吗？现在我对占祖一点兴趣都没有了……”

看到吴勉出现，“广仁”的心已经沉到了谷底。他心里明白归不归为什么要离开了，因为把这里让给吴勉了。这两个人已经对他起了杀心。吴勉是徐福亲自挑选的人，由他来动手，就算是广仁也不好翻脸。

“变回来你本来的样子，我怕砍顺了，下次看见真的大方师会忍不住。”吴勉说话的时候，手里已经出现了法器贪狼。随后他对“广仁”继续说道：“真的想用大方师的身份去死吗？也好……”

最后两个字出唇的时候，吴勉手里的贪狼已经对着“广仁”劈了过去。就在假广仁拼命招架的时候，一道寒光从客栈外面闪过，正打在吴勉举起的贪狼之上。一声金属相击的声音响过，贪狼被这道寒光挡住，救了“广仁”一命的正是“他自己”的两把短剑之一。

“吴勉先生，请饶元昌一命。”说话的时候，广仁、火山和蹭了长生不老体质的公孙屠从外面走了进来。两个“广仁”见面之后，假广仁深吸了口气，从怀里掏出一把银粉洒在自己身上，瞬间变回妖僧元昌的模样。

“元昌，看来上次我的话，你还是没有想明白。”火山冲和尚冷笑了一声之后，继续说道，“我听说楼主还在这城里游荡，你真的想要等到一百天的期限吗？”

“我就是想在这里解决姬牢的，两位大方师，你们自己看到的，吴勉和归不归在阻拦我……”说话的时候，元昌向着广仁、火山走了几步，在距离两位大方师三四丈的地方停下了脚步，正好处在广仁和火山中间。

听了元昌的话之后，广仁微微笑了一下，随后对吴勉说道：“他们师徒俩的恩怨，还是让他们师徒俩自己解决好了。吴勉先生，你我都不插手如何？”

“大方师你自己不插手就好，大家都不是方士了，也不用再听你的号令。”这个时候，归不归带着自己的便宜儿子回到了前院。看到广仁他们几个人之后，归不归嘿嘿一笑，站在了默不作声的楼主身边。这个时候，小任叁也已经现身，带着些许醉意，傻笑着看着面前这些人。

“各位，问天楼楼主和元昌的恩怨我们稍后再说，我带着徐福大方师的法旨，有话要问元昌和尚。”说话的是公孙屠。他从两位大方师的身后走了出来，对元昌说道：“和尚，陆刚现在在哪里？他是徐福大方师点名要我带回去的人，你不要自找麻烦。”

“陆刚……地上被豁开了肚子的这个不是你要找的陆刚吗？”听到这里，百无求皱着眉头看了那个奄奄一息的“陆刚”一眼之后，恍然大悟道，“等一下，老子明白了。刚才的广仁是假的，掌柜是假的，就连假扮掌柜的陆刚也是假的。老家伙，是这个意思吧？也就是老子这脑袋，一般人还真想不明白。”

刚才元昌假扮广仁，想要逼真一点，便用“陆刚”来转移归不归的注意力，还伪造了大方师徐福的法旨，好让他有机会下手。没有想到这步棋下错了，现在想不承认认识陆刚都来不及了。这个才叫搬起石头砸了自己的脚。

“陆刚……他在客栈对面的马车上，准备接应我刺杀了楼主之后离开的……”这个时候能把自己保住已经不错了，元昌不奢望还能保住陆刚，当场把他的下落招了出来。公孙屠和火山对视了一眼之后，两个人马上便要转身出去捉拿陆刚。

这个时候，广仁轻轻地叹了口气，对这两个人说道：“来不及了，我们是从门口进来的。陆刚应该已经发现了我们，这个时候早就跑了……”

火山对自己师尊的话坚信不疑，只是公孙屠还是出去转了一圈。片刻之后，他便沉着脸回到了这里，冲着广仁摇了摇头，示意这位大方师他的话没错，陆刚已经逃走了。

这个时候，归不归笑了一下，冲广仁说道：“大方师，老人家我们不急。给你时间去问问这个小和尚，他和陆刚到底有什么关系。谁给他那么大的胆子，竟然敢假冒徐福大方师的法旨。怎么说也要查明白吧？”

“这个不急，元昌就在这里，早晚会明白的。”广仁微微一笑，看了一眼冷汗直流的元昌之后，对归不归说道，“他和楼主几百年的恩怨了，还是让他们先了断恩怨的好。归师兄，当年两位楼主几次三番设计陷害你我，你不是忘了吧？”

“这个老人家我哪里会忘？”归不归嘿嘿一笑之后，继续说道，“当初谁设计坑害我们，谁厚着脸皮让我们过去帮忙，然后又过河拆桥，老人家我都记得清清楚楚。”

广仁还想要说话的时候，被吴勉一句话打断：“大方师，元昌和姬牢有恩怨，我和元昌也有旧账。他想要了断恩怨，等我们结了旧账之后再说吧。元昌，你过来……我们先把旧账清一清。”

元昌没敢搭话，眼睛盯着脸上还挂着淡淡笑意的广仁，生怕他说出什么让自己先解决姬牢，然后让吴勉和自己清旧账这样的话来。好在这位大方师只是微微笑了一下，主动向元昌的位置走了几步，说道：“吴勉先生，你和元昌的旧账还是改日再算的好，今天只要姬牢亡命于元昌的手上，他日你们俩的旧账我绝不干涉，如何？”

“还是我来说两句吧。”这个时候，楼主终于忍不住开了口，“我早已经做好了将性命交在元昌手里的准备，本来希望他杀了我之后，会消除心里的戾气。不过我似乎想错了，他已经不是当初的元昌了。这孩子现在的野心太大，图谋的东西太多，已经不是谁随随便便就能把他拉回来的了……”

说到这里，楼主顿了一下，随后对吴勉说道：“吴勉先生，以前有许多得罪你和归不归先生的事情。如果不嫌弃的话，请将我的性命带走，亡于先生的手上，姬牢我才会安心一点……”

“不可以……”广仁脸上的笑容瞬间消失不见，这位大方师再次向着元昌的位置走了几步，一边走一边说道，“恐怕姬牢先生要失望了，你只能亡于元昌之手。如果你随随便便可以亡故的话，在方士一门消亡的那一天，我就亲自动手了。等了这么多年，我等的可不是这样的结果……”

“那就要怪你自己了……”说话的时候，吴勉也向元昌的位置走了过去。顿了一下之后，白发男人继续说道：“你自己不动手，也不让别人动手，不就这么回事吗？广仁，方士一门消亡很久了，你这个大方师的梦也该醒了……”

说话的时候，吴勉挥刀对着元昌劈了下去……

第七十八章　近乎无敌

吴勉动手的同时，两道寒光从广仁的身后飞过，一道对着白发男人手中的贪狼射了过去，另外一道寒光却对着看热闹的归不归打了过去。

与此同时，火山也向着归不归扑了过去。两个人的术法原本相差甚远，不过真动手之后，归不归才诧异地发现，几年不见，这个红头发小娃娃的术法竟然大增，加上广仁两把短剑一直骚扰，归不归竟然被火山压在了下风。

这个时候，广仁也朝吴勉冲了过去。虽然有种子的力量和贪狼，按实力来说吴勉应该在这位大方师之上。不过动手之后，白发男人竟然被广仁克制得死死的。如果不是手里还有一把贪狼让大方师忌惮，吴勉这个时候恐怕已经落败了。

“元昌，你还在等什么？这是你最好的机会了。”看着元昌和尚没敢轻举妄动，广仁在和吴勉动手的间隙，皱着眉头对妖僧说道。

一句话让元昌反应过来，当下他深深地吸了一口气，向着姬牢扑了过去。眼看他一拳就要把楼主的脑袋打爆的时候，脚背上突然传来钻心的疼痛。随后，一支看不到的利器狠狠地插在他的脚上，利器尖锐的部分穿过了元昌的脚掌，直接钉在地面上。

任叁！刚才他的注意力都在广仁、吴勉这些大人物的身上，没有发觉这个小东西什么时候利用龙鳞法器在偷袭自己。就在他弯腰准备将那看不到的利器拔出来时，就见一个黑塔一样的人影向着自己撞了过来。

一只脚被钉在地上，元昌躲闪不及，身子被结结实实地撞飞了出去。他那只被钉在地上的脚被利器撕裂，落地之后已经是一片血肉模糊。

元昌怎么说也吞噬了一位楼主的术法，虽说有小半的术法在吞噬的过程中流失，不过加上这几年的苦修，最少也应该和当年的火山相仿。谁知道现在火山的术法猛增了不少，而他却被这两只妖物欺负。他还是外面传说的那个妖僧元昌吗？

元昌气急，对着姬牢打出一道风刃。眼看楼主就要一分两半的时候，风刃突然在距离他一丈左右的位置消失。这时元昌已经看明白了小任叁的大概位置，再次连续两道风刃对着自己的师尊打过去。吸引了小任叁的注意力之后，他的身子一晃暂时放过了姬牢，对着百无求扑了过去。

这一人一妖的实力相差太过悬殊，这一次他们俩撞在一起之后，百无求一口鲜血喷了出来，随后远远地飞了出去。这还是元昌看在妖王的分上，没敢痛下杀手。看到百无求飞出去之后，他不停地对着姬牢打出风刃，让小任叁左拦右挡，自顾不暇。

虽然看不到小任叁的样子，不过这个小东西已经对自己形成不了什么威胁。如果不是害怕谁也惹不起的大术士席应真，就算有龙鳞法器，元昌也有办法结果了这个小东西。而这个时候的楼主姬牢一动不动地看着越走越近的元昌，似乎已经有了把性命留在这里的决心。

“元昌，我们的事情自己了结，不要为难这几个小家伙了。”楼主叹了一口气之后，转过身去，背对着元昌坐在地上。随后他说道：“小朋友，这是我咎由自取，你们不要再插手了……”

“姬牢，这都是你欠我的，我自己拿回来而已。”元昌一边继续对着姬牢打出风刃，一边走到了他的附近。随后，元昌从地上捡起一把胡人留下的弯刀，对着楼主的脑袋砍了下去。

这个时候，吴勉、归不归已经被广仁、火山师徒缠住，想要过来帮忙都抽不出身来。现场只有那位公孙屠还没有动作，不过指望他动手去阻止元昌，似乎也不大可能。

就在这个时候，后院突然传出一声大叫，随后一个巨大的人影上蹿下跳地跑了过来，正是那只人面猴身的半妖——孙无病。不久之前，元昌才被这只猴子虐打过一次，知道他的厉害，当下不敢动手，直接扔了弯刀向外跑去。

不过“猴子”的速度要快过元昌许多，眨眼的工夫“猴子”便已经到了和尚的身后。“猴子”孙无病伸出前爪抓住了元昌的后脑勺，将他死死按在墙上，随后回头对正打得不可开交的吴勉和归不归说道：“还以为你们在前面做什么了不得的事情，不就是一个和尚吗？都住手！一会儿我就把他撕碎了喂暗蒲……”

“孙无病？你怎么变成这个样子了？”广仁和火山都认出了这只“猴子”。广仁对“猴子”说道：“你不要坏我的大事，把元昌松开。他做的事情就是我要做的……”

如果是在以前，孙无病还真惹不起广仁和火山这样的人物。不过现在他变成了这副样子，加上自己死后的大事都着落在吴勉、归不归的身上，因而就当作不认得广仁一样。只要吴勉、归不归二人发一句话，他便手上发力直接捏碎了元昌的脑袋。

就在这个时候，元昌已经顾不得什么楼主不楼主了，而是用力将墙壁挤塌。趁着这个突然变故，“猴子”有些愣神的工夫，元昌挣脱了孙无病的爪子，顺着这个窟窿逃出了客栈。孙无病见元昌跑了，当下气得抓耳挠腮，跟着追了出去。

看到马上就要成了的事情被孙无病搅黄，广仁失态得大吼了一声，将短剑向着“猴子”的背后射了过去。一声清脆的声音响过，已经冲出客栈的孙无病又走了回来。“猴子”指着自己背后一个几乎看不出来的小白点，对广仁说道：“广仁，大家以前关系都不错，现在为了个和尚，你竟然偷袭我？”

这个时候广仁都有些不敢相信自己的眼睛，那柄短剑打出去的力量能撞开吴勉手中的贪狼，而打在这只“猴子”身上竟然没有造成任何伤害。这么多年不见，他还以为孙无病已经死了。现在他没死不说，还变成了这个样子。这当中到底出了什么事情？

“白头发的，你把广仁留给我！”刚才那一下虽然没有对“猴子”造成什么伤害，也让他感觉到了疼痛。当下他脾气犯了，也不管那个逃出去的和尚，他直接奔着广仁去了。

吴勉见状收起贪狼退到角落里，冷眼旁观，看起热闹来。一句话喊出来的同时，孙无病已经到了广仁的近前。这个时候，那把短剑不停地在“猴子”身上的各个要害打来打去，却没有造成一点点伤害。

看着短剑在眼前飞来飞去，“猴子”缩了缩脖子护住自己身上唯一的破绽之后，对着广仁一拳打了过去。这个时候，人方师的身上已经冒出一团人形黑影将他自己笼罩在里面，同时，人形黑影也对着“猴子”挥拳打了过来。

这是广仁看家的本事了。见到自己的法器没有作用，广仁务求一击将孙无病击倒，再把元昌找回来，或许还能扭转局势。

当下，“猴子”和人形黑影的拳头打在了一起。那一团黑影没有任何效果，直接好像烟雾一样地散开。“嘭”的一声响，这一拳打在广仁的下巴上，将大方师高高地打飞了出去。

看着大方师随随便便就被这只“猴子”打飞了出去，除了明白怎么回事的吴勉、归不归之外，楼主和火山都不敢相信自己的眼睛。这只“猴子”是大方师徐福变的吗？

第七十九章　高山之上

广仁被打飞出去的同时，火山已经向着他师尊落地的方向奔了过去。随后这一对师徒的气息瞬间消失，应该是运用五行遁法离开了，只留下客栈当中的这几个人面面相觑……

就连“猴子”孙无病自己都想不到会一拳打飞了大方师，怎么说广仁和徐福都叫作大方师，在他的眼里揍了广仁和揍了徐福差不了多少。本来还以为广仁有什么了不起的本事，孙无病已经做好了大战三百回合的准备，现在只是一拳就打飞了广仁，他自己一时半会儿都没有反应过来。

“猴子”呆愣了片刻之后，突然冲到了客栈外面。就在客栈当中的众人都在疑惑他要做什么的时候，房顶上传来了孙无病癫狂的声音：“我把广仁大方师揍了！大家都过来看看啊……我揍了方士一门的大方师！城里的人都记住今天……孙无病揍了广仁……广仁是方士一门的大方师啊！以后有人来问谁揍了广仁！你们记得那个人叫孙无病啊……”

在孙无病成为修士的那一天起，方士一门的大方师对他来说便是神仙一般的存在。他之前做梦都想不到有朝一日自己能把大方师伤了，当下便有些忘乎所以。

“看你那个没有见过世面的样子……”吴勉冲着房顶翻了翻白眼之后，转身离开了这里，向着自己的房间走了过去。

“要是广仁的气量小点，这几句话就够他自杀了。”归不归笑眯眯地摇了摇头之后，走向自己的便宜儿子倒地的位置。好在百无求皮实，这个时候已经爬了起来。他听着脑门顶上还在不停大喊的声音："是孙无病啊……有人问你们说谁揍了广仁，你们可别说错了……孙无病！《孙子兵法》的孙……什么都没有的无……揍了广仁的孙无病的病……"

"这样的好事凭什么落在一只'猴子'的身上？"百无求愤愤不平地看了自己的"亲生父亲"一眼之后，继续说道，"老家伙，你和你叔叔太让老子失望了。你看吧，这只'猴子'今天揍了广仁，明天就要拉着你们给他做证……"

"随他吧，这么多年孙无病也不容易。好不容易可以撒开了闹一下，就由着他的性子来吧。"归不归嘿嘿一笑，转头看着已经站起来的楼主姬牢，说道："楼主，老人家我有件小事情不明白，你的术法便宜了元昌，另外一个你的术法总可以施展出来吧？你们俩现在在一个身体里，你又是做主的，弄死个把元昌这样的还不跟玩闹一样吗？"

"那样的话，会把另外一个姬牢唤醒的。那可不是你们想要看到的……"现在的楼主对任何人都没有防备之心，将自己的实底和盘托出。想起刚才的事情，楼主叹了口气之后，继续说道："我和他都是姬牢，我知道他醒了之后要做什么，还是不要让他醒过来的好。"

"看来我也要离开了。"这个时候，站在门口的公孙屠走了进来，冲吴勉、归不归等人说道，"我身上带着徐福大方师的法旨，没有找到陆刚之前，不便在此逗留。如果你们几位有陆刚的消息，还请帮忙……"

现场倒是有一个假陆刚，不过因为失血过多加上惊吓过度已经死掉了。他就是一个被元昌拉来吸引众人注意力的，也不用费神为这个人去招魂了。

"老人家我最喜欢帮忙了。"归不归嘿嘿一笑，对公孙屠说道，"忙完这件事之后，记得来我老人家的洞府，有件天大的好事要便宜你。记得啊，一个人来，和谁也别说，多一人知道便多一个人来占这个便宜。”

公孙屠客气了一句之后，便转身而去。他离开之后，众人也回到了各自的房间。有“猴子”孙无病坐镇，广仁、火山也不敢回来生事。

刚才众人在前院动手的时候，全仗着谢伦一个人带着暗蒲看护离墨。看到众人回来，他这才松了口气。好在刚才没有人趁乱过来对离墨不利，要不然的话谢伦真的没有办法抵挡。

当天晚上，“猴子”孙无病趴在房顶上叫喊了半宿。县令老爷都被惊动了，顾不得那几个闹事的胡人，直接派官兵来查看谁在喧哗。不过看到客栈房顶上趴着的半人半猴的妖物之后，拿着刀枪的官兵也不敢上前。最后官兵找泗水号的人帮忙，找到了正在和姬牢聊天的归不归。老家伙上了房顶，也不知道他说了什么，那只“猴子”马上从房顶上跳了下来，消失在黑暗当中。县里的百姓总算睡了半宿的好觉。

事后，小任叁找归不归打听他对“猴子”说了什么，能让他在那么兴奋的状态下自己走下来。老家伙笑了一声之后，在小任叁的耳边低声说道：“老人家我说的是，‘猴子’你再不下来，我老人家就让百无求上去，让城里的百姓看看揍了广仁的‘猴子’是怎么给别人下跪的……”

本来车队打算在这里多住几天的，不过出了这件事情之后，也不能继续在这里休息了。第二天客栈掌柜的办白事的时候，归不归送了一锭马蹄金，随后便跟着车队一起离开，向着目的地云中郡行进。离墨的伤势没好，继续留在车队当中。楼主姬牢也跟着一起，要等到离墨的伤势痊愈之后才离开。

五天之后，车队终于到了云中郡下辖的出云山脚下。按照财鼠之前在地图上的标示，忘诛石就在这个山上的某处。孙无病、谢伦都是操控妖兽的大家，当下让百无求将财鼠拿了出来。这个小东西已饿了多日，三天前谢伦开始每天喂这个小家伙黄豆粒大小的忘诛石，不过从今天早上起便只喂食水，连那一小粒忘诛石都断了，饿得本来肥胖的财鼠瘦脱了形。财鼠对着百无求可怜巴巴地“吱吱”叫着。

“你要吃的东西，就在这山上，想吃什么自己去找……”谢伦一边说话，一边将一种红色粉末涂在财鼠的身上。不管财鼠走到哪里，都会把这粉末蹭在周围。

一切都准备停当之后，谢伦将财鼠扔到了地上。不过这个小东西却马上跑回到百无求的身边，在他看来，这个二愣子似乎要比忘诛石重要得多。谢伦没有想到财鼠饿着肚子也要守着百无求。就在他无计可施的时候，老家伙教了二愣子一句话：“都等着你呢，找到那种石头，老子就带你回家享福去。”财鼠好像能听懂一样，兴奋地在原地转了一圈之后，一溜烟跑到了山上。

跟着财鼠身上红色颜料留下的痕迹，众人一路向山上走去。本来离墨行动不便，是要留在马车上等着的。不过因为之前的事情，归不归还是让自己的便宜儿子背上离墨，跟着他们一起上山。

谢伦涂在财鼠身上的也不知道是什么颜料，一直跟到半山腰，颜料一点都没有褪色，还是异常鲜艳。只是财鼠不放心百无求，担心这个大个子跟丢了，几次从山上跑下来迎接二愣子，多少耽误了一些上山的时间。

好在这座山并不算太高，两个多时辰之后，顺着财鼠留下的红色印记，众人走到了一个山洞当中。站在山洞前，一股野兽独有的腥臊气味扑面而来。不知道是不是他们这几个人惊动了里面的猛兽，一声低吼从山洞里面传了出来……

第八十章　废弃的矿洞

听到山洞里面野兽的叫声之后，洞口的几个人心里都是一惊。财鼠虽然也是妖兽，不过这个小家伙不靠武力取胜，要是被里面的什么猛兽一口吞了，那损失就太大了。

片刻之后，一只斑斓吊睛猛虎从山洞里面跑了出来。看到围住山洞的众人之后，猛虎冲着看着好像最好欺负的归不归扑了过去。而老家伙没有做出任何反应，只是笑眯眯地任由这只大虫扑上来。

就在这个时候，百无求一巴掌将已经蹿到了半空中的老虎打翻在地。他虽然背着离墨，身手却没有一点拖沓，对着这只大虫连打带骂："吓唬谁呢？老子的爹也是你能吃的吗？你吃了他就要吃了老子！你爹你娘给你积下这个德了吗……呀！还敢对老子龇牙？这都是谁教给你的臭毛病……"

现在这些人、妖当中，百无求的实力算是最弱的一个。平时动手他也都是被欺负的那个，不过对付这样一只老虎还是绰绰有余的。一顿连打带骂之下，竟然将这只老虎打得连惨叫都喊岔了音。

就在百无求将老虎打得奄奄一息的时候，一只肥肥胖胖的耗子从山洞里面钻了出来。看它嘴里鼓鼓囊囊的样子，谢伦的眼睛一亮。他急急忙忙地跑过去抓住了财鼠，掰开它的嘴巴之后，发现里面都是咬碎还没来得及吞下去的忘诛石碎块。再仔细上下打量了这只耗子，只见它本来干瘪的小肚子也鼓了起来。这一脸满足的样子明显是刚刚吃饱喝足了……

将从财鼠这里得到的石头渣子给自己的师尊看了一眼之后，谢伦又走到了吴勉、归不归的身边，将手里的忘诛石渣子给他们这几个人看了看，说道："石头应该就在这山洞当中，还要麻烦各位与我师徒一同进去寻找。找到忘诛石之后，我与我家师尊都忘不了各位的恩情。"

"小娃娃，你也说石头就在这里，我们就不用亲自走一趟了吧？"归不归冲谢伦笑了一下之后，继续说道，"现在你们家师尊天下无敌了，里面就算有什么妖兽，也不是你们家'猴子'的对手。"

谢伦不知道山洞里面有多少忘诛石，他这位师尊想要养魂，需要的忘诛石数量可不少。要是里面只够财鼠吃饱的，那么孙无病也就太吃亏了，还要麻烦这些人换一个地方继续寻找，现在最好还是绑住这些人。

怎么说孙无病也是刚刚一拳打飞了大方师的，现在这"猴子"的心里还是有些膨胀的。仿佛论起本事来，徐福排在第一，他孙无病就算不是并列第一，也是以微弱的差距屈居第二的。当初这个老家伙可是一个巴掌打歪了自己脑袋的人，不找他报仇已经算是归不归天大的便宜了，现在还敢跟自己的弟子磨磨叽叽。当下孙无病大怒，冲归不归走了过去："归不归！让你跟着一起进去，你还有什么不服……"

说到一半的时候，孙无病突然不由自主地跪在了老家伙的面前，这个时候他才想起自己命中的克星就在归不归的身边。这一路上他都是和百无求远远地拉开距离，生怕会遇到现在这样的情况。大意了……在遇到百无求之前，这只"猴子"曾经是个王者……

看着"猴子"脸色涨红的样子，归不归嘿嘿一笑，正要调侃几句。就在这个时候，身边的楼主姬牢突然开口说道："既然已经到了这里，我们还是一同进去看一眼吧。我也很好奇忘诛石会出现在什么地方……"

姬牢说的也在理，归不归看了一眼吴勉，见这个白发男人也没有什么话说，老家伙再次笑了一下之后，说道："反正就在山洞里面，也不差这几步了。那我们就进去看看，提前说好，搬搬扛扛的活可别指望我们啊……”

听了归不归的话之后，百无求第一个走进了山洞当中。二愣子背着离墨，手里拽着被他打得半死的老虎。走进山洞之后不久，他便对着身后的这些人说道：“咱们都被这个洞口骗了，看着巴掌大小的一块地儿，里面竟然这么大，怎么看着像走不完似的？”

百无求说话的时候，后面的人已经看到了山洞里面的情况。这山洞形似葫芦，外面看着不大，走进去之后才知道里面竟然别有洞天。这些人都是有术法和妖法的，黑暗当中视物没有问题。

顺着洞口一直往里走，有一条细细长长的小路。没走多久，这条小路便慢慢变得开阔起来。这个时候谢伦的脸色却有些难看。百无求回头的时候看到他紧皱着眉头，说道：“马上就要给你们家师父找到那个什么石头了，你怎么反而好像死了师父似的？”

百无求能死死克制住孙“猴子”，谢伦不敢轻易得罪他，苦笑了一声之后，开口说道：“人伦纲常不要玩笑。我在疑惑这里早年可能是个矿山，后来里面的矿石都被采光了，一直荒废到现在。忘诛石形似铜矿石，如果被愚人当作铜矿石而被采光了，那就是真正的麻烦了……”

谢伦说话的时候，手里摸了一下石壁上人工开凿的痕迹，再次叹了口气。如果这里真是一个废矿，那么忘诛石也不会剩下多少了。

眼看这条路就要走到尽头，远处的景象已经开阔起来，看着似乎真的是一个矿洞。不过就在这个时候，被百无求牵进来的老虎突然发了狂一样地挣扎起来。它好像在惧怕什么东西一样，连连狂吼，挣扎着要顺着小路跑出去。

“怎么个意思？这是还想要反抗？”百无求对着老虎又是一顿拳打脚踢，嘴里不停地跟着叫骂着，“别找不自在啊，跟你说，老子可是还没吃过老虎肉。你再咋呼，老子一会儿就把你炖了。老老实实的，一会儿爷们就把你放了，不老实现在就把你撕了。老子也不是不能吃生肉……”

老虎虽然听不懂百无求说的是什么，不过这一顿胖揍再一次把它打服了，打得这只猛虎嘴巴、鼻孔开始不停地流血。老虎也会“算账”，进去是死，不进去则被这大个子打死，还是多活一会儿算一会儿吧。当下，它继续好像一条狗一样，被百无求拖着向里面好像矿场的区域一步一步地磨蹭过去。

走到里面之后，谢伦回头看了走在最后的师尊一眼。随后他重重地叹了口气，很是不甘心地说道：“怕什么来什么，这里还真的是废弃的矿洞……”说到这里，他从地上捡起一把满是锈迹的镐头，让身后的这些人都看了一眼之后，使用控火之法将洞壁上挂着的一盏油灯点亮。有了光亮之后，这里的场景看得更加清楚，地上很容易便能看到零星几个装着矿石的柳条筐。谢伦有些苦涩地说道：“这里就算有忘诛石，也不会太……什么东西！”

谢伦的话还没有说完，就见一道黑影在众人的头顶掠过。可能是被谢伦突然点亮的油灯吓了一跳，黑影临时改变了自己的动作，只是从众人的头顶飞了过去，没有对谁造成伤害。

这个时候，就连归不归这样的老狐狸脸色都变了。刚才他亲眼看到了黑影，却没有感觉到它的存在……

第八十一章　黑影的忌惮

这个黑影明显不是人，它几乎扁平得像一张纸。从几个人头顶上飞过去的时候，没有发出一点声音不说，身上连一丝气息都没有散发出来。就连见过世面的归不归都认不出这个黑影的来历。

不过黑影似乎有些畏光，谢伦点亮油灯之后，它便快速绕开众人，一溜烟回到了矿洞深处，消失在了众人的眼前。

黑影出现的时候，众人的注意力都在它的身上。等到黑影消失之后，第一个察觉到异常的是百无求。这妖物的鼻子抽动了两下之后，捂着鼻子说道："什么东西这么臭？你们谁吓得拉裤……大虫，你怎么不动了……老家伙，咱们家大虫被吓死了……"

这个时候，众人才发现那只斑斓吊睛猛虎直挺挺地倒在了地上。它双眼圆睁，嘴里还有吐出来的泡沫残迹，竟然被活活吓死了。现在终于知道它为什么死活都不敢走进来了。不过到底是什么妖兽能把这样的兽中之王惊吓而死……

这个时候，归不归回头看了楼主一眼，说道："老人家我老眼昏花了，刚才愣是没有认出那是个什么怪物。楼主您老人家见多识广……"

"我也认不出来那是什么，天下之大无奇不有。就说这位孙无病先生脖子下面的妖身，我就认不出来是什么……"没等归不归说完，楼主已经打断了他的话。他回头看了一眼队伍最后面的"猴子"孙无病，随后对他说道："孙先生，忘诛石虽然稀少，不过也不是此地独有的。前面吉凶未卜，我们还是换一处所在继续寻找吧。”

“有我这个揍了大方师的孙无病在此，你们还怕什么妖魔鬼怪吗？”只要百无求离得远，孙无病便显得有恃无恐。当下他在后面上蹿下跳地说道：“今天就在这里寻找忘诛石，有什么鬼怪我来替你们料理……”

“不管刚才那个是什么，它怕光……”这个时候，走在百无求身后的吴勉开了口。说话的时候，他的手腕一挥，几道火球打出去，正落在矿洞当中几处挂着油灯的所在。一瞬间，矿洞变得更加明亮起来。

随后，白发男人对着几处挂着油灯的洞壁虚抓了几把，就见本来挂在那里的油灯好像被一根看不到的丝线牵引住了一样，向着众人这边飞了过来。随后，油灯慢慢地飞到了这些人、妖的手上。

“现在去找忘诛石，找到了我们就离开。”说完之后，吴勉快步走过百无求身边，走到了队伍的最前面。他也不管身后的这些人、妖，自己端着这盏小小的油灯，向着矿坑的纵深处走去。

这不知道是什么时候留下来的油灯，竟然还能点着。虽然光亮微弱，不过看周围的景物还是不成问题的。众人手里端着油灯并不是怕了刚才的黑影，只是那影子来去无踪的，只在灯光之下才能现身。它再次出现的话，起码也能第一时间看到，不至于措手不及。

这片矿洞的面积不小，继续往里走，看见有四通八达的岔道。因为刚才黑影的缘故，百无求不敢再把财鼠放出去，只是将它放在地上，让它指明方向。随后，众人顺着这个方向走下去。一连经过了数条岔路，都没有再遇到刚才那古怪的黑影。

走了没有多久，百无求突然对归不归说道：“老家伙，你说这只耗子为什么什么事都没有？算来它应该已经进来过一次了吧？大虫没吃了它，那是大虫眼瞎。刚才影子的眼神也不利落？”

归不归嘿嘿一笑，对自己的便宜儿子说道：“世间万物都是有其与众不同的气息的，只有这只耗子不同。财鼠吃了什么东西，它身上就散发什么东西的气息。它有躲避老虎的办法，这个没有什么出奇的。刚才那道黑影应该是通过气息辨物的，在黑影的眼中，这个小东西就是一块忘诛石。”

归不归说到这里的时候，走在最前面的吴勉回头看了老家伙一眼。看他的意思好像要说什么，不过看到走在归不归身后的楼主之后，吴勉又好像什么事情都没有发生一样，端着油灯转身继续向前走去。

众人继续往前走，又穿过了几条岔路之后，前面的矿道开始变得狭窄起来。别人还好办，百无求猫着腰也能凑合着继续往前走，而走在最后的“猴子”开始有些吃力了。一开始他只要低低头就可以过来，走到后面的时候，他的身子已经直不起来了。如果继续往前走的话，孙无病恐怕就只能往前爬了……

最后，“猴子”留在一块相对比较开阔的所在，等着他们这些人找到忘诛石之后，再跟他会合。

不过穿过了这一条窄路之后，前面的路况又豁然开朗了。这里的矿石被开采完毕之后，留出了一块大得有些离谱的空地。到了这里之后，藏在百无求怀里的财鼠扒着二愣子的领口，露出自己的小脑袋，对着空地边缘一堆堆还没来得及运走的矿石吱吱直叫。

这个意思就太明白了，谢伦直接跑了过去。查看了地上的矿石碎块之后，他如释重负地松了口气。随后他回头对正赶过来的归不归说道：“是忘诛石，刚才看到这里是个废矿的时候，还以为我们会白跑一……”

这句话还没有说完，就见谢伦的外衣突然爆开，那条红色的暗蒲突然从里面窜了出来。随后，让人目瞪口呆的一幕出现了，就见暗蒲猛地向着谢伦的头顶上窜了过去。一道若隐若现的黑影瞬间在暗蒲扑过去的位置闪现了一下。随后这条红色的大蛇被一分为二，断成两截掉在地上。

不是说黑影怕光吗？谢伦的手里正端着油灯，为什么黑影会突然出现？看样子黑影的目标是谢伦，好在他将暗蒲藏在自己身上，而这条大蛇率先发现了危险，自己窜过去救了主人一命。

而暗蒲被斩断之后，竟然没有马上死去。它的两截身子好像是两块互相吸引的磁石一样，扭来扭去之后竟然缠绕在了一起。随后被斩断的位置合到了一起，众人眼见着被分成两截的大蛇又变成了一条。

“小娃娃过来！老人家我明白了，这个东西不是怕光，它怕别的……”归不归冲着谢伦喊话的同时，眼睛已经看向自己的便宜儿子。除了老家伙之外，吴勉、楼主两个人也都扫了这个二愣子一眼。

这个时候，谢伦也明白了过来，当下他一手抓起暗蒲的尾巴，一手端着油灯匆匆忙忙地跑回到众人的身边，还故意凑到了百无求的身边。既然自己的师尊能对这只妖物磕头，刚才的黑影应该也是在忌惮他。

“不用理会他，小娃娃。你去搬忘诛石，有我们看着，谁也不会把你怎么样的。”归不归一手端着油灯，一手拉着自己的便宜儿子，向着满地的矿石块走了过去。虽然还不知道刚才的黑影是什么东西，不过现在看起来只要守着百无求便不会出事。

不过就在谢伦、百无求和楼主准备搬运矿石的时候，二愣子怀里的财鼠突然又开始“吱吱”地叫了起来。这只大耗子扒着百无求的衣服，小脑袋却对着某处有些癫狂地大叫着。

归不归看了看财鼠指的位置，只是一堆的矿石块，也没有什么出奇的地方。它这是什么意思？

第八十二章　石精

归不归看了一眼矿石堆之后，对还在吱吱叫的财鼠说道：“你想告诉老人家我，那里面有什么了不得的东西吗？”

看着这个老家伙注意到了那堆矿石，小财鼠显得有些慌乱。它爬到了百无求的肩头，在上面又蹦又跳的，拼命将百无求的脑袋转向那堆矿石，示意里面有东西，让归不归快点过去寻找。

“你们先别管这些碎石块了，前面有更好的宝贝……”归不归嘿嘿笑了一下，将正要动手搬运忘诛石块的几个人、妖带到了财鼠示意的那一堆矿石堆当中。只要有百无求在身边，就不怕那道古怪的黑影。

眼前都是忘诛石，跟着他们去看看也没有什么。当下，谢伦跟着吴勉、归不归等人到了矿石堆旁。在自己“亲生父亲”的指使之下，百无求将背上的离墨放了下来，他开始将这一堆看着没有什么不同的矿石一块一块挪开。

直到所有的石块都被挪开之后，露出了干干净净的地面，并没有发现什么奇怪的地方。就在这个时候，实在等不及的财鼠从百无求的肩头跳了下来，一溜烟跑到了被清理出来的空地上，随后伸出自己短胖的两只前爪对着地面开始刨了起来。

别看财鼠身形圆滚滚的，它名字占了个鼠字，刨坑挖洞这样的事情做得也是异常迅速。片刻的工夫，它已经在地面挖出了一个深大半尺的小窟窿。众人围成一圈，一边小心翼翼地防备着那个神出鬼没的黑影，一边看着财鼠的动作。就见随着大耗子爪上的动作，一个鸭蛋大小、黄铜色的金属疙瘩显现了出来。

随着财鼠爪上的动作不断，金属疙瘩一点一点被挖掘了出来，是一个好像棍子一样的东西。可能是财鼠独自挖洞，一群人在旁边看热闹，让财鼠心里不舒服。将金属棒挖出来半尺左右之后，财鼠从坑里跳了出来。它蹿到百无求的面前，指着那半截棒子吱吱大叫，示意二愣子干脆将插在地下的金属棒拔出来，晚了弄不好就要便宜旁边那个老家伙了。

财鼠能看在眼里的一定是宝贝，当下百无求走到小窟窿旁边，伸手进去抓住了那半截金属棒。随后他大叫了一声，用力向上一提。随着一阵“嘎吱嘎吱”的声响，二愣子一点一点地将一根黄铜色的棍子从地下抽了出来。

这根棍子笔直修长，看着差不多有一丈长，上面有好像花纹一样的天然纹路，看着异常炫目。在百无求将棍子从地下抽出来的一刹那，矿洞当中响起一阵“嗡嗡嗡”的声音。看到百无求将棍子抽了出来之后，小财鼠高兴得又蹦又跳，就好像是它自己得了棍子一样。

“这是忘诛石的石精……”最先发现这棍子来历的竟然是孙无病的弟子谢伦。当初决定到处去寻找忘诛石的时候，他们师徒俩仔细查找过几乎所有有关忘诛石的文献。传说盛产忘诛石的地脉当中，会出现一种硬度极高的忘诛石石精。这石精是忘诛石的浓缩，可能会以各种形态出现。

之所以说这是传说，是因为从来没有人真正见过这种石精。现在看起来百无求从地下抽出来的棍子就是忘诛石的石精了。

一句话点醒了归不归，老家伙也想起了文献当中记载的忘诛石石精。不过跟没见过世面的谢伦相比，老家伙是真正见过这种石精的。当初徐福有巴掌大小，四四方方的一块石精，只是石精不能后天锻造，因而那么一块宝贝最后也只是被大方师当作赏玩的玩意儿。百无求手上石棍的成色和花纹，看起来和徐福老家伙手里的石精一模一样。

“老家伙，这根棍子没什么用处啊，当扁担太长，当晾衣服的架子又太沉。这个也是宝贝？”百无求上下打量了一番石棍之后，将它递给了老家伙，让自己的“亲生父亲”看看这是什么宝贝。

不过看到百无求将石棍交给归不归之后，财鼠显得有些激动。它不敢对百无求如何，只是冲着归不归发出一阵带着威胁的吼叫，示意这个老家伙赶紧将大棍子还给百无求。

“还真是忘诛石的石精，这次可真是找到宝贝了。”归不归好像没有看到财鼠的“威胁”一样，伸手在石棍上面摸了一下之后，继续说道，“这么好的宝贝用来固魂可惜了。傻小子你扛着这根棍子，回家之后咱们商量商量这棍子怎么使。”

一听这石棍和自己师徒俩没什么关系，谢伦便马上插嘴说道：“归先生，各位都是为了家师才到这里来寻找忘诛石的。这石精是忘诛石的精魄，是不是也应该交给家师处置？”

“小娃娃，那一堆石头才是你们家‘猴子’的，这根棍子不是。”归不归嘿嘿一笑之后，将石棍交到了自己便宜儿子的手上，后退了几步继续说道，“你们家‘猴子’想要的话，让他来找我们家傻小子。你们家‘猴子’敢开口，别说这根棍子了，想要娘娘老人家我都给你们家‘猴子’弄……”

最后一句话还没有说完，站在他身后不远处的吴勉手里突然凭空出现了法器贪狼，同时对老家伙说了两个字：“低头。”最后一个字出唇的时候，贪狼已经对着归不归的脑袋劈了下去。

几乎就在吴勉挥刀的同时，归不归好像是提前排练好的一样，小腿一弯，身子直挺挺地向后倒去。老家伙身体向后倾的一瞬间，一道黑影从他身后的地下突然冒了出来。黑影本来是要往老家伙身上扑的，眼看就要扑到的时候，被贪狼一劈为二。

“成了！”归不归重新站好之后，哈哈笑了几声。不过等到归不归回过身的时候，脸上却变得有些僵硬。就见本来已经被吴勉劈成两半的黑影落到地上之后竟然又融为一体，随后好像沙地里的水渍一样瞬间渗入地下。刚才暗蒲断为两截还能重生已经让人意想不到了，不过和现在影子瞬间合二为一相比，未免有些小巫见大巫了。

“你们等着，我们人参下去抓它！”仗着有龙鳞法器傍身，小任叁跳起来一个猛子就要扎下去。不过就在这个小家伙跳起来的一瞬间，他的左脚脚踝被吴勉抓住，吴勉把他扔到了归不归的怀里。

“连什么东西都不知道，你下去也是送死。”吴勉说话的时候，眼睛一直盯着默不作声的楼主。顿了一下之后，白发男人继续说道：“姬牢，你还是不肯说？真的想要我们这些人一起陪着你去死吗？你恶贯满盈，死有余辜，我们当中总是有冤枉的吧？”

听着这话从吴勉的嘴里说出来，楼主便苦笑了一声，说道：“不是我不说，只是不敢肯定这妖物的身份。刚才的黑影似幻似魅，看着介于妖和魅之间。世上有一种妖魄介于这两者之间，不过它应该不是妖魄……”

妖魄，顾名思义就是妖物的魂魄，当年周幽王为博宠妃褒姒一笑，曾经在宫中饲养过一些小妖兽和奴隶搏斗。开始奴隶一直被妖兽屠杀，褒姒看得腻了，就变了方法，让一群带着武器的奴隶去杀一只妖。搏斗的场面看得褒姒大笑不止，幽王很满意，这也种下了西周江山败亡的祸根。

第八十三章　镐京之乱

为了增加褒姒观赏的趣味性，幽王下令抓捕更大的妖兽来和奴隶决斗。不过方士一门的时任大方师却暗中颁下法旨，所有方士不受王命，不得私抓妖兽为幽王取乐，甚至还找了借口将幽王王宫之中的方士总管撤了回来。

方士一门表明了态度，其他的修道门派也纷纷效仿，不受幽王的王命。除了几个游方的术士到王宫骗钱之外，再没人敢接抓妖的王命。

抓不到更大的妖物，那些骗钱的术士们总要有所表示。当下几个真有点本事的术士，开始在王宫当中早前抓获的妖兽身上做文章。这些术士们不知道怎么鼓捣出让妖兽狂暴的禁法，使用了禁法之后，这些本来已经凶狠异常的妖兽瞬间变得更加残暴。

而这些妖兽被下了禁法之后，便一发不可收拾，动不动便将数十人的奴隶团灭，看得幽王兴奋异常，褒姒大笑不止。

不过想要解除妖兽身上的禁法，只有将其杀死这一条路。决斗完毕之后，会有数百御林军冲出来，在术士的配合之下，将妖兽杀死。算是为这场大戏画上了句号。

用多年之后一位姓孙的胖子的话说：这样玩火，早晚有一天会尿炕。半年之后，幽王和褒姒在观看施了禁法的妖兽杀死数十名奴隶之后，正兴致勃勃地等着看妖兽被军队和方士联手杀死的时候，终于出现了意外。

军队护卫着术士出来之后，还没等术士施法，从斗场的四面八方突然传来了一阵阵凄厉的嚎叫声。随后无数个黑影从地下冒出来，将术士和军队撕成了碎片。杀死了这些士兵和术士之后，黑影迅速向外扩张，见人就杀……

最后在死忠护卫的保护之下，幽王和褒姒从王宫当中逃了出来，放狼烟请来了在镐京附近的大方师，终于消除了妖兽之患。从此之后，幽王、褒姒想起那天的惨象，心里还是一直后怕。不过后来发现放狼烟挺好玩的，这两口子也终于玩丢了自己的性命，败亡了国家。

事后，有人问起大方师当日王宫惨事的祸端时，得出来的结论是：妖兽被施以禁法之后，魂魄也跟着狂暴，身死意不灭，妖魄最后在阴时爆发，大肆屠杀，最后大方师将此类禁术统统销毁，此后再没有听说过还有妖魄作乱的事情。

当初镐京的妖魄之乱吴勉也是听说过的，不过当时所有的记录都已经销毁，白发男人听到的都是类似神话故事一样的版本。什么幽王观看人妖相杀取乐，惹怒了天上的妖神下凡，将整个镐京杀了个鸡犬不留。最后还是幽王、褒姒两口子跑得快，跑到了方士一门，求了大方师请下天帝与妖神大战三百回合，最后天帝大胜。直到现在，从楼主姬牢的嘴里，才知道当年都发生了什么事情。

姬牢说完之后，看了一眼不远处的归不归，随后继续说道："归先生，这一段往事你也应该是知道的，我记得当初你和徐福亲自去过镐京王宫遗址，去探查过有关妖魄的事情。"

"怎么说那个时候老人家我还没出生，听到的都是传闻。楼主你就不一样了，当年你就算没有亲眼见到，总是和见过妖魄的人有过接触吧？"归不归嘿嘿一笑之后，继续说道，"我老人家没有想到，没什么奇怪的，只是楼主你怎么也这么健忘？"

"妖魄形态各异，我也想不到会有这么诡异的。"姬牢苦笑了一声之后，对这些人继续说道：“我再说点归先生你可能都不知道的后续。当初镐京的事情闹得太大，虽然当时的大方师已经销毁了几乎所有有关妖魄的竹简。不过还是有一点记录禁法的典籍在妖魄之乱之前已经流落了出来。当初我还是问天楼楼主的时候，有人拿着记录操控妖魄的典籍来投靠。不过他只是拿出了当年镐京妖魄之乱的记事录，真正有关禁法的东西一点都没有透露。当时我以为他是徐福派来诈我的，便装作听不懂那人说的是什么。现在想起来，或许那个人手里真的有操控妖魄的禁法。与记录的文献比对，刚才的黑影六七成就是某个妖兽的魂魄……”

没等归不归说话，一边的小任叁突然想起什么事情，对归不归说道：“等一下，老不死的，你之前说过能认出我们人参大侄子的就是大妖兽是吧？几个小妖兽就能灭了一座皇宫，如果刚才那个黑影子怕你儿子的话，那就是说它是大妖兽的魂魄？”

“之前在矿坑入口的时候，它一晃而过那会儿，大家还以为这影子是畏光。现在才明白，就是谢伦点亮了油灯之后，它看到了老人家我的傻儿子站在旁边，这才被吓走了。”归不归古怪地冲吴勉笑了一下之后，继续说道，“如果这世间还有什么和这影子最相像的话，那就是当年将镐京搞得一团乱的妖魄了。”

“有人在这里饲养、操控妖魄。”说话的时候，吴勉举着贪狼原地转了一圈，说道，“不用管它，我们将这些忘诛石带走就好，刚才老家伙站在百无求四丈开外，妖魄这才出现的。你们不离开他四丈，就出不了事情。”

“敢情刚才你们都是商量好的？老子还以为你们俩刚才翻脸了，吓得老子现在心还怦怦跳。”这个时候，百无求看了一眼自己的“亲生父亲”，又看了一眼自己的小爷叔，随后才继续说道，“下次有什么你们也和老子说一下，不是怕你们真翻脸，就怕你们俩演戏老子还要替你们俩操心。你们俩动手，你们说说让老子去帮谁？按道理说应该帮着亲爹吧，不过与其咱们爷俩一起被你叔叔弄死，倒不如老子和你叔叔一起把老家伙你弄死，然后老子再下去找你……”

听到百无求说起来就没完，谢伦终于忍不住开口说道：“既然已经找到了一座这么大的忘诛石矿，别的就不用麻烦几位了，剩下的我和我家师尊来做就好了。”说话的时候，谢伦的眼睛还一直盯着百无求手上的石棍。这么大一根忘诛石精华，什么都解决了，还要这些破石头干吗？不过除了这个扛棍子的大个子之外，现场一个个的都是人精，怎么才能把这根石棍要过来？

“这可是你自己说的啊，别一会儿要进来搬石头还要拖上老子。”百无求巴不得现在就出去。得了这么一根沉甸甸的石棍，他还想出去耍耍这根棍子，那两个老的偏心，把龙鳞法器给了任老三，这根棍子总没有人要来争吧？

当下，这些人、妖顺着原路回去。只是多了一根长棍子，通过外面羊肠一样的坑道时多少有些不便。不过好在有百无求在身边，中间数次有人看到黑影在远处的墙壁上快速掠过，不过明显忌惮走在中间的二愣子，黑影并不敢靠前。

一直走到和孙无病分开的地方，却找不到应该守在这里的孙无病。这下子谢伦有些慌了，留自己的师尊等候在这里，就是因为他刀枪不入，只要护住了脖子上唯一的要害，就算真是妖魄也对他没有办法。谁能想到找到了忘诛石，需要忘诛石的人却不见了。

“师尊！您老人家在哪里……”谢伦大喊大叫起来。这个时候，远处的墙壁上出现了一道黑影。随后，第二道、第三道……黑影不停地冒了出来。转眼之间，十余丈的墙壁上已经密密麻麻的都是那薄如蝉翼一样的黑影。

这些黑影快速融合到了一起，变成了一个巨大的影子……

第八十四章　另外一个百无求

“是墨轩的后人吗？出来吧……”看到巨大的黑影之后，楼主轻轻地叹了口气，随后继续说道，“刚才说到墨轩的时候，还以为你会出来。选在这里操控妖魄，就是因为这里的忘诛石吧？”

“到底是问天楼楼主，之前从墨轩先生那里听说你的那些事情，还以为他在说笑。想不到今天能遇到楼主大驾光临，真是蓬荜生辉啊……”这时，一个有些沙哑的声音从对面黑影的身上传了出来。

顿了一下之后，沙哑的声音继续说道：“看在楼主你的面子上，我不计较你们私闯洞府的事情，把石精留下，你们走吧……”

“石精就在这里，要就过来拿……”说话的是吴勉。说话的时候，他手里的贪狼对着那道奇形怪状的黑影连劈了十字形的两刀，将黑影劈成了四部分。不过黑影随即马上融为一体，完全看不出刚才被刀劈过的痕迹。

“没用的……”沙哑的声音再次响了起来，“它们都是炼制过的妖魄，你的法器伤不了它们的……”

“大家半斤八两，你这妖魄也不敢过来。”这个时候，归不归笑眯眯地向前走了一步。不过老家伙说话的时候，眼睛没有看着对面的黑影。他原地转了一圈，眼睛把周围每个大大小小的坑道口都看了一遍之后，这才对着黑影继续说道：“老人家我没有猜错的话，这里是你故意制造出来的矿洞，骗外面的人进来挖矿。然后你用这些人来喂养妖兽，妖兽长成之后你再把它们都炮制成妖魄。还别说，这里都是忘诛石，正好让你来养魂。可惜今天你撞在铁板上了。现在这些妖物连过来都不敢……”

“不敢过去？真是那样吗？”沙哑的声音响起来的同时，矿洞当中传来了一阵好像哨子一样的声音。随后，本来融在一起的黑影突然开始剧烈地涌动起来。一阵一阵野兽的嚎叫声从黑影当中传了出来。现在的黑影就好像是烧开的水一样，不停地翻滚着气泡。

随着这些黑影妖魄的躁动，握着石棍的百无求也皱起了眉头。二愣子的手在自己的额头上轻轻地揉着，看样子他似乎感受到了一些为难。片刻之后，哨声停止，半尺左右的一块黑影突然分离了出来，向着吴勉等人飞了过来。

想不到有百无求守护，妖魄还敢冲过来。吴勉皱了皱眉头，在半空中便将黑影劈成两半。不过妖魄非但没有停下动作，反而分成两半向着众人飞了过来。这个时候，楼主说破了天机：“他让妖魄狂躁起来，现在妖魄已经认不出谁是谁了。”

就在吴勉准备施展术法的时候，百无求突然对着飞过来的妖魄抡起了手里的石精。二愣子和谁也没有打招呼，一脚将面前毫无准备的归不归踹开之后，一棍打在两道黑影上面，将这分离的妖魄打飞了出去。

“老家伙，老子到底是不是你亲生的？”看着被自己踹倒的归不归爬了起来，百无求倒好像是被踹倒的那个，愤愤不平地说道，“刚才你和你叔叔配合得那么好，到了老子这里你就见外了？”

“那是你爸爸我提前用密音说好的！”归不归没好气地瞪了自己的便宜儿子一眼之后，看着被他打飞出去的黑影已经再次融入到那一团巨大的妖魄当中，当下眯缝眼睛说道：“好东西啊……”

这个时候，吴勉对着那团黑影不停地使出各种术法。没有想到的是，这团黑影竟然和“猴子”孙无病一样，所有的术法对它们都起不到什么作用。虽然妖魄被术法攻击之后不停地分散，不过只要吴勉稍一停手，妖魄形成的黑影便恢复如初。

“老人家我就说你为什么会藏在这种地方炮制妖魄，原来妖魄竟然有这种奇效……”归不归拦住了吴勉，笑嘻嘻地说道，“不过你在这里拦住我们，是因为妖魄只能在有大量忘诛石的环境当中，才能有这样的威力。如果我们从这里走出去的话，这些妖魄也不过就是魂魄而已，太阳就能把它们晒死。对吧？而且距离里面的忘诛石矿越远，妖魄的力量也就越弱，是不是？”

归不归说话的时候，刚才那个沙哑的声音便沉默了起来。他的确就是当年那个毛遂自荐投到问天楼的墨轩后人。论起来，两位楼主还是有些眼光的，看出墨轩除了炮制妖魄之外，再没有什么过人之处。当然担心他是徐福派来的细作是一方面，而墨轩自己都没有完全弄明白妖魄是怎么一回事也是一方面，这才将他拦在了门外。

没能投身问天楼，一直被墨轩视为奇耻大辱。当下，他什么事情都不做，拼了命地研究炮制妖魄的方法。不过妖魄再好也只是一丝魂魄而已，只要有点修为的修士，都能打得妖魄魂飞魄散。转了一大圈之后，墨轩也开始打起安魂有奇效的忘诛石的主意来。

墨轩的后半生一直都在寻找大的忘诛石矿，也是他的命好，临死之前在这里找到了一座巨大的忘诛石矿藏。在这里炮制的妖魄效果奇好，甚至有近乎于无敌的效果。唯一的缺陷就是不能离开这座忘诛石矿藏的范围，否则妖魄的效果和那一丝魂魄也差不多。

为了长期在这里炮制妖魄，墨轩的这个后人做了缺德的事情。他先是将这里伪造成一个铜矿场，随后花钱雇来大量的民夫上山挖矿，再用这些民夫喂养他准备炮制妖魄的妖兽，等到妖兽长成之后宰了炮制妖魄。别看只有这些妖魄黑影，死在它们嘴里的民夫却有三千多人。他做事也狡猾，雇来的民夫以失地的流民为主，故而这么多年都没有被人发现这里的破绽。

说破了妖魄的破绽之后，归不归笑嘻嘻地对吴勉说道："就让这些妖魄在这巴掌大小的地方称王吧，咱们出来……那个墨轩的后人，想要石精吗？一会儿老人家我把它放在太阳底下，看看你有没有本事去拿……"

"你们走得了吗？"自己的秘密被归不归说穿之后，躲藏起来的那个人有些恼羞成怒。他知道如果不能将这些人留在山洞里，等他们出去之后，自己这些妖魄便再也没有力量去阻拦他们了。当下刚才那一阵古怪的哨子声再次响了起来，这一次妖魄的黑影好像炸了锅一样，不断地翻腾着。等到它们狂暴到了极点，这些妖魄能分裂出无数个黑影。只要这些人没走出洞口，这里还是这些妖魄说了算。

不过所有人都没有注意到，当哨声尖厉到极点的时候，百无求的脸上已经满是痛苦之色，只是二愣子咬着牙没有发出一点声音。

哨声高到了极点的时候，随着一声巨响，妖魄分裂出来无数的黑影向着吴勉这些人扑了过来。就在这个时候，空气当中响起一个陌生的声音："干吗要把我唤醒……我很不喜欢这样……"

声音响起来的时候，百无求突然一屁股坐在了地上。随后一个和二愣子一模一样的妖物从他的身体里面"分裂"了出来，这个古怪的"百无求"迎着飞过来的妖魄走去。只要飞到他身体附近的黑影全部化成了蒸汽，消失在了空气当中。

看着另外一个傻小子，归不归的脸色难看到了极点，嘴里喃喃地说道："该来的，还是来了……"